LA PRINCESSE DE LUMIERE

Jean-Michel Thibaux

LA PRINCESSE DE LUMIERE

L'esclave de la Porte

Editions Anne Carrière

Du même auteur :

Les Ames brûlantes, Olivier Orban, 1983.
Les Cités barbares, Olivier Orban, 1984.
Programme MZ, Jean-Claude Lattès, 1985.
Les Tentations de l'abbé Saunières, Olivier Orban, 1986.
L'Or du diable, Olivier Orban, 1987.
Le Bal des banquiers, Robert Laffont, 1988.
Psywar, Olivier Orban, 1989.
La Cantatrice, Olivier Orban, 1990.
Les Sept Esprits de la révolte, Edition° 1, 1992.
L'Enfant qui venait du froid, Presses de la Cité, 1993 (écrit avec Claude Veillot).
Vercingétorix, Plon, 1994.
La Bastide blanche, Presses de la Cité, 1995.
Le Secret de Magali, Presses de la Cité, 1995.
La Cour d'amour, Ramsay, 1996.
La Fille de la garrigue, Presses de la Cité, 1997.
Pour comprendre l'Egypte ancienne, Pocket, 1997.
La Sainte-Baume au fil des eaux, Edisud, 1997.
Les Maîtres du jeu, Ramsay, 1997 (écrit avec Claude Veillot).
Le Roman de Cléopâtre, Presses de la Cité, 1998.
La Colère du mistral, Presses de la Cité, 1998 (prix de la ville de Sainte-Maxime).
Provence inspirée, Edisud, 1998 (collectif).
Pour comprendre les Celtes et les Gaulois, Pocket, 1999.
Le Mondial bleu, Autres temps, 1999 (collectif).
L'Homme qui habillait les mariées, Presses de la Cité, 1999.
L'Effet mer, Conseil général du Var, 2000 (collectif).
La Gasparine, Presses de la Cité, 2000.
Pour comprendre la Rome antique, Pocket, 2001.
L'Or des collines, Presses de la Cité, 2001.
Pour comprendre la Grèce antique, Pocket, 2002.

ISBN : 2-84337-187-2

www.anne-carriere.fr

à Corinne et Fabien

1

La nuit envahissait le canal aux eaux glauques et nauséabondes. Le ciel n'en finissait pas de mourir, en ce crépuscule du 16 juillet 1535. Il éclaboussait de sang les façades massives de Santa Maria della Carità et du palais Contarini dei Scrigni. Comme d'habitude, le quartier du Dorsoduro allait s'assoupir tranquillement loin des fracas et des vices du Rialto.

Flora remercia saint Pierre, son protecteur favori, de l'avoir guidée dix ans plus tôt dans cette partie de Venise. Certes, le palais où elle avait été engagée n'égalait pas ceux du Grand Canal. Avec ses deux étages, il restait modeste, mais il n'en demeurait pas moins imposant. Du haut de ses loggias gothiques frangées de rosaces de marbre, on pouvait toiser le petit peuple bruyant qui envahissait dès l'aube les abords du canal San Barnaba. Flora aimait cela : toiser les besogneux, les « cafards », comme elle les appelait, qui rôdaient toujours près des nobles demeures, cherchant à grappiller des *soldi* de cuivre par n'importe quels moyens.

Flora fit la moue. Elle promena un regard de dégoût sur les barques immobiles avant de l'arrêter sur la gondole. Elle l'avait repérée un mois auparavant. Ce n'était pas un esquif ordinaire; il portait un habitacle rehaussé de plaques d'argent, aux ouvertures masquées par des rideaux. Flora n'avait jamais assisté à son accostage. Un jour, elle était là, puis elle disparaissait la nuit pour reparaître le lendemain. A qui appartenait-elle ?

Il y avait d'autres petits palais alentour, dont Flora connaissait tous les résidents et leurs bateaux. Cette gondole n'appartenait pas à la flottille du Dorsoduro. Elle était semblable à celles qu'utilisaient les grands de Venise. Ce constat la fit frissonner. Elle songea aux membres du Conseil des Dix, aux élus du Grand Conseil. Ceux-là avaient des espions partout et n'hésitaient pas à traduire les suspects en justice. Les prisons lugubres et humides de la cité étaient remplies d'innocents.

Flora se rappela qu'elle n'était pas vénitienne. Originaire de Gênes, elle avait servi une famille florentine avant d'aborder la lagune sur recommandation du cardinal Pisani. Génoise ! C'était presque une ennemie dans l'esprit des gens d'ici – une vraie tare qu'elle cachait sous un gros mensonge. « Je suis de Florence », disait-elle à ceux qui la questionnaient. Son drame était de n'être pas née noble. Elle en gardait une rancune terrible contre Dieu et souffrait d'une jalousie maladive quand elle croisait les grandes dames à la messe.

Elle n'était qu'une duègne. D'aspect rébarbatif et jaune de peau. Haute de taille et massive. Pourvue de dents de cheval et d'une voix aiguë et nasillarde. Aucun homme n'avait voulu d'elle. Cette virginité avait été la garantie de son honnêteté et de sa droiture, un diplôme qui lui avait ouvert des portes et donné un certain pouvoir auprès de ceux qu'elle servait avec une sorte de fanatisme.

Elle demeura encore un instant derrière la fenêtre ogivale, le cou tendu, l'œil contre la vitre, à guigner la gondole puis, comme rien ne venait troubler la tranquillité du canal, elle s'apprêta à faire sa tournée d'inspection.

Le palais – pouvait-on lui donner ce titre ? – avait la forme d'un L. Il était enchâssé entre d'honorables demeures et possédait un adorable jardinet à l'abri des regards. Une trentaine de pièces le composaient, dont une grande salle flanquée de deux monumentales cheminées et une bibliothèque qui faisait la fierté du maître des lieux, Alessandro Venier Baffo, ami d'Aldo Manuce, inventeur de l'octavo et de l'italique et diffuseur de livres interdits.

Flora évitait cette pièce. Trop de gravures licencieuses en tapissaient les murs. Elle ne comprenait pas l'attrait qu'exerçaient ces images diaboliques sur son maître, pourtant fervent catholique. Sa plus grande peur était d'y trouver un jour sa protégée, Cecilia, qui bravait tous les interdits. Aussi redoublait-elle de vigilance, vérifiant la fermeture des portes qui donnaient sur des espaces où l'adolescente aurait pu être pervertie. Elle secoua celle de la bibliothèque et soupira de soulagement : elle était fermée.

On accédait aux étages par plusieurs escaliers. Le plus beau, tout de pierres ciselées portées par de fines colonnades, cernait une courette pavée recevant habituellement les visiteurs et les marchands. Flora négligea cette voie élégante et préféra grimper dans les étroits boyaux empruntés par les serviteurs. Ces tunnels à rats servaient ses desseins : la surprise, l'embuscade, l'espionnage, ces arts qu'elle cultivait à merveille depuis des décennies lui avaient fait obtenir de nombreuses primes en supplément de son salaire. Aujourd'hui, elle possédait une cagnotte de trois cent trente-deux ducats, résultat de quarante ans d'économies. Assez pour se payer une maison dans le quartier du Cannaregio et la louer à des ouvriers. Devenir propriétaire était un rêve qu'elle caressait depuis longtemps, mais, s'il se réalisait, elle perdrait le bonheur de plonger les mains dans son trésor caché. Elle se livrait à ce rituel d'avare tous les soirs avant la prière.

Ses talons frappaient sur le sol une mesure quasi militaire. En parvenant à l'étage, elle ôta ses chaussures et, tel un chat, se déplaça le long d'un mur lambrissé et peint. Dans le halo des lampes à huile suspendues, les dorures luisaient. On avait l'impression que la maison transpirait sa richesse.

Le couloir faisait un coude. Passé cet angle, Flora se fit plus légère. Papillon de nuit aux ailes noires, elle tendit ses antennes vers une porte, s'en approcha, y colla son oreille, puis tourna le lourd bouton de cuivre en forme d'animal fantastique et poussa le battant. Les gonds ne grincèrent pas puisqu'elle veillait personnellement à leur entretien, exigeant de l'intendant qu'ils fussent graissés tous les quatorze jours.

2

Lorsque la porte s'ouvrit, Cecilia et Kalè fermèrent aussitôt les yeux. Les deux adolescentes avaient guetté ce moment depuis la fin de la prière, quand, d'une voix impérative et sèche, Flora leur avait ordonné de se glisser entre les draps. Elles reconnurent l'odeur de vieux parchemin dégagée par la duègne. Celle qu'elles appelaient « la tour noire » ou « la vieille chouette » se pencha vers leurs visages, désespérant de parvenir à percer leurs rêves de jeunes filles. Punir ces pucelles pour des pensées coupables aurait été un plaisir suave.

Cecilia et Kalè respiraient paisiblement, mimant un sommeil sans trouble. Elles perçurent le frôlement des pieds nus sur les dalles et le clic du pêne. Surtout ne pas bouger. Attendre encore trois minutes. Flora restait toujours un moment de l'autre côté de la porte à épier les bruits. Cecilia garda le silence bien au-delà de la limite qu'elle se fixait habituellement ; elle n'avait aucune envie de goûter à la baguette de saule que « la vieille chouette » utilisait pour punir les impudentes. Elle se représenta le chemin parcouru par la duègne. La montée vers le second étage où étaient logés les domestiques, la traversée d'un étroit couloir jusqu'à la chambre cadenassée, véritable cachot sous le toit brûlant. Enfin, elle chuchota :

– C'est bon, on peut y aller.

– Tu crois ? s'inquiéta Kalè.

Cecilia se tourna vers sa cousine. Bien que plus âgée d'un an, Kalè prenait rarement l'initiative. Il faut dire qu'elle avait goûté à la baguette de saule sur la plante des pieds et aux interminables pénitences à genoux devant l'autel de la maison. Cela faisait neuf mois maintenant qu'elle était à Venise. Son père, le très riche baron grec Kastano, l'avait envoyée parfaire son éducation dans la Sérénissime, chez cet oncle lointain à l'obscur lignage, Alessandro Venier Baffo, père de Cecilia. Par chance, les deux cousines s'entendaient et s'estimaient. Dès le lendemain de l'arrivée de Kalè, Cecilia avait demandé à sa mère de pouvoir dormir dans le même lit. Malgré la véhémente opposition de Flora, Jeanne Venier Baffo avait donné son accord.

« Vous les surveillerez plus facilement », avait-elle rétorqué à la duègne.

Jeanne se souciait peu de l'éducation de sa fille et encore moins de celle de la cousine Kalè. Elle préférait les processions, les fêtes religieuses, les longues retraites, tout ce qui pouvait lui assurer une vie éternelle parmi les anges et les saints. Et, lors des repas officiels, elle gardait un air béat, ce qui faisait dire aux mauvaises langues qu'elle était un peu simple d'esprit.

– La vieille chouette est réglée comme l'horloge de mon père. Tu le sais très bien, dit Cecilia en repoussant les draps.

Kalè acquiesça. A plusieurs reprises, elle et Cecilia avaient été assez téméraires pour grimper au second étage, jusqu'à l'antre de Flora. Elles avaient entendu la duègne prier à voix haute, puis compter ses ducats, et avaient pouffé de rire lorsqu'elle s'était mise à ronfler. Aujourd'hui, les deux adolescentes allaient risquer gros. Depuis deux mois, elles préparaient leur coup. Cecilia, qui menait l'opération, s'était attaché la confiance et la complicité de la servante de sa mère pour un ducat. Sans cette alliance, elle n'aurait jamais pu entrer en possession d'un double de la clef de la bibliothèque.

La précieuse clef était cachée depuis la veille sous une pile de jupons. Cecilia s'en empara. L'impression de brûlure fut immédiate. L'objet lourd et ciselé semblait avoir été forgé par un démon. Ce n'était pourtant pas le moment de paniquer. Elle alla secouer Kalè qui tardait à quitter le lit.

– On y va !

– J'ai peur.

– Tu es du même sang que moi ! Tu ne peux connaître la peur. Nos ancêtres...

– Ça va, épargne-moi les ancêtres, les croisades et tout le reste, je te suis.

Cecilia montra l'exemple et prit une chandelle qu'elle alluma dans le couloir à la flamme tremblante d'une lampe à huile. Les deux cousines empruntèrent le même escalier que Flora, parvinrent, tels des fantômes, dans le vaste couloir où des rats en maraude les observèrent du haut de grands meubles cornus et sombres. Kalè détestait ces rongeurs. Il n'y en avait pas autant dans le château de ses parents, en Grèce. Ici, ils grouillaient, ils promenaient leurs regards intelligents sur les êtres, se délectant par avance de nez à grignoter, d'oreilles à croquer, d'un festin de chairs roses et de cartilages. Kalè avait peur d'être défigurée par ces bêtes du diable pendant la nuit. Aussi dormait-elle sous les draps, la tête contre le flanc de Cecilia.

Mais, pour l'heure, sa peur des maîtres des égouts avait été remplacée par un immense effroi en se trouvant devant la porte de la bibliothèque. Quand elle vit luire la clef de bronze dans la main de Cecilia, elle eut l'impression d'être au fond d'un fossé aux bords inaccessibles, avec toutes sortes de dangers au-dessus de sa tête, comme de gros rochers qui tomberaient à la première occasion. Derrière l'épais battant, il y avait des livres, les biens les plus précieux sur cette terre, mais interdits aux filles quand ils ne relataient pas la vie de Jésus ou les martyres des saints.

Au dernier moment, elle crut que Cecilia n'allait pas introduire la clef dans la serrure, mais la jeune Vénitienne n'hésita pas. Elle fit délicatement jouer le mécanisme et le déclic ne fit pas plus de bruit que leurs pieds nus sur les dalles.

Cecilia inspira profondément et franchit d'un grand pas cette frontière établie par son père. Elle se sentit aussitôt plus forte, plus libre, plus femme. D'un froncement de sourcils, elle obligea Kalè à braver l'interdit. Sa cousine n'en menait pas large, ses yeux effrayés s'élargissaient et sondaient les ombres que la pauvre flamme de la chandelle ne parvenait pas à repousser.

« Qu'est-ce qu'elle me ressemble ! » pensa Cecilia.

Cette constatation arrivait à un moment inattendu. Elle n'avait jamais voulu admettre que Kalè avait les mêmes cheveux et les mêmes yeux qu'elle, d'un noir brillant. Peut-être la lèvre inférieure de sa cousine était-elle plus renflée ? Peut-être son nez n'était-il pas aussi droit que le sien ? Peut-être... Elle avait sa réplique en face d'elle et elle comprenait d'autant moins son manque d'audace.

Kalè fit le pas. La pression de ses peurs augmenta, sa poitrine comprimée eut du mal à aspirer un air chargé d'odeurs de cuir, d'encre et de cire. Ses épaules s'affaissèrent lorsque Cecilia la contourna pour refermer la porte. Le clic et le clac troublèrent à nouveau le silence des lieux et firent l'effet d'une double détonation aux oreilles de la jeune Grecque.

– Nous y sommes enfin ! dit Cecilia.

Kalè aurait préféré être sur l'une des îles blanches de son père, parmi les ruines des anciens temples et les gentils fantômes du siècle d'Aristote ou de Périclès. Pas au milieu de leurs écrits. C'était trop vivant et dangereux.

Les auteurs grecs occupaient la majeure partie des rayonnages et on pouvait lire leurs noms en lettres d'or sur les tranches. Ils disputaient le territoire aux religieux. Ici le rationnel s'opposait au miracle ; là le philosophe se heurtait au saint ; au centre de la pièce, la « Bible Mazarine » de Gutenberg partageait un pupitre avec la *Médée* d'Euripide. Ces deux ouvrages reflétaient parfaitement la double personnalité du père de Cecilia. Fervent chrétien à ses heures, humaniste éclairé à d'autres, Alessandro Baffo était en fait un opportuniste qui faisait avant tout de l'argent, s'adaptant selon les circonstances. Il trouvait toujours des solutions. Quand les pensées de Platon se révélaient inutiles, il puisait dans les *Exercices spirituels* d'Ignace de Loyola, le génial Espagnol qui venait de prononcer ses vœux de chasteté et de pauvreté en la chapelle Saint-Denis à Montmartre.

Alessandro avait aussi quelques petits travers.

– On va devoir chercher, dit Cecilia.

– Chercher quoi ?

– Tu le sais bien, le livre interdit.

– Et s'il n'existait pas !

– Il existe.

– Comment peux-tu en être aussi sûre ?

– Certains secrets filtrent à travers les murs et les lèvres. Il y a un an, ma mère en a parlé à demi-mot à son confesseur, dans le jardin. Je brodais mais j'entendais tout, même que le prêtre a dit à ma mère que ce n'était pas très grave, qu'il fallait prier et honorer les saints. Il a dû lui extorquer quelques ducats et le tour était joué : le fameux livre ne nuirait pas à l'honneur de la famille.

Depuis, Cecilia avait tenté de s'introduire dans la bibliothèque. Elle y avait été admise une seule fois, quand elle avait demandé à son père à voir les esquisses et les dessins de Vittore Carpaccio et d'Ugo da Carpi.

Elle dirigea sa chandelle vers le mur où étaient accrochées les œuvres. Elle demeura saisie.

– Sainte Vierge ! lâcha Kalè.

A la place des sages représentations sur papier azuré, trônait une femme nue allongée. Peinte à l'huile, elle semblait dormir au milieu d'un paysage idyllique, une main pudiquement posée sur le haut des cuisses. Elle n'avait rien de la vierge, et tout en elle suggérait l'abandon au plaisir.

Cecilia et Kalè retenaient leur respiration. Elles, qui n'osaient pas regarder leur corps dans le miroir, étaient fascinées par les formes pleines et dorées de l'inconnue.

Cecilia fut la première à s'arracher à cette contemplation. Elle longea les rayonnages. Méthodique, elle déplaçait les volumes, découvrait les titres cachés derrière les rangées. Il y avait là, du moins le crut-elle, tout ce que l'humanité avait écrit depuis Homère. Tout ce savoir qu'on lui refusait ! Elle en aurait pleuré. Il y avait des étagères inaccessibles. Déplaçant l'escabeau prévu à cet usage, elle grimpa vers les poutres du plafond.

Une vie des saints en vingt volumes reçut la caresse de ses mains. Elle retira les deux premiers et découvrit Aristophane. Elle n'avait jamais entendu parler de cet auteur grec et s'étonna qu'il fût relégué si loin de ses compatriotes. Mais ce n'était pas lui qu'elle cherchait. Elle chercha encore et fut récompensée. Il était là.

– *Hypnerotomachia Polifili*, balbutia-t-elle.

Ce titre qu'elle avait entendu prononcer par sa mère, ce titre vaguement retenu éclatait à présent en lettres d'or sous ses yeux.

– Je l'ai, dit-elle.

Kalè sursauta. Elle regardait encore la Vénus alanguie sur ses étoffes de velours. Son âme s'était remplie de péchés... au moins pour les dix ans à venir. Elle ignorait qu'elle allait en prendre pour trente années de plus en ouvrant le *Polifile songeur*, version améliorée de l'original, dont le tirage limité à cinquante exemplaires s'était vendu à cinq ducats pièce [1].

Le livre était chaud entre ses doigts. Quand elle l'ouvrit au hasard, Cecilia découvrit une xylographie obscène. Elle et Kalè fermèrent les yeux tandis que le sang leur montait aux joues. Quand elles les rouvrirent, l'image était encore là, aussi choquante : un homme en érection se tenait devant une femme à quatre pattes et aux fesses offertes.

Kalè se signa mais ne ferma plus les yeux. La lecture pouvait commencer.

---

1. La version originale, déjà licencieuse pour l'époque, était à la vente à un ducat, prix prohibitif qui ne l'empêcha pas d'être le best-seller de son époque.

3

La première chose que fit Flora en s'éveillant fut de lorgner du côté du canal. La gondole galonnée d'argent n'y était plus. Elle en avait rêvé cette nuit, imaginant qu'un prince venait l'enlever, puis le rêve avait tourné au cauchemar : des hommes en noir en voulaient à son or. Ouvrant soudain les yeux, elle s'était levée d'un bond pour se précipiter vers la cachette de son trésor. La cassette était bien dans son logement creusé dans le conduit de la cheminée. Elle était lourde de petits soleils à l'effigie de Venise.

Le bonheur, à peine troublé par des bruits lointains. Peut-être le maître forniquait-il avec une servante ou rentrait-il de l'une de ces folles soirées organisées du côté du Rialto ?

Flora grimaça. Venise sortait de son sommeil. Agitée dès l'aube, elle mettait en branle sa machine à faire des profits. Pour beaucoup d'Occidentaux, la ville était au centre de l'univers, car elle avait donné naissance au commerce et aux banques qui avaient conquis le monde en un raz de marée. Et cette fragile cité sur ses pilotis, à la merci d'une brusque montée des eaux et des moustiques de la lagune, était toujours là, illuminant de ses richesses les continents. Les routes empruntées par ses flottes étaient semblables aux fils d'une toile d'araignée qui piégeait les denrées de luxe des régions exotiques et les produits manufacturés des pays industrieux. « Et je suis au centre de cette toile, se dit Flora. C'est la vie supérieure, la vraie vie ! » Sa position au sein de ce palais la faisait jubiler, mais n'en demeurait pas moins fragile. De nombreuses duègnes avaient vu leur carrière brisée parce que des petites garces n'en faisaient qu'à leur tête. Les journées à venir s'annonçaient difficiles. La maîtresse de maison avait pris ses quartiers d'été, avec son chapelain et trois servantes bigotes, dans une fraîche vallée alpine, près de Bolzano, abandonnant sa fille chérie aux miasmes et aux tentations de Venise.

Tout en embrouillant nerveusement ses boucles d'un doigt, elle baissa les yeux vers le plancher. Elle n'avait pas le pouvoir de voir à travers les murs, mais elle devinait ce qui s'y tramait. Elle fixa un point fictif. La ligne oblique tracée par son esprit rencontra le lit des adolescentes. Aussitôt Flora sentit ses poils se hérisser. Les drôlesses étaient en état de péché, elle en eut la conviction.

Le diable rôdait. Il était partout dans cette ville, se confondant avec les brumes, se mouvant dans la vase, cherchant ses proies. Cecilia et Kalè étaient à la merci de ses charmes. Il était temps de purifier les deux cousines.

Flora s'apprêta. Elle endossa son costume noir de vieille fille, dissimula ses cheveux sous un bonnet de dentelle, épingla une broche d'or sur sa poitrine, prit son livre de prières et fonça vers l'étage inférieur.

L'ouragan avait soufflé fort. Cecilia et Kalè en avaient encore le crâne bourdonnant. Une heure plus tôt, Flora avait fait irruption dans leur chambre en lançant des anathèmes. Sur l'instant, elles avaient cru que leur escapade de la veille avait été découverte, mais il n'en était rien. La vieille chouette en ignorait tout, elle s'était fiée à son instinct. Ses cris et ses menaces avaient pris des accents d'inquisiteur et s'étaient perdus dans les regards volontairement enfantins des deux complices.

« A confesse et à la messe ! » avait hurlé la duègne qui sentait poindre la faute sous la peau lisse des filles.

Confesse et la messe, elles adoraient ça. C'était l'un des rares moyens de quitter le confinement du palais, de ne plus respirer l'air chargé de salpêtre et les moisissures, de côtoyer des gens différents, d'entendre jurer, rire, chanter, glousser, gueuler... de croiser le regard des jeunes gens.

Mais qui les remarquerait dans leurs lourdes robes de velours damassé à col montant ? Aucun bijou ne parait leur triste accoutrement, aucune mèche rebelle ne venait adoucir la symétrie de leurs cheveux ramenés en un chignon serré sur la nuque. Et il y avait Flora, dont l'œil étincelant et dominateur refroidissait les plus hardis. On ne cherchait même pas à les approcher pour vendre un fruit, ni pour mendier. Une barrière naturelle, cercle invisible dont le centre était la duègne marchant à un pas derrière les jeunes filles, empêchait tout abordage.

Cecilia et Kalè n'en étaient pas moins heureuses. Leurs yeux furetaient dans tous les coins. Dès qu'elles pénétrèrent sur le campo di San Margherita, leurs prunelles s'élargirent, étonnées par la multitude. Les paysans venus en barque de Mestre et des villages de la côte avaient pris d'assaut les abords de la vaste place. Leurs étals, baignés par le jour levant et éclatant de couleurs comme un tableau vivant, étaient assiégés par le petit peuple des quartiers populaires et les serviteurs de la noblesse. Perlées de rosée, épanouies sur leurs nattes, les laitues, les scaroles et les romaines encerclaient de vert des îlots de carottes et des montagnes de choux dont le blanc rappelait les neiges lointaines des Dolomites et du Glockner. Des melons, aussi lisses que les boulets fondus à l'arsenal, étaient tâtés, soupesés, sentis, caressés. Ce marché à ciel ouvert dégageait une vive sensualité. Aux fraîches odeurs des fruits de la terre venaient se mêler les effluves marins des poissons. Des senteurs d'épices montaient à la tête des deux cousines. Cannelle, poivre, curry, safran, anis, paprika et autres condiments rares reposaient dans de précieuses boîtes alignées sur les bancs des minuscules boutiques qui bordaient une ruelle. Cecilia et Kalè humaient ces fragrances. Leurs narines palpitaient, leurs poitrines se soulevaient, leurs têtes se remplissaient d'images exotiques et de voyages extraordinaires. Elles prirent alors le risque de regarder furtivement les marins et les bateliers sur les canaux dès qu'elles parvinrent sur la placette San Pantalon.

– Vous irez en enfer !

La voix de la duègne porta jusqu'à la statue polychrome de saint Pantalon cachée dans la petite église. Flora avait vu glisser les regards intéressés des cousines. Elle aurait voulu leur donner de la baguette sur le bout des doigts, secouer ce rêve intolérable de nourritures sexuelles qui agitaient les sens de ces écervelées. Mais elle ne pouvait les punir en public. Elle en ressentit un manque et une peur profonde. Elle croyait aux vertus des punitions corporelles. Il y allait de son avenir dans cette ville. Alessandro Venier Baffo ne tolérait aucun écart : sa fille Cecilia était la garante d'un futur pacte commercial et d'un accroissement de sa puissance ; il comptait la marier au fils du banquier Pisani. Cecilia devait rester vierge, même mentalement.

« Je suis responsable de leur pureté », pensa la vieille Flora.

Dès lors elle n'eut plus qu'une pensée, un but, forcer ces inconscientes à s'agenouiller sous le Christ en croix. Le fils de Dieu saurait blanchir les âmes des donzelles ; on ne résistait pas à son regard compassé.

Elle accéléra le pas et gonfla sa poitrine dès qu'elle aperçut la masse imposante de l'église dei Frari. L'édifice franciscain écrasait de sa masse de briques et de marbre les maisons avoisinantes. Il en imposait même au ciel dont il tirait sa gloire. A ses pieds, sous la porte San Marco gardée par une Vierge entre deux anges, il y avait comme un grouillement. Une foule chatoyante et bruyante passait à travers le filtre des marchands ambulants, côtoyant les rôdeurs et les mendiants échoués dans des flaques d'ombre. En marge de cette mer humaine, des sergents et des miliciens casqués de fer se tenaient le long du canal des Frari encombré de gondoles richement décorées. On sentait une tension, et il n'était pas rare que les uns et les autres se battent.

Cecilia, Kalè et Flora ignorèrent les mains tendues des pauvres diables. Elles pénétrèrent dans la vaste nef et entendirent aussitôt le long roulement des prières monter vers les tirants de bois soutenus par les piles massives sur lesquelles se brisait le flot des fidèles attirés par la lumineuse toile du Titien suspendue entre les hautes baies vitrées du chœur.

Flora n'avait jamais été séduite par cette *Assomption*. Elle trouvait les peintures du Titien décadentes. Il habillait ses modèles d'un attirail futile et encombrant, les faisant ressembler aux Vénitiens qui paradaient sur la place Saint-Marc les jours de fête. Il avait même eu l'impudence de peindre une offrande à Vénus, où l'on voyait s'ébattre des angelots dans une sorte d'orgie au pied de la déesse païenne. C'était un mauvais chrétien. Mais un saint comparé à ce diable de Giorgione qui avait montré des femmes lascives et nues. Celui-là était mort et brûlait en enfer. Juste punition. Flora ne put s'empêcher de saluer la clairvoyance des juges divins.

– Ils ont bien fait, il n'a eu que ce qu'il méritait ! dit-elle d'une voix audible.

– Oui, mademoiselle ? demanda Cecilia.

– Toi, tu viens par ici et tu tiens la file, gronda la duègne qui avait senti poindre l'ironie dans la question de sa protégée.

Cecilia ne baissa pas le regard. Elle avait remarqué que ses interlocuteurs ne pouvaient pas le soutenir et elle aimait s'imposer par son éclat. Surtout quand elle avait en face d'elle la vieille chouette. Flora battit des paupières.

– Petite impudente ! murmura-t-elle en lui pinçant rageusement le bras, puis en la poussant vers la file de la confession.

Cecilia esquissa un sourire. L'épaisseur du velours de sa robe avait du bon. Les doigts crochus de son garde-chiourme n'avaient éveillé aucune douleur. Il n'en demeurait pas moins qu'elle souffrait de la chaleur. La sueur coulait le long de son dos, sur ses fesses, entre les mamelons de sa poitrine naissante. Elle se sentait sale et elle aurait donné au moins deux ducats pour se baigner nue dans la lagune. Elle n'était pas la seule à avoir chaud, les trois femmes devant elle enduraient le même désagrément.

4

Il n'y avait pas d'hommes attendant d'être confessés. Il y en avait rarement. A vrai dire, Cecilia n'en avait jamais vu entrer dans l'isoloir de chêne. A croire que les hommes n'avaient rien à se reprocher. Elle acceptait mal cette idée. Comme celles qu'on tentait de lui inculquer depuis qu'elle était en âge de comprendre : les filles naissent marquées par le péché ; elles sont plus faibles et moins intelligentes que les garçons ; elles sont incapables d'exercer des métiers d'art, de tenir une arme, de traiter une affaire...

Le visage de Cecilia se rembrunit. Elle aurait tant voulu changer l'ordre des choses. Si au moins Dieu lui donnait une parcelle de pouvoir, une toute petite parcelle ! Elle leva les yeux au ciel, suivit un rayon de soleil, mais rien ne vint d'en haut. Quand son regard revint vers l'isoloir, il fut accroché par un éclat d'or.

Une jeune femme d'une surprenante beauté venait de surgir de l'ombre d'une abside. Le lourd collier d'or qu'elle portait au cou semblait capter toute la lumière du dehors et celle des innombrables cierges de l'église. Un taureau d'or aux yeux de rubis, suspendu par une chaîne, reposait sur la poitrine généreuse mise en valeur par le décolleté droit et serré qui la comprimait.

Etait-elle l'une de ces femmes de mauvaise vie qui

fréquentaient les abords du Rialto ? Cecilia était médusée. Elle ne se retourna pas pour voir les têtes que faisaient Kalè et Flora.

« Ce n'est pas une créature du Rialto », admit-elle au bout d'un moment d'observation. En fait, elle ne savait rien des aventurières à la cuisse légère qui gagnaient leur vie dans les tavernes. Elle avait entendu quelquefois des bribes de conversation entre les serviteurs du palais, mais rien de très grivois. Cela avait cependant suffi à enflammer son imagination.

Cette femme n'appartenait pas à la confrérie des prostituées. Elle avait le port noble, la bouche délicate, le regard bleu et limpide, et sa robe devait valoir une fortune. Verte, de soie moirée piquée de fils d'or, elle sortait tout droit des ateliers de couture des *samitèri*. Une merveille dont Cecilia n'arrivait pas à évaluer le prix.

– Je te fascine à ce point ?

La blonde apparition venait de lui poser une question. Cecilia ne savait quelle attitude adopter. On ne parlait pas à des inconnus. Elle s'attendait à une intervention de la duègne, mais la vieille chouette ne se manifestait pas.

– Tu as perdu ta langue ?

– C'est que...

– Ta duègne va te sermonner ? C'est ce que tu crois ? Elle ne dira rien, je te l'assure. Je suis une Cornaro.

Cecilia se sentit devenir toute petite. Les Cornaro formaient l'une des plus puissantes familles de la Sérénissime. Elle comprit pourquoi la duègne n'intervenait pas. Flora devait trembler.

– Mais, depuis mon mariage, je porte le nom de Contarini. Beatrice Cornaro Contarini pour te servir.

C'en était trop. Le nom de Contarini sonnait glorieusement dans la tête de Cecilia. Les Contarini avaient donné plusieurs doges à Venise, ils étaient connus par tous les grands d'Europe et d'Orient. Leur résidence, le palais Dandolo, était un joyau posé au bord du Grand Canal. Rien ne résistait à leur puissance. Rien. Et cette belle jeune femme souriante y avait associé la branche des Cornaro. Le plus surprenant, c'était qu'elle était apparemment seule, sans chaperon, sans garde, sans demoiselle de compagnie, offrant ses bijoux et sa peau dénudée à la convoitise de la populace.

– Je m'appelle Cecilia Venier Baffo, dit la jeune fille du bout des lèvres.

Elle était complètement désorientée. Le manuel de bonnes manières qu'on lui avait fait entrer de force dans le crâne ne disait rien sur les conversations privées dans les églises. Autour d'elles, on priait les mains jointes et les yeux clos, des moines extatiques offraient leur âme aux saints, chacun rachetait ses fautes et s'achetait les bonnes grâces des habitants des cieux. On voyait les enchères monter du fond des poitrines et la sueur perler aux fronts de cette étrange clientèle.

– Ignore-les, dit Beatrice Cornaro Contarini. Ils ont assez à faire avec leur conscience et leur bourse pour s'intéresser à nous.

Cecilia était en confiance. Il lui sembla que, auprès de cette noble dame, rien ne pouvait lui arriver.

– Votre robe... Je... Je me demandais s'il fallait une autorisation spéciale... de votre époux.

Beatrice faillit éclater de rire, sa bouche s'ouvrit sur des dents étincelantes, étrangement pointues. Ce sourire carnassier impressionna la jeune fille et les mots qui suivirent la figèrent de stupeur.

– Je fais ce que je veux de mon apparence. Mon époux n'a pas à intervenir sur la façon dont je m'habille. C'est un avantage des femmes modernes, il nous est acquis depuis que nos grands-pères se sont lancés dans la compétition des dots. Plus on nous marie richement, plus nos maris se soumettent.

Une illumination traversa l'esprit de Cecilia. La dot appartenait à l'épouse. Elle en restait propriétaire et pouvait la dépenser à son gré lors de son veuvage. De son vivant, elle avait toute latitude de la léguer par testament à la personne de son choix, forçant ainsi l'époux qui espérait en être le bénéficiaire à une sorte de soumission. La Sérénissime avait tout tenté pour mettre fin à l'inflation des dots, jusqu'au vote d'une loi en 1505 qui en limitait le montant à trois mille ducats. Aujourd'hui encore, le Sénat cherchait à juguler ce phénomène social qui prenait de l'ampleur et menaçait l'équilibre de la République. Cecilia avait entendu son père s'en plaindre à ses associés : « Les fils de Venise ne courent plus les mers, mais les dots. Ils en ont perdu le goût de l'aventure ; je vous le dis, mes amis, si nous voulons retrouver la puissance d'antan, il faut rompre l'amarre qui attache les *condottieri* aux jupes des femmes. »

– Je ne crois pas que mon père me dote richement, répondit-elle en sentant son avenir s'assombrir.

– Il le fera. Il se pliera à la règle commune. Il te dotera par orgueil... Et puis de quoi te soucies-tu ? Tu n'es pas une fille à user d'un pouvoir aussi mesquin. Je le vois à tes yeux. Tu sauras t'imposer par ta volonté... Quoi qu'il arrive. Et je t'aiderai...

Ce « quoi qu'il arrive » et ce « et je t'aiderai » avaient été prononcés du bout des lèvres, un chuchotement où l'on sentait poindre un danger. Il appelait d'autres questions. Cecilia ne put les poser. Beatrice se rendit dans l'isoloir. La protection était levée. Il y eut comme un léger sifflement. L'adolescente se retourna. La duègne reprenait sa respiration. Elle avait le visage exsangue, pareil à la blancheur cireuse des cierges. Deux petites flammes s'allumèrent dans son regard.

Flora ne savait comment rabrouer son élève. Ce tête-à-tête avec la toute-puissante Beatrice Cornaro Contarini lui conférait une aura sacrée. Qu'avaient-elles donc pu se raconter ? Elle aurait juré que la Cornaro connaissait la petite ; elle l'avait lu dans ses yeux. Ce qui était impossible. Alessandro Baffo n'avait jamais traité d'affaire avec les Cornaro, et, s'il appartenait au Grand Conseil formé de deux mille membres, il n'en demeurait pas moins loin des hautes sphères d'influence.

Un soupir de dépit la parcourut et elle remit son interrogatoire d'inquisiteur à plus tard. A nouveau, sa poitrine se bloqua, la Cornaro sortait de l'isoloir. La séance avait été brève. La jeune femme ne prit même pas la peine de s'agenouiller pour une pénitence, de toute évidence elle avait dû acheter le confesseur.

Beatrice esquissa un sourire pour Cecilia et disparut, avalée par l'ombre qui régnait dans l'église. Cecilia aurait voulu la suivre, s'attacher à ce sourire, devenir son amie. Ce fut contrainte et forcée qu'elle entra à son tour dans la « cage à péchés », comme elle l'appelait. Elle détestait se confesser, mais préférait toutefois s'épancher auprès d'un inconnu qu'au confesseur de sa mère, un chapelain huileux et ampoulé dont elle devinait la nature concupiscente.

5

Flora compta mentalement le temps écoulé. Elle l'évaluait en Notre-Père qu'elle récitait en lorgnant du côté du confessionnal. La petite en avait beaucoup à raconter ; elle tardait à sortir. La duègne s'interrogea sur la nature des péchés qui pesaient sur le cœur de Cecilia.

« Elle est capable d'en inventer pour se rendre intéressante », se dit-elle en fulminant intérieurement. On allait dire qu'elle n'assumait pas ses fonctions, qu'elle ne surveillait pas assez les deux cousines. Flora regarda autour d'elle. Personne ne lorgnait de leur côté. Les mêmes silhouettes humbles et cassées usaient leurs genoux sur les dalles, l'œil humide dardé sur les croix et les saints. Elle n'en fut pas rassurée pour autant. Rien ne marchait comme elle voulait depuis la dernière pleine lune. Rien, pas même sa carcasse. Elle avait des douleurs d'estomac, des élancements dans les reins, des maux de tête, et ses jambes flageolaient.

Quelque chose se préparait, un événement allait se produire, bouleversant sa vie tranquille. Elle en était persuadée. Il y avait un vieil astrologue vers le canal de la Miséricorde. Lui saurait. Pendant quelques secondes, elle se dit qu'elle irait lui rendre visite, puis elle se ravisa : la consultation était chère. Elle chercha un prétexte, le trouva en accrochant du regard le visage triste d'un saint Jean en bois peint. Déglutissant, elle murmura entre ses lèvres : « Saint Jean, je ne veux pas connaître mon destin. Suppose qu'on voie quelque chose de néfaste. Si je dois souffrir, je ne veux pas le savoir, je ne veux pas en être sûre. Comme cela, je pourrai toujours espérer. C'est pécher que de vouloir deviner l'avenir, saint Jean. C'est pourquoi je préfère l'ignorer. Je suis ton humble servante, tu le sais... Alors protège-moi ! »

A ce moment, Cecilia sortit du confessionnal. La duègne rendit grâce à saint Jean et la remplaça avec précipitation. Cet empressement surprit Kalè qui s'apprêtait à décharger son cœur du lourd péché commis la veille. Elle fut immédiatement abordée par sa cousine :

– Surtout, tu te tais pour hier soir ! Tu n'as jamais vu le livre.

– Mais...

– Il n'y a pas de mais.

– On subira le châtiment, dit Kalè en regardant craintivement la voûte de l'église.

– Je te dis de ne rien dévoiler : le confesseur est bizarre. A vrai dire, je ne suis pas certaine que ce soit un homme d'Eglise. Il m'a posé d'étranges questions sur mes goûts, sur mon père et ma mère, sur toi et notre famille, sur mes désirs secrets et ma vision de la République et du monde en général. Au bout du compte, il m'a libérée sans me donner de pénitence. Je suis bénie, lavée et pourtant je n'ai pas eu le temps de mentir et de m'inventer des fautes !

Kalè en resta pantoise. Quelle sorte de confesseur se tenait dans la pénombre de son réduit ? Elle aurait voulu poser d'autres questions à sa cousine, mais cette dernière fila vers le chœur.

« Elle va être punie », se dit Kalè en écarquillant les yeux. Cecilia n'avait pas le droit de s'éloigner de plus de dix pas de la duègne, et elle venait d'en faire trente.

« On va être punies », corrigea-t-elle en suppliant la Vierge Marie de rappeler l'inconsciente. La gorge nouée, elle la vit disparaître derrière l'un des piliers. S'affranchir. Ressembler à Beatrice Cornaro Contarini. C'était une merveilleuse sensation. Frissons et chaleur se disputaient son corps. Il lui semblait mieux percevoir les êtres et les choses. Elle ne sentait plus le regard de Flora qui la cadenassait dans la sphère restreinte de la bienséance. Elle inspira, se remplit les poumons des senteurs d'encens et de myrrhe, des parfums musqués exhalés par la peau des femmes, de l'odeur de cuir des soldats.

Elle marcha sans se soucier des fidèles. La *Vierge de la famille Pesaro*, peinte par Titien quinze ans plus tôt, l'attirait irrésistiblement. C'était sa toile préférée. Elle ne l'avait pourtant vue que trois fois. Dès qu'elle s'en approcha, elle fut sous le charme de tous ces personnages vêtus somptueusement, agenouillés, fervents. On y voyait un Turc sous le rouge étendard de Venise, un moine en extase, debout, prêt à se sacrifier pour parvenir au nuage sur lequel s'ébattaient deux angelots, et l'enfant Jésus qui soulevait le voile de sa mère d'un bras potelé.

La Vierge. Cecilia n'eut d'yeux que pour elle. La brune Marie, au visage ovale et aux yeux noirs, rayonnait sur son trône. Elle ne ressemblait pas aux autres Vierges pâles et fatiguées que les peintres figeaient sous des auréoles.

« Elle me ressemble », se dit Cecilia.

Le rouge lui monta aux joues. Elle osait se comparer à la Vierge du Titien, mais c'était incontestable, cette femme aurait pu être sa sœur aînée. Même teint lumineux, mêmes lèvres légèrement ourlées, même nez droit, même regard brillant sous les cils lourds.

Cecilia était fascinée. Elle n'entendit pas approcher deux jeunes curieux qui l'avaient vue pénétrer dans le chœur quelques instants plus tôt, elle ne les vit pas, même lorsqu'ils l'encadrèrent et la dévisagèrent. Leurs yeux se croisèrent par-dessus les cheveux souples et soyeux qu'ils auraient voulu caresser. L'un d'eux se racla la gorge. Cecilia eut un léger mouvement de tête et découvrit le charmant garçon qui lui souriait.

Rougissante, elle se détourna et rencontra le regard vert du second. C'en était trop. Elle demeura paralysée. Ses jambes semblaient de plomb et refusèrent la fuite. Si Flora apparaissait à ce moment, elle était morte.

– N'ayez crainte, dit le jeune homme aux yeux verts.

Que faire? Pour la première fois de sa vie, des inconnus l'abordaient. Et ils étaient beaux... Leurs cheveux châtains et bouclés retombaient sur leurs épaules; ils avaient la peau hâlée, portaient des anneaux d'or aux oreilles et des bagues de sultan aux doigts. Leurs pourpoints brodés et échancrés laissaient voir les poils naissants de leur poitrine. Les épées aux pommeaux ciselés les classaient parmi les membres de la noblesse.

Cecilia avait enregistré tous ces détails. Un instant avait suffi pour qu'elle gravât à jamais ces deux téméraires dans sa mémoire. Elle était toujours aussi rouge et ne savait comment calmer son cœur qui battait comme un tambour avant la bataille. Elle leva les yeux vers la Vierge du Titien. L'apaisement viendrait d'en haut.

– Elle vous ressemble, dit son voisin de droite.

– Les Pesaro sont-ils de votre famille? demanda l'autre en étudiant le tableau qui représentait les membres de ce clan puissant.

La Vierge n'était autre que la fille aînée du patriarche. Elle avait été immortalisée en mère du Christ avant de mourir d'une épidémie.

– Non...

Elle s'était entendue dire non. A nouveau, le sang lui monta au visage. C'en était trop, elle allait s'évanouir. Ne comprenaient-ils pas qu'ils la compromettaient et lui faisaient courir le danger d'être sévèrement punie? Flora allait surgir d'un instant à l'autre et briser le rêve.

– Je m'appelle Marco Prioli.

– Et moi, Pietro Da Narni.

Si le nom de Prioli ne lui évoqua rien, en revanche, celui de Da Narni lui rappela l'épopée du célèbre condottiere Erasmo Da Narni.

– Nous sommes tous deux arquebusiers sur la galère *Salamandre*... Et vous, qui êtes-vous ?

Tout tournait dans sa tête. Elle rassembla ses forces et ses idées et arracha un à un les mots du fond de sa gorge :

– Mon père s'appelle Alessandro Venier Baffo.

– Venier Baffo ! Le négociant en talc et en borax, s'étonna Marco. Il est monté très haut lors des dernières enchères aux galères de l'arsenal. Votre père est un redoutable bretteur en affaires, mademoiselle.

– Elle a peut-être un prénom ? susurra Pietro sur un ton un peu moqueur.

– J'en ai un en effet, et je le tiens en haute estime car il a été porté par ma grand-mère. C'est celui de la patronne des musiciens qui sut mourir en martyre sous le règne de l'empereur Sévère-Alexandre, répliqua-t-elle en faisant face à Pietro.

Tout Da Narni et arquebusier qu'il était, il ne l'impressionnait pas. Elle le toisa jusqu'à ce qu'il se détournât. Elle eut le temps d'apercevoir de mauvaises flammes dans l'eau verte de son regard. Ce garçon venait de perdre son crédit; son compagnon fut plus diplomate :

– On dit que sainte Cecilia se servait de sa voix comme d'un instrument de musique. Vous avez un joli prénom, mademoiselle Baffo.

– Que fais-tu ici ?

La voix de la duègne tonna dans le chœur. Elle sema le trouble parmi les prêtres et les pénitents. Cette noire apparition avait de quoi épouvanter les chrétiens. Les deux jeunes hommes se retournèrent en mettant la main à la garde de leur épée. Un Barbaresque bondissant sur le pont de leur galère lors d'un abordage les aurait moins saisis. Flora était furibonde, elle grimaçait, montrant ses dents jaunes et tordues. Elle fulminait, et ils auraient pu jurer que les billes noires de ce regard meurtrier allaient les transpercer.

– Ecartez-vous !

Ils obtempérèrent. Flora agrippa Cecilia par le bras et la poussa devant elle.

– Nous nous expliquerons en présence de ton père.

Cecilia garda son calme, elle ne voulait pas se montrer faible devant les deux arquebusiers. En revanche, sa cousine Kalè pleurait. La jeune Grecque sentait déjà sur sa peau la baguette. On allait les enfermer dans le réduit réservé aux serviteurs qui commettaient des fautes. Au pain sec et à l'eau. Si près du canal et des égouts qu'on entendait nager les rats. Cette menace d'enfermement, qui n'avait encore jamais été mise à exécution, la duègne la proposerait, insisterait pour l'honneur du nom. Nul doute que son oncle Alessandro accepterait.

Kalè chercha une consolation dans les yeux de sa cousine, mais se heurta à la volonté farouche et à la fierté de Cecilia.

La tête droite, elle se libéra de la poigne de la duègne sur le parvis et la défia en prenant quelques pas d'avance.

– Viens près de moi !

La duègne parlait dans le vide. Cecilia se sentait libre sous le franc soleil. Dans l'ombre d'un porche, Beatrice Cornaro Contarini l'observait. A son côté, un homme habillé de velours noir triturait le manche d'argent d'un poignard d'apparat passé dans sa ceinture.

– Je crois que nous avons fait le bon choix, dit Beatrice.

– Nous verrons bien, répondit l'homme. Il ne faudrait pas que cette duègne nous les abîme.

– Cette sorcière a fait son temps, affirma Beatrice avec un sourire cruel avant de froncer les sourcils.

Les deux jeunes arquebusiers venaient d'entrer dans son champ de vision et, à la façon dont ils dévoraient des yeux la belle Baffo, elle comprit pourquoi Flora paraissait furieuse.

Devant l'église des Frari, la sorcière s'agitait, semonçait, tentait de serrer de près Cecilia, mais en vain. On n'emprisonne pas le vent.

– Tu paieras très cher ton impudence !

Cecilia n'en doutait pas, mais elle était prête à perdre quelques gouttes de sang sous les coups et à affronter le cachot humide et les rats. A quatorze ans et trois mois, on pouvait prendre son indépendance. Surtout quand des jeunes hommes vous suivaient dans la rue. Elle n'eut pas besoin de se retourner, son instinct ne la trompait pas. Marco et Pietro étaient dans son sillage, ils évaluaient la dot et les plaisirs à venir. Ils ne sentaient pas la mort à leurs basques : un homme en noir au poignard d'argent s'était définitivement attaché à eux.

6

Alessandro Venier Baffo avait perdu ses cheveux depuis longtemps, mais ce n'était pas dû à l'inquiétude pour ses proches. Les galères, ses chères galères, étaient responsables de l'éternel hiver dans lequel il vivait, de son crâne dénudé, de ses angoisses glacées et des ulcères qui ravinaient son estomac. Il avait tant peur de les perdre. Ses nuits, il les passait entre Charybde et Scylla et il lui arrivait souvent de se réveiller en criant après avoir vu en songe ses bateaux se briser en mer de Sicile. Seul son cœur était solide, il battait régulièrement et lentement tel un marteau de carrier dans sa maigre poitrine de sédentaire.

Pendant de longues minutes, il usa ses yeux à observer les côtes de Crète jusqu'à La Canée, marquée d'un point rouge sur la carte déroulée devant lui.

« La Canée, La Canée », dit-il tout bas en essayant de se rappeler la forme et la profondeur du port. Vingt ans auparavant, il avait fait le voyage jusque là-bas afin d'y acheter un entrepôt près de la place Saint-Vénizélou. Une très mauvaise expérience, car il détestait naviguer. Il soupira. La ville était sûre, mais tellement convoitée... Il jeta pour la dixième fois un œil sur le calendrier. Aujourd'hui, ses deux galères devaient y mouiller. A l'abri de la flotte du corsaire Barberousse et de ces maudits Turcs qui rêvaient de transformer les églises de Crète en mosquées. On n'était sûr de rien en ces temps troublés. Le grand vizir des Turcs, Ibrâhîm Pacha, venait d'être étranglé sur ordre de Soliman le Magnifique. Cette perte n'annonçait rien de bon, elle couronnait le triomphe de la sultane Hürrem qui, au sein du harem, régnait désormais sans partage sur l'Empire ottoman et sur le cœur de Soliman. Cette femme allait pousser son époux à déclarer la guerre à la Sérénissime.

« Impossible », ajouta-t-il, pensant aux accords passés avec les corsaires et aux nombreuses taxes que les Vénitiens versaient aux Turcs.

Il n'en fut pas rassuré pour autant et il adressa une prière muette au grand Christ qui surmontait le petit autel de marbre dressé dans son vaste bureau encombré de parchemins et de livres de comptes. Deux employés s'appliquaient à aligner des chiffres, et Alessandro prit soudain conscience de leur présence. Ils avaient fini par se confondre avec le décor. L'encre et la cire imprégnaient leur peau. Pareils à des insectes bossus drapés de noir, ils ne se manifestaient que par le grattement de leur plume sur le papier.

Ce bruit léger et crissant l'apaisa. Il concrétisait sa puissance, sous forme de lettres de change, de billets à ordre et de commandes. A ce même instant, pensa-t-il, sur les routes poudreuses de Perse, dans les mines des Indes, les villages pouilleux de Chine, les déserts brûlants et les cols enneigés, au fond des étouffantes cales bourrées de rats affamés, dans les plantations, au bord des quais, sur les marchés, sur les océans chevauchés par les lourdes galéasses et les frêles galères, sous les vents furieux et les brises légères, au sein des cyclones et des trombes d'eau, des hommes, des femmes et des enfants de toutes les races donnaient leur part d'effort et de sueur afin que lui, Alessandro Venier Baffo, affirme sa puissance à Venise. Et c'était ce grattement ininterrompu qui la résumait. Ici, on n'écrivait pas à propos de rien, pour l'art et la rime ; on écrivait pour amasser des ducats.

De l'or, encore plus d'or, de l'or par tous les moyens, voilà ce qui comptait. Religion, patriotisme, ordre moral, culte des ancêtres, amour des siens, il y avait longtemps qu'Alessandro avait noyé ces choses dans le Grand Canal.

A quoi servaient les sentiments ? A rien... Ils n'étaient même pas quantifiables, mesurables, vendables. Ils encrassaient la mécanique du négoce. Ha ! le doux bruit des plumes... Perdu dans ses rêveries et ses calculs, Alessandro sursauta lorsqu'on frappa à la porte. Il n'attendait personne avant la tombée de la nuit et n'avait pas la conscience tranquille ces temps-ci.

Avant de lancer un tonitruant « entrez ! », il évoqua le pire. On venait lui annoncer que ses galères avaient coulé, que la guerre venait d'éclater, que la peste et le choléra étaient aux portes de l'Egypte... Pis, on venait l'arrêter. Quand il vit Flora, il ravala sa salive.

« Encore elle », se dit-il en laissant la mauvaise humeur l'envahir, « quand cessera-t-elle de m'importuner ? »

– Que voulez-vous ?

– Je dois vous faire part de choses graves, répondit-elle en lorgnant du côté des deux employés.

Les deux cafards avaient relevé la tête pour l'observer. Elle les détestait parce qu'ils étaient mieux payés qu'elle. Elle avait pourtant l'impression que ces postes de tâcherons ne demandaient pas d'efforts particuliers. Compter pour autrui ne devait être qu'un long exercice ennuyeux et répétitif.

– Graves ?

– Il s'agit de votre fille !

– Ah..., souffla-t-il.

Il ne fit pas un geste pour renvoyer les secrétaires, mais leur décocha un regard assez sévère. A la grande déception de Flora, les deux cafards reprirent leur travail.

– Qu'a donc encore fait ma fille? demanda-t-il avec ennui.

– Elle s'est adressée à des inconnus dans l'église des Frari.

– Comment est-ce possible?

– Elle s'est échappée pendant que je me confessais.

– Vous avez laissé Cecilia et Kalè sans surveillance?

– C'est que...

– Je vois, vous aviez des péchés à vous reprocher!

– Non, mais...

– Vous avez commis une faute grave. Cecilia et Kalè représentent une grande valeur.

– Cecilia a parlé à des soldats. Je demande l'autorisation de la punir!

– Retournez dans votre chambre et restez-y! Le cas de ma fille et de ma nièce sera bientôt réglé! J'en fais mon affaire.

Alessandro était furieux. La duègne courba l'échine. Tremblant de honte et de peur, elle remonta dans sa chambre et ravala ses larmes en comptant son or. Une heure plus tard, lorsqu'elle releva la tête pour guigner vers le canal, son sang ne fit qu'un tour : la mystérieuse gondole ornée d'argent était à quai. Elle y vit à nouveau une menace. Quelque chose se tramait. Elle en était sûre. Cette fois, elle saurait à qui appartenait l'embarcation. Dès la tombée de la nuit, elle grimperait à bord afin de recueillir des indices, s'il y en avait. Puis elle se posterait non loin sur la barque d'un pêcheur pour mettre un visage sur son propriétaire.

Peut-être y aurait-il de l'or à gagner?

Elle ne pensa plus à la colère du maître, ni à Cecilia ni à Kalè. On pouvait devenir très riche à Venise en exerçant l'art du chantage.

7

Une, deux, six heures passèrent. Et toujours pas d'apparition de la duègne. Cecilia et Kalè attendaient leur punition. Elles serrèrent les dents lorsque la porte s'ouvrit, mais ce ne fut pas Flora, sa baguette de saule et l'Evangile entre les mains, qui s'avança dans la chambre.

– Souriez, mesdemoiselles, souriez ! Votre duègne a été consignée dans sa chambre.

Elles demeurèrent saisies, sans pouvoir questionner, puis elles rirent. Toutes leurs angoisses s'envolèrent et un appétit féroce les fit se jeter sur le panier qu'apportait la servante. Melon, jambon, pain aux confits, fromage des Apennins, toutes les victuailles furent englouties en quelques coups de dents. Puis elles voulurent se faire raconter l'incident. La servante tenait l'information de l'un des secrétaires du maître. Elle prit son temps afin d'exciter la curiosité des filles et elle améliora la version originale pour se rendre intéressante.

– Votre père a empoigné Flora et l'a mise dehors en jurant.

– Mon oncle a juré ? s'étonna Kalè qui n'avait jamais entendu Alessandro élever la voix.

– Par saint Marc ! dit la servante en se signant.

Cecilia fit la moue. Cela ne ressemblait pas à son père. A Venise, il fallait être un étranger et un bandit pour jurer sur le protecteur de la ville dont on conservait, protégeait et adorait les reliques depuis 815. Même les juifs du ghetto n'osaient pas prendre le saint à témoin. La servante mentait.

– Laisse-nous.

La femme reprit son panier. On ne tenait pas tête à la petite maîtresse. Si elle n'était pas née fille, elle aurait été condottiere ou chevalier de Malte. Il y avait du guerrier en elle.

Quand la porte se referma, Cecilia éclata d'un rire franc et sonore. Kalè y joignit le sien et elles dansèrent la gigue en chemise.

– Toi, tu prendras Pietro et moi Marco, dit Cecilia qui avait longuement décrit les deux arquebusiers à sa cousine.

Leurs pieds claquaient sur la mosaïque du sol. Leurs cheveux dénoués volaient. Quand la fatigue vint, elles se jetèrent sur le coffre contenant les poupées de bois et de chiffons de Cecilia. La plus grande fut choisie. Martyrisée, le visage rogné, vêtue d'oripeaux, affublée du nom de Flora-vieille-chouette-du-Cannaregio, elle fut bousculée, griffée, étouffée sous un coussin. Elles l'accusèrent pendant près d'une heure. Sale duègne ! Plus bête qu'une oie et plus méchante qu'un rat !

– Tu es punie ! cria Cecilia.

– C'est bien fait !

– On est libres !

– Oui, on est libres d'aller et de venir ! renchérit Kalè en arrachant quelques cheveux de crin à la poupée.

– Et tu sais ce que cela implique ? demanda Cecilia en prenant entre ses mains le visage de sa cousine.

Elle le rapprocha du sien et reprit :

– Tu sais ce que nous allons faire ?

– Non ?

– On va retourner à la bibliothèque pour poursuivre notre lecture.

– Pas ça !
– Si ! La liberté se mérite. Elle a un prix.
– On va nous surprendre !
– Qui va nous surprendre ? Flora n'osera pas quitter sa chambre. Mon cher père ne dormira pas ici cette nuit. Je connais ses habitudes : le jeudi, il va s'encanailler au Rialto. Ma mère et son chapelain sont à cent lieues de Venise. On peut aller et venir. Ce soir, le palais est à nous ! Allez, ma Kalè, prends confiance. On va attendre que la lune soit haute.

Sur ces mots, elle renversa un gros sablier que lui avait imposé Flora. Il servait à mesurer le temps des prières.

Flora avait prié. Histoire d'alléger sa conscience et de demander du secours. Elle avait mis les anges, la Vierge et les saints de son côté. A présent, elle se sentait forte. Franchir le seuil de sa chambre, puis celui du palais ne la fit pas trembler. Les abords immédiats de la demeure étaient paisibles. Toute l'activité du quartier se concentrait sur le campo San Barnaba où brillaient des torches. Elle ne risquait pas d'être vue. La gondole l'attirait irrésistiblement, et elle s'en approcha tel un oiseau de nuit silencieux. Après un regard circulaire, relevant ses jupes, d'un bond, elle monta à bord. L'habitacle, clos par de lourds rideaux de velours cramoisi, pouvait contenir quatre personnes. Elle l'inspecta, frappée par l'odeur de cuir et de cannelle qui s'en dégageait. Ce bateau n'appartenait pas à une femme. Les banquettes étaient recouvertes de coussins brodés de blasons dont elle ne reconnut pas les armes. Il faisait trop noir et sa science de l'héraldique et des symboles était si pauvre qu'elle aurait été incapable de mettre un nom sur les étendards des cinq premières familles de Venise.

Elle passa les mains sous les banquettes, retourna les coussins, y fourra son nez. Ça sentait bien l'homme... le vieil homme. Un léger relent d'urine lui arracha une grimace de dégoût. Dieu l'avait gâtée en lui épargnant la vie commune avec un soupirant, elle n'aurait pas supporté le mariage. Les hommes étaient tous des porcs et celui qui possédait cette gondole ne dérogeait pas à la règle.

Il n'y avait décidément plus rien à glaner sur cet esquif. Flora déploya à nouveau sa noire silhouette pour bondir sur le quai. Deux portes cochères aux battants fendus et aux serrures rouillées étaient à égale distance de la gondole. Les bâtiments qu'elles desservaient n'appartenaient à personne depuis la peste de 1480.

Dubitative, Flora examina longuement les façades lézardées aux soubassements rongés par l'eau salée. Pas la moindre lumière. Il n'y avait plus que des fantômes derrière ces murs, des damnés condamnés à errer jusqu'à la fin des temps en expiation de leurs péchés.

« Dans cette ville, ils naissent et meurent tous avec l'âme noire », murmura-t-elle en décidant de se rendre sur le campo. Là-bas, il y avait des vivants aux langues bien pendues. Peut-être en apprendrait-elle un peu plus sur le mystérieux bateau. Les lèvres serrées, elle marcha vers la lumière des torches. Elle avait toujours eu horreur de l'ambiance de cette ville la nuit. Horreur de tous ces visages qu'elle croisait, rendus semblables par un sentiment unique, l'envie, envie des autres, envie de tout, une envie qui les rendaient capables des actes les plus vils.

Et elle était devenue comme eux. Dans la foule, elle n'aimait pas ressentir l'impuissance de sa haine parce qu'elle n'avait aucune cible à atteindre. Pas de filles à punir, pas d'ordre à donner, pas de pouvoir à exercer. A moins d'être doge. Elle soupira. Dieu avait voulu qu'elle fût duègne. La récompense viendrait après la mort.

Au centre du campo, face à l'église San Barnaba, il y avait un puits de marbre où toutes les femmes venaient prendre leur eau dans la journée. La nuit, c'était là que circulaient les commérages du quartier et du port. On cassait du Turc et on critiquait la politique du Conseil des Dix sans ralentir ses occupations. Les femmes empaillaient des chaises ou brodaient, les hommes buvaient et réparaient des filets.

Au moment où Flora déboucha sur la place dans la lumière des torches et des lampes à huile, une violente dispute venait d'éclater au sujet du sel. Depuis le blocus de la navigation sur le Pô par la ville de Ferrare, alliée des papes, Venise avait perdu son monopole. Aujourd'hui, les flottes rivales apportaient le sel d'Ibiza à Ancône et la Sérénissime, qui avait bâti sa puissance militaire en vendant cette matière première, en était réduite à la puiser à Larnaka, sur la lointaine Chypre. Il y avait moins de sel et plus de gabelle. L'impôt impopulaire n'avait jamais été à l'origine d'une révolte, pourtant, les Vénitiens grondaient.

– Comment allons-nous saler nos poissons ? criait un homme de haute stature à un clerc un peu ivre qui avait pris la défense de la République.

– Les militaires n'ont pas su nous défendre contre ce maudit pape !

– Et les marchands s'enrichissent !

– Ce sont eux qui ont la charge de ramener le sel et d'en fixer les prix !

– Qu'est-ce qu'elle vient faire par ici cette étrangère ? dit une femme en tendant le menton vers Flora.

Toutes les trognes se tournèrent en direction de la duègne. Elle n'était pas la bienvenue. Il y avait là une brodeuse à qui elle achetait parfois des mouchoirs. Cela ne la dédouana pas auprès de cette dernière.

– Mademoiselle Flora vient nous espionner pour le compte de son maître, dit la femme sur un ton revêche.

Ses yeux brillaient de colère. Elle avait une tignasse rousse qui captait le feu des torches et lui donnait un air de lionne malgré sa constitution chétive.

– Mon maître n'a rien à voir avec le sel, Marta. Il importe du talc et du poivre, répondit-elle en toisant la brodeuse.

– Il n'empêche qu'il s'enrichit sur notre dos en amassant des ducats et, nous, nous n'avons jamais dix sous en fin de saison. Et toi, tu as combien de ducats cachés sous ton lit ? demanda la petite lionne en se redressant.

– Je n'ai rien... Je n'ai rien, protesta Flora.

Elle paniquait à l'idée qu'ils puissent imaginer qu'elle était riche. Ils étaient capables de lui faire un mauvais coup pendant les fêtes sur le Grand Canal. Elle restait seule au palais lors des fastes de la République.

– Menteuse ! dit la brodeuse en la piquant de son aiguille à l'épaule.

L'acier traversa le drap noir, puis la peau. Flora cria de surprise. Elle était dure à la douleur, même à celle des autres. Surtout à celle des autres.

Elle attrapa vivement l'une des boucles d'oreilles de son adversaire et la tira violemment. Le lobe se déchira. Le sang gicla sur les doigts crochus.

La rouquine tourna de l'œil et tomba. Flora ne s'en tint pas là. Malgré son âge avancé, elle était encore rapide et forte. Soulevant la brodeuse par les cheveux, elle cogna là où ça faisait mal, sur les seins et le nez. Lorsqu'elle estima que les dégâts occasionnés payaient largement le coup d'aiguille, elle lâcha sa proie. Devant le public ébahi, la petite lionne s'affaissa lentement sur le sol. Personne n'osa la secourir et ce fut un spectacle curieux que de voir la duègne essuyer le sang à la manche de sa robe avant de remettre en place ses cheveux sous la sorte de bavolet austère qui lui couvrait le chef.

En un instant, elle redevint parfaite et hautaine, provoquant l'admiration d'un seul homme : le clerc ivre. Il se mit à applaudir, sans se soucier des grondements de la foule. Le spectacle lui avait plu. Et il suivit la duègne qui venait de s'éloigner.

En quelques zigzags, il la rattrapa. Sentant la présence avinée, Flora fit volte-face.

– Que me voulez-vous ?

– Vous féliciter, noble dame.

Flora émit un « pfttt » qui en disait long sur l'intérêt qu'elle portait à ce va-nu-pieds vêtu d'un justaucorps grisâtre et miteux. Cet homme à la barbe crasseuse devait moins gagner qu'un fabricant de chandelles. A l'odeur qu'il dégageait, elle le soupçonna d'habiter à l'est du Cannaregio parmi la racaille des ouvriers. La lie des Vénitiens se concentrait là-bas, près des entrepôts de bois et des fours à briques. Elle ne s'y était jamais rendue, mais elle imaginait que pauvres et coupe-jarrets s'y livraient à des sabbats.

L'horrible bonhomme se moucha en pinçant son nez entre ses doigts et rota avant de poursuivre :

– Noble dame, vous les avez mis au pas... ces galeux...

« Galeux, toi-même », pensa la duègne en commençant à s'impatienter. Elle était sortie pour glaner des informations sur une gondole et elle ramenait un ivrogne. Une pensée lui traversa l'esprit, elle le pousserait dans le canal s'il continuait à l'importuner.

8

La nuit, cependant, n'était pas propice. La lune, pleine, se reflétait dans les eaux noirâtres, découpant les silhouettes des maisons et des ponts. Flora était pourtant décidée à agir. Peut-être commençait-elle à éprouver un certain plaisir. Et Dieu lui saurait gré d'envoyer cette vermine en enfer.

– Vous savez, ils ne m'aiment pas, les gens de San Barnaba. Ils me considèrent comme un chien depuis que je vis sous le pont de l'église.

Sous le pont ! Il avait dit sous le pont ! Impossible, elle ne l'avait jamais vu. Il était vrai qu'elle n'allait jamais dans cette église fréquentée par les artisans et les boutiquiers. Une duègne ne pouvait côtoyer cette classe inférieure, même lors des processions du 11 juin et des commémorations de miracles. Il y avait une autre raison à son désintérêt : San Barnaba était un disciple des apôtres reconnu par Milan, ville alliée au pape maudit. C'était un tout petit saint sans pouvoir véritable dont les écrits n'avaient pas été admis dans les livres canoniques. Seuls les clercs désargentés et les mendiants pouvaient vivre à l'ombre de sa maison.

Trois plis creusèrent son front. Son regard charbonneux et luisant disparut presque sous la frange des cils. Si ce manant aux habits élimés vivait sous le pont, il ne devait rien ignorer du trafic batelier, il avait donc obligatoirement vu passer la gondole aux passagers fantômes. Son envie de noyer ce misérable disparut brusquement. Elle tenta un sourire.

– Comme je vous plains, monsieur.

– Ne me plaignez pas, noble dame, je porte le poids des fautes de mon père qui s'est ruiné en investissant ses économies dans l'importation du sucre au moment où les Portugais dominaient ce marché. Dieu maudisse ces bâtards et leurs esclaves !

« Et ton imbécile de père », pensa Flora avant de lui demander à brûle-pourpoint :

– Aimeriez-vous gagner cinq soldi ?

– Qui dois-je tuer pour cela ?

Flora émit un petit ricanement.

– Je veux juste un renseignement. Vous voyez cette grande gondole aux parements d'argent.

– Oui, la gondole du juif.

– Du juif ? s'exclama-t-elle.

– Elle n'est peut-être pas à lui, mais j'ai entr'aperçu une fois son chapeau jaune par l'entrebâillement des rideaux lorsqu'elle est passée devant moi. Il n'est pas seul. Des personnes en cape l'accompagnent. Si vous voulez mon avis, noble dame, ce sont des comploteurs.

Un juif, des comploteurs... un juif sortant la nuit, quittant le ghetto et bravant les ordres. Depuis 1516, tous les juifs demeurant plus de deux semaines à Venise devaient coudre un « O » jaune dans leur dos ou porter un chapeau jaune, voire un turban de même couleur quand ils revêtaient un manteau. C'était une information de grand prix ! Son cœur se mit à battre plus vite. Elle pouvait en tirer de jolies pièces d'or. Elle dévisagea le clerc.

– Et où se rend ce beau monde ?

– C'est que...

– Quoi ? Parle !

– Enfin... vous me comprenez, balbutia l'homme en frottant son pouce sur l'index et le majeur sous le nez de Flora.

– Je vois, lâcha-t-elle en soupirant.

Elle avait toujours quelques sous sur elle, cachés dans une minuscule poche cousue à l'intérieur de sa jupe sous la ceinture. D'un geste incroyablement rapide, elle les sortit et les montra à son indicateur.

– Ils sont à toi.

Le clerc voulut les rafler, mais les doigts crochus de la duègne se refermèrent.

– Le renseignement d'abord !

– Comme vous voudrez, noble dame.

Il lui montra l'un des deux immeubles abandonnés. Le plus vétuste et le plus sinistre.

– C'est là !

Flora s'en était doutée. Elle jaugea la moyenâgeuse construction que la lune éclairait. La bâtisse semblait une tombe abîmée par l'âge, n'ayant plus à craindre des vivants.

– La porte n'est pas fermée, ajouta le clerc.

– Comment cela ?

– La serrure est cassée... et il n'y a rien à voler à l'intérieur. Qui y entrerait ? Cette maison fait peur aux gens.

– Pas à moi ! répondit Flora en marchant vers elle.

Elle se sentait vaillante. La perspective d'un gain en dénonçant au capitaine la présence d'un juif hors du ghetto en pleine nuit la rendait forte. Ce devoir était aussi celui d'une chrétienne. Et Dieu lui donna le courage de pousser la porte qui résistait.

Le clerc la vit disparaître dans le ventre de l'affreuse maison et, la peur nouée au ventre, il fila d'abord vers les lumières et le débit de vins, puis, pris soudain d'une sorte de curiosité malsaine, il revint sur ses pas.

9

La lune s'était drapée de brume. On aurait dit que, dans sa pudeur, elle refusait de voir où se rendaient les adolescentes. Sa lueur ne parvenait plus à éclairer l'intérieur du palais à travers les hautes fenêtres en ogive. Dans leurs longues et blanches chemises, Cecilia et Kalè tendaient leurs chandelles vers les coins d'ombre. Révélées par les flammes tremblantes, d'antiques statues grecques et romaines semblaient prendre vie, et on voyait Diane tendre son arc, Nérée surgir des algues, Cyparissus pleurer la mort de son cerf, César et Antoine penser à Cléopâtre...

Hormis ces êtres de marbre, il n'y avait personne. Comme l'avait prédit Cecilia, elles pouvaient aller et venir, même sortir. Simple était sa foi. Elle serait libre, elle apprendrait à défier les interdits. Si d'autres femmes y étaient parvenues, elle réussirait. Elle serait libre, elle devait simplement s'accrocher à cette idée. Tant qu'elle s'y tiendrait, rien d'autre n'importerait, ni son horrible duègne, ni l'égoïsme forcené de son père, ni les lois pesantes de la République, ni l'Inquisition. Elle se sentait capable de défier le pape et le roi d'Espagne.

Plus rien au monde ne comptait que le moment lointain où, à cheval, elle sentirait le vent de la course, ou le souffle de la tempête sur un rivage inconnu, le moment qu'elle aurait choisi.

C'était la seconde fois qu'elle s'apprêtait à ouvrir la porte de la bibliothèque. Sa main fut sûre. La grosse clef tourna presque sans faire de bruit. Kalè ne geignait plus, sa peur s'était éteinte en l'absence de danger. L'assurance de Cecilia était un gage de sécurité.

La porte s'ouvrit sur le temple du savoir et des interdits. Les deux cousines virent la bibliothèque d'un œil différent. La première fois, submergées par l'appréhension, elles n'avaient pas remarqué que des phrases sculptées dans le bois des colonnes se lisaient comme des avertissements.

– *Una salus victis, nullam sperare salutem*, lut Kalè.

« Le salut des vaincus est de n'en plus attendre », la citation donnait une idée de l'esprit du maître des lieux.

– Celle-là ressemble bien aux Vénitiens et à mon père, dit Cecilia en désignant un vers de Virgile, *parcere subjectis et debellare superbos*, « épargner ceux qui se soumettent et dompter les superbes » ; mais moi, personne ne me domptera, ajouta-t-elle en se dirigeant vers l'étagère où se trouvait l'*Hypnerotomachia Polifili*.

Elles l'ouvrirent avec hâte pour se gorger d'images malsaines et, lorsque leurs sens s'éveillèrent et qu'une moiteur couvrit leur poitrine, elles oublièrent qu'elles étaient à Venise.

Dès ses premiers pas dans la maison abandonnée, Flora se tint sur ses gardes. L'appréhension vint lorsqu'elle entendit des craquements. Mais ce n'était pourtant que le bois des poutres et des planchers qui travaillait. Peu rassurée, elle avançait à tâtons, se repérant parfois à la mystérieuse lueur voilée de la nuit qui pénétrait par les ouvertures. Le rez-de-chaussée bourré de détritus interdisait toute inspection des pièces. Seul le large escalier aux marches brisées qui conduisait à l'étage supérieur n'était pas encombré. Au premier étage, dans un vaste vestibule, elle vit un fragment de fresque sur un mur crépi, le bras blanc d'une vierge qui pendait au bord d'un bassin, rendu avec tant de vie qu'elle crut qu'il allait s'animer et la saisir à la gorge. Cette maison était réellement hantée, le diable et les juifs s'y donnaient sûrement rendez-vous pour le sabbat. Cette nouvelle idée fut renforcée par les relents de poussière et de pourriture qu'elle respirait.

Elle aurait pu rebrousser chemin et s'en tenir là, mais l'appât du gain était trop fort. Une seule des quatre portes du vestibule était ouverte, elle en franchit le seuil en jugulant ses doutes. Il suffisait pour cela de penser qu'un ducat d'or pesait lourd et que, avec vingt, un ouvrier de l'arsenal pouvait faire vivre sa famille pendant un an. Elle en espérait une centaine, voire cent cinquante. En les ajoutant à son magot, elle pourrait enfin quitter la lagune et se retirer dans l'une des grandes villes du sud où il faisait bon vivre.

Restait à mettre des noms sur ceux qui se réunissaient clandestinement. Pour l'heure, ils ne se manifestaient pas. Elle avait beau tendre l'oreille, elle n'entendait que les étranges craquements des os de la bâtisse.

Kalè était si rouge que Cecilia crut qu'elle allait défaillir.

– Mais remets-toi donc... ce ne sont que des images.

– Tu crois... que... enfin... que c'est possible... un homme dans une femme ?

– C'est indispensable pour avoir des enfants.

Kalè en resta interloquée. Seuls les animaux procédaient ainsi afin de mettre bas, et encore elle n'en était pas tout à fait sûre. En Grèce, les enfants naissaient lorsqu'un homme et une femme s'embrassaient. Elle tenait ce précieux renseignement de sa mère. Mais peut-être les Vénitiens étaient-ils différents? Elle regretta de ne pas pouvoir éclaircir ce mystère. Sa mère était morte huit ans auparavant, lors d'une énième invasion ottomane, après le désastre hongrois à la bataille de Mohacs à laquelle participait son père. Aujourd'hui, les Turcs régnaient sur un empire qui s'étendait de Buda à Bassora et de Tlemcen à Aden, et sa famille payait tribut à Soliman le Magnifique. Pour toutes ces raisons, son père l'avait envoyée à Venise.

– En es-tu sûre? demanda-t-elle.

– Pas tout à fait, répondit franchement Cecilia qui s'en tenait à son sens de l'observation.

Des servantes étaient devenues grosses après des amusements dans les recoins du palais. Il se racontait beaucoup de choses aux cuisines et c'était un endroit où elle aimait se rendre, car on y apprenait les règles de la vie et des secrets de femmes. Quant à connaître le détail de ces amusements, il en allait autrement. Elle était cependant prête à parier que le livre qu'elle avait posé sur ses genoux reproduisait ces amusements.

Les deux cousines demeurèrent songeuses. Chacune rêva à ces étreintes. Le silence était tel qu'elles entendaient les rumeurs lointaines de la ville. Des voix étouffées leur parvinrent. Elles ne venaient pas des quais.

– Tu entends? demanda Cecilia.

– Oui... comme c'est étrange.

Etrange était le terme exact. On aurait dit qu'il y avait quelqu'un derrière la porte. Cecilia et Kalè sentirent leur peau se hérisser. Cecilia referma aussitôt le livre et le remit en place. Elle eut la présence d'esprit de prendre la Bible. La punition infligée serait moindre si on les surprenait penchées sur les Saintes Ecritures.

Statufiées, les yeux fixés sur un passage des Juges, elles s'attendaient à voir surgir Flora avec un couteau. Elles demeurèrent immobiles un moment, écoutant les voix diffuses, puis, n'y tenant plus, Cecilia alla coller son oreille contre le battant. Elle montra sa surprise à Kalè : les voix ne venaient pas du couloir.

– Il n'y a personne.

Kalè ouvrit de grands yeux. S'il n'y avait personne, il s'agissait donc de revenants ou des anges. Ces êtres invisibles allaient apparaître et les châtier. Elle suivit Cecilia du regard. Sa téméraire complice longea les rayonnages, posa son oreille sur les montants de bois, écarta des livres, fourra sa tête à l'intérieur des étagères. Puis elle s'arrêta, elle venait de découvrir quelque chose.

– Ça vient de là, chuchota-t-elle.

Malgré elle, Kalè se rapprocha de sa cousine. Dans l'espace aménagé par Cecilia, entre deux traités de mathématiques et *Les Confessions* de saint Augustin, on voyait le fond poli du meuble.

– Ecoute...

Kalè se concentra et ne put s'empêcher de pousser un petit cri. Elle venait de reconnaître la voix de son oncle. Par quel phénomène pouvait-elle l'entendre ? Derrière le bâti de bois, il y avait un mur maître qui s'appuyait à celui d'une affreuse bâtisse abandonnée. Cecilia, qui suivait le même raisonnement, comprit très vite qu'il y avait un passage secret. Cette partie de la bibliothèque n'était qu'un leurre. Un semblant de sourire lui donna un air de fouine. Voilà comment son père filait du palais sans éveiller les soupçons. Mais qui était avec lui ?

Les autres voix lui étaient inconnues. L'une d'elles, efféminée, portait plus que les autres : « Nous subissons toujours les effets néfastes de la défaite d'Agnadel ! Que dieu punisse Bartolomeo d'Alviano et le comte di Pitigliano ! » « C'est une vieille histoire, reprit une autre voix, depuis nous avons repris Padoue et constitué des alliances. » « Et Venise a été excommuniée par Jules II », dit une troisième voix.

« C'est pour cela, maître Levy, que nous avons accueilli votre peuple. »

C'était son père qui s'exprimait. Mais de quel peuple parlait-il ? Et qui était ce maître dont le nom n'appartenait à aucune des grandes familles de la Sérénissime ?

« Parqué dans le ghetto », rectifia Levy.

« Messieurs, nous ne sommes pas là pour rectifier la loi, reprit la voix efféminée, mais pour reprendre l'initiative contre les Turcs. Chacun d'entre nous doit faire des sacrifices et s'en tenir au plan de notre bien-aimé doge. »

10

Doge. Le titre résonna comme un coup de canon aux oreilles de Flora. Depuis qu'elle avait trouvé l'endroit où se réunissaient les comploteurs – dans une étroite pièce reculée, sans porte visible –, elle frémissait à chacun de leurs propos. De plus, parmi eux, il y avait Alessandro Baffo, son patron redouté. Elle lui avait désobéi. Cet homme avait le pouvoir de la faire reléguer à jamais dans un couvent. L'évocation du doge la fit reculer dans l'ombre où elle se tenait. Tremblante, elle ne parvenait pas à mesurer l'ampleur des révélations. Ils avaient parlé de renversement d'alliances, de trahir tour à tour les Habsbourg, l'Espagne et la France, de soulever la Grèce, de s'emparer de Raguse et de Durazzo. S'ils agissaient secrètement au nom du doge, elle ne pouvait pas les dénoncer aux autorités judiciaires de Venise... Mais à l'ambassadeur de France, oui ! La France était le plus riche pays de l'Occident. Ses écus avaient belle apparence, ils sonnaient bien, et on les acceptait sur tous les marchés d'Italie ! Elle en eut des fourmillements au bout des doigts et un coup de fièvre. Sa chaleur et son odeur de chair rance se propagèrent, attirant les habitants des lieux. Une oreille exercée aurait pu entendre les légères stridulations dans l'air et les imperceptibles froissements sur les détritus. Pas Flora. Elle entassait mentalement des trésors en épiant les propos de ce conseil occulte. C'était d'autant plus troublant et alléchant que les noms de Cecilia et de Kalè venaient d'être jetés dans le poids des négociations. Elle ne sentit pas que des choses se glissaient sous sa robe, et ne cria que lorsqu'un rat plus téméraire que ses frères la mordit au mollet.

– Que diable ! lança l'un des hommes dans la pièce voisine.

– Qui va là !

Flora jaillit telle une flèche hors de l'ombre et se précipita vers les profondeurs de la maison. Elle entendit nettement les épées jaillir de leur fourreau et des jurons la poursuivre. Les comploteurs se gênèrent en tentant de la rattraper. Elle prit assez d'avance pour leur échapper. Sur le quai, elle se mit à courir vers la rue Terrà Canal. Se perdre dans le dédale du Dorsoduro était le meilleur moyen de désorienter ses poursuivants, cela lui fut facile. De ruelles en venelles et de ponts en quais, elle effaça ses traces. En un vaste tour qui la fit passer du campo di San Margherita à celui dei Carmini et du rio San Sebastiano à la calle Lunga, elle retrouva le chemin du palais.

« Le maître m'a peut-être reconnue... il m'a sûrement reconnue... Seigneur, donnez-moi un peu de temps et je couvrirai vos autels de fleurs jusqu'à mon souffle dernier... juste un peu de temps. » Elle avait un double des clefs de la porte du jardin, elle s'en servit pour pénétrer dans la demeure des Baffo.

Le silence y régnait. Elle ne le rompit pas. D'un pas léger, elle grimpa jusqu'à sa chambre. Récupérer son or, refaire le trajet en sens inverse ne lui demanda pas plus de temps qu'un « Je vous salue Marie ». A présent, elle devait se réfugier chez l'ambassadeur de France. Forte de son succès et du bon tour qu'elle allait jouer à ce chien d'Alessandro Venier Baffo, ce patron qu'elle couvrait de crachats et d'excréments, elle ajouta mentalement des écus aux ducats de sa cassette.

Cecilia et Kalè avaient couru à perdre haleine. Des cris et des jurons avaient retenti au moment où elles allaient apprendre pourquoi elles étaient mêlées à ces étranges tractations. Pelotonnées l'une contre l'autre dans le grand lit à baldaquin qui ouvrait ses voiles sur la vaste et sombre chambre, meublée de trépieds de bronze, de coffres et de deux statues de Marie-Madeleine ramenées de Marseille quatre ans plus tôt, elles attendaient la tempête. Kalè tenait fermement la main de sa cousine, si fort que Cecilia sentait battre son cœur. Et il galopait le pauvre, il cognait comme pour s'évader de la maigre poitrine de l'adolescente. Il lui communiquait des peurs qu'elle n'avait pas. Alors que ce tocsin les faisait trembler, il y eut un grand choc quelque part dans le palais.

Des portes claquèrent, des piétinements ébranlèrent l'escalier monumental, des bruits de ferraille montèrent jusqu'au faîte du toit.

– Je ne veux pas, gémit Kalè.

– Tais-toi, personne ne nous a vues sortir de la bibliothèque. Et on n'envoie pas une armée punir des petites filles.

Les sons ne trompaient pas. Des soldats couraient. Leurs piques et leurs épées cliquetaient, crissaient sur les dalles et tintaient sur le marbre des marches. Cette horde passa devant la porte de leur chambre et continua sa progression vers l'étage supérieur. Peu de temps après, le reflux se produisit, mais cette fois la porte de la chambre s'ouvrit.

Les deux cousines fermèrent les yeux et s'enlacèrent pour ne former qu'un seul corps. Elles entendirent le pas lourd d'un homme en armes.

– Où est votre duègne ?
– Père ! s'écria Cecilia en ouvrant les yeux.
– Où est-elle ?
– Nous ne l'avons pas vue de la soirée !
– La garce ! Je vais la faire écarteler ! hurla Alessandro.

Il écumait de rage. La torche qu'il brandissait devant lui rougissait son visage aux yeux injectés de sang. Jamais Cecilia ne l'avait vu dans un pareil état. Il rabroua les sergents qui attendaient sur le seuil.

– Qu'attendez-vous ! Fouillez toute la ville. J'offre vingt ducats à celui qui la retrouvera ! Quant à vous, préparez vos affaires, on viendra vous chercher à l'aube ! dit-il à l'intention des filles.

Il avait reconnu Flora dans sa fuite. La vieille travaillait sûrement pour l'une des grandes familles opposées à Gritti. Il ne l'aurait pas crue capable de tant de duplicité. Cette trahison avait eu au moins le mérite de faire aboutir les discussions avec les envoyés du doge. Il obtiendrait ses quatre mille ducats et des facilités commerciales. En échange, il perdait sa fille et sa nièce. Autant dire rien lorsqu'on avait le cœur sec et aucun sens de la famille.

– Allons-nous rejoindre ma mère ? hasarda Cecilia.
– Vous irez là où commande le devoir envers la République.

Sur cette énigmatique réponse, il partit en claquant la porte. Dans la salle basse, le portier l'aborda :

– Maître, quelqu'un veut vous parler.
– Ce n'est pas le moment !
– Il a d'importantes révélations à vous faire.

Alessandro eut un soupir d'exaspération et consentit d'un bref hochement de tête. Quand il vit le gueux qui l'attendait dans le confinement de la loge où, au-dessus d'une paillasse, pendaient les clefs du palais et un christ en bois d'olivier, il faillit frapper le portier.

– C'est au sujet de la duègne, dit le misérable personnage qui empuantissait l'air de vin frelaté.

Une grâce envoyée par un ange aurait eu le même effet. Le visage d'Alessandro s'attendrit. Il eut le regard amical, fraternel, paternel, l'œil et le sourire du jeune prêtre qui veut soulager son prochain.

– Ami, c'est la providence qui vous envoie !

– Non, c'est le besoin, monseigneur.

Alessandro comprit. Il ouvrit sa bourse. Deux deniers d'argent alourdirent sa paume qu'il maintint ouverte sous les yeux du manant.

– Je suis un pauvre clerc... Mon père a fait faillite dans le commerce du sucre.

Deux autres deniers s'ajoutèrent aux premiers. Le clerc n'osa pas surenchérir, il sentait poindre la rage sous la façade de Baffo. Il prit délicatement les pièces et les fourra dans son justaucorps.

– Je vais vous dire où elle se trouve.

Il s'était fait dans la chambre un silence de mort. Cecilia et Kalè n'osaient encore bouger.

Elles ressassaient les paroles d'Alessandro et alimentaient leur angoisse. Elles redoutaient l'aube maintenant.

11

Un François Ier la regardait de ses yeux de marbre depuis qu'on l'avait introduite dans cette vaste pièce alourdie de tentures et de gros meubles à colonnades, chichement éclairée par quatre lampes à huile. Ce roi barbu au long nez et au menton fendu d'une fossette ne lui inspirait guère confiance. Flora se demandait à présent si elle avait fait le bon choix en se rendant chez l'ambassadeur de France. En y réfléchissant, les Espagnols ou les Anglais se seraient révélés meilleurs partenaires... mais ils étaient plus avares.

Ce maudit secrétaire de l'ambassadeur ne se montrait plus depuis que les douze coups de minuit avaient retenti à l'énorme horloge à ressort surmontée d'une salamandre dorée. Animal détestable qui lui rappelait une histoire racontée par les marins bretons en escale à Venise : « Les juifs, pour rendre plus douloureuse l'agonie du Sauveur sur la croix, firent passer sous ses yeux les bêtes les plus immondes et les plus hideuses. Jésus les regarda avec bonté, mais quand vint le tour de la salamandre, l'aspect repoussant de ce petit reptile suant le venin lui fit détourner les yeux de dégoût. »

Pourquoi la faisait-on attendre ? Elle avait clamé haut et fort qu'elle détenait des informations de première importance concernant l'avenir du royaume de France.

Le petit homme maigrichon au poil roussâtre et au regard torve, engoncé dans un pourpoint de soie rouge débordant de dentelles, qui se disait être le premier secrétaire, l'avait reçue, mais elle s'était retranchée derrière l'importance de ses révélations, ne voulant parler qu'en présence de l'ambassadeur.

Cinq heures s'étaient écoulées depuis la disparition du petit secrétaire. Flora avait refait son projet de fuite cent fois : Irait-elle vers le sud de l'Italie ou le sud de la France, dans l'un des Etats princiers d'Allemagne ou vers le Nouveau Monde, à Malte ou à Amsterdam ? Elle n'éprouvait plus qu'une totale incertitude et ce palais planté sur le bord du rio San Felice l'oppressait. Les fenêtres étaient à peine plus grandes que les meurtrières d'une forteresse, l'humidité laissait ses empreintes partout et faisait se boursoufler le crépi des plafonds, s'écailler les toiles, verdir les cuivres. Une odeur de salpêtre chatouillait les narines.

Non, elle n'était pas au bon endroit.

Un denier d'argent avait suffi au bonheur du clerc. Après avoir vendu la duègne au seigneur Alessandro Venier Baffo, il s'était aussitôt précipité dans l'une des gargotes proches du Rialto, là où les marchands, les aventuriers et les truands partageaient leurs plaisirs dans d'interminables beuveries. Dans les rues chaudes de Venise, trente-deux monnaies étrangères circulaient, passaient entre les mains des trafiquants, arrondissaient les magots des maquerelles et finissaient un jour ou l'autre dans les caisses de l'Etat.

Il avait plaqué brutalement son denier sur le comptoir du Chevalier Ardent, mais ce geste de nouveau riche n'avait guère impressionné la grasse tenancière moustachue dont l'œil droit clignait mécaniquement. En échange de cet argent, elle lui avait servi un gros cruchon de vin et ramené une pute slave débraillée. Entre deux lampées de vin, il avait sucé les tétons roses de la fille et ses doigts avaient exploré son intimité, ce qui l'avait fait rire.

A présent, la gargote fermée, il errait dans les rues et sur les ponts silencieux de la ville. C'était l'heure du néant. Celle qui précède l'aube. Le cerveau embrumé, il titubait dans la ville immobile et endormie. Il remit le cap vers San Barnaba.

Il perdit ses repères en abordant la place San Polo, la brume en noyait les contours, l'église était invisible. Il avançait d'un pas incertain, ayant perdu son sens de l'orientation. Le vin avait gommé le plan de la ville inscrit dans ses pauvres méninges ramollies. Il en était à se demander s'il se trouvait du bon côté du Grand Canal lorsque un homme en noir apparut, fendant le brouillard, sa figure ravagée de vérole était encadrée d'un bonnet de cuir.

Saisi, le clerc s'excusa et voulut éviter cette rencontre, mais un second homme, lui aussi vêtu de noir, sec comme un pied de vigne, le heurta. Sa face étroite aux yeux rapprochés l'effraya. Il y lut son arrêt de mort.

Il ne put s'enfuir. L'homme le prit à la taille en lui bloquant les bras tandis que son complice préparait la saignée. Il vit le large couteau dans la main du vérolé. Son cri s'étrangla lorsque la lame lui trancha le cou.

– Il a son compte, dit celui qui le maintenait.

– Fouille-le et retournons au palais prendre les ordres.

Le clerc fut fouillé, délesté de ses trois deniers et abandonné aux rats que l'odeur du sang attirait. Lui non plus ne s'était pas trouvé au bon endroit.

12

Quand l'ambassadeur apparut accompagné du premier secrétaire, Flora reprit confiance. Il était plutôt bel homme et raffiné. Il avait des yeux de biche, une fine moustache au-dessus d'une bouche en cœur et des perles aux oreilles. Sa peau rose de bébé sentait le jasmin et il eut le plus franc des sourires lorsqu'elle s'inclina devant lui.

Le protocole dura moins d'une minute. Derrière l'important personnage, le petit maigrichon s'agita et lança d'une voix de fausset :

– Mme Flora Terrasso Facchi a d'importantes révélations à vous communiquer, monsieur le comte.

– Importantes, comme vous y allez, madame, dit le comte. Qu'y a-t-il de si important que je ne sache pas ? Venise est pleine de rumeurs apportées par le vent de l'Adriatique, elles n'ont pas plus de consistance que les histoires des marins ivres.

– Je les tiens d'un proche du doge et de maître Alessandro Venier Baffo, dit-elle en haussant le ton.

Elle avait retrouvé son air froid et dur de femme qui sait tout, mais qui ne lâche rien sans compensation. On pouvait lire le calcul dans son regard. Le noble Français ne perdit pas de temps. Il l'avait jaugée dès le premier coup d'œil. Ses sourcils s'arquèrent et il se tourna vers son secrétaire.

– Mon cher Arnaud, voyons ce que nous pouvons proposer à cette dame.

– Voulez-vous des ducats, des deniers, des écus ou des piastres ?

Quelle impudence ! Proposer des piastres, de l'argent des infidèles, à une bonne chrétienne comme elle. Flora répondit sans hésiter :

– Des écus !

– Dois-je comprendre que vous voulez vous rendre dans notre beau pays de France ? demanda l'ambassadeur en arborant le plus joli des sourires.

– J'espère que vous saurez me faire embarquer sur l'un de vos bateaux, dit Flora qui voyait enfin s'éclaircir son horizon.

– Si fait, si fait, madame... Nous allons vous compter de l'or, mais il va de soi que vous entrerez en sa possession lorsque vous aurez parlé. Voyons à présent ce que vaut le poids de vos paroles.

Le moment était enfin arrivé. Tout lui parut facile. Elle raconta en exagérant ce qu'elle savait, mêlant le nom de l'amiral Andrea Doria au complot.

Flora n'en revenait encore pas. Son bavardage lui avait rapporté trois cents écus. Bientôt Venise ne serait plus qu'un lointain souvenir. Elle oublierait les beautés de la ville, ne conservant en mémoire que les mendiants qui étalaient sans dignité leurs moignons de bras devant les églises, les prostituées suant le vice, la gangrène juive du ghetto, les marchands autorisés à voler les citoyens, les rats par milliers... Les souvenirs de ces spectacles se lèveraient dans son esprit quand elle regretterait son métier de duègne.

« Il n'y aura pas de regrets », se dit-elle en retrouvant l'air libre.

Le petit maigrichon la conduisit à une gondole. Elle lui emboîta le pas avec une indubitable assurance, serrant contre sa poitrine le sac de cuir qui contenait son trésor. La brume épaisse mangeait les maisons et le canal. Elle bénit cette alliée. A cette heure il n'y avait pour spectateurs que les pêcheurs revenant de la lagune et les transporteurs de légumes. On n'avait rien à craindre d'eux.

Elle grimpa à bord de l'esquif laqué de noir. Le gondolier était un solide gaillard basané qu'elle ignora.

– Je vais vous conduire sur le *Saint-Eustache*. Le capitaine est un proche du comte. Le bateau lèvera l'ancre cet après-midi.

La godille souleva la vase et la gondole s'en alla vers le canal de la Miséricorde. Les fantomatiques façades disparurent. La large tache blafarde de l'île San Michele fut visible pendant un instant, puis la brume reprit sa lente conquête. On allait contourner l'Arsenal. Du moins c'était ce que croyait Flora qui se demandait comment se repérait le gondolier. Ce dernier sifflait de temps à autre. Il lançait trois notes montantes qu'on devait entendre à des centaines de brasses à la ronde. Il n'était pas le seul. D'autres sifflements trouaient le silence à tribord. Cette façon de sécuriser la navigation sur la lagune agaça Flora. Ce n'était pas le moment de se faire prendre par les douaniers.

Les sifflements se rapprochaient. Flora eut même l'impression que le gondolier manœuvrait à la rencontre d'une invisible barque dont on entendait à présent battre les rames.

Une proue frangée d'algues et de moules perça le rideau opaque. Elle appartenait à une patache pataude à la voile flasque. Le vent absent, six rameurs s'escrimaient de tous leurs muscles pour la faire avancer. Deux hommes en noir se tenaient à la poupe où un marin actionnait le gouvernail. Ce dernier ne fit rien pour éviter l'abordage en douceur.

– Qui sont ces gens ? demanda Flora en fronçant les sourcils.

– Des amis, répondit le premier secrétaire, ils vont discrètement vous conduire vers notre bateau. Je vous en prie, ajouta-t-il en lui tendant la main.

Elle n'avait nul besoin d'aide pour grimper à bord de ce nouveau canot. Ce ne fut qu'en retrouvant son équilibre qu'elle comprit que quelque chose ne tournait pas rond. Les deux hommes en noir hochèrent la tête, s'adressant au premier secrétaire. Ils n'avaient pas des visages bien catholiques sous leurs bonnets de cuir. La vérole grêlait les joues de l'un, une maigreur cadavérique creusait les traits de l'autre.

Flora devint extrêmement pâle. Un frisson la parcourut. Les deux hommes s'avancèrent vers elle. Elle chancela, fut sur le point de tomber, mais elle se rattrapa au mât.

– Que me voulez-vous ?

– Du bien, ma chérie, que du bien, dit le vérolé en dévoilant un couteau courbe.

Sa première pensée fut qu'ils en voulaient à son argent. Elle réagit immédiatement. Personne ne lui prendrait son trésor ! Elle avait prévu cette éventualité. Ouvrant son sac, elle en sortit une dague espagnole incrustée d'ivoire qu'elle avait volée dans la salle d'armes du palais quatre mois plus tôt.

– Diable ! cria le vérolé en reculant.

– Elle en veut, la chienne, dit le barreur. Attrapez-la !

Un marin essaya de la saisir aux jambes. Flora fit voler son arme au-dessus de sa tête, l'abattit violemment sur le visage, que la lame déchira d'un coup sec de l'œil au bas de la joue. L'homme hurla. Ses compagnons hésitèrent, puis l'un d'eux eut l'idée de se servir de sa lourde rame.

Flora ne put éviter le choc de la pale sur son dos, elle partit en avant et rencontra le couteau du vérolé. Elle le sentit s'enfoncer quelque part dans son ventre. Etrangement, la douleur ne vint pas. Une autre pale atteignit ses reins. Et encore une autre. Les marins vengeaient leur compagnon. Quand la duègne tomba au fond de la barque, ils ne s'arrêtèrent plus, utilisant leurs instruments comme des pilons, dans un mouvement mécanique. On n'entendit plus que les chocs sourds sur le tas de chairs meurtries et d'os brisés.

Après un moment interminable, le secrétaire lança l'ordre d'arrêter, repris par le patron de la barque. Hébétés mais comblés, les hommes cessèrent de pilonner. Le vérolé les écarta, se pencha sur le corps inerte qu'il palpa d'une main de chirurgien. La vieille peau vivait encore. Admiratif, il hocha la tête : elle aurait fait un bon sicaire. Il la retourna alors et fit lentement glisser sa lame au bas des côtes, là où il savait qu'elle rencontrerait le rein. Un coup mortel et propre. Flora expira. A aucun moment elle n'avait crié. Peut-être hurla-t-elle en voyant que le vérolé lui arrachait son sac ? Mais son hurlement ne fut entendu que dans l'autre monde, rameutant les démons pour une autre curée.

– Nom de Dieu ! que d'or ! s'exclama le vérolé.

– Les écus appartiennent au royaume de France, dit le secrétaire.

Les deux hommes en noir obtempérèrent et restituèrent le paiement de l'ambassadeur au secrétaire, puis ils se partagèrent les ducats. Il y en avait un peu plus de quatre cents. Dix pour chacun des marins, cinquante pour le patron de la barque et le reste pour eux. Contrairement aux marins, ils ne manifestèrent pas leur joie. D'autres missions les attendaient. Venise avait beaucoup d'ennemis. D'un regard morne, ils suivirent les préparatifs de mise à l'eau du cadavre. On entoura le corps de la duègne d'une lourde chaîne après lui avoir dérobé ses bijoux et coupé un doigt cerclé d'une bague en or. Puis on balança le corps par-dessus bord. Flora allait nourrir les poissons.

13

A aucun moment la duègne ne réapparut dans la chambre. Les deux cousines furent préparées et habillées par les servantes qui avaient le cœur gros. Aucune d'elles n'ouvrit cependant la bouche, même lors de la savante élaboration de leur coiffure piquée de longues aiguilles d'argent. Trop de menaces planaient sur le palais. Des soldats l'avaient fouillé la veille, jetant la peur et la suspicion, d'autres étaient revenus à l'aube, mais qui n'appartenaient pas à la milice. Ils devaient servir un noble de renom car leurs habits étaient d'un luxe presque ostentatoire comme leurs épées à la garde incrustée de pierres semi-précieuses.

– Avez-vous vu la vieille chouette? demanda Cecilia aux femmes qui s'affairaient autour des coffres et des bagages.

– Nous ne savons rien... rien! répondit l'une d'elles. Votre père ne va pas tarder. Il faut que vous soyez prêtes pour le départ.

Pour quelle destination? Si elle s'en tenait aux propos de son père, elles auraient dû partir dès le lever du soleil, or celui-ci brillait déjà bien au-dessus des flots et des toits. Cecilia échangea un regard d'inquiétude avec Kalè. Toutes deux avaient revêtu leurs plus beaux atours à la demande d'Alessandro. Leurs colliers de communiante et leurs croix jetaient des reflets d'or sur le velours lie-de-vin des robes identiques qu'elles portaient les jours d'apparat. On les avait préparées comme on préparait les bêtes au sacrifice dans l'Antiquité.

Des cloches se mirent à sonner, elles appelaient les fidèles à la messe de 10 heures. Cecilia demeura pensive. Ces sons lui rappelèrent l'église des Frari, les deux jeunes arquebusiers, des émois naissants, des envies de liberté. Et si son père les envoyait au couvent? Plutôt mourir! Elle regarda autour d'elle, alla à la fenêtre, chercha un point de fuite. Mais même son esprit ne pouvait s'évader. Elle était condamnée. Les cloches faiblirent. A ce moment la porte de la chambre s'ouvrit, le maître apparut, et les servantes se bousculèrent pour sortir au plus vite.

Alessandro ne les regarda pas détaler. Il n'avait d'yeux que pour sa fille et sa nièce. Les deux belles valaient leur pesant d'or. Un sourire éclaira sa face creusée de fatigue. La vie était magnifique. Il allait faire l'économie d'une dot, puiser dans l'héritage de Kalè et gagner du prestige. Avec un peu de chance ou un coup de pouce du ciel, sa femme pourrait périr d'une maladie des poumons. Jeanne Venier Baffo avait les bronches fragiles et dès qu'arrivaient l'automne et les premières froidures, elle crachait du sang. Cette mort ferait de lui un homme encore plus riche. Dieu saurait se montrer conciliant.

– Avez-vous prié? demanda-t-il aux filles.

La question surprit Cecilia.

– L'avez-vous fait? insista-t-il.

– Oui, mentit Cecilia. Nous avons prié pour notre pauvre duègne qui vous a déplu.

Alessandro regarda sa fille de biais. Cette petite garce se moquait-elle de lui? Il ne découvrit rien de matois sur le beau visage de la brunette. « Elle devient femme », se dit-il en l'observant. Ses lèvres s'étaient remplies de sève, d'un suc de fruit rouge qui les rendait sensuelles et attirantes.

– Votre duègne a été renvoyée. A l'heure qu'il est, elle vogue pour la France.

– La France !

– C'était son choix. Vous n'irez pas si loin, reprit-il.

Pas si loin... Il y avait une dizaine de couvents proches. Cecilia serra les dents et les poings. Personne ne l'enfermerait ! Jamais ! Quels desseins poursuivait son père ? Si au moins elle avait pu en entendre davantage la veille. Si... On ne construisait pas des plans avec des si. Elle osa une dernière question :

– Reverrai-je ma mère ?

– Cela ne dépendra pas de moi.

– Vous avez toute autorité sur ma personne ! Qui pourrait y mettre un terme si ce n'est Dieu, l'Inquisition ou le doge ?

– Cela suffit !

Alessandro avait pâli. Il appréhendait les semaines à venir. Ceux qui allaient prendre en main la destinée de ces deux obstinées pouvaient renoncer à leur entreprise. D'autres jeunes filles avaient été choisies. On pouvait renvoyer Cecilia et Kalè. Dans ce cas... Une indigne et sale idée traversa son esprit : elles iraient rejoindre la duègne. Le sang afflua à nouveau à son visage et, comme pour s'amender aux yeux de Dieu qui lisait dans les pensées, il ajouta :

– Sachez que j'ai pris la décision de me séparer de vous en toute indépendance et connaissance de cause. Ceux qui vont pourvoir à vos besoins et à votre nouvelle éducation sont infiniment plus riches que moi. Un jour, peut-être, devrai-je m'agenouiller ou me prosterner en votre présence, mais, en attendant ce jour lointain, je vous prie de vous plier aux volontés de vos nouveaux tuteurs. A présent, partons, on nous attend !

14

Cecilia, Kalè et Alessandro prirent place dans l'une des trois gondoles accostées devant le palais. Les huit spadassins aux habits de parvenus grimpèrent dans les deux autres. On prit la direction du Grand Canal. La voie principale de Venise, à toute heure de la journée, était encombrée par de triples rangées de barques qui, le ventre chargé, tendaient d'aborder les rives publiques où les attendaient les sévères officiers de la douane. Dans le périmètre du Rialto, des pyramides de sacs de farine s'élevaient à vue d'œil, des barils de vin se dressaient en d'infranchissables barricades, le vaste *fondaccio* de l'huile regorgeait de tonneaux provenant des moulins renommés de Crète, de Sicile, des Pouilles et de Calabre. Partout des hommes ployaient sous le poids des lingots de fer et de cuivre, sous les paniers d'agrumes et les sacs de légumes qui tour à tour passaient sur la balance publique avant d'être déposés sous les halles. Pas un de ces manœuvres n'échappait à la vigilance de la milice des provéditeurs des bureaux de douane et des magistrats du sel. A ces flux venus des flots se mêlaient les nombreux représentants des corporations à l'affût d'une bonne affaire, d'un effondrement des ventes. Les plus nombreux, les marchands de San Polo et de San Marco assiégeaient les halles avec leurs commis, et, malgré la distance, Cecilia et Kalè les entendaient s'époumoner et batailler sur les prix. Mais l'embarcation des adolescentes ne prit pas la direction du Rialto, elle fila vers le port, louvoyant entre les chalands. Après un large coude, le canal s'ouvrait sur le port. Une forêt de mâts s'étendait de la pointe de la Salute à Sant Elena, masquant les îles de la Giudecca et San Giorgio Maggiore. Cecilia et Kalè ne purent s'empêcher de fixer leurs regards sur les pavillons de ces navires. Allaient-elles être livrées à l'un des capitaines des puissantes galiotes espagnoles ? aux commandants des lourds navires génois ? à l'un de ces aventuriers français ou portugais qui traitaient avec les Turcs ? Embarquées sur une galère racée et armée pour la course en haute mer ? Livrées à un quelconque marchand hollandais ? Des lions, des croix, des clefs, des calices et des dragons ornaient les longues oriflammes de ces navires qui mouillaient par centaines. Elles frappaient aussi l'imagination des cousines.

Les gondoles furent entourées d'une armada de barques allant et venant entre les flancs de cette flotte immobile. Elles chargeaient et déchargeaient hommes, bêtes et marchandises, pêle-mêle, sans priorité apparente. La cacophonie couvrait le son des trompettes de San Marco. Le doge était-il de sortie ?

Cecilia regardait grossir la coque d'un vaisseau espagnol dont l'étrave menaçante bougeait au rythme lent de la mer en éveil. Pas l'Espagne, pensa-t-elle avec force. Pas l'Espagne ! Elle sentit planer l'ombre de l'Inquisition sous les vergues de cette nef. Elle ne voulait pas voguer vers le pays des bûchers et des écartèlements. Pas l'Espagne !

Les gondoles se détournèrent de la trajectoire fatale. Elles obliquèrent vers la rive, dépassant la place San Marco et les deux canaux qui suivaient. Etonnées, les adolescentes virent qu'elles pointaient leurs nez vers le rio dei Greci. Les allèges étaient encore plus nombreuses de ce côté de la rive ; elles livraient leur part de voyageurs aux hospices et aux auberges élevés entre les greniers et les entrepôts dont les squelettes de bois se succédaient jusqu'à l'Arsenal.

Des airs de fête parvinrent à leurs oreilles. Violes et rebecs, flûtes et bombardes, tambours et tambourins s'unissaient pour accueillir les nouveaux arrivants. A ces instruments se mêlaient les voix gouailleuses des prostituées et celles des marchands ambulants de médailles.

Cecilia aperçut des femmes aux parures de pacotille, aux jambes et aux seins dévoilés le temps d'un éclair. Elle n'en avait jamais approché de près. Là où elle habitait, il n'y en avait pas. Du moins n'étaient-elles pas aussi agressives. Leur manège lui fit oublier le but de cette sortie. Elles abordaient les hommes, se frottaient à eux, souriaient, jouaient des lèvres et de la langue, mimant des suçons et des succions. De brefs marchandages, des attouchements... des couples se formaient, disparaissaient dans les gargotes ou dans les entrepôts sous l'œil complice des officiers délégués par les procurateurs. Eux préféraient encaisser les loyers et les commissions. La répression aurait anéanti le plus lucratif des commerces de la ville.

Cecilia remarqua la raideur de son père. Alessandro était hypnotisé par l'étalage de toutes ses chairs. Les autres aussi. Leur esprit se perdait entre les cuisses offertes.

On était à moins de cinq brasses de la berge et les allèges bord à bord et cul à cul s'engluaient dans les eaux sales et formaient de véritables pontons. Cecilia n'écouta que son instinct, elle se leva brusquement, bondit sur l'embarcation voisine, puis sur la suivante. En sept sauts, elle rejoignit le quai.

Son père était trop ébahi pour hurler. Les soldats trop sidérés pour réagir. Ils la virent se faufiler entre les paniers et les ballots, passer entre les putes et les musiciens.

– Rattrapez-la !

Le cri, tel un boulet, jaillit de la poitrine d'Alessandro, qui s'élança bien avant les sbires, fauchant un Hollandais qui s'affala sur un gros panier de poissons avant de tomber à l'eau.

Sa garce de fille avait disparu. Enfuie sa carte maîtresse. Envolée la gloire. Il eut un sursaut de bête blessée et, écumant, montra une bourse à la populace indifférente.

– Ma fille vient de s'échapper par peur du couvent. Il y a là trente ducats pour celui qui me la ramènera.

La magie de l'or opéra aussitôt. Une armée de vauriens se forma. Trois meutes de mendiants, de moines défroqués et de marins oublièrent le parfum des femmes. Des gens coururent dans tous les sens en braillant à qui mieux mieux dans les étroites ruelles de la ville. Ils ne savaient pas à quoi ressemblait la fille, mais ils se jetèrent sur toutes celles qui portaient de beaux atours. Devant l'église de San Zaccaria, elles furent quatre à être saisies malgré les cris de leurs mères. Jetées comme des paquets de linge sale aux pieds d'Alessandro, elles pleuraient.

– Imbéciles ! criait Alessandro en se maudissant d'avoir provoqué ce raz de marée.

Il haïssait cette plèbe, toutes ces faces hargneuses. Fleurs maladives et vénéneuses qui tournoyaient, tourbillonnaient autour de lui, toutes de la même variété, avec des bouches noires et édentées, des yeux injectés de sang et des tignasses pouilleuses, tout un bouquet flétri sentant les égouts. Une main crochue lui attrapa le bras.

– Beau sire, il est temps de t'amender.

Un bras passa sous le sien.

– Juste quelques ducats !

– Et on te rendra ta fille... vierge.

La rage le prit. D'un large mouvement de tout le corps, il dégaina sa longue épée d'apparat et fouetta l'air autour de lui. La lame entailla des visages.

– A moi ! cria-t-il.

D'autres lames apparurent, appartenant à l'escorte des nobliaux. Elles provoquèrent des replis et des cris de colère. En quelques instants, la ruelle se vida, des ponts furent assaillis et on entendit se débander la racaille. Alessandro tremblait encore quand les pigeons reprirent possession des lieux.

– Ils ne nous importuneront plus, dit l'un des hommes en essuyant le fer de son épée. Pourquoi avoir fait appel à eux ?

Alessandro se reprit. Qui était cet impudent ? Il le toisa, mais ne prit pas l'avantage. L'autre avait un regard de braise, quelque chose d'oriental et d'implacable sur le visage.

– Je ne veux pas la perdre...

– La perdre ?

L'homme eut un petit rire moqueur.

– Sait-elle nager ?

– Non.

– Est-il envisageable qu'elle ait des complices ?

– Impossible !

– Alors nous lui mettrons la main dessus tôt ou tard. Venise est la plus belle des prisons, la plus belle des dévoyées aussi. Priez pour que la petite ne perde pas sa virginité en chemin.

– Impudent !

– Michele Mousmar pour vous servir. J'ai été lieutenant dans l'armée du grand Doria et je sers à présent les intérêts du Conseil des Dix et de qui vous savez ! Je retrouverai votre colombe et vous me devrez des excuses. Allez vous autres ! Alertez nos agents. Je veux que tous les ponts, du ghetto au canal de l'Arsenal, soient contrôlés ! Vous avez de la chance, monsieur Baffo... oui, de la chance. On aurait pu vous envoyer le Marseillais, il n'a pas le même sens de l'honneur que moi. Priez de ne jamais le rencontrer, lui et ses hommes, ce que n'a pu éviter votre duègne Flora ; il s'appelle Antoine Gaufredi et c'est lui qui va être chargé de la sécurité de votre fille.

Sur ces mots, il huma l'air comme pour chercher sa proie, puis s'ébranla vers la ruelle de la Chiesa. La « fuyarde » était passée par là. Alessandro le regarda partir, ne sachant comment reprendre en main la situation. Il prit conscience qu'il n'était plus maître des événements, que sa fille ne lui appartenait plus, qu'il n'était qu'un marchand de second ordre rêvant d'un blason et de titres. Mais quel beau rêve. Réalisable.

Il repartit vers les quais. Kalè était toujours à bord de la gondole. Il devait la livrer.

– Hé petite ! Où vas-tu d'un si bon pas ?

Cecilia ne prêta pas attention à celui qui venait de l'interpeller. Elle força l'allure, le visage dur, mesurant le temps et la distance qui la séparaient d'un point qu'elle ne connaissait pas. Elle savait que Venise était une île. La quitter allait être difficile. Elle pouvait atteindre le Cannaregio et soudoyer un pêcheur. Sacrifier l'une de ses médailles d'or et gagner Mestre. Après... au bout d'une route inconnue, il y avait sa mère... Bien avant, se trouvait le quartier du Cannaregio dont elle ignorait tout, même la position dans cet immense labyrinthe. Elle mémorisait chaque pierre, chaque pont, chaque rue. Elle avait quitté la rue de la Chiesa, pris une large artère, la Giuffa, traversé le campo di Santa Maria Formosa, d'autres rues encore, de plus en plus populaires.

– Hé petite ! Je t'ai parlé !

Cette fois, un frisson la parcourut. Elle avait pris le temps de lancer un regard sur l'importun. Une brute. Le font entouré d'un chiffon sale, les yeux chassieux et vicieux, il souriait ou plutôt montrait ses dents ébréchées. Elle allait devoir trouver une solution pour se débarrasser de ce soupirant véreux.

Parvenue sur le pont qui franchissait le rio della Fava, elle se remit à courir.

15

La poitrine en feu, Cecilia courait toujours. Elle n'était pas entraînée à fournir un pareil effort. Habituellement, elle semait Flora dans les couloirs du palais. Seule la peur la poussait à se dépasser. Peu à peu, elle s'enfonçait dans un monde où nul ne se souciait de sa détresse. Un diable la poursuivait et on se moquait d'elle, fille sage perdue dans ses beaux atours. Où était-elle ? Trop près du Rialto sûrement ! Il n'y avait même pas de patrouilles des procurateurs pour la défendre, car aucune loi de la Sérénissime ne s'appliquait dans les lieux de perdition.

– Tu vas brûler ta poitrine si tu continues ainsi ! lança le bellâtre en guenilles.

– Monsieur, protégez-moi ! demanda-t-elle en abordant un homme en habit de velours cramoisi qui arborait une lourde chaîne d'argent de marchand pisan.

– Combien prends-tu ?

– Que voulez-vous dire ?

– Pauvre mijaurée, ôte-toi de mon chemin.

Il la repoussa brutalement et fit un clin d'œil à la brute. Ce dernier le lui rendit et poursuivit sa chasse. Il prenait son temps. Il ne voulait pas la coincer au milieu de tous ces aventuriers de l'alcôve. Tôt ou tard, elle se perdrait dans les ruelles désertes si elle continuait à remonter vers le nord de la ville.

Une larme coula sur son visage. Où était-elle, sinon en enfer? Tout autour d'elle, dans les moindres recoins, au fond des impasses puantes, d'opulentes maquerelles et des entremetteurs pervers se disputaient le commerce charnel. De l'innocente fillette au bel éphèbe, de la grasse Turque à la troublante Perse, de la sauvage Africaine à la dure Mongole, de la blanche Saxonne à l'Indienne cuivrée, tout se vendait et tout s'achetait. Et les clients ne manquaient pas!

Ils étaient des centaines de soldats, de moines, d'ouvriers, de défroqués, d'artisans, de ruffians et de bons pères de famille qui rôdaient devant les tavernes ou assaillaient les bouges réputés. Cecilia croyait les entendre gémir sur les galetas pouilleux, blasphémer entre les cuisses ouvertes. La lie et l'élite se mélangeaient là entre les deux cents églises et les cinq cents palais de la Sérénissime.

Cecilia n'en attendait aucun secours. Le vin était leur dieu, le jeu leur passion et la chair leur plaisir. Elle courut encore et encore. A travers le rideau gras des fritures, elle vit tinter l'or et se tirer des couteaux pour un morceau de peau. Elle vit aussi s'appesantir sur elle des yeux gourmands. Elle était si belle dans sa robe de fête, si désirable dans son essoufflement, qu'elle allumait les convoitises.

La liberté entraînait des risques. Trop de risques peut-être. Elle fut tentée, un moment de revenir sur ses pas et de demander pardon à son père. Le dégoût de se soumettre l'emporta sur ses hésitations; elle pénétra plus loin dans la Venise de tous les dangers et ne sentit plus les frôlements, les souffles chauds, la concupiscence des regards, les voix pernicieuses aux propositions sales, ni même les mains hardies qui la frôlaient.

Soudain, elle se heurta à la poitrine d'une femme aux lèvres peintes en bleu. Elle avait des allures de courtisane dans sa robe de soie jaune marbrée et l'or qui pendait à ses oreilles et alourdissait ses doigts en disait long sur sa position sociale.

« Le genre de femme qu'aime mon père », pensa Cecilia avec dégoût et dédain.

– Veux-tu gagner un denier d'argent, fille de prince ? J'ai des sens à combler, dit la courtisane en essayant de lui prendre le menton.

D'un coup sec des mâchoires, Cecilia la mordit. La femme jura et tenta de l'attraper par les cheveux, mais son bras fut arrêté par la poigne de la brute.

– Faut pas y toucher ! Elle est à moi ! dit-il en regardant détaler Cecilia. A moi !

Ayant affirmé son droit, il foudroya du regard les putains et leur clientèle. Ce temps perdu à s'imposer lui avait fait perdre de vue sa proie, la fille avait disparu. Disparu...

En quelques dizaines de toises et deux franchissements de ponts, Cecilia s'était arrachée aux bas-fonds. Elle reprit espoir en découvrant le large canal de la Miséricorde où les naves huissières livraient des quantités prodigieuses de légumes et de fruits frais. Au-delà, une ligne brisée de maisons en démolition ou en construction s'étendait de la lagune au rio de Santa Fosca. Elle y vit son salut. Elle allait pouvoir se cacher jusqu'à la nuit dans l'un des chantiers.

Sous la protection des pierres usées d'un vieux taudis dont on avait déjà ôté le toit et le troisième étage, Cecilia attendait la tombée de la nuit. Des heures durant, elle avait écouté décroître les bruits de pioches et des pics d'une équipe de terrassiers s'attaquant à une chapelle voisine. Elle était de pierre, fondue parmi les pierres. Des rats étaient venus la renifler, mais ils l'avaient jugée trop vivante, prête à se battre, dangereuse, et ils s'étaient repliés en bon ordre, attendant une occasion. Cecilia ne quittait pas des yeux la porte cintrée par laquelle elle était venue. D'une pâleur de cire, le tour des lèvres plissé, le nez pincé sur un souffle lent et mesuré, un poids au ventre, elle guettait son ennemi.

Il n'avait pas lâché prise. Elle en avait la certitude. Où était-il ? Savait-il qu'elle avait trouvé refuge dans ce quartier de la Miséricorde ?... Elle le sentait rôder dans les décombres, grimper sur les échafaudages, fouiller. Il se rapprochait.

La brute n'était pas loin, elle se glissait silencieusement entre les pans de murs et les palissades, des pulsions sollicitaient ses chairs et le ramenaient à l'état de bête. Irrémissiblement, elle se rapprochait de la fille fragile qui devait se tapir là ou là, à chaque pas son regard s'appesantissait sur les poutres et les tas de gravats, dans le secret des renfoncements, sur les degrés d'escaliers qui ne menaient nulle part.

« Elle ne peut m'échapper », songea-t-il. Il avait la certitude d'un chasseur rompu à toutes les ruses. Il était né ici, au milieu des pauvres et des truands et avait passé toute sa vie à voler, rapiner, vivre de petits trafics, servir les mauvaises causes, espionner, dénoncer. La ville était un prolongement de lui-même, une vieille complice qui ne lui refusait rien. Son intuition était telle qu'à un moment la matière lui devint perméable.

« J'y suis », se dit-il en s'arrêtant devant un immeuble qui avait perdu son chef et ses fenêtres. Une porte cintrée dont le battant avait été enlevé l'appelait irrésistiblement. Tel un félin avant le rut, un long frisson et une nouvelle poussée de sang lui arrachèrent une sorte de gémissement. Il fit un pas, puis un autre, sondant peu à peu les ténèbres que son regard repoussait.

L'ombre se détachait sur l'ombre. L'ombre avalait le vide qui les séparait. Cecilia la distinguait nettement. Le souffle court lui parvenait, des odeurs aussi : de poisson et de rance. L'homme venait de la découvrir, accroupie près d'un gros tas de moellons. Leurs yeux se croisèrent. Cecilia tenta de juguler sa terreur.

– Viens, ma belle, dit l'homme d'une voix rauque.

L'adolescente avala sa salive et déplia ses membres devenus de plomb, sa main fouilla ses cheveux défaits, deux des longues aiguilles d'argent maintenaient encore quelques mèches en bandeaux. Elle en prit une et l'assura entre le pouce et l'index tout en laissant retomber son bras le long du corps.

L'homme ne remarqua rien. Il se rengorgea. La fille était domptée, elle allait lui appartenir. Tête baissée, elle se rapprochait de lui, chétive, vierge sans aucun doute. Il imagina le premier coup de reins, le cri juvénile, le sang chaud le long de son membre. Tout dans l'attitude de cette adolescente promettait volupté et jouissance, il en ferait ce qu'il voudrait, la louerait à de vieux vicieux nantis. Il se lécha les lèvres ; ses doigts moites se tendirent vers le haut de la robe ; dans sa tête, elle était déjà nue. Cette docilité inattendue n'éveilla chez lui aucun soupçon. Avec un peu d'attention, quand leurs visages furent proches, il aurait pu voir combien les prunelles de la belle étaient traversées de lueurs fauves. Combien elles ne reflétaient pas la soumission.

« Elle est à moi ! » se dit-il alors que l'aiguille remontait vers sa face à la vitesse d'un dard décoché par un archer.

L'aiguille se planta dans son œil gauche. Il ne put même pas hurler tant la douleur était forte, bloquant ses poumons, sa gorge. Impuissantes à retenir Cecilia qui s'échappait, ses mains tremblantes palpèrent la tige d'argent.

La jeune fille quitta le quartier de la Miséricorde. De toute la force de ses jambes, elle s'élança à nouveau dans une fuite éperdue. Elle ne se faisait pas d'illusions.

La brute allait vouloir se venger, la violer et la tuer. Quand elle retrouva les badauds, elle ne chercha pas de l'aide, même auprès des familles prenant le frais devant les maisons. Elle n'appartenait pas à leur classe.

Elle ne parvint pas à se fondre dans les ruelles; l'homme la repéra au moment où elle arrivait dans un étrange endroit, après avoir passé un pont et une sorte d'arche flanquée d'un poste de garde vide. De très hautes maisons cernaient une place nue. Elle leva les yeux vers les façades sobres percées d'une multitude d'étroites fenêtres. C'était une sorte de triste casernement, pourtant des chants s'en échappaient, des rires d'enfants accompagnaient un tintamarre d'outils à métaux, des odeurs inconnues de cuisine flottaient. Un autre monde brillait derrière les ouvertures qui étaient autant d'yeux penchés sur sa détresse. Elle vit des silhouettes se découper dans les rectangles de lumière, elle appela, mais rien ne semblait pouvoir les atteindre. Surtout pas ses cris.

Elle criait au secours. A une vingtaine de pas d'elle, la brute grogna de contentement. Pas la moindre chance qu'on vienne la défendre. Le garde du poste devait cuver son vin quelque part; ceux d'ici n'avaient pas le droit de se montrer à la tombée de la nuit. Elle cria encore. Il prit une bonne lampée d'air avant la course finale. Il ne sentait plus la douleur, ni le sang qui coulait jusqu'à sa bouche et qu'il goûtait de sa langue, il ne voyait que ce petit animal effrayé qui n'allait pas tarder à s'effondrer d'épuisement.

Cecilia ne chercha pas à rejoindre l'une des noires ruelles qui entaillaient le côté opposé de la place. Elle fila droit vers une porte massive marquée d'étoiles. Tout en s'affaissant, elle tambourina sur le bois rugueux.

– A moi! appela-t-elle. A moi!

Personne ne vint lui ouvrir. Derrière les murs épais, on chantait toujours dans une langue mystérieuse, marteaux et poinçons tintaient, couvrant sa voix épuisée. Au milieu de toutes ses notes aiguës et métalliques, elle perçut le pas de la brute sur les pavés. Elle n'osa plus faire face au danger.

L'homme s'arrêta à une portée de main. Il lui toucha les cheveux. Son cœur allait s'arrêter de battre ; elle le souhaitait.

– Tu vas payer ! dit-il.

– Non ! lança-t-elle.

– Ha ! Ha ! La belle affaire, ricana-t-il. Tu aurais pu t'en tirer à bon compte ! A présent tu vas devoir me verser des intérêts !

– Tuez-moi ! répondit-elle en se retournant brutalement ! Prenez ma vie... profitez du peu de temps qu'il vous reste à jouir de ce monde. Car vous non plus, vous ne vivrez plus longtemps.

Les yeux de Cecilia étincelaient de haine et signifiaient que, s'il la prenait, c'était la mort !

Il aurait dû la tuer immédiatement, mais le désir de la violer était trop présent dans ses veines, trop entier dans sa tête. Depuis le début une seule envie l'obsédait, posséder et avilir cette chair blanche et parfumée.

Alors il se mit à la frapper pour ne plus voir ce regard dur et implacable, il cogna jusqu'à ce qu'elle s'écroule, évanouie. A cet instant, une mousse rose aux lèvres, il murmura : « Tu es moins fière maintenant, hein ? », puis sa main s'insinua sous la robe et rampa vers le sexe en dénudant les cuisses. Il soupira, déglutit, haleta, ses doigts effleurèrent les chairs secrètes de Cecilia. N'en pouvant plus, il défit la corde qui retenait ses braies et se jeta sur elle. Entre les jambes écartées, il chercha à la forcer d'un coup et d'un seul.

Ce fut alors qu'elle ouvrit les yeux. Un grand poids pesait sur son corps, un poids inerte. L'homme était sur elle mais ne bougeait pas. Elle ne le sentait pas dans son ventre. Il ne l'avait pas pénétrée. D'une main hésitante, elle repoussa la tête de la brute calée dans le creux de son cou et elle vit les hommes en retrait. L'un d'eux tenait un lourd gourdin. Derrière elle, la porte s'était ouverte et sur le seuil, un homme imposant à la longue barbe fit signe aux autres.

– Portez-la dans mon officine et enfermez cet impie dans la réserve aux métaux.

Cecilia fut entourée, soulevée, emportée vers la lumière et perdit à nouveau connaissance.

16

Cecilia était sur un nuage. Sous elle, Venise s'étendait, veinée de gris, cernée de bleu, couverte de pourpre et d'or. Elle avait l'impression d'être parmi les anges, de ne plus avoir de corps. Aussi lorsque le nuage se déchira et qu'elle tomba vers la ville, qu'elle vit les visages affreux levés vers elle, les mains avides se tendre, les bouches s'ouvrir pour mieux la mordre, elle hurla.

– C'est fini... Tu ne risques plus rien.

Sa chute s'acheva dans le lit de paille où elle ouvrit les yeux. Elle ne devait plus être de ce monde. L'homme assis à son chevet ressemblait à un patriarche de la Bible. De longs cheveux noirs et bouclés, la barbe tombant sur la poitrine, il dardait vers elle des yeux d'un bleu semblable à celui des corindons d'Inde. Il en avait le mystère et les reflets. Son visage portait de nombreuses rides en faisceaux. On aurait pu lui donner cent ans ou trente.

Il inspirait le respect et la crainte.

– Te voilà revenue parmi nous, dit l'inconnu en lui prenant le poignet.

Cecilia ramena vivement le bras vers elle. Elle n'avait pas confiance en cet homme et l'endroit sentait le soufre.

– Tu n'as rien à craindre, je suis médecin.

Médecin ? Cecilia fronça les sourcils. Le médecin de la famille, de sa mère plus précisément, était d'un raffinement extrême et parlait un pur latin. Il s'habillait de pourpoints de soie et de laine peignée en Hollande, des bijoux brillaient à son cou, des bagues étincelaient à ses doigts et il arborait fièrement une dague autrichienne au manche incrusté de grenats jaunes.

C'était un vrai médecin !

Pas cet homme vêtu comme un marchand de bois d'une robe noire à manches longues et d'une ridicule calotte.

– Médecin juif, précisa-t-il. Etienne Levy pour te servir.

Les yeux de Cecilia s'arrondirent de stupeur. Un juif ! L'un de ses maudits marranes qui avaient fui Mestre pendant la guerre contre la ligue de Cambrai pour venir voler les Vénitiens !

Le médecin eut un sourire et, comme s'il lisait dans les pensées de Cecilia, il ajouta :

– Ma communauté n'a pas mis en croix le Christ, elle ne vit pas dans la luxure, elle ne pratique pas l'usure. Nous sommes nombreux ici à suivre les principes du Talmud babylonien Rav Hunna, qui met en garde les profiteurs.

– Mon père dit que vous êtes venus piller la République.

– Ton père est le plus âpre et le plus rapace des marchands de Venise.

– Vous connaissez mon père ?

– Qui ne connaît pas Alessandro Venier Baffo ? Celui qui blanchit son âme en important du talc.

– Et comment savez-vous que je suis sa fille ?

– Il est encore trop tôt pour répondre à cette question, mais sache que je devais te rencontrer demain... officiellement. Ta fuite a précipité les choses. A l'heure qu'il est plus de cent soudards, cent moines et cent indicateurs sont à ta recherche. A présent, trêve de discussion ! Donne-moi ton poignet ! Et tire la langue !

Cecilia se plia avec mauvaise grâce aux ordres de ce médecin. Il avait une main très douce lorsqu'il lui effleura la peau, posant son pouce sur le renflement bleuté de la veine. Un mouvement bref de la tête marqua sa satisfaction. Elle avait le pouls légèrement faible, la langue rose et l'œil vif. Aucune fièvre quarte, juste le feu de la jeunesse.

– Tu es en parfaite santé mais tu manques de force. J'ai ce qu'il faut pour t'en redonner, dit-il en s'éloignant de la paillasse.

Cecilia le suivit d'un regard suspicieux. La pièce dans laquelle elle venait de s'éveiller était basse de plafond, pleine de recoins et d'une multitude d'objets hétéroclites. Des fioles et des bocaux par centaines encombraient de larges étagères posées entre des moellons. Des armoires bancales sans battant contenaient des parchemins enroulés et tassés, et certaines avaient vomi leur trop-plein de papiers et de livres. Un peu partout, des trésors poussiéreux répandus sur le sol attendaient d'être lus. Dans une alcôve meublée d'une table, de deux écritoires et d'un gros coffre aux charnières de bronze, il y avait une roue de bois accrochée au mur. Des signes bizarres, vingt-deux au total, avaient été peints en noir sur le pourtour cuivré. Cecilia se demanda si ce n'était pas une machine de foire avec laquelle on pouvait gagner des lots en pariant des piécettes. Elle n'eut pas le temps de s'interroger sur la destination de cet objet, car le médecin revint vers elle. Entre ses mains, un gobelet d'étain aux armoiries d'Huy contenait un liquide jaunâtre et nauséabond.

– Bois lentement, lui dit-il.

– Vous voulez m'empoisonner ?

– Ha ! ha ! T'empoisonner ? Mais ce serait me condamner à l'écartèlement sur la place Saint-Marc. Je tiens trop à la vie. Bois et tu te sentiras plus forte qu'un spadassin espagnol. Des poisons, tu en connaîtras tous les secrets quand les temps seront venus.

Elle posa ses lèvres sur le bord du gobelet. Une odeur d'herbe monta à ses narines, des graines flottaient à la surface du liquide qu'elle hésitait à goûter. Elle eut un coup d'œil vers le médecin au regard malicieux. Etienne Levy se moquait d'elle. Le défiant, elle avala d'un trait le breuvage et croqua les graines. Le goût de cette mixture n'était pas désagréable.

– Bel exemple de témérité. Graines de roquette et infusion de feuilles et de racines de pissenlit pour ne rien te cacher. Nous tenons cette recette depuis des temps immémoriaux et, bien avant nous, Ovide, Martial et Théophraste en ont fait bon usage. Il est temps de te lever à présent, nos femmes t'ont préparé un bain. Tu vas devoir rejoindre le palais, nous ne pouvons te garder dans le ghetto.

Quel palais ? La langue lui démangeait ; elle aurait voulu poser des questions. Elle s'aperçut soudain qu'elle était en chemise. On l'avait déshabillée pour lui passer cette grossière camisole écrue à manches longues. Le médecin devança l'apparition de ses rougeurs :

– Tu as un très joli corps... Avec un peu plus de poitrine et de hanches, tu aurais pu inspirer un Giorgione. Hélas, je n'ai pas les talents des grands peintres vénitiens et j'ai dû me contenter de graver tes courbes en mémoire... une mémoire de médecin, précisa-t-il avec un grand sourire.

Cecilia rougit violemment, elle aurait voulu se jeter sur Etienne et lui arracher les yeux, mais il l'abandonna à sa colère. Des femmes entrèrent dans la chambre laboratoire et entourèrent son lit. Elles piaillaient, riaient, se parlaient en une langue faite d'hébreu, d'espagnol et d'italien.

Elles lui touchèrent les cheveux, s'émerveillèrent de sa beauté de brune et de l'expression de son regard qui, pour l'heure, traduisait sa révolte. Elles surent cependant l'amadouer par leur joie de vivre. Elles étaient quatre, âgées d'une quarantaine d'années, rondes et maternelles à souhait.

– Viens avec nous, dit l'une d'elles en lui caressant la joue.

– Elle nous ressemble, dit une autre. Elle pourrait être notre fille.

Leurs douces mains l'avaient apaisée et elle les accepta sur sa peau savonneuse lorsqu'elle fut assise dans le grand baquet d'eau chaude. Crins et brosses l'étrillèrent des pieds à la tête. Alors qu'on versait une huile parfumée sur ses épaules, on lui demanda si elle était une nouvelle marrane. Cecilia fit non de la tête ; elle n'était pas une réfugiée juive.

– J'appartiens à une vieille famille de marchands de Venise.

Cette réponse attrista les femmes. Elles regardèrent autrement cette fille de bonne famille vénitienne ; elles l'enviaient secrètement. Cette jeune fille était libre d'aller et de venir, aucune enceinte ne la contraignait à l'enfermement. Le décret formulé par le conseil des Pregadi en 1516 était clair : « Les Juifs habiteront tous regroupés dans l'ensemble des maisons situé au Ghetto, près de San Girolamo ; et, afin qu'ils ne circulent pas toute la nuit, nous décrétons que du côté du Vieux Ghetto où se trouve un petit pont, et pareillement de l'autre côté du pont, seront mises en place deux portes, lesquelles seront ouvertes à l'aube et fermées à minuit par quatre gardiens engagés à cet effet et appointés par les Juifs eux-mêmes au prix que notre collège jugera convenable. »

En vingt ans, la contrainte avait été adoucie. Seuls, deux gardiens qu'il était facile d'acheter gardaient les portes ; les *cattaveri*, officiers de police responsables des biens publics, fermaient souvent les yeux lorsque quelqu'un de la communauté était surpris en dehors du ghetto sans son bonnet jaune ou ses vêtements marqués de la même couleur. Par contre, ils étaient intransigeants lors des fêtes chrétiennes, et de très fortes amendes punissaient les contrevenants juifs qui se risquaient à l'extérieur du ghetto. Les femmes craignaient les grandes fêtes chrétiennes, surtout celle de Pâques, quand on avait obligation de s'enfermer du Jeudi saint au dimanche, quand les jésuites et les prédicateurs excitaient la foule, quand les processions grondantes et haineuses tournaient autour du ghetto.

Cette jeune chrétienne devait les mépriser, les considérer comme des bêtes, des parias. Elles auraient volontiers échangé leur vie contre la sienne.

– Toi, au moins, tu es libre, dit celle qui lui étrillait le dos.

Cecilia les regarda avec incrédulité. Elle n'avait jamais été libre. Jamais ! Chacun de ses jours appartenait à son père. Dès sa naissance, une Vénitienne se devait d'obéir, aux parents, à l'époux, à la République, à l'Eglise ; obéir en tout pour ne pas entraver la bonne marche des affaires. Elle n'avait même pas le droit d'aimer, d'ouvrir son cœur à l'homme de son choix. Etait-ce cela, la liberté ?

– Mon père m'a vendue... c'est pour cette raison que je me suis échappée.

– Vendue !

Le cri fut général. La conversation s'emballa. Elles se mirent à parler en hébreu. Leurs langues sifflaient. Pendant de longues minutes, elles firent rempart de leurs corps mais ce fut une défense dérisoire. Lorsque le médecin réapparut, elles baissèrent la tête. L'une d'elles eut cependant le courage de la relever :

– Que comptes-tu faire de cette enfant ?

– Elle doit suivre le cours de son destin.

– Ne pourrait-on pas la garder?

– Voudrais-tu mettre la communauté en danger! Dois-je te rappeler que nous avons un permis de séjour de dix ans et que nous payons un impôt annuel de cinq mille ducats dont le montant peut être relevé à la moindre de nos erreurs. Cette fille pèse plus que nous tous réunis, nous devons la rendre à la Sérénissime.

– Tu es avec eux, Etienne! Tu nous trahis!

Le médecin serra les lèvres. Il aurait pu rabrouer cette femme écervelée qui raisonnait trop avec le cœur, il préféra lancer un ordre :

– Habillez-la et emmenez-la à la synagogue.

17

Le vent soufflait de l'Adriatique et soulevait les capes des spadassins. Ils étaient vingt vêtus de noir et de velours cramoisi. Tels de funestes oiseaux venus des marais, avides de chairs mortes, ils guettaient les mouvements de la foule, les mains sur la garde de leurs épées et de leurs poignards. Venise, comme tous les matins depuis plus de six siècles, grouillait d'hommes et de femmes pressés de gagner trois sous, deux livres de farine, un pichet de vin et une miche de pain. Mais ce n'était pas un matin ordinaire et on se signait au passage des vingt envoyés du diable.

Les vingt savaient exactement où ils se rendaient. Devant eux la populace refluait, allait se briser en vagues murmurantes contre les devantures des échoppes et les murets des canaux. Le pont d'Anconetta qu'ils allaient franchir fut soudain envahi par des marins marseillais, qui parlaient fort, se poussaient, remuaient les souvenirs salaces de leur nuit. Ils n'avaient pas dessoûlé et certains empoignaient encore des bouteilles oblongues qu'ils tétaient de temps à autre. Quand ils virent les spadassins, des envies d'en découdre leur montèrent aussitôt à la tête. Celui qui semblait les mener, un rouquin au visage glabre, ouvrit sa gueule édentée en menaçant la troupe d'une bouteille :

– Faites place à l'élite de Marseille ou donnez-nous cent sequins et nous vous ferons une haie d'honneur !

– *Marin nourri de vin, raramen fa bouno fin* [1], répondit l'un des spadassins en découvrant la lame d'une longue épée de Tolède sur laquelle avaient été gravés deux mots en latin : *ultima ratio.*

L'œil du marin se posa sur ce « dernier argument », puis remonta vers la face étroite encadrée d'un fin collier de barbe. Elle ne trahissait aucun sentiment. Une face froide, calme, semblable à celle des inquisiteurs qui torturaient sans émotion.

– Tu es de chez nous ? demanda le marin en calculant ses chances d'atteindre cette tête avec sa bouteille.

– Je ne suis de nulle part, mais je pourrais t'envoyer en enfer si tu ne cèdes pas le passage aux envoyés de la République.

Le Marseillais fit glisser sa bouteille afin de la saisir par le goulot et de s'en servir comme d'un gourdin. La lame fouetta l'air deux fois, la bouteille vola en éclats. Un sillon s'ouvrit sous le nez du Marseillais, le sang s'épanouit en une fleur rouge sur sa bouche et son menton.

– Qui en veut ? demanda en provençal le bretteur, tout en promenant la pointe de son arme à la ronde.

Tous les marins renoncèrent à l'exploit car les épées de leurs adversaires avaient été tirées hors des fourreaux et ils n'avaient que des coutelas et des bouteilles à opposer à ces redoutables lames. Ils reculèrent.

Les vingt franchirent le pont d'Anconetta et celui du Ghetto Nuovo apparut quatre cents pas plus loin. Le quartier des juifs était une forteresse. Toutes les fenêtres donnant sur le canal étaient aveugles, les ruelles étaient bouchées par des murs de parpaings.

---

1. « Marin nourri de vin rarement fait bonne fin. »

– Le ghetto, murmura le chef des spadassins avant de cracher sur le sol.

Il porta la main à son cou, sous l'épaisseur du velours de son pourpoint et la dentelle de sa chemise était caché un talisman qui le protégeait du mal. Il se tourna vers ses hommes.

– Du feu et de l'eau bénite ! Voilà ce qu'on aurait dû emporter avec nous ! dit l'un d'eux.

– Quand en finira-t-on avec tous ces galeux de juifs ?

– Taisez-vous ! ordonna le chef. Il appartient au Conseil seul de purger la ville de ses rats. Nous ne sommes ici que pour récupérer la fille. Maudite soit cette garce qui nous fait commettre un grand péché !

Il cracha encore et se signa, pour élever une invisible barrière de défense avant de pénétrer dans l'antre du péché.

En les voyant arriver, le garde du ghetto prit peur. A cinquante ans, son ardeur de guerrier s'était émoussée. Il avait pour mission de surveiller et de protéger les juifs, et il les surveillait mal ; la nuit, il acceptait leur argent pour laisser la porte ouverte et se rendre chez lui. Ce n'était pas une arquebuse, une hallebarde trop lourde pour ses bras fatigués et une rapière rouillée qui arrêteraient ces hommes aux faces patibulaires. Cependant il représentait les officiers du gouvernement, les cattaveri, responsables des biens publics et des règlements concernant les étrangers. Sa nomination dépendait d'une mesure irrévocable votée par les cinq sixièmes du Sénat. Avec le garde de la porte Nord, il était la Loi, l'incarnation de l'ordre sur ce minuscule bout de territoire. Il pensa à toutes ces choses qui faisaient de lui le bras armé de la République et cela lui donna assez de courage pour s'interposer en barrant le chemin avec sa hallebarde :

– Vous ne pouvez pas passer en armes et pas à plus de trois !

Le chef des spadassins ne répondit pas. Tirant de son pourpoint un parchemin enrubanné et alourdi de sceaux de cire, il le déroula sous les yeux du vieux soudard. D'une écriture aux majuscules gothiques, il était dit que le porteur de cet ordre ne devait être en aucun cas entravé dans son action, et ce document était paraphé par les cattaveri, le secrétaire du doge et le commandant des forces de la République. Le garde, ne pouvant plus s'opposer à l'entrée de ces oiseaux de mauvais augure, ramena sa hallebarde à l'épaule et s'effaça. Les vingt pénétrèrent dans le ghetto, non sans un frisson.

Le Campo était cerné par de hautes et tristes maisons. Un chant joyeux surprit les spadassins. Il sortait des poitrines d'une centaine de femmes assises sur des nattes. Les chanteuses, alignées en dix doubles rangs, cousaient des voiles de galères et de naves, leurs doigts aux cals épais tiraient sur les fils et poussaient des aiguilles courbes pareilles à de petits poignards musulmans. Elles redressèrent la tête et virent la troupe sombre, leur chant s'arrêta et elles crurent leur dernier jour arrivé.

18

Cecilia attendait dans l'ombre d'une étroite et longue pièce que le médecin lui avait présentée comme une synagogue. L'endroit était pauvrement décoré, une sorte de tabernacle encadré de deux chandeliers de cuivre à sept branches, quelques étoiles et des textes gravés en hébreu sur des morceaux de bois remplissaient au mieux le vide. Pourtant il appelait au recueillement et Cecilia ne douta pas de la foi de son étrange protecteur, ce maître Etienne Levy qui semblait jouer un rôle majeur au sein de son peuple.

Il priait. La pénombre happait sa haute silhouette, la rendait floue comme une statue dont on apercevrait, au fond d'un tunnel, les formes minérales et imprécises. Que disait-il à son Dieu? Que signifiait ce bourdonnement rauque? Elle aurait voulu comprendre cette langue dont les échos du dehors lui parvenaient sous la forme d'un chant. Les femmes qu'elle avait aperçues en se rendant à la synagogue s'en donnaient à cœur joie sur des airs marranes, cousant les immenses voiles des futures trirèmes. En tendant mieux l'oreille, on entendait le ghetto retentir du ronflement des marteaux, car les hommes, passés maîtres dans l'art de la chaudronnerie, écrouissaient et transformaient des feuilles de cuivre en récipients de toutes sortes. Elle percevait aussi les cris joyeux des enfants, qui se poursuivaient dans l'espace exigu de l'îlot, passaient d'un immeuble à l'autre, chassaient les pigeons qui dans de lourds claquements d'ailes rejoignaient les toits.

Toutes les puissances de la vie se ruaient vers elle. Cecilia les faisait siennes. Elles lui redonnaient le goût de la liberté. Elle envisageait à nouveau la fuite quand le silence se fit. Une chaleur et des frissons se propagèrent dans tout son corps. Elle observa le médecin. Etienne s'était arrêté de prier, il regardait en direction de la porte, le visage pâle et contracté. En s'approchant, elle y eut lu le désarroi, la crainte... oui, la crainte. Il remua la bouche mais aucun son ne sortit. Elle l'aida en lui posant la question qui lui démangeait la langue :

– Que se passe-t-il ?

– Ils arrivent...

– Qui ?

– Ceux qui doivent t'accompagner au palais.

– Vous allez donc m'abandonner ?

– Non ! non ! Je serai toujours à tes côtés !

– Comment un juif pourrait-il être à mes côtés dans un palais ? persifla-t-elle méchamment.

– Je ne suis pas un juif ordinaire. J'ai sauvé la vie du doge et je t'apprendrai à préserver la tienne. C'est pour cela qu'ils m'ont engagé... Il ne t'arrivera rien. Viens à présent, je ne voudrais pas que ces lieux soient salis.

Salis ? Par ceux qui arrivaient ? Quelle sorte d'êtres avait provoqué le silence ? La réponse vint quand Etienne repoussa le battant de la porte. Les vingt avaient formé un cercle au centre de la place qui s'était vidée. Certains essuyaient les semelles de leurs bottes sur la toile des voiles, ils ne cachaient pas leur haine et leur dégoût et rêvaient d'embrocher quelques juifs de leurs épées dont ils trituraient les pommeaux.

Dès l'apparition de Cecilia et du médecin, le cercle se désagrégea. Une nouvelle figure se forma comme à la parade, double ligne menaçante qui prit position face à la synagogue. Toute la violence des regards se concentra sur Cecilia et Etienne. Le chef des spadassins marcha vers le couple.

– Est-ce elle ? demanda-t-il au médecin.

– Oui.

– Je m'appelle Antoine Gaufredi de Folcaquier et je suis chargé de vous escorter jusqu'à votre nouvelle résidence, dit l'homme en étudiant le visage de Cecilia.

Elle ne baissa pas les yeux. Ce Français était terrible, il sentait la mort et la destruction. L'horreur qu'elle devinait, l'effroi qui lui serrait lentement la poitrine, cédaient à un furieux besoin de défier ce nouvel adversaire. Ce besoin, dont elle ne connaissait pas la signification, ni d'où elle en tirait la force, la retenait cependant au bord de la panique. Mon ennemi, pensa-t-elle. Un véritable ennemi, d'une trempe hautement supérieure à celle de Flora.

– Puis-je savoir chez qui vous m'emmenez et où se trouve mon père ?

– Je ne suis pas autorisé à vous répondre. Suivez-moi. Vous aussi, maître Levy !

L'ordre était impérieux. Le médecin s'y plia, non sans défier lui aussi ce guerrier qui semblait venir de l'enfer. Il aurait fallu toute la puissance de la kabbale pour vaincre les vingt, et maître Etienne Levy n'avait que la force de ses prières et sa science à leur opposer. L'heure des comptes viendrait tôt ou tard. Instinctivement, au moment de quitter le ghetto, son regard croisa celui de Cecilia et ils surent tous deux que leurs destins étaient liés à jamais.

– Je suis ton allié, dit-il tout bas.

– Je suis aussi le vôtre, répondit-elle.

19

La foule se déplaçait en deux larges courants contraires qui la ramenaient tôt où tard vers deux tourbillons ; au centre de l'un d'eux se dressait la basilique Saint-Marc, au centre de l'autre, il y avait le pont du Rialto. Mais la troupe ne se laissa pas happer par ces vagues d'hommes et de femmes ; elle marchait au pas militaire, traversait des places, dont la plus grande, San Angelo, était occupée par le marché aux fleurs. On oublia vite les fragiles delphiniums, le sang des œillets pourpres, le lilas des rhododendrons. Cecilia ne les vit même pas. Elle vivait maintenant dans une aventure qu'aurait pu écrire un tragédien grec, elle était une héroïne qui courait à sa perte. Au bout d'une ruelle, dans l'étroitesse d'un canal, quelque part l'attendait un poignard. C'était ce qu'elle imaginait.

La voix rauque d'Antoine Gaufredi la tira de son absence.

– Ouvrez !

Elle découvrit l'entrée basse d'un bâtiment sans fenêtre. Il fallait se tordre le cou pour voir une mince bande de ciel mordue par les corniches. Elle ne savait pas où elle était. Un serviteur vêtu à la turque leur ouvrit, il portait un turban et un caftan de lin blanc aux boutons nacrés de bleu. Pourtant, c'était un Occidental aux yeux clairs et à la peau rose, un pur représentant du nord de l'Europe dont l'accent trahissait les origines hollandaises :

– Veuillez me suivre.

On s'avança en file indienne, gravissant les hautes marches inégales d'un escalier en colimaçon. Cecilia avait recouvré ses esprits et son sens de l'analyse. L'humidité coulait le long des murs ; du salpêtre blanchissait les fentes ; elle en déduisit que l'endroit baignait dans l'eau d'un canal. Mais au fur et à mesure de la montée, ces stigmates s'estompaient et disparurent après le passage d'une porte encore plus basse que la précédente et l'ouverture d'une tenture de cuir.

« Le Grand Canal », se dit Cecilia en découvrant la voie majestueuse à travers de hautes fenêtres gothiques. Dans le large couloir que la troupe occupa pour se reformer autour de la demoiselle et du médecin, d'autres serviteurs allaient et venaient, tous vêtus à la turque. Ils ne se soucièrent pas des nouveaux venus, ayant apparemment l'habitude de ces intrusions. Sans dévier de leur chemin, sans l'ombre d'un regard, sans un haussement des sourcils, ils continuaient à vaquer à leurs occupations, portant des plateaux de cuivre, des carafes, des vases, époussetant les statues des dieux et des déesses qui décoraient ce vaste espace séparant les ailes de ce palais.

Le serviteur qui les conduisait s'effaça après avoir poussé un battant peint d'extraordinaires oiseaux multicolores.

La pièce dans laquelle ils entrèrent était somptueuse. Tout ce que l'Orient et l'Occident produisaient de mieux y était représenté. *La Procession sur la place Saint-Marc*, immense fresque de Gentile Bellini, occupait tout un mur ; des Titien et des Bellini mariaient leurs couleurs à celles des tapis anatoliens et persans ; l'or, le bois de rose, l'ivoire, le cristal, le bronze, les velours de haute et basse lice, brochés et frappés entraient dans la composition des meubles, des consoles, des tentures, des horloges. L'œil ne savait où se poser. Celui de Cecilia ne se laissa pas prendre par ce chatoiement. Il se fixa immédiatement sur le visage de son père.

Alessandro était en compagnie de deux députés âgés. Quand il vit sa fille, sa face maigre grimaça d'une vive satisfaction, et il regarda du coin de l'œil ses deux compagnons. Les représentants du peuple se détendirent ; la petite avait été retrouvée ; le doge n'entrerait pas dans l'une de ses colères légendaires. La disparition de la demoiselle Venier Baffo n'aurait pourtant pas mis en péril l'avenir de Venise. Cecilia n'était qu'un pion parmi une dizaine d'autres, « de la chair à canon » aurait dit un soldat, mais on ne contrariait pas les lubies et les plans insensés du doge.

« Tu n'es plus mon père, tu n'es plus rien ! » pensa Cecilia en montrant son mépris et son dégoût. Cette pensée fut si forte qu'elle atteignit Alessandro. Le marchand se sentit soudain mal à l'aise. Ce sentiment de mal-être s'accentua quand il croisa le regard de braise d'Etienne Levy, le médecin ne cachait pas son aversion. Lui-même éprouvait de la répulsion pour ce qu'il était en train d'entreprendre, mais il ne pouvait pas reculer. Il avait des obligations envers son peuple, des contraintes imposées par Venise et cette opération en était une. Il se jura encore d'aider au mieux Cecilia. Un bruit de gong lointain parvint alors à leurs oreilles.

Une porte s'ouvrit et la lumière se fit. Même le ténébreux Antoine Gaufredi de Folcaquier fut ébloui. Il se contracta, comme touché par une flamme. Ses hommes bombèrent le torse.

Beatrice Cornaro Contarini en personne venait de faire son entrée.

Cecilia en resta bouche bée. La jeune et libre mariée était encore plus belle que dans ses souvenirs. Elle semblait même avoir rajeuni depuis leur première rencontre dans l'église des Frari. Mais que faisait-elle ici ? Par quel surprenant hasard se trouvait-elle sur son chemin ?

Beatrice eut un sourire radieux pour Cecilia, seule, ses yeux pétillèrent de malice et de gourmandise. Elle avait les cheveux dénoués. Séparés par une raie, ils coulaient en une blondeur cuivrée de part et d'autre de ses épaules jusque sous la poitrine. Deux barrettes piquées de tourmalines, dont le bleu d'encre rappelait les motifs de la robe de satin qu'elle portait, maintenaient cette chevelure et lui faisaient épouser les contours du visage maquillé avec art. D'autres pierres précieuses brillaient à ses poignets et à ses doigts, mais une surprenante blende jaunâtre et mal taillée pendait à son cou, au bout d'une chaîne en fer.

Beatrice fit une pose. Elle sentit monter vers elle, de tous les points de la salle, l'attention, l'admiration et le désir. Elle regardait tous ces hommes, violents, armés, vêtus de sombre comme s'ils portaient perpétuellement le deuil.

« Seigneur, que les hommes sont tristes », se dit-elle en reprenant sa lente progression vers ces mâles qui allaient s'approcher d'elle pour rendre hommage à une puissante et riche noble vénitienne.

Alessandro fit le premier acte de soumission. Il s'inclina, fit le modeste, mais ne reçut que la froideur d'un regard. Beatrice détestait ce petit marchand âpre au gain qui venait de sacrifier sa fille ; en d'autres temps, il aurait vendu Jésus ! Elle ne montra guère plus d'enthousiasme envers les deux députés qui étaient les garants de ces bas marchandages. Un peu de douceur émoussa la dureté volontaire de ses traits quand Etienne la salua. Elle connaissait bien l'homme et son passé tragique. Il était son médecin et son lien avec le vaste monde. Elle avait une confiance absolue en lui. Puis vint l'instant où elle s'adressa à Cecilia :

– Bonjour, Cecilia.

La jeune fille demeurait figée. Tout s'embrouillait dans sa tête. Elle aurait voulu hurler.

– Tu as encore perdu ta langue. La mémoire te ferait-elle défaut ? Si c'est le cas, alors je me serais trompée sur ton compte.

– Vous êtes Beatrice Cornaro Contarini, s'entendit dire Cecilia en sentant son sang envahir sa face.

– Bien, très bien... tu te souviens donc.

Cecilia se souvenait même des dernières paroles que la toute-puissante Contarini avait prononcées dans l'église des Frari : « Tu sauras t'imposer par ta volonté... Quoi qu'il arrive ! Et je t'aiderai. » Elle réalisait que tout avait été organisé, que ce qu'elle croyait être un heureux hasard, ou un funeste sort, faisait partie d'un plan tortueux.

– Avez-vous encore besoin de nos services ?

La voix d'Antoine Gaufredi interrompit le tête-à-tête.

Beatrice se tourna vers le Français. Ce loup s'impatientait, il avait d'autres missions à remplir ou des vices à satisfaire. Quelque chose d'implacable et de cruel coulait de lui, imprégnait ses hommes, oppressait tous les êtres de la pièce. Beatrice ne se laissa pas gagner par cette peste. Elle ne craignait que le doge et les membres du Conseil des Dix.

– Allez-vous-en.

– Mon épée reste à votre service, répondit-il en s'inclinant.

Il recula, puis se retourna avec souplesse, entraînant dans son sillage les spadassins. Un souffle d'air passa comme un soupir et Cecilia perçut la vague senteur de cuir et de fer du groupe. Lorsque le dernier des soudards disparut, elle respira un peu mieux. Elle aurait voulu voir son père quitter aussi les lieux. Mais, quand sa puissante hôtesse les convia à passer dans la grande salle d'apparat, elle sut qu'elle allait devoir le supporter quelques heures de plus.

20

La salle était vaste et carrée. Ses murs tendus de velours pourpre mettaient en valeur deux statues qui semblaient se défier de part et d'autre d'une longue table de marbre veinée de bleu. Le centaure Dexamène et l'Artémis Chryselakatos, l'un portant la massue à l'épaule et l'autre trois flèches d'or entre ses doigts de pierre – était-ce un effet de l'imagination –, regardèrent Cecilia. Instinctivement, la jeune fille alla se placer sous la protection de la chasseresse.

– Tu ne devrais pas trop t'en approcher, Artémis n'aime que les petits enfants, dit Beatrice. Sa pudeur farouche ne peut souffrir d'autres prêtresses que de jeunes vierges parfaitement chastes et pures. L'es-tu ?

Une bouffée de chaleur et le sang montèrent à la face de Cecilia. Vierge, elle l'était ! Chaste... elle ne savait pas. En fait, elle n'était plus aussi pure qu'autrefois. Elle avait eu des élans du corps, des envies ces derniers mois, des besoins de se découvrir, de se toucher et de frissonner.

– Je me porte garant de la vertu de ma fille, avança Alessandro, un peu vexé par les allusions de la Cornaro Contarini.

– Vous portez-vous garant de quelqu'un que vous ne connaissez pas ? répliqua Beatrice.

– Elle est de mon sang !

– Mais la connaissez-vous pour autant ? insista Beatrice. Combien d'heures lui avez-vous consacrées... par an ? N'êtes-vous pas plus au fait des prix du marché que de ses angoisses de jeune fille ? Plus proche de l'âme des marins qui mènent vos galères, vos naves, vos caïques et je ne sais quel autre navire vermoulu du port, que de son cœur ? Ne préférez-vous pas les monceaux de ducats, les milliers de sequins, la dorure d'un denier à la nuit de ses yeux magnifiques ? Si vous la connaissiez, vous ne l'auriez pas sacrifiée à l'autel de la République et au temple de la cupidité. Croyez-moi, mon cher Baffo, vous venez de perdre un trésor qui n'a pas de prix.

– Allons, madame, nous ne sommes pas là pour nous livrer bataille. Dois-je vous rappeler que nous servons tous les intérêts de la Sérénissime ! dit l'un des deux députés.

Beatrice toisa l'importun. Il avait le teint gris et poussiéreux des personnages historiques et secondaires représentés sur les tableaux espagnols. Son confrère lui ressemblait. Leurs vêtements étaient lourds, pareils à de grosses carapaces, torsadés de fils et décorés de croix gagnées sans héroïsme. Des misérables, en vérité. Des lâches qui se voûtaient, perdaient quelques pouces en présence d'un Gritti.

– J'ai accepté de prendre en charge Cecilia sous la contrainte, vous n'êtes pas sans l'ignorer ! Elle est sous ma protection à présent et je ne permettrai à aucun d'entre vous de la considérer comme une marchandise ! lança Beatrice en prenant la main de Cecilia.

– Elle est aussi sous la mienne !

La voix d'Etienne avait tonné. Il y avait mis toute la puissance d'une invocation magique. Elle frappa l'imagination de tous, et ils crurent, pendant quelques instants, que le plancher allait s'ouvrir, qu'un démon aux ordres du juif montrerait son affreux museau verdâtre, ses dents acérées, ses griffes. On disait que maître Etienne Levy n'était pas uniquement un fameux médecin, on lui prêtait des connaissances extraordinaires, des pouvoirs surhumains, l'art de la Kabbale. Comment pouvait-il en être autrement? Il avait ses entrées au palais du doge! Ils demeurèrent silencieux jusqu'au moment où une voix claire brisa le silence :

– Je ne sais quelle valeur vous m'attribuez, j'ignore tout de vos desseins, mais quels que soient vos plans, vos traités, vos alliances, je jure devant Dieu que je prendrai ma liberté. Vous ne pourrez jamais m'enfermer, me contraindre, me vendre et me revendre. Je vais me battre et vous ravir la victoire. Mes jours et mes nuits, je les ferai miennes. Mes heures seront consacrées à de hautes luttes. Vous regretterez vos marchandages. Vous le premier, monsieur, qui vous gorgez du titre de père. Vous ne m'êtes plus rien et si je ne vous efface pas de ma mémoire, c'est pour vous faire rendre des comptes le jour venu. Car, n'en doutez pas, un jour je serai plus puissante que Beatrice Cornaro Contarini!

– C'est exactement ce que nous voulons, dit Beatrice en souriant. Mais si tu veux te battre, il te faut prendre des forces.

Sur ces mots, elle désigna des sièges à chacun. Et ils prirent place autour de la monumentale table sur laquelle avaient été disposés des assiettes de porcelaine de Chine et des couverts d'or.

21

La fresque était longue de huit pas et haute de trois. Elle courait sur le mur, à gauche du lit à baldaquin sur lequel se recroquevillait Cecilia. Depuis qu'on l'avait enfermée dans cette chambre, elle n'avait pas quitté des yeux cette impressionnante gravure à la pointe sèche qui représentait la *Bataille des dieux de la mer* [1]. Chevauchant des monstres marins et des chevaux à nageoires, Neptune, la Minerve Tritonide et toutes les divinités sorties du fond des abîmes se livraient à de féroces combats. Ils paraissaient vivants, prêts à fondre dans cette vaste chambre humide pour percer de leurs tridents la tremblante jeune fille. Leurs torses puissants s'animaient au gré des mouvantes lumières des embarcations qui se croisaient sur le Grand Canal. Les torches des gondoles, des barques et des pataches se reflétaient dans l'eau agitée par les rames, étendaient leur emprise sur la nuit, balayant la façade de lueurs rougeâtres avant de prendre possession des poutres du plafond, des coffres, des armoires, des regards des dieux, et entretenant l'inquiétude de la jeune prisonnière.

Ces immortels nés de l'écume de la mer, adroitement gravés par l'artiste, la fixaient sans complaisance. Ils

---

1. Aujourd'hui, cette gravure appartient au duc de Devonshire.

semblaient lui signifier qu'elle n'était plus rien, un pion, une valeur marchande. Echangeable contre une poignée de sequins ou un baril de sel. Et elle s'étonnait de valoir quelque chose. Elle tâchait de revenir aux détails des journées précédentes afin de comprendre, mais elle était sûre d'une chose : son corps appartenait bel et bien à la Sérénissime.

Elle aurait pu hurler du haut de l'une des trois fenêtres qui surplombaient le Grand Canal, appeler à l'aide. Personne ne lui aurait porté secours. Les Vénitiens étaient sourds aux cris et aux plaintes venant des palais gothiques habités par leurs maîtres.

Elle n'existait plus. Son père l'avait vendue.

Parvenant à échapper au poids des regards courroucés, elle quitta le lit. Elle portait encore ses habits de princesse ; elle avait refusé d'être déshabillée par la servante noire qui répondait au nom étrange de Nefer et marmonnait des menaces dans une langue inconnue. Cette affreuse géante aurait pu la briser entre ses mains énormes, l'étouffer sur son ventre colossal, en faire trois bouchées.

Cecilia n'avait jamais vu une bouche aussi grande. C'était un four planté de dents limées en pointes, bordé de grosses lèvres atteintes d'une perlèche qui encroûtait les commissures. Pareilles à des tranches de foie fraîchement coupées, elles luisaient au bas d'une face lunaire grêlée de cratères et de kystes.

Cette caricature avait été créée pour inspirer le dégoût et la peur. La voix éraillée de fausset qui en sortait n'avait fait qu'accentuer la répulsion éprouvée par Cecilia.

L'adolescente ne souhaitait plus revoir ce monstre. Mais comment échapper à ses apparitions maintenant ? Plonger dans le canal ? Elle ne savait pas nager. Se tuer ?

Elle tenait trop à la vie. Invoquer saint Marc ? Le protecteur de la ville était plus sensible à l'or des marchands qu'à la détresse d'une jeune inconnue.

D'un regard poignant, elle suivait les embarcations d'où montaient des rires et des chants, presque toutes voguaient en direction du Rialto. Cecilia savait pourquoi. Elles se rendaient sur le lieu des supplices. Les nuits d'été, on donnait souvent le fouet à ceux qui avaient enfreint les lois de la République. Les prisons étaient bondées de brigands, de prévaricateurs, de faussaires, qui, traînés devant le siège de la magistrature, subissaient leur punition sur l'escalier du pont. Certains, condamnés à mort, connaissaient les tenailles et les couteaux des bourreaux avant d'être exposés sur les fourches patibulaires dressées sur le Rialto.

Cecilia avait déjà vu ces quartiers de viande pourrissants que les cormorans déchiraient à coups de bec et que les rats grignotaient petit à petit. Venise était cruelle, inhumaine. Ces soirées de torture se terminaient par des beuveries, pendant lesquelles les prostituées étaient exceptionnellement autorisées à quitter l'hôtel public, le Castelletto, qui les abritait jusqu'à la cloche du matin. Ce qu'elles faisaient en vérité vingt-quatre heures sur vingt-quatre tout au long de l'année, sans se soucier des amendes et des réprimandes des officiers publics qu'elles achetaient en trois coups de langue et deux coups de reins. En ce moment même, elles racolaient, livrant leur ventre ou leur bouche pour quelques sous. Cecilia, qui ne connaissait pas grand-chose au commerce infâme de la chair, les envia. Il lui sembla entendre les rumeurs de cette fête sordide.

Elle colla son front contre la pierre froide de la balustrade. Elle ne se sentait pas très bien. L'air charriait les miasmes de la lagune, et une odeur de vase et de pourriture empuantissait la ville, soulevait le cœur de Cecilia. Elle eut le ventre traversé de spasmes. Sa gorge était sèche, le sang pulsait fort à ses tempes et alourdissait son crâne déjà plombé par d'angoissantes pensées.

Que lui avait-on fait avaler quelques heures auparavant ? A peine avait-elle touché aux mets rares préparés par un savant cuisinier bulgare, que les deux députés avaient loué tout au long de cet interminable repas. Elle avait la bouche en feu, pleine du goût des épices. Mais elle se refusait à boire l'eau du carafon de cristal que l'effrayante servante noire avait déposé sur un guéridon.

Cecilia s'était mis en tête qu'on allait essayer de la droguer. Elle avait entendu dire qu'il existait des poudres qui rendaient les êtres dociles et elle ne voulait pas être à la merci d'une Beatrice Cornaro Contarini. Comme l'étaient tous les hommes qui avaient passé la journée à la flatter, obéissant au moindre battement de cils de la belle Vénitienne. Devant elle, son père, qui méprisait les femmes, s'était comporté comme le plus vil des laquais.

Beatrice n'était pas l'amie qu'elle prétendait être. Cecilia s'en méfierait, la combattrait. Elle eut soudain besoin d'action. Mue par l'instinct, elle se détacha de la fenêtre et s'approcha de la porte cintrée et renforcée par de gros clous à têtes carrées. Le chambranle de blocs épais rappelait celui des portes de prison et on ne pouvait l'imaginer que fermée, bardée de chaînes, cadenassée. Cependant lorsque sa main exerça une pression sur le lourd levier de fer qui en commandait l'ouverture, quelle ne fut pas sa surprise de constater qu'elle n'était pas verrouillée.

La tête du levier claqua sur le chanfrein de la pierre.

Cecilia recula. Elle s'attendit à voir apparaître Nefer, tendit l'oreille, écoutant les claquements d'une vieille clepsydre aux rouages fatigués.

Son cœur se manifestait aussi, bien plus rapidement que les secondes égrenées par l'antique horloge à eau. Nefer ne parut pas. Sa main revint lentement vers le levier, elle le tira à elle et la porte s'ouvrit sans bruit. La tentation d'explorer ce palais se fit plus forte. Cecilia se dit qu'elle pourrait retrouver le chemin qui menait à la ruelle, mais il faisait si noir de ce côté-ci, dans cet espace sans fenêtre qui desservait d'autres chambres, d'autres couloirs, d'autres escaliers, tout un labyrinthe fait de coins, de recoins et de détours d'où sourdaient des menaces, qu'elle resta un moment à guetter les bruits venant du néant.

22

Cecilia vainquit enfin sa peur. Peu à peu, ses yeux s'habituèrent à cette nuit profonde, isolant parmi les ombres des formes fantomatiques pétrifiées. C'étaient des bustes antiques d'hommes célèbres. Le palais en était truffé. Tous ceux qui avaient contribué à la gloire de l'Empire romain et au triomphe de la pensée grecque goûtaient à présent aux poussières qui recouvraient leur visage de marbre.

Elle fit un pas, puis deux, frôla des doigts la couronne de laurier d'un Septime Sévère ou d'un Aurélien avant d'expulser d'un souffle profond l'angoisse qui comprimait sa poitrine. Le silence était tel qu'elle avait l'impression d'évoluer au sein d'un mausolée. Elle poussa un cri quand l'ombre fondit sur elle, mais son cri fut aussitôt étouffé par une main. Ce n'était pas la grosse patte huileuse de Nefer, mais la serre d'un animal qui la muselait. Elle pensa à Antoine Gaufredi. Son effroi monta d'un cran.

– Je ne vous veux aucun mal, dit tout bas une voix masculine qu'elle ne connaissait pas.

Elle chercha à se libérer d'une ruade.

– Voulez-vous que j'appelle Nefer? poursuivit l'inconnu. Elle se fera un plaisir de vous flageller.

La voix de son agresseur était ironique, jeune et affirmée, mais pas menaçante.

– Je vais vous relâcher. Promettez-moi de ne pas crier.

Cecilia acquiesça. Aussitôt l'inconnu retira ses mains, mais il ne s'éloigna pas d'elle. Au contraire. Elle sentit son souffle sur sa joue.

– Vous êtes la demoiselle Cecilia Venier Baffo ?

– Oui... Et vous, qui êtes-vous ?

– En ce moment, j'ai pour nom Joao Micos et je sers les intérêts de mes lointains oncles. Vous connaissez l'un d'eux, maître Etienne Levy. Vous connaîtrez bientôt l'autre, Andrea Gritti.

Impossible. Ce jeune homme ne pouvait être à la fois le neveu du chef de la communauté juive de Venise et celui du doge. Il mentait pour l'impressionner. Elle tourna le visage et devina le blanc de ses yeux. Toujours ce souffle. Sur ses lèvres. Et son odeur aussi, de cuir, d'encre et d'épices. Etait-il un soldat ? Un secrétaire ? Un négociant ? Que faisait-il ici en pleine nuit ?

– Beatrice m'a dit que vous étiez d'une grande beauté. C'est exact. Je la perçois. Elle m'épargnera la nécessité de devoir me forcer.

– Que voulez-vous dire ?

Il ne s'expliqua pas, eut l'audace de lui toucher les cheveux. Plus qu'un contact, c'était une caresse, légère. Celle qu'on s'autorise en posant les doigts sur de précieuses étoffes ou sur la robe de plâtre d'une statue de la Vierge. Elle perdit le sens du sacré lorsqu'il porta une mèche à ses narines. C'en fut trop pour Cecilia :

– Je ne vous permets pas, monsieur !

L'instant d'après, elle se sentit effleurée d'un baiser. Une brûlure sur ses lèvres. Elle le gifla.

– Vous apprendrez à aimer, dit-il sur le même ton ironique. Suivez-moi !

– Jamais !

– Obéissez !

Cet « obéissez » claqua comme un ordre de capitaine. C'était donc un soldat. Encore sur le coup de l'émotion, elle se laissa conduire sans se rebeller. Joao l'avait saisie par le poignet, il marchait vite, sans hésitation aucune. Il devait connaître parfaitement les lieux ou il avait le don de percer les ténèbres. Il ne l'emmena pas très loin. Ils montèrent un étage, empruntèrent un couloir.

– C'est ici que nous nous quittons, dit-il en poussant une porte monumentale.

– Mais...

Il ne l'écoutait plus ; il était déjà au centre d'une immense pièce qui ressemblait à une chapelle flanquée de piliers aux chapiteaux gothiques. Elle le vit se détacher dans la clarté de plusieurs dizaines de cierges fichés sur des herses. Joao était mince, bien bâti, noir de cheveux et d'habits. Il était pareil à la nuit qu'il semblait affectionner.

Les yeux de Cecilia s'agrandirent. Au-delà des halos de lumière, il y avait un lit. Un lit comme elle n'en avait jamais vu. Il ressemblait aux barques d'apparat sur lesquelles les nobles Vénitiens allaient à la rencontre des bateaux princiers qui désiraient mouiller devant la rive des Esclavons. Ses flancs bas se relevaient en une proue galbée surmontée d'une tête d'oiseau aquatique dont l'aigrette recourbée tendait deux voiles d'une incroyable transparence.

Ces focs, agités par les courants d'air, se perdaient dans le plafond où étaient peintes en trompe-l'œil Nété, Mésé et Hypaté, muses nues personnifiant les trois cordes des lyres qu'elles pinçaient de leurs doigts. Ces enchanteresses soufflaient d'invisibles baisers sur le pont de la couche qu'elles dominaient.

Cecilia était fascinée par ce qu'elle venait de découvrir. L'oiseau de la proue avait des yeux de grenats. Son plumage d'or couvrait en partie la demi-coque d'argent posée sur un pavement dont les volutes rappelaient le tourbillon des vagues les jours de tempête. Quelqu'un reposait sur cette nef digne d'une impératrice romaine, ou plutôt il y avait Beatrice. Elle était si blanche sur les draps blancs qu'elle ne l'avait pas immédiatement aperçue à travers les voiles.

Cecilia mit sa main à la bouche pour étouffer un cri de surprise. Elle sentit le sang monter à son front, puis se répandre en une onde de chaleur dans tout son corps.

La belle Vénitienne ne portait aucun vêtement. Aucun! Etait-ce possible? Une femme pouvait-elle s'offrir ainsi aux regards d'un inconnu qui venait de s'introduire dans sa chambre? Et lui, ce Joao, que faisait-il?

D'autres sensations brûlantes parcoururent ses veines. Il se déshabillait. Non, il arrachait ses vêtements, les jetant au pied de cette nef à plaisirs. Il devait tout juste avoir vingt ans et ne ressemblait en rien aux hercules que les peintres allégoriques se plaisaient à représenter. Il avait le corps d'un homme rompu aux métiers de la mer, agile marin grimpant dans les vergues. Des muscles longs, des attaches fines... les reins cambrés... un sexe.

Cecilia baissa la tête. Elle ne devait pas voir cela. Elle ne pouvait pas. Elle ne put pas jusqu'au moment où elle entendit les mots d'amour de Beatrice. La Vénitienne appelait son amant. Elle lui ouvrit les bras, le reçut, le toucha, l'embrassa. Et lui, la peau frissonnante, se tendit, frôla de sa poitrine les seins laiteux. Il y eut d'autres frôlements puis des empoignades.

Les deux amants se caressaient l'un l'autre, osant des choses inimaginables pour l'adolescente dont l'expérience restait livresque. Ce qu'ils accomplissaient était décrit et dessiné dans l'*Hypnerotomachia Polifili* qu'elle avait osé regardé en compagnie de Kalè. Mais la comparaison s'arrêtait là.

Eux gémissaient, bougeaient, se chevauchaient. Ils se dévoraient de baisers, se griffaient. C'était trop... Cecilia ne put supporter davantage la vue de ce plaisir révélé. Elle rompit le charme. En une course effrénée, elle retrouva sa chambre, son lit froid. Et se mit à pleurer.

23

Un frôlement à l'orée de sa conscience. Quelque chose de léger se déplaçait près de ses cheveux. C'était peut-être les doigts de Joao ; Cecilia en avait rêvé pendant la nuit. Le jeune homme lui parlait, il lui disait de se réveiller. Elle battit des paupières et poussa un cri. Nefer était penchée sur elle, lui caressant les cheveux. Elle souriait de toutes ses dents pointues, soufflant une haleine aillée et poivrée. Du menton, elle désigna une corbeille.

– J'ai pour toi des fruits, lui dit-elle de cette voix flûtée qui s'éraillait dès qu'elle grimpait d'une octave.

Cecilia roula sur elle-même et bondit hors du lit.

– Suis-je donc si effrayante ? dit Nefer en continuant à sourire.

Ce n'était d'ailleurs pas un sourire, mais une façon de montrer ses appétits féroces.

– Faire peur a toujours été ma fonction... J'ai été autrefois formée pour cela, ajouta-t-elle avec une sorte de regret dans le ton.

La servante se reprit. Une lueur fauve passa dans les yeux perdus sous les plis de graisse. Ils étaient vifs. Ils pénétrèrent Cecilia.

– Je vois que tu n'as pas bu ! Pauvre sotte. Crois-tu que ma maîtresse désire t'empoisonner ? Tu es sous sa protection. Seul le doge pourrait te nuire, mais je doute qu'il le fasse car tu es une émanation de son esprit.

Sur cette étrange révélation, Nefer s'empara du carafon et d'un gobelet d'étain posés sur le guéridon. Elle se versa de l'eau et la but sous le regard dur de Cecilia.

– Je t'apprendrai à reconnaître les poisons. Maître Levy t'enseignera leurs secrets.

– A quoi cela me servirait-il ? demanda Cecilia intriguée.

– A sauver ta peau quand viendra le jour, ma belle.

– Quel jour ?

– Seul Allah le sait !

Au nom d'Allah, Cecilia se raidit. Non seulement, cette femme était une abomination de la nature, mais elle était de plus une infidèle. Nefer partit d'un rire de hyène.

– Il faudra t'habituer à cette idée : je suis musulmane et je possède la science coranique. Il est dit dans la quatre-vingt-cinquième sourate : « Ça, qu'ont-ils à ne pas croire, à ne point se prosterner, quand on leur récite le Coran ? » Mais nous n'en sommes pas là.

Elle lui montra la corbeille de fruits. Des oranges, des pêches et une pastèque lustrées par les soins des séides de la cuisine attendaient d'être croquées.

– Ces fruits sont inoffensifs, poursuivit Nefer. Ton sang et ton âme ne risquent rien. Je te conseille de te nourrir car tes journées vont être particulièrement éprouvantes.

Cecilia contourna le lit et se saisit d'une pêche qu'elle mordit en défiant la servante du regard.

– Ta voracité n'a d'égale que ton imprudence. Il faudra que je t'apprenne à examiner les mets avant de les manger, à les respirer aussi. Puisque tu es dans de si bonnes dispositions, nous allons commencer ta première leçon de turc.

– Le turc !

– Oui, la langue de Soliman. La langue de la poésie dont le plus bel exemple est le *gazel* qui doit présenter à l'oreille une euphonie sans trouble. La pureté absolue chère au cœur des sultans. Le turc, crois-moi, vaut bien le latin et l'arabe.

Nefer n'était pas une servante ordinaire. Elle aurait fait une duègne extraordinaire. Elle paraissait dotée d'un savoir immense, d'une sensibilité même. En fermant les yeux, on aurait pu la croire débordant de bons conseils et de gentillesse. Mais Cecilia avait les yeux grands ouverts et elle pouvait se faire une autre opinion sur cette Mauresque qui incarnait le péché.

– Je n'apprendrai jamais cette langue de démon !

– Tu le penses réellement ?

Cecilia trouva cette question stupide. Elle y répondit par un haussement d'épaules, puis mit les mains sur ses hanches comme elle l'avait vu faire dans la maison familiale, quand les lingères harassées de travail défiaient Flora. Nefer la considéra comme une quantité négligeable. Qu'avait donc cette fillette à lui opposer ? La force d'une brebis. Au mieux, celle d'un mouton.

Toute l'ironie et la cruauté de son être se concentrèrent dans ses pupilles rétrécies par les paupières presque fermées. D'une main, elle fourragea dans les plis de l'ample vêtement de drap rouge qui, par sa coupe, imitait la *dhuma* orientale. Elle en sortit une longue lanière tressée et luisante qu'elle fit siffler et claquer d'un bref mouvement du bras.

– Tu vois, j'ai aussi de la peau d'anguille pour toi, un vieil outil de pédagogue romain. Très efficace. De nos jours, les pages du sérail de Soliman en connaissent les morsures. Tu n'as pas le teint délicat d'une blonde, mais cela ne veut rien dire. Il y a des brunes qui rougissent tout autant quand on sait y faire.

La menace se précisait. Cecilia, cependant, demeurait confiante, gardant les mains sur les hanches. Il lui serait facile d'éviter cet hippopotame. Nefer s'ébranla, ses hanches roulèrent. Une houle agita les graisses de son ventre. Ses traits gélatineux se mirent à trembler ; toutes les parcelles de son corps s'animaient à chacun des pas lourds qui la rapprochait de l'adolescente rétive.

Elle se figea.

A ce moment-là, par le plus pur des hasards, la Marangona du campanile de San Marco se mit à sonner. La très officielle cloche de la République annonçait à tous les Vénitiens le début de la journée de travail. Nefer semblait attendre cet appel. Son fouet d'anguille zébra l'air. D'une virgule, il toucha le cou de Cecilia avant de s'y enrouler.

Le coup était adroit, imparable, inattendu. Il surprit la jeune fille qui se sentit soudain tirée en avant. Nefer se servait de son fouet comme d'un lasso. Lorsque l'impudente fut contre elle, elle la renversa sur le lit, lui releva la robe, mit ses cuisses à nu et, tout en la maintenant plaquée, la cingla.

24

Pas une seule fois, Cecilia ne s'était plainte. Elle n'avait pas tenté de s'échapper, subissant la correction en retenant ses larmes. Et lorsque Nefer commença par le b-a ba du turc, elle répéta sans rechigner :

– Le *e* se prononce *é*, le *i* sans point est une voyelle intermédiaire entre *i* et *é*, *ö* se prononce *eu*, *u* se prononce *ou*, *g* est toujours dur, *s* est toujours sifflante...

Deux heures durant, elle se familiarisa avec les lettres et les pâtisseries orientales qu'un serviteur apporta dès les premières minutes qui suivirent la punition.

– On ne fera pas de toi un Revanî qui a su célébrer les plaisirs de la vie en vers et que j'ai eu la chance d'entendre avant sa mort, dit Nefer, mais tu es douée. Ta voix porte, elle est prometteuse de sensations, agréable à entendre. Nul doute que, dans la gorge de la femme que tu vas devenir, elle agira comme un charme aux oreilles des hommes.

– Bienheureux les sourds ! clama Beatrice qui entrait.

Nefer se redressa, s'inclina. Elle n'eut soudain plus d'existence. Ce fut comme si l'éclatante apparition de la noble Vénitienne la réduisait à néant. Beatrice portait une robe blanche corsetée de bandes d'or. La masse blonde de ses cheveux s'enroulait en un échafaudage complexe entremêlé de perles qui réapparaissaient en un double rang sur son front. Une seule pierre, un saphir, brillait à son cou. Son eau était pareille à celle du regard que Beatrice dardait sur Cecilia. D'un bleu lumineux, dangereux, conquérant.

– Tes atours sont froissés, constata-t-elle.

– Elle a dormi avec, dit Nefer.

– Je vois. Dorénavant, tu lui confisqueras ses vêtements pendant la nuit. Il faudra qu'elle apprenne à dormir nue. Je te le concède, Cecilia, cette chambre est humide. Nous y remédierons. J'y ferai allumer un feu dès le crépuscule.

Cecilia ne sut quoi répliquer à l'ironie de ces propositions. Allumer un feu en plein été dans la vaste cheminée, c'était la condamner au supplice. Apparemment on cherchait à la réduire. Ils se trompaient. Elle n'appartiendrait jamais à l'ordre de la valetaille et des portefaix.

Venise savait casser les volontés, elle avait des galères pour les hommes et des couvents pour les femmes. Et ce palais pour une Cecilia Venier Baffo dont le lignage s'était affaibli au fil du temps. Des constats s'imposaient. Même si elle avait été de haut lignage, descendante d'un doge, son sort n'aurait été guère différent. Etre fille ne donnait aucun droit. Les filles n'héritaient pas ; elles n'avaient pas de charge officielle, pas le droit de légiférer, de gouverner. Il en était ainsi depuis des siècles. Sans héritage, point d'avenir. Les clauses testamentaires organisaient de mâle en mâle le legs des immeubles et des terres ; et comme Cecilia n'avait pas de frère, les biens familiaux reviendraient à un lointain cousin à la mort d'Alessandro.

Beatrice ne dérogeait pas à la règle. Elle n'était propriétaire de rien, si ce n'était de sa dot. Elle tirait sa puissance de son nom, de son intelligence et de sa beauté.

« Je saurai t'égaler », se dit Cecilia.

– Aujourd'hui, tu recevras la visite de mon tailleur florentin, continua Beatrice en abandonnant l'ironie.

Nous dépenserons sans compter pour t'embellir et Nefer tiendra une cassette à ta disposition dans laquelle tu pourras puiser à volonté, à concurrence des dix ducats qui te seront versés mensuellement par la République.

– Que devrai-je donner en échange ?

– Un peu de ton temps.

« Et beaucoup de mon âme », pensa Cecilia en reportant son regard sur Nefer.

La Mauresque demeurait impassible, aux ordres. Plus que du respect, c'était de la crainte qu'elle éprouvait devant sa maîtresse qui, d'un seul doigt posé sur son sein, pouvait commander à son cœur de cesser de battre. Elle était totalement assujettie, fidèle jusqu'à la mort, cela crevait les yeux.

– Tu peux disposer, Nefer, ordonna Beatrice.

La servante s'inclina à nouveau et partit à petits pas en arrière, marquant sa soumission.

– Je ne veux plus la voir, dit Cecilia lorsque Nefer disparut dans les profondeurs du palais.

– Tu t'y habitueras, il n'est pas aussi méchant qu'il ne paraît.

Ce « il » provoqua la stupeur de Cecilia. Comment « il » ? La langue de dame Cornaro Contarini avait dû fourcher.

– Il n'a aucune raison d'être sévère avec toi si tu te montres raisonnable. Il t'apprendra le turc, l'arabe, le persan et quelques petites astuces indispensables à ta survie dans ce bas monde.

Ces « il » à répétition la plongeaient davantage dans l'incompréhension ; Cecilia voulut en savoir plus :

– De qui parlez-vous ?

– Mais de qui veux-tu que je parle ? C'est de Nefer qu'il s'agit.

– Elle... Il... est un homme ?

– Evidemment.

Le rouge qui monta à son visage n'épargna pas les oreilles. Cecilia ferma les yeux. Elle avait été mise à nu et flagellée par un homme déguisé en femme, un affreux Noir lubrique. Aurait-on voulu l'humilier davantage qu'on n'y serait pas parvenu.

– Je vous hais ! lança-t-elle.

– Ce n'est pas à juste raison.

– Cet homme a vu mes jambes... et mes fesses.

– Je doute que ton cul ait pu l'émouvoir.

Beatrice pouvait parler cru. Cecilia en savait quelque chose. La veille, dans les bras de Joao, elle avait crié des mots empruntés aux bordels du Rialto.

– Qu'en savez-vous ? répondit Cecilia sans se démonter.

– J'en sais assez sur Nefer pour te dire qu'il n'est plus tout à fait un homme et pas encore une femme.

Cecilia se rembrunit. Dans quel mensonge cette femme allait-elle encore essayer de l'empêtrer ? Elle eut une brusque envie de la frapper et de lui arracher ces perles dont la pureté jurait sur son front d'hypocrite.

– C'est un eunuque, reprit Beatrice.

– Un eunuque ?

– Tu n'as jamais entendu parler des eunuques ?

– Non !

– Ce sont des hommes châtrés.

– Comme les chats ?

– Oui, comme les chats, les hongres et les chapons. Nefer le fut en entrant au service du harem sous Sélim Ier à Istanbul. Sais-tu ce qu'est un harem ?

– Non.

– Un endroit étrange où les musulmans enferment leurs épouses. Sélim en avait plus de cent et Soliman en possède autant, bien que, depuis l'an passé, il n'accorde ses faveurs qu'à une seule : Roxelane, que les Turcs nomment Hürrem. Et ce sont les eunuques dont on a enlevé les testicules qui les gardent. Des Noirs uniquement qui, par leur laideur, inspirent le dégoût et l'horreur aux femmes qu'ils côtoient jour et nuit. A la mort de Sélim, Nefer a pu s'enfuir du vieux sérail ; il a été aidé en cela par le doge Gritti à qui il avait servi d'intermédiaire au sein du sérail.

Gritti, le nom du plus important et du plus inquiétant personnage de Venise, sonna comme une menace aux oreilles de Cecilia. Elle en savait beaucoup plus sur les Gritti que sur les eunuques. Son père et sa mère, comme beaucoup de Vénitiens jaloux de la réussite de cette famille, en parlaient souvent, en mal. Les Gritti étaient autrefois de riches marchands de grains installés à Constantinople ; quand la ville tomba aux mains des Turcs, ils commercèrent avec ces derniers. « Andrea, disait toujours Alessandro, est le plus doué de tous, il est le seul d'entre nous qui a su séduire le grand vizir Ahmed Pacha. Ce chien a reçu de nombreux fermages et des dotations des mains mêmes des infidèles. Que Dieu le damne ! »

Damné, il l'était. Il avait eu une concubine turque et trois fils ; il avait trahi Venise, puis Istanbul, avant de partir à la conquête du titre qui faisait de lui le maître absolu de la République. Rien ne lui résistait. Et cet homme, pour des raisons obscures, venait de jeter son dévolu sur elle et Kalè. Cecilia se sentit soudain impuissante ; elle n'entendait presque plus la voix de Beatrice :

– ... Nefer veut dire « être sans importance ». Gritti me l'a donné pour services rendus à l'Etat, précisa-t-elle. Désormais, il va te servir. Sa mémoire est précieuse, ses conseils judicieux. Tout ce qu'il t'enseignera renforcera tes chances de survie à l'avenir.

« Survie ». Ce mot parvint à sa conscience ; c'était la seconde fois qu'elle l'entendait en peu de temps. Il était lourd de sens. « Survie » s'appliquait aux naufragés, aux soldats après les débâcles de Modon et d'Agnadel qui avaient mis en péril Venise. « Survie » supposait des conditions d'existence extrêmes. Les prisonniers à vie survivaient dans les puits humides du palais ducal ; les lépreux survivaient sur l'îlot de San Francesco del Deserto, les prostituées malades dans les hospices. Cecilia aurait pu multiplier les cas de survivance et s'en inquiéter. Mais cette idée de « survie » ne lui déplaisait pas. N'avait-elle pas toujours rêvé d'aventures ? D'être un condottiere, un explorateur, un mercenaire ? Elle désirait devenir un nouveau Marco Polo, accueilli comme un héros par le grand khan après avoir traversé des déserts et bien des passes difficiles pour découvrir Cambaluc, la capitale d'hiver de la Chine, où chaque jour plus de mille chariots chargés d'or et de soie pénétraient par des portes gardées par des dragons.

Etait-il possible qu'on fît d'elle un garçon, que par une opération contraire à la castration on la transformât en mâle ? La médecine aidée de la magie pouvait-elle parvenir à cet extraordinaire résultat ? Ou bien tout simplement voulait-on faire d'elle une créature à la ressemblance de Beatrice Cornaro Contarini ? Elle essaya de deviner les desseins de la belle Vénitienne.

– Qu'attendez-vous de moi au juste ?

– Je ne suis pas autorisée à te le dire.

– Et qui est autorisé à dévoiler ma destinée ?

– Le doge Andrea Gritti.

25

Plusieurs semaines s'étaient écoulées depuis le jour où Cecilia avait été conduite de force au palais de Beatrice Cornaro Contarini. Par les indiscrétions calculées de son hôtesse, elle avait appris que Kalè résidait dans un autre palais du Grand Canal, celui de Barbarigo. Sa cousine était sous la tutelle des Dandolo dont le célèbre ancêtre Enrico avait pillé Constantinople en 1204. La pauvre Kalè devait subir aussi les leçons de maîtres aux méthodes peu orthodoxes. Du moins Cecilia le supposait-elle, étant elle-même soumise à un régime d'étude qui était aux antipodes de la pédagogie humaniste de Tommaso Talenti, le fondateur de l'école du Rialto. Quoi qu'il en fût, toutes les écoles de la République étaient réservées aux garçons qui apprenaient la philosophie et la théologie au Rialto, le grec et le latin à San Marco, ou le secrétariat à la Chancellerie.

Cecilia s'instruisait différemment. Tour à tour, Nefer et Etienne l'initiaient aux arcanes et aux mystères des langues orientales et de la médecine, lui faisant part de soucis dont elle s'étonnait. Leur inquiétude provenait d'événements qu'elle jugeait insignifiants. A croire qu'ils étaient responsables des affaires étrangères de la Sérénissime.

La source de leurs tracas avait un nom : Roxelane,

que les Turcs appelaient Hürrem. Cette femme, officiellement la seconde épouse de Soliman, venait d'avoir la tête du grand vizir Ibrahim. A présent, elle livrait une guerre sans merci à la sultane Gülbehar, première épouse du harem. Ces histoires du bout du monde n'offraient aucun intérêt, et Cecilia se demandait pourquoi elles affligeaient son entourage.

« J'ai de mauvaises nouvelles en provenance de la Sublime Porte », disait Nefer. « De néfastes présages s'accumulent au-dessus de la Sublime Porte », avouait maître Etienne Levy.

« Sublime Porte. » C'était ainsi qu'ils nommaient l'empire turc. Nefer employait tout un vocabulaire imagé en évoquant son ancienne vie. Etienne restait plus prosaïque car il ne s'était plus rendu à Istanbul depuis trente ans. Ses renseignements, il les tenait de compatriotes vivant sur les bords de la Corne d'Or, dans les quartiers de Bahtchè Kapi, Balik Pazari, Oun Kapani et Balat. Ces juifs séfarades et ashkénazes, partenaires privilégiés des Turcs, servaient d'intermédiaires financiers entre les corporations stambouliotes et les communautés étrangères. Banquiers, prêteurs, imprimeurs, interprètes, ils étaient à l'origine d'une multitude de transactions, d'accords, parfois même de décrets commerciaux promulgués par le Divan, sorte de Conseil des ministres – avait appris Cecilia – présidé par le grand vizir.

Cecilia avait la tête farcie de références, de noms compliqués. Les deux professeurs insistaient, la gavaient de choses difficiles à avaler, suspectes, dangereuses pour l'âme, et qui semblaient naturelles à ces érudits dont les sources de pensée, juive et musulmane, s'unissaient pour lui faire oublier qu'elle était née chrétienne.

Le lundi, le mercredi et le vendredi étaient les jours consacrés à l'étude des « poisons, des potions et de leurs effets sur le corps humain », selon la propre définition de maître Etienne Levy. Mais le médecin ne se limitait pas à ces cours théoriques et pratiques de savant versé dans les sciences occultes, il lui révélait aussi les mécanismes de la finance, du commerce et de la politique, l'existence de personnages dont elle devait retenir les noms et les fonctions par cœur.

Ces trois jours de la semaine la rendaient heureuse. C'était une occasion pour elle de quitter le confinement du palais Contarini et d'échapper à la pesante présence de Nefer. Elle se rendait dans le ghetto sous la garde d'Antoine Gaufredi et de quatre de ses sbires. Elle pouvait humer l'air de Venise, contempler les flèches des églises, entendre ce grouillement de vie qui la prenait aux tripes et lui donnait des envies de liberté. Parcourir les canaux était un enchantement pour les sens. Cecilia ne perdait rien de ce qui parvenait à ses oreilles, à son nez et à ses yeux. Et ce fut dans cet état de concentration particulière qu'elle remarqua le changement.

Ce dernier vendredi d'octobre 1535 ne ressemblait en rien aux précédents. Gaufredi paraissait nerveux. A plusieurs reprises, il avait menacé des godilleurs et les barreurs de chalands qui se rapprochaient trop de leur gondole. Chapitrer ces rustres ne servait à rien ; il y avait plus d'affluence que d'habitude sur les canaux et sur les ponts traversés par d'importantes hordes de portefaix et de mendiants.

En l'honneur de l'envoyé du roi de Bohême et roi des Romains, Ferdinand, une fête se préparait sur la place Saint-Marc. Il y aurait de nombreuses bourses à couper, des étals à piller et des cœurs charitables à convaincre en ce jour faste.

Sauf dans le ghetto. Sur le rio de la Miséricorde qui menait à cet îlot encerclé d'eau, la gondole avança sans difficulté. Les rares bateliers qui en faisaient le tour évitaient de s'approcher du bord nimbé d'une aura de maléfice.

Le calme régnait dans cette partie de Venise. Clos, selon le règlement en vigueur qui interdisait aux juifs de se montrer les jours de fête, le ghetto vivait replié sur lui-même. Il n'en continuait pas moins à travailler pour la gloire de la République ; ses ateliers de cuivre, de ferronnerie, de broderie, ne réduisaient pas leur activité et, aux chants des outils et des hommes, on en mesurait l'extraordinaire rendement.

Dès qu'il passa la porte Farnese qui en contrôlait l'accès, Gaufredi murmura ses injures habituelles. C'était sa façon de prier. Il n'était pas particulièrement croyant, ni superstitieux, mais il avait cependant la sensation que cet endroit n'était pas très éloigné de l'enfer. Cette mission répétitive qui le faisait côtoyer les juifs le dégoûtait ; il les haïssait de plus en plus. Etienne surtout. Il était persuadé que le médecin commerçait avec le diable.

Parvenu dans l'antre où ce maudit fils de Moïse officiait, il resta sur ses gardes. Tous ces alambics, ces bocaux, cette puanteur de racines et de champignons, ces lettres hébraïques, ces traités de chirurgie, ces rouleaux talmudiques, entretenaient ses appréhensions et le rendaient réceptif à un monde de magie qu'il s'évertuait à ne pas reconnaître depuis la mort de sa mère emportée par la fièvre quarte.

Il aurait exigé que Cecilia ne sourît pas en présence du juif, mais son pouvoir était limité, sans prise sur les sentiments de la jeune Vénitienne. Maître Levy souriait lui aussi. Cette complicité entre l'adolescente et le médecin lui était insupportable.

– Je te la confie pour deux heures, dit-il quand Cecilia se détacha des hommes qui l'encadraient.

– Deux heures, je sais ! répondit sèchement Etienne en retournant un gros sablier.

– Prends garde de ne pas la pervertir avec ton Talmud et toutes les juiveries contenues dans tes livres, lança Gaufredi en tirant à demi sa dague du fourreau.

Ses propos et ses menaces ne variaient guère d'une visite à l'autre et, invariablement, Etienne y répondait sur le ton de la boutade :

– Je tiens trop à ma tête.

– Tu me la ramèneras sur le pont de la calle Farnese. Il est inutile que moi et mes hommes salissions nos âmes en restant ici.

Ces mots, pensait-il, blessaient le juif et plaisaient à Dieu. Il les assenait à toutes les sauces, tournant les talons à la fin de ces tirades qu'il voulait cinglantes. Il ne voyait jamais l'amusement dans le regard d'Etienne. Le chef de la communauté du ghetto ne se souciait guère des insultes de ce mercenaire.

Gaufredi parti, Cecilia demanda pourquoi elle ne devait rester que deux heures, alors que, habituellement, elle en passait cinq en compagnie de celui qu'elle considérait comme son seul appui dans cette ville, partageant le repas de midi et la joie des tablées où femmes, enfants et vieillards sans distinction de classe et d'âge avaient le droit de s'exprimer et de rire.

– Tu es attendue sur la place Saint-Marc à 11 heures.

– Sur la place Saint-Marc ?

– Ils vont te présenter au doge.

Le cœur de Cecilia battit plus fort. Le grand jour était donc arrivé. Elle allait savoir pourquoi son père l'avait vendue.

– Ce qui nous laisse peu de temps pour t'aguerrir, dit Etienne sur un ton énigmatique.

Il la fit asseoir et lui désigna des fioles posées sur une table couverte de parchemins.

– Fais ton choix.

Les fioles pansues étaient de même capacité. Seule la couleur des liquides qu'elles contenaient les différenciait. Deux tiraient sur le bleu, la troisième était d'une belle couleur parme. Cecilia prit cette dernière et la contempla à la lumière du jour qui filtrait par un soupirail.

– Bois-la.

– Qu'est-ce que c'est?

– Bois et tu sauras.

Elle enleva le bouchon de verre et porta la fiole à ses lèvres. C'était à la fois sucré et amer.

– Je n'ai jamais rien goûté de pareil, dit-elle après avoir bu d'un trait le liquide mauve.

– *Anagaltis arvensis* en extrait concentré, dit simplement Etienne en croisant les bras. Tu viens d'avaler le « miroir du temps ».

Cecilia pâlit. Le « miroir du temps », ainsi appelé parce que ses feuilles avaient la propriété de prévoir le temps en se recroquevillant ou en restant épanouies, était un poison mortel. Etienne le lui avait appris une semaine auparavant, citant Théophraste, Dioscoride et Pline. Si elle en croyait ses dires, elle n'allait pas tarder à perdre son sang par les intestins et à délirer.

– Tu sais comment t'éviter le pire; je t'ai donné la recette de l'antidote. Ceci est ta première épreuve, j'espère qu'il y en aura d'autres.

Le maudissant, elle se rua vers les étagères et les niches où, par centaines, poudres, pommades, racines, herbes sèches, graines, huiles essentielles s'entassaient selon un ordre bien précis. Il lui fallait des feuilles d'aigremoine et des racines de « raisin du diable », que d'autres appelaient « sceau de la Vierge », un dangereux purgatif qui, si elle ne se trompait pas dans les proportions, nettoierait son estomac. Elle les trouva aussitôt et laissa courir ses yeux sur les autres récipients. Elle eut juste un instant d'hésitation en se saisissant d'une fiole sur laquelle était écrit *Eupatorium cannabibum*, se rappelant qu'elle contenait un suc agissant comme un antipoison. Elle rafla tout ce qui purifiait, lavait, assainissait le sang, puis elle se mit à préparer ses potions sous l'œil attentif d'Etienne.

Dès qu'elle eut bu la première mixture, elle rendit le gâteau d'épeautre et les raisins secs de son premier repas du matin. Elle avala ensuite le suc d'*Eupatorium*, puis une mixture qu'elle avait préparée au dernier moment. Quand ce fut fait, elle se tourna vers Etienne :

– Vais-je mourir ?

– Non, car en vérité tu n'as pas bu le « miroir du temps », mais de l'extrait d'*Ajuga iva* mélangée avec du miel. Très bon pour les rhumatismes.

– Et vous vous dites mon ami ? Vous êtes pire que Gaufredi !

– Tu viens de prouver que tu avais assez de sang-froid pour sauver ta peau. Il n'y a que cela qui m'importe. Tes préparations auraient été efficaces contre le poison. Gaufredi a ses raisons ; j'ai les miennes. Nous sommes les garants de ta nouvelle existence.

Il n'y eut pas d'autre leçon, ce matin-là. A l'heure dite, Etienne conduisit Cecilia sur le pont Farnese. Avant de la quitter, il lui glissa :

– Quoi qu'il arrive, où que tu ailles, je ne serai jamais bien loin de toi. Aie confiance : tu vas devenir une étoile resplendissante.

26

Les hommes de Venise pensaient à leur devoir, au devoir sacré de mourir pour la République à tout moment, sur l'eau et sur la terre ferme, même dans les pays des infidèles. Et cela depuis que, sept cent cinquante ans plus tôt, Buono de Malmocco et Rustico de Torcello avaient ramené d'Alexandrie au péril de leur vie les reliques de saint Marc.

Cecilia se promit de leur ressembler et, tout en se laissant bercer par les mouvements de la gondole qui glissait vers la rive des Esclavons, elle fit le serment d'être digne des fondateurs de la ville. Ce serment silencieux prit vie, des mots se formèrent dans son esprit, des mots à elle, puérils et sincères, pareils à des drapeaux glorieux. Elle n'avait plus peur d'être une fille, de son jeune âge.

Mais cet élan s'émoussa un peu dès qu'ils atteignirent les quais de Saint-Marc. On avait l'impression qu'un orage grondait sous le campanile. Combien étaient-ils rassemblés ici ? Cinq mille ? dix mille ? plus encore ? Gaufredi fut le premier à se jeter au sein de cette multitude pour assurer le débarquement de sa protégée. Il regretta de ne pas avoir pris plus d'hommes avec lui.

A peine le pied à terre, Cecilia se retrouva environnée de toutes parts. Ici, les étoiles resplendissantes se comptaient par dizaines. Le centre de la place Saint-Marc en était constellé. Femmes de vieille noblesse, aventurières italiennes, esclaves circassiennes et tartares, comtesses et princesses, épouses de riches négociants, filles d'armateurs, maîtresses de sénateurs, toute la gent féminine parée de lourds bijoux, chaînée d'or, perlée, cuirassée de soie, couronnée de diadèmes, se pavanait sous les façades du palais ducal. A leurs côtés, les hommes paraissaient ternes.

A la vue de cette magnificence et de ce luxe étalés, Cecilia se trouva bien falote et insignifiante. Une cape de laine la couvrait entièrement. L'eut-elle retirée, qu'elle n'aurait pas attiré les regards de la noblesse tant elle ressemblait à une fille de boutiquier. Elle portait une simple robe jaune passementée de gris. Aucune bague, pas un collier n'enrichissaient l'humble aspect qu'elle se donnait lorsqu'elle se rendait au ghetto. Elle pensa à son apparition au palais et cela la rendit honteuse.

Gaufredi prit l'initiative de contourner cette scintillante foule entourée de miliciens et de gardes, qu'il n'était pas facile de traverser en jouant des coudes. Il s'enfonça donc dans les rangs du peuple qui bordaient l'ouest de la place et le parvis du campanile. Il avait l'art et la manière pour repousser les petits. La populace du Cannaregio et de la Giudecca ne méritait pas d'être traitée autrement qu'avec des horions et des injures. Ni lui, ni ses hommes ne s'en privèrent. Et, comme ils donnaient l'impression d'appartenir à l'une des puissantes familles perchées sous les arcades du palais ducal, personne n'osa les affronter.

Cecilia leva la tête vers les hauteurs du palais où se tenaient des personnages vêtus de cramoisi et de pourpre, mais elle était trop loin pour reconnaître les Balbi, Cavalli, Crotta, Dario et autres Farretti devant qui tous courbaient l'échine. Ces membres du Conseil des Dix, de la Seigneurie et du Collège des Sages semblaient tirer leur gloire des colonnes Saint-Marc et Saint-Théodore et des étendards de soie rouge et or flottant aux sommets des trois mâts qu'on dressait pendant les festivités.

Mais ils n'impressionnaient pas la foule qui, par ses grondements et ses huées, leur rappelait que les prix des muids de sel étaient trop élevés et que l'Etat devait réduire son train de vie. Cecilia voyait ces hommes siffler et montrer le poing sans se soucier des officiers de justice et de leurs escouades armés de piques qui maintenaient un espace rectangulaire libre autour des colonnes et des mâts. Elle ne saisissait pas encore toutes les subtilités des mécanismes politiques qui équilibraient les forces en présence et constata, un peu surprise, que les signes d'acquiescement des têtes barbues suffisaient à apaiser le peuple.

Les dirigeants faisaient ainsi savoir que le prix du petit sel de l'Adriatique utilisé pour la consommation courante allait diminuer de quelques sous.

Cecilia eut un long regard suspicieux pour les maîtres du palais ducal ; ils étaient pareils aux marionnettistes tirant d'invisibles ficelles. Elle comprit soudain que les Vénitiens ne se révolteraient jamais ouvertement. Le système était trop parfait, la ville bien trop riche. La plus riche de l'univers, affirmait son père. Le sel n'était que le prétexte à la querelle séculaire qui opposait les corporations de quartiers à la caste des nobles. Etienne l'avait appris à Cecilia ; elle s'en souvenait à présent.

– Par Lucifer ! Nous n'en finirons jamais avec cette racaille, jura Gaufredi en français.

Il devenait presque impossible d'avancer. Les six quartiers de Venise se vidaient. Plus de soixante-dix paroisses déversaient des flots indisciplinés d'épiciers, de corroyeurs, de menuisiers, de calfats, de potiers, de pêcheurs et toutes sortes d'ouvriers et d'artisans accompagnés de leurs femmes et de marmailles bruyantes.

Gaufredi, Cecilia et les quatre mercenaires avaient parcouru une centaine de pas en direction de la tour de l'Horloge battue par une déferlante humaine ; ils obliquèrent vers la « porte du papier ». Là, les scribes, au grand étonnement de Cecilia, continuaient à rédiger les pétitions. C'était leur travail. Toute l'année ils se tenaient à la disposition du public sous les enlevures de l'élégant édifice coloré des marbres de Vérone, de Carrare et de pierres d'Istrie. Malgré les poussées fiévreuses, ces bougres, coiffés de bonnets de feutre, continuaient d'écrire, solidement arrimés à leurs pupitres transportables. Insensibles aux criailleries des pétitionnaires, ils épelaient les noms que leur plume d'oie inscrivait sur les parchemins.

La petite troupe de Gaufredi ne put résister à une nouvelle vague d'arrivants. Des gens de San Salvatore. Presque essentiellement des Vénitiens d'origine allemande, des lainiers et des fabricants de bougies menés par des cabaretiers. Cette troupe braillarde et avinée brandissait des enseignes et des bannières, sur lesquelles des saints, les clefs de saint Pierre, des lions et des calices enguirlandés de phrases latines étaient brodés. Ils s'en servaient comme de repoussoirs, taillant un large couloir dans la foule.

– Place ! Place à San Salvatore ! criaient en première ligne les délégués des corporations.

Gaufredi hésita à se servir de sa rapière, son instinct lui signalait un danger. Soudain, il se jeta sur Cecilia en dégainant sa dague. Un étau de glace paralysa la jeune fille. Elle vit l'arme remonter vers son flanc et l'entendit crisser contre une autre lame.

27

Deux fers se croisaient à hauteur de son ventre ; deux bras, équilibrés par la force de la tension qui les opposait, tremblaient. L'un des deux appartenait à un homme qui n'était pas vénitien. Il avait le teint bistre, l'œil noir à la pupille dilatée, et cet œil véhiculait la folie et la mort.

– A moi ! lança Gaufredi qui ne parvenait pas à prendre le dessus.

Ses hommes avaient été emportés par le flot. Ils ne l'entendirent pas appeler.

Les Allemands gueulaient bien plus fort que lui.

Les deux lames...

Cecilia, acculée contre les bedaines et les dos des hommes qui manifestaient leur présence au doge et à l'envoyé de Ferdinand, voyait cette croix mortelle se rapprocher d'elle. Deux aciers en forgeaient les branches. L'un portait les brillantes marques des armuriers de Tolède, l'autre était assombri par les scories des ateliers d'Antioche où il avait été façonné. Ils vibraient, vivaient, s'effritaient.

– Maudit chien ! dit Gaufredi qui ne réussissait pas à éloigner la lame sombre de l'aine de Cecilia.

Il prit le risque de rompre l'équilibre. Son poing gauche partit vers le visage du Levantin. Ses doigts bagués écrasèrent le nez, les cartilages craquèrent, du sang coula. Il doubla son coup. En vain. L'homme était insensible à la douleur.

– Fils de Satan ! jura-t-il comme s'il pouvait exorciser son adversaire.

Personne ne remarquait ce qui se passait dans le périmètre réduit où les deux hommes et l'adolescente jouaient leur vie. Le spectacle était ailleurs. On se hissait sur la pointe des pieds ; on se faisait la courte échelle ; les enfants grimpaient sur les épaules des pères ; les plus téméraires escaladaient les monuments pour apercevoir le cortège que les trompettes annonçaient.

Gaufredi était un redoutable combattant ; il avait l'expérience de la rue, des abordages en mer, des guets-apens. Il possédait le vice et le sens du déshonneur. Son genou monta brusquement entre les jambes du sicaire qui, cette fois, ressentit la douleur et se plia. Le Levantin était perdu.

Cecilia ne poussa pas un cri quand la dague de Gaufredi s'abattit sur le dos de son adversaire. A cet instant, elle se sentit soulevée, entraînée à l'arrière par les hommes du Provençal.

– Il n'est que blessé, dit Gaufredi après l'avoir désarmé. Marco et le Torve, emmenez-le à l'île de San Michele pour l'interroger et prévenez maître Etienne ; je veux que cette vermine vive le plus longtemps possible. Les autres avec moi !

Il essuya la lame de sa dague sur le dos de sa main et s'adressa à Cecilia. Son terrible visage étroit et vérolé sur lequel la barbe avait du mal à pousser était à deux doigts du sien.

– Vous comprenez maintenant pourquoi vous devez supporter ma présence.

– Il a essayé de me tuer, balbutia Cecilia qui tremblait de tous ses membres.

Elle aurait voulu qu'on lui fournisse une explication, mais les propos de Gaufredi ne l'éclairèrent pas.

– Vous représentez un danger et « il » le sait déjà. Venez, nous devons faire vite à présent. Le cortège arrive.

Cecilia se moquait du cortège et de la fête. Elle imaginait qu'il allait y avoir une autre fois, que, quelque part dans cette ville ou ailleurs, on aiguisait des couteaux à son intention. Qu'était devenu le beau serment inventé dans la gondole ? Elle ne désirait plus être digne des fondateurs de Venise. Elle laissait l'aventure et la gloire aux garçons. Redevenir une petite fille, revoir son indifférente mère, entendre les menaces de Flora étaient un doux rêve.

Elle ne pouvait plus sortir de ce cauchemar. Tout était bien réel. Gaufredi en était la preuve vivante, le mal incarné. Il recommençait à proférer des grossièretés, mêlant des noms de saints à ses invectives. On ne le laissait pas passer pour autant. Les mécréants de San Salvatore s'étaient massés et formaient un mur infranchissable.

A bout d'injures, il cria :

– Service de l'Inquisition ! J'exige le passage !

A ces mots redoutables, la peur pesa soudain sur l'assemblée. On se regarda les uns les autres comme si on était en état de péché. On dévisagea Gaufredi sans insister, pas de doute, il avait l'allure d'un mandataire de la juridiction ecclésiastique qui avait les moyens de vous faire avouer que vous étiez coupable d'hérésie, d'apostasie et de sorcellerie. On ne savait pas grand-chose sur le tribunal secret de l'Inquisition formé de trois membres nommés par le Conseil des Dix, mais on en savait assez pour avoir vu brûler des condamnés sur les bûchers.

Une autre peur passa sur le visage de Cecilia. Elle lui fit presque oublier celle née quelques minutes auparavant. Et si Gaufredi appartenait vraiment à la Sainte Inquisition ? Elle ne put réprimer un frisson quand il la prit d'autorité par la main pour lui faire franchir la courte distance qui les séparait de l'entrée du palais ducal. Cet homme était aussi sombre et inhumain que les fanatiques évêques espagnols qu'elle avait croisés une seule fois à l'église des Frari.

– Je n'en suis pas, dit Gaufredi tout bas pour rassurer sa protégée.

– User du nom de la Sainte Inquisition est un crime, vous nous avez mis en danger.

– Entre deux dangers, il faut choisir le moindre.

Le moindre ! Que pouvait-il y avoir de plus menaçant que les sentences des terribles juges ? Elle n'en finissait pas de trembler et de regretter de porter le nom de Venier Baffo.

– Reprenez-vous ! exigea-t-il.

Il lui serra la main à lui faire mal.

– Reprenez-vous, vous dis-je ! Ils vous croient forte... et je le crois aussi.

Etrangement, cette pression et ces mots agirent sur Cecilia. Ses peurs refluèrent et la curiosité l'emporta. Elle pénétrait dans le cœur où se jouait son destin.

28

…hie de soldats en costumes …bord relevé, cuirasses asti… …lours orange, hallebardes …eurs de la ville. Ils for… …u'au sommet du monu… …runtait pour la première …es sur cet endroit qui … dans lequel un doge et …assassinés par le peuple avant d'être …boucheries du Rialto, et où se fomentaient …mplots.

Cecilia, qui avait repris son assurance, était dans cet état de clairvoyance exceptionnelle où chacune de ses perceptions était plus vive. Elle mémorisa les visages des officiers qui portaient l'anneau d'or, l'épée et la dague damasquinées, et ceux de tous les hommes et les femmes qui gravissaient les marches en affichant l'expression hiératique des puissants de ce monde. Il lui sembla entendre le vent de la désespérance souffler dans tous ces êtres et d'autres choses encore qui n'émanaient pas d'eux.

Ce palais était vivant. Les pierres lui parlaient. Elle percevait que les chefs des moyenâgeuses armées tissées sur les grandes tapisseries qui recouvraient les murs du premier étage la reconnaissaient comme l'une des leurs et la mettaient en garde. Des Christ en croix étendaient sur elle leur compassion, et les anges auréolés qui les entouraient l'appelaient vers des ciels de gloire. Elle se sentit transportée par toutes les forces invisibles qui se manifestaient.

La voix de Gaufredi la coupa dans son élan mystique.

– Prenez ce poignard !

Cecilia se figea. Ses yeux tombèrent sur l'arme qu'il tenait par la lame. Elle crut qu'on allait se jeter sur eux, mais les capitaines ne bronchèrent pas.

– Vous n'y pensez pas sérieusement, dit-elle en refusant de se saisir du manche nacré au pommeau en forme de lune.

– Il y va de votre survie.

« Survie » encore. Tous en appelaient à sa survie. A croire que la leur en dépendait. Quel en était le prix ?

– Je ne peux la porter.

– Vous pouvez !

Il écarta les pans de sa cape et passa la lame dans la fine ceinture de cuir qui lui enserrait la taille.

– C'est de la folie.

– Savez-vous qu'il y a quatre-vingt mille hommes en armes dans cet Etat et qu'aucune loi n'interdit de porter sur soi un couteau, même à l'intérieur de ce palais ?

– Je suis une fille...

– Qu'importe votre sexe ! Et on ne vous demandera pas d'ôter votre cape.

– Je ne sais pas me servir d'un couteau.

– Un poignard, mademoiselle Baffo. Un poignard turc. Servez-vous-en comme d'un tisonnier en frappant toujours au ventre.

Elle allait lui répondre qu'elle n'avait jamais utilisé un tisonnier, mais il était inutile de discuter avec quelqu'un comme Antoine Gaufredi. Plus ils s'enfonçaient dans le palais, plus il y avait de soldats et de serviteurs, des nobliaux aussi reconnaissables à leurs médaillons et à leur suffisance. Vraisemblablement des arquebusiers désargentés qui n'étaient pas autorisés à être en présence du doge.

Les salles et les couloirs qu'ils traversaient étaient parcourus de chuchotements et de frôlements. Seuls Gaufredi et ses hommes troublaient la bienséance par le bruit de leurs bottes ferrées. Qu'ils ne respectassent pas l'étiquette n'étonnait personne. Cecilia commençait à mesurer le pouvoir du Provençal qui agissait au nom de l'un des maîtres de la cité.

La brute semblait chez elle... jusqu'à un certain endroit. Cecilia en fut rassurée : il y avait des limites aux actions de cet homme sans foi ni loi. Et l'une de ces limites fut matérialisée par un sexagénaire, un petit vieillard chétif affublé d'une barbichette, que Cecilia aurait pris pour un valet s'il n'avait pas porté la toge rouge qui le classait dans la haute hiérarchie de l'administration vénitienne. Ce personnage souffreteux s'exprima sans enthousiasme d'une voix traînante :

– Voici donc la sixième merveille de l'Occident.

Gaufredi s'inclina devant lui.

– Elle est à votre service, répondit-il d'une manière servile qui surprit Cecilia.

– La demoiselle Cecilia Venier Baffo ne peut être au service du Premier secrétaire du Conseil des Dix. Sachez-le, Gaufredi, la demoiselle Baffo est au service de la République.

– Elle l'est, et je le suis aussi, rectifia Gaufredi qui, sur un signe de la main du Premier secrétaire, se retira.

Lui non plus n'était pas admis parmi les grands. Le vieillard l'oublia aussitôt pour reporter son intérêt sur la jeune fille.

– Vous n'avez pas l'honneur de me connaître, dit-il de cette même voix lasse. Je m'appelle Giacomo Zaccaria. L'administration est mon domaine. Je veille à la promulgation et à l'application des lois, à la régulation des trente-deux monnaies ayant cours dans nos Etats, à la sécurité des citoyens et à l'hygiène, à tout et à rien. On vous dira que je détiens un immense pouvoir mais en vérité je ne suis que l'exécutant de la volonté républicaine, et vous êtes l'une des expressions de cette volonté. Suivez-moi, mademoiselle Baffo ; vous allez faire votre entrée en politique... en toute discrétion.

29

Giacomo Zaccaria. Cecilia savait parfaitement qui il était, car son père en parlait souvent devant sa mère qui l'écoutait soliloquer et critiquer les uns et les autres. Il était beaucoup plus qu'un simple exécutant. Véritable trait d'union entre le Conseil des Dix, le doge, les Quarante et le Sénat, il avait accès à toutes les affaires. On le disait proche d'Andrea Gritti dont il partageait les points de vue et la vision du monde. La milice secrète du palais était à sa charge ; il la payait en ducats sonnants et trébuchants prélevés sur les gabelles de Rovereto, Feltre, Udine, petites villes inféodées à Venise où il était très facile de truquer les comptes.

Comme c'était étrange... Tous les propos de son père lui revenaient en mémoire. Il en savait des choses Alessandro Baffo. Beaucoup trop. Etienne et Nefer n'étaient pas en reste. Eux aussi révélaient à leur manière des secrets. Qu'allait-elle encore apprendre en ces lieux dont la porte ouverte mais masquée par une tenture était gardée par deux géants blonds ?

Elle retint son souffle. Zaccaria l'introduisit dans la vaste salle du Conseil où la lumière du dehors entrait à flots par des arcades. Tous les regards convergeaient vers un point central.

– Le doge Andrea Gritti, dit Zaccaria avec tant de

respect dans la voix qu'on aurait cru qu'il parlait de Dieu.

Cecilia l'avait immédiatement repéré. Il avait la tête couverte de la célèbre et unique coiffe : le *corno*, aux fils d'or sertis de rubis et d'émeraude ; un pallium doré recouvrait en partie une longue robe pourpre. Son visage émacié à la barbe blanche lissée et peignée ne respirait pas l'indulgence ; il avait un nez très long descendant très bas sur une bouche sensuelle. Son regard accrocha celui de Cecilia qui se sentit soudain fouillée, envahie, évaluée comme une marchandise à l'étal.

« Je ne baisse pas les yeux », se dit-elle.

Et elle lutta jusqu'au moment où Zaccaria dit dans un murmure :

– Vous ne serez pas présentée au doge... pas ici. N'oubliez jamais ceci, vous êtes officiellement la demoiselle d'honneur de dame Beatrice Cornaro Contarini.

– Je suis heureuse de l'apprendre.

– Nous avons hésité à vous faire venir au palais. Cette décision a été prise à l'aube, contre l'avis de maître Etienne qui estime que vous n'êtes pas prête à affronter le monde.

– Et vous qui veillez à la sécurité des citoyens, à tout et à rien, vous pensez que ma petite personne est prête à affronter les assassins qui résident dans cette ville ?

– L'ironie est l'apanage des grands, mademoiselle Baffo. Devenez grande et vous aurez le droit d'en user à mon égard.

Elle se mit à rougir. Comme si le doge n'attendait que la venue de Cecilia, il quitta son fauteuil sculpté aux armes de Venise et entraîna son pâle invité, le comte Landorf. Une suite prestigieuse se mit aussitôt en mouvement en suivant une étiquette bien précise. Juste derrière le doge, vinrent les procurateurs de Saint-Marc en robe rouge et noire, qui non seulement étaient tenus d'entretenir et d'embellir les églises et de subvenir aux besoins des chapelains, mais géraient aussi les biens testamentaires et avaient la garde des mineurs et des malades mentaux. Les évêques en chasubles d'or, ruisselant de sueur sous de pesantes dalmatiques damassées leur emboîtèrent le pas. Venaient ensuite les conseillers, les membres des Quarante, les sénateurs, les nobles... puis les femmes.

Zaccaria, qui ne se souciait pas d'être vu en si prestigieuse compagnie, resta à la traîne avec Cecilia. Ils parvinrent à la loggia du palais au sol de marbre reconstitué et lustré à l'huile de lin. Beatrice et des femmes de la haute noblesse entourées de flatteurs s'y trouvaient déjà. Cecilia eut soudain un élan de tout son être : Kalè était parmi elles. La main du secrétaire la retint alors qu'elle allait se précipiter vers elle.

– La seule personne que vous connaissez s'appelle Beatrice Cornaro Contarini.

– Mais c'est Kalè ! ma cousine !

– Il y a effectivement une Kalè Kastano, mais elle est la demoiselle de compagnie de l'aînée des Dandolo, Emilia Crotta Dandolo. Elle n'est à Venise que depuis quelques jours. Observez-la bien. Manifeste-t-elle une émotion quelconque ? Semble-t-elle vous connaître ? Pourtant elle vous a vue. Elle a des consignes et elle les respecte. Imitez-la. Tant que vous vivrez à Venise, nous vous demandons d'être discrète et obéissante.

– Dois-je comprendre que je vais bientôt quitter la ville ?

Zaccaria ne répondit pas. Il s'avança vers Beatrice.

– Vous me demandez de la discrétion et vous m'exposez en public comme jamais mon père n'a osé le faire. Pour quelle raison prenez-vous ce risque ? insista-t-elle.

Zaccaria tourna la tête vers elle. Pour la première fois, elle y vit un sourire souffreteux qui n'était pas fait pour les joyeux excès.

– Je pourrais vous répondre qu'on ne cherche pas ce qui est révélé, mais je pourrais aussi vous dire que c'est une façon de vous mettre en danger et d'obliger nos ennemis à se dévoiler à leur tour. Taisez-vous à présent !

Cecilia se mordit la langue. Elle venait de faire l'expérience du danger et elle ignorait encore tout de l'ennemi qui avait essayé de la faire tuer.

– Je vous ramène votre protégée, dit Zaccaria en s'inclinant devant Beatrice.

– N'est-elle pas charmante ? lança la belle Vénitienne dont la robe couleur de nuit et brodée de brillants était une copie du firmament.

– Elle a le charme d'une jeune louve et je ne voudrais pas être celui qui tombera sous ses crocs.

– Nous savons très bien, vous et moi, que ce ne sera pas un Vénitien, dit Beatrice en baissant la voix. Trêve de discussion. Cecilia, viens près de moi pour profiter du spectacle. Cela va t'amuser.

Cecilia se retrouva alors en première ligne dans le groupe des femmes et chercha encore à attirer l'attention de Kalè, mais la petite princesse grecque, pressée de près par une grosse femme lestée de pierres précieuses provenant des anciens pillages de Byzance, restait sur la réserve, le regard pointé sur les colonnes Saint-Marc et Saint-Théodore.

L'apparition du doge fut marquée par les éclats des trompettes. La foule tressaillit. Les piques des soldats jaillirent en plein azur tandis qu'au-dessus de leurs lames des bandes de pigeons se mirent à tournoyer sans plus s'arrêter. Le cortège, qui n'attendait que le bon vouloir des hérauts et la présence du premier magistrat de Venise, reprit son lent cheminement entre la double haie des piquiers.

Le regard de Cecilia remonta le long de ce ruban humain qui se perdait entre les greniers à blé dont les lourds et laids bâtiments de bois s'élevaient à l'est de la rive des Esclavons. En tête venaient les tambours. Un son étouffé montait des instruments dont la peau et les flancs étaient recouverts de voiles noirs qui, soulevés par le vent de l'Adriatique, s'enroulaient autour des jambes des musiciens. Ces roulements lugubres couvrirent peu à peu les rumeurs, se propageant en ondes menaçantes sur toute la place. Les Vénitiens se turent les uns après les autres et on vit des mères mettre leur main sur la bouche des bébés par peur de se faire remarquer.

Les tambours donnaient le ton de cette fête placée sous le signe de la mort. De lugubres moines encapuchonnés suivaient la clique en deuil. Portant des croix, ils s'échinaient sous les châsses et les statues des saints protecteurs dont l'or brillait sous le soleil triomphant. Ils priaient avec ferveur, des bribes de latin, des appels au pardon, des désirs de Rédemption passaient entre leurs lèvres étroites. Cecilia y lut des avertissements comme chacun autour d'elle.

L'appréhension provoquée par ces sourdes mélopées faisait son chemin, gagnait les poitrines des plus vaillants, des condottieri et des capitaines, et touchait même les évêques attachés aux fastes de la cour. Cecilia découvrit alors les prisonniers, bêtes frissonnantes aux yeux baissés sur les chaînes qui entravaient leurs chevilles.

– Ce sont les ennemis de la République, dit Beatrice à Cecilia dont le regard ne pouvait plus se détacher du groupe des condamnés. Et tu connais au moins l'un d'entre eux.

Cecilia fut surprise. Elle ne connaissait aucun ennemi de la République. Elle se tourna vers sa protectrice qui lui désigna un homme :

– Le dernier de la file, précisa-t-elle.

Cecilia observa le prisonnier qui avait du mal à marcher. Une longue chemise blanche tachée de brun recouvrait son corps que les questionneurs avaient meurtri.

– Je ne l'ai jamais vu !

– Oh ! si, tu l'as vu et même de très près. N'est-ce pas lui qui t'a poursuivie jusqu'au ghetto lorsque tu t'es enfuie le jour où ton père t'emmenait chez moi ? Rappelle-toi : n'est-ce pas ce monstre qui a voulu te ravir cette fleur que nous, les femmes, tenons en haute estime et qui te donne tant de valeur aux yeux de certains ?

Un voile se déchira dans l'esprit de Cecilia. Elle eut la vision de l'homme qui avait tenté de la violer quelques semaines plus tôt. La bile et l'effroi montèrent à sa gorge. C'était bien lui. Même s'il n'était plus qu'une ombre à présent. Des pinces et des fers rouges, des crochets et des vrilles avaient attaqué ses chairs et ses os ; il n'espérait plus vivre.

– Il va payer son forfait, ajouta Beatrice sans complaisance et sans plaisir, en contemplant froidement cet homme.

Le chant du *Salve Regina* se mit à grandir, et alla se perdre au loin sur le canal de San Marco, affolant les pigeons qui n'arrêtaient pas de tourner dans le ciel, réveillant la foule qui s'empressa d'unir sa voix à celle des prêtres et des moines. Il annonçait l'entrée en scène des bourreaux, sept au total, sans compter les nombreux aides que les provéditeurs de la ville avaient convoqués à ce grand festin de têtes.

Le doge eut un imperceptible mouvement de la main. Le sang pouvait couler.

30

Le *Salve Regina* mourut en une plainte et fut remplacé par un murmure de prières que les moines agenouillés, pareils à des souches calcinées, soufflaient à la face des condamnés. Cecilia détourna le regard lorsque, ayant attaché deux par deux les suppliciés aux colonnes, on leur donna le fouet. Pas un bruit ne venait du peuple qui, malgré l'angoisse, commençait à éprouver une sorte de plaisir à voir se tordre les hommes bâillonnés. On tressaillait à chaque coup de fouet. Les exécuteurs publics s'appliquaient à zébrer méthodiquement les dos, les peaux se fendaient, le sang perlait.

C'en était trop pour Cecilia.

– Je t'ordonne de contempler le spectacle, gronda Beatrice. On t'observe !

L'adolescente sentit les ongles de la Contarini à travers l'étoffe de sa robe. Elle chercha des yeux Zaccaria, les membres du Conseil, le doge.

– N'essaie pas de mettre un nom sur ceux qui te surveillent. Contente-toi d'être sereine !

Les ongles s'incrustèrent dans son bras, et Cecilia se plia à la volonté de Beatrice. Quand les fouets cessèrent de claquer et que les quatre derniers hommes furent détachés des colonnes, les bourreaux officiels procédèrent aux exécutions. A cet instant, les tambours se remirent à battre, les croix s'élevèrent, une pluie de bénédictions tomba sur les têtes posées sur les billots. Les prêtres et les moines n'étaient pas avares dans ces moments-là ; ils purifiaient âmes et haches, ne cillaient pas à la vue du sang répandu.

Cecilia tressautait à chaque retombée de hache. Il lui semblait que le fer mordait son propre cou, que sa tête roulait dans le panier. Elle serra les dents, assista sans faiblir jusqu'à l'ultime instant de cette boucherie, jusqu'à ce que la tête de l'homme qui l'avait agressée roulât.

– C'est un cadeau que le doge te fait, dit Beatrice.

Cecilia en eut la nausée. On voulait faire d'elle un être sans pitié. Etait-ce donc cela le monde pour lequel elle devait se sacrifier, ce monde d'hommes ? Est-ce que tous les jeunes nobles et héritiers de famille devaient subir ce genre d'initiation ? Certainement... Elle ressentit soudain la puissance de Venise, l'extraordinaire capacité qu'avait la ville de se régénérer par le sang. La République était insensible aux malheurs et aux souffrances des hommes, elle s'en nourrissait.

– On vient te parler, dit Beatrice en desserrant sa prise.

Cecilia eut le droit de détourner son regard de la place pour observer discrètement les courtisans. On venait en effet. En grande pompe. Celui qui se dirigeait vers elle, accompagné d'un diacre, n'était autre que le puissant évêque de Padoue dont la magnificence dépassait celle du doge. Sa chasuble aurait fait pâlir de jalousie le pape Sixte IV. De velours boucle sur boucle, tissée avec un fond d'or, elle était ornée d'un calice d'éclats d'émeraudes posé au centre d'un feuillage fleuri. Des clefs d'argent brodées paraient ses épaules ; elles évoquaient des serrures compliquées, des portes célestes, des palais de nuages et de cristal, un paradis à la mesure de la richesse du personnage.

– Monseigneur, mes respects, dit Beatrice en esquissant une révérence.

Cecilia l'imita du mieux qu'elle put. Elle sentit aussitôt une main molle et humide lui relever le menton.

– Laissons les respects de côté, voulez-vous, chère Contarini. J'ai ouï dire que cette belle enfant était votre nièce, dit l'évêque d'une voix sucrée et matoise en ne cessant de tenir le menton de Cecilia qu'il s'était mis à caresser du pouce et de l'auriculaire.

– C'est exact, elle est aussi ma demoiselle de compagnie. Ses parents, dans leur bonté et un souci d'éducation, me l'ont confiée. Elle est belle en effet et je connais votre goût pour les beautés nubiles, Monseigneur.

L'évêque retira aussitôt sa main, il n'aimait pas qu'on évoque à demi-mot ses petits péchés. Il ne se démonta pas pour autant et poursuivit sur le même ton affable :

– Vous en ferez, j'en suis certain, une femme digne des meilleurs partis de Venise.

Cecilia eut l'impression que cette conversation en cachait une autre. L'évêque ne semblait pas dupe. Il savait exactement qui elle était et pourquoi elle était ici.

– Du monde, Monseigneur... Il n'y aura pas de meilleur parti de Lisbonne à Istanbul.

– Que d'ambition ! Et vous, en avez-vous le désir, mon enfant ? dit l'évêque en tournant sa face couperosée et luisante de sueur vers Cecilia.

On aurait dit un animal malsain habitué aux égouts, aux caves, aux couloirs sombres suintant l'humidité. Il révulsait Cecilia qui répondit sèchement :

– J'ai les désirs qu'on veut bien m'imposer, mais qu'on ne se trompe pas : c'est toujours moi qui choisirai au bout du compte. Ni la République ni l'Eglise n'auront de prise sur moi !

L'évêque eut un froncement de sourcils, il ne s'attendait pas à pareille réponse. Ses ouailles l'avaient habitué aux attitudes serviles et ses oreilles ne voulaient pas comprendre ce que venait d'assener cette petite effrontée. Le diacre qui l'accompagnait avança sa tête de volaille au cou flasque comme pour capter un ordre de son supérieur outragé, mais ce dernier le chassa de la main. Décontenancé, le diacre se tourna dans tous les sens comme font les poules à la recherche de graines. Par chance, personne n'avait entendu les propos de l'impudente créature qui s'engageait sur l'un des chemins menant à l'enfer. Seule la dame Cornaro Contarini, témoin de cette repartie, avait écouté sans réagir sa protégée ; elle semblait même fière d'elle, mais la dame Cornaro Contarini était aussi sur la voie des enfers. Toutes les femmes l'étaient. Il y avait longtemps que le diacre en était convaincu.

Cecilia s'attendait à une réprimande, voire à une sévère mise en garde prononcée par le puissant religieux qui, si elle en croyait les dires de sa mère, avait une influence sur la Sainte Inquisition. Elle ne vint pas. L'évêque, qu'elle ne savait où placer sur l'échiquier de sa nouvelle existence, changea de ton, mais ce ne fut pas pour prononcer une sentence :

– On vous soumettra à des désirs que vous ne pouvez imaginer et vous vous sentirez perdue, dans l'incapacité de vous dérober, condamnée en les acceptant à brûler éternellement en enfer. Cependant, je vous l'affirme, mon enfant, votre âme ne sera jamais en faute car tout ce que vous accomplirez dans le bien et le mal le sera au nom de la Sainte Eglise et de la Sérénissime. Au nom du Père tout-puissant, je me porte garant de l'absolution de vos péchés à venir. Allez en paix.

31

L'évêque avait déjà d'autres préoccupations, des âmes à soulager, des pactes à conclure, de plus grands que lui à séduire. Il s'inclina devant l'un des membres du Conseil des Dix avant de se fondre dans le riche camaïeu formé par ses pairs mitrés. Cecilia, en le voyant disparaître au milieu des chasubles, se demanda comment on pouvait garantir si facilement son salut sans se rendre à confesse. Etait-il possible de pécher en toute impunité ? L'évêque l'avait clairement dit, elle ne pouvait mettre en doute ses paroles. Il existait donc un moyen légal de commettre des fautes graves sans subir le châtiment éternel. Elle chercha en vain une réponse sur le visage de Beatrice. La belle Vénitienne aurait pu servir de modèle à un Bartolomeo Vivarini peignant une madone. Cecilia comprit alors que la jeune femme devait bénéficier de cette faveur divine qui l'absolvait quoi qu'elle fît. Elle pesa le pour et le contre de cet avantage qui lui ouvrait des perspectives infinies et, après un moment de vertige, elle en accepta les conséquences, se disant qu'elle pouvait tout se permettre.

Tout, à condition d'obéir. Beatrice le lui rappela.

– Il t'a assez vu. Nous partirons après son discours.

Cecilia, Beatrice, tous se figèrent lorsque Andrea Gritti se mit à parler d'une voix forte et caverneuse.

Cette voix évoquait des gouffres, des puits sans fond, une force souterraine. Le doge flatta l'envoyé de l'empereur, les congrégations religieuses, les ingénieurs de l'Arsenal, avant de dresser un bilan des gains et des pertes. Puis il s'en prit à la gangrène qui progressait inexorablement dans les milieux politiques :

– Nous voterons bientôt et, comme d'habitude, ces votes vont être achetés contre de l'argent. Tout le monde le sait ; il est évident que nul ne pourra obtenir un poste d'une quelconque importance s'il n'a pas derrière lui un groupe de gentilshommes appauvris auxquels il aura donné de l'argent avant sa nomination et après son élection. Que Dieu aide cette pauvre République avant que la prophétie ne soit accomplie : « Une cité vénale périra bien vite. » Ceux qui ont le pouvoir doivent s'attacher à prendre des mesures contre cet état de fait et, en particulier, contre ceux qui achètent les honneurs de cette façon. Car les pauvres sont excusables, qui ne peuvent faire autrement. Puisse Dieu, qui dirige tout, y pourvoir ; sinon, je prévois de grands malheurs. Nous ne contiendrons pas longtemps notre puissant voisin turc aux marches de nos possessions, ni nos ambitieux rivaux en Italie, aussi demanderai-je au Conseil des Dix de veiller à l'honneur de la République.

Presque toutes les têtes se courbèrent en signe d'acceptation. Les grands de Venise n'étaient plus que des sujets momentanément incapables d'agir et de se dépenser dans l'unique but de parvenir au pouvoir. Le doge, ils le savaient, leur était supérieur, et chaque fois qu'ils étaient en sa présence ils se croyaient condamnés à retomber dans une existence terne et oisive.

Beatrice faisait partie du cercle restreint de ceux qui ne courbèrent pas la tête.

– Espérons, dit-elle, que son jugement te sera favorable. Il est temps de partir, nous avons encore mille choses à accomplir.

Cecilia fut déçue, elle avait naïvement cru que le doge allait la « recevoir » en audience privée. Elle vit Kalè s'éloigner sous la conduite d'Emilia Crotta Dandolo et remarqua la présence de quatre autres filles de leur âge, qui prenaient le chemin de la sortie. Elle n'en fut que plus troublée.

Seul Andrea Gritti connaissait leur destin.

Plusieurs jours s'étaient écoulés depuis la fête au palais ducal. Cecilia avait appris de la bouche même d'Etienne que le Levantin qui avait tenté de la poignarder était mort quelques heures après son arrivée dans l'île de San Michele. Il n'avait pu le sauver, car bien avant de commettre son forfait, ses commanditaires lui avaient administré un poison.

« C'est Rüstem qui est derrière tout ça », avait affirmé Nefer au médecin, qui avait acquiescé sans dévoiler à Cecilia qui se cachait sous ce nom étrange.

Nefer savait beaucoup de choses, connaissait bien des secrets anciens et actuels, mais il se limitait à des considérations d'ordre général à chaque tête-à-tête qu'il avait avec Cecilia. Cet après-midi-là, il ne dérogea pas à la règle :

– Le doge est puissant, le sultan l'est encore plus, dit-il en la fixant de cet étonnant regard, perdu dans les plis de graisse, que Cecilia commençait à déchiffrer. Il est le dernier calife descendant des Abbassides, le Commandeur des Croyants, le représentant de Dieu sur terre, le maître de toutes choses et le Seigneur de la vie. Il a droit de vie ou de mort sur chacun de ses sujets, du grand vizir au dernier des esclaves, et son jugement est sans appel.

Nefer avait l'air d'un mystique parlant de Dieu en personne. Il voyait Cecilia, mais son regard allait au-delà de l'adolescente assise sur le petit banc que l'eunuque plaçait toujours au centre du cabinet d'étude dès que la leçon commençait. Il vivait dans le rayonnement de son ancien maître. Dans la peur aussi, car de légers tics de la bouche faisaient trembler ses joues rebondies. Istanbul était loin. Des années s'étaient écoulées depuis son départ du sérail, mais il avait la sensation, la trouble certitude que ce passé était en train de le rattraper.

Cecilia en était la cause. Sa présence ouvrait une faille dans le mur derrière lequel il se retranchait depuis des années. Il analysa la peur que cela lui inspirait, et celle qu'il inspirait lui-même. Il se rappela le temps où il avait un pouvoir immense sur les femmes qu'il contrôlait, espionnait, battait, adulait, un temps de complots et d'empoisonnements, quand il donnait des ordres aux *cariyes*, les esclaves féminines qu'il terrorisait, et aux *görücüs*, les entremetteuses qu'il entretenait pour le compte du *kizlar aghasi*, l'agha des eunuques, ce chef redouté qui gouvernait au sein du harem.

Nefer prit soudain conscience de la façon dont Cecilia l'observait, son élève essayait de percer ses secrets. Elle avait le regard pénétrant qu'ont les médecins juifs et les imams quand ils auscultent le corps ou l'âme.

– Pourquoi me regardes-tu ainsi ?

Cecilia ne répondit pas, elle parut gênée par la question et chercha à l'éluder en ouvrant le gros livre enluminé que Nefer lui apportait à chacune de leurs rencontres. C'était un Coran unique, un manuscrit du XIIe siècle en trois langues : latin, arabe et perse. Nefer ne lui laissa pas le temps de s'intéresser aux lettres gothiques et calligraphiées qui se partageaient les pages. Sa main épaisse tomba à plat sur le livre.

– Je t'ai posé une question. Que cherches-tu à savoir ?

– C'est que...

– Précise ta pensée.

– Je voudrais savoir comment tu vivais avant.

– Avant de devenir eunuque ?

Cecilia acquiesça silencieusement. Se renversant sur le pouf qui lui servait de siège, Nefer chercha le fil qui le reliait à l'enfance. Il eut la vision du Nil Bleu, de femmes en noir battant le linge entre les roseaux, de crocodiles endormis sur des bancs de sable, de hérons cendrés et de flamants roses. Il s'attarda, retrouvant un village de briques et de paille, écoutant bêler de maigres chèvres et blatérer les irascibles chameaux sous les palmiers dattiers. Au loin, parmi les dunes où le désert venait mourir, des poussières s'élevaient d'un entrelacement épais de broussailles.

C'était l'endroit où il était né. Quelque part en Nubie.

Répondant au souhait de Cecilia, il décrivit du mieux qu'il put ce qu'il redécouvrait et qu'il avait enfoui au fond de sa mémoire, il revoyait sa mère dont il entendait cliqueter les bracelets d'argent aux poignets, son père ravaudant les filets de pêche, ses frères et sœurs si nombreux qu'il ne se souvenait plus de leurs noms, toute une fière tribu rassemblée autour des conteurs.

– ... Ils sont venus un jour avec leurs visages sombres. Ils arrivaient du Nord sur des chevaux rapides et trapus. Leurs cimeterres et les pointes de leurs lances flambaient au soleil levant... J'ai vu mourir mon père et ma mère, puis l'un de mes frères, traversé par un javelot. Nous étions libres, nous sommes devenus esclaves, encordés les uns aux autres, poussés à coups de fouet le long des pistes, puis entassés sur des felouques à Assouan.

Nefer parla longtemps, retardant le moment où il allait lui dévoiler comment il était devenu cette caricature d'homme, cet être mutilé comme l'exigeait sa charge au sein du harem. Il lui raconta son arrivée au Caire mais il n'eut pas le courage de tout lui dire. Il aurait dû pourtant. Elle devait tout savoir sur le monde auquel on la destinait. Il garda pour lui la terrible scène de la castration, la revivant en tremblant.

On lui avait fait boire une potion contenant de l'opium et des herbes qui l'avaient rendu insensible à la douleur. A une heure où la nuit appartenait aux voleurs, ils l'avaient emmené dans une pièce sans fenêtre et, sous la clarté pourpre des torches, ils lui avaient coupé le sexe et les testicules avec une fine cordelette. Alors il y avait eu ce coup de sang, cette bourrasque brutale qui lui avait cinglé le cœur. Puis le silence, troublé seulement par ses pleurs dont les échos perdaient de leur force, avait enseveli son passé.

Il n'était plus un garçon, il n'était pas une fille. Il était devenu *eunoukhos* : celui qui garde le lit des femmes.

Cecilia respecta son silence. Nefer mit du temps à revenir de ces lieux où les pas étaient étouffés par d'épais tapis persans, où les fontaines se coloraient du sang des victimes, où les musiciens aveugles jouaient pour le plaisir des femmes emprisonnées. Il réagit vivement à son retour au cœur de Venise, en frappant de sa baguette de saule le bord du banc sur lequel était assise Cecilia.

– Puisque tu as ouvert le livre saint avant que je ne t'en donne l'ordre, tu vas apprendre par cœur en latin et en arabe les cinq premiers versets de la sixième sourate des troupeaux. Je te dispense du persan pour lequel tu as une véritable aversion.

Cecilia écarquilla les yeux. Maintes fois, elle avait reçu des coups de baguette sur les bras pour sa mauvaise prononciation. En arabe, certaines consonnes aspirées, chuintantes, sourdes, « grasseyées », rendaient presque impossible la lecture à haute voix. De plus, l'écriture, toute en courbes, entrelacs et virgules, était d'une complexité inouïe pour un esprit occidental.

Nefer s'était appliqué à lui faire reproduire des dizaines de fois les signes simples sur des parchemins afin de familiariser sa main aux circonvolutions de l'arabité. Elle en avait mal au poignet. Il lui expliquait le sens des mots ainsi dessinés. Généralement, il lisait d'abord lui-même et elle se contentait de répéter, dix fois, vingt fois, cent fois, jusqu'à ce qu'elle assimilât bêtement les indigestes paroles coraniques.

Elle tourna lentement les pages jusqu'à la sixième sourate et commença son exercice en latin :

« Au nom de Dieu, le Tout miséricorde, le Miséricordieux. Louange à Dieu, qui a créé les cieux et la terre, établi les ténèbres et la lumière, après quoi les infidèles [1] donnent à leur Seigneur des égaux.

C'est Lui qui vous a créés d'argile, puis décréta un terme, car tout terme est en Lui fixé, après quoi vous autres doutez ! »

C'était difficile, incompréhensible parfois, si loin de la Bible. Pourquoi devait-elle sacrifier tout ce temps au Coran ? « Pour t'imprégner de l'esprit musulman », lui répétait Nefer. « M'imprégner de l'esprit du mal », avait-elle corrigé une fois. Ce qui lui avait valu vingt coups de baguette sur les épaules. Depuis, et parce que l'évêque de Padoue l'avait déchargée de tous les péchés à venir, elle ne contredisait plus l'eunuque.

Elle apprit donc le début de cette sixième sourate, puis, les jours suivants, les cent soixante-cinq versets qui la composaient. Peu à peu son esprit se transforma. Elle comprit mieux Nefer et fit siennes les images et les traditions d'Istanbul, de Konya et du Caire qu'il évoquait. Ces villes grouillantes ne lui parurent plus aussi maléfiques qu'auparavant. Parfois elle répondait en turc au gros poussah et en hébreu à Etienne. Jongler avec les mots de ces langues devint un plaisir. Elle était très douée ; elle dépasserait un jour ses maîtres.

---

1. Littéralement en arabe : les dénégateurs.

32

L'année 1537 avait mal débuté. La République était menacée dans ses possessions. Les dangers pointaient à l'orient de Venise, et des routes maritimes avaient été coupées. Le froid n'arrangeait pas la situation ; il se mit à neiger et à geler. Tout le nord de l'Italie fut traversé par des bandes de gueux qui criaient famine et s'attaquaient aux villages. Des dizaines d'entre eux poussés par la bise crevèrent au bord de la lagune.

A l'abri des rapines, la ville devint alors une immense chaudière crachant ses fumées par les milliers de hautes cheminées qui couronnaient les toits des palais et des immeubles. Tous les jours, des centaines de barques faisaient la navette entre le port de Mestre et les canaux pour livrer le bois que les marchands allaient chercher de plus en plus loin, vers les forêts alpines. Les prix grimpaient.

Le froid ne reculait pas. Dans la cheminée brûlait du bois vert, il dégageait une fumée lourde qui ne parvenait pas à s'échapper par le conduit de l'âtre au gigantesque chapiteau armorié et se répandait en un âcre brouillard dans la chambre.

Dans son sommeil, Cecilia frissonna et toussa. Elle avait survolé de vastes étendues d'eau d'où émergeaient de blanches îles de roches et de sable, puis, par un tour de magie propre aux rêves, elle s'était retrouvée dans une Istanbul bien plus enfumée que Venise. Elle entendait les muezzins appeler du haut des minarets posés sur un lac de grisaille. Les voix nasillardes des crieurs à la solde d'Allah cheminaient dans son esprit, éveillant d'autres sons, des bribes de mots turcs, des hennissements de chevaux. Sur les bords de la Corne d'Or irisée de glace, des chameaux blatéraient tandis que, dans un formidable galop, les vents d'Anatolie faisaient vibrer les ponts et les vergues gelées des galères et des naves privées de nautoniers pour de longues semaines.

Cecilia frissonna encore et chercha à s'enrouler dans les couvertures. Elle dormait nue comme l'exigeait Nefer. Et nue, elle cherchait à échapper aux regards des hommes de son rêve. Ils étaient si nombreux, ils naissaient au sein de ces nuées vomies par les maisons basses étagées sur les collines. Sous les turbans, leurs paupières se plissaient, leurs yeux de braise devenaient des lames et ils tentaient de se saisir d'elle. Elle criait à s'enrouer la voix, courait dans des rues tortueuses toujours plus pullulantes de Turcs, d'Arméniens et de Juifs. Elle hurlait encore devant les mosquées, pour rien, dans le vide, contre ces étrangers qui la convoitaient mais ne parvenaient pas à l'arrêter, s'enlisait dans les ornières de cette ville qui n'en finissait pas de croître et d'engendrer de nouveaux quartiers.

L'homme n'appartenait pas au rêve. Il passa tel un fantôme devant les hautes fenêtres gothiques aux sculptures chargées de neige. Sur le Grand Canal, le fourmillement habituel des nefs aux fanaux rougeâtres n'évoquait pour lui qu'un déplacement d'ombres errantes. Il n'aimait pas Venise. Cette ville était un cloaque peuplé de rats, hommes et bêtes confondus. Son flair particulièrement développé lui permettait d'identifier les odeurs marines et celles des égouts, celles des murs blanchis à la chaux, et celles des tapisseries moisies. Il reconnaissait la sueur acide des humains, repérait les parfums des femmes, le cuir des soldats, l'encre des imprimeurs, l'encens des religieux, la crasse des pauvres.

Sa mère l'avait élevé et éduqué comme un fauve pour qu'il ne fût pas dévoré par son père et qu'il se comportât comme un prédateur pour survivre, car nombreux étaient ceux de son entourage qui ne lui pardonnaient pas d'être le bâtard du plus grand d'entre eux, le fruit d'une relation coupable entre une juive de Prague et un homme craint sur tous les continents. Il aurait pu être fier de son père ; il le haïssait profondément. Ce puissant ne l'avait jamais reconnu. Pire, il avait abandonné sa mère pour vivre avec une Turque à qui il avait fait trois fils avant d'épouser une Vénitienne.

Il huma l'air, montra ses dents, mimant un animal dangereux prenant possession d'un territoire. Ce palais, il le connaissait comme sa poche. Portes secrètes, passages souterrains, eaux glauques dans lesquelles on s'enfonçait jusqu'aux genoux, rien ne lui était étranger. En une année, Beatrice lui avait tout appris de la géographie des lieux, de la complexité de la ville et des hommes qui l'habitaient. Elle avait été le meilleur des guides... le meilleur. A son contact, il avait pris conscience de ses ambitions. La Cornaro Contarini avait décelé en lui les qualités et les appétits du père et elle pensait qu'il irait plus loin et plus haut que ce dernier. Elle lui avait ouvert des perspectives. Depuis, il bâtissait des projets grandioses ; il lui tardait de remuer cette vieille planète et de réveiller les anciens dieux des civilisations mortes. Il sentait l'impérieuse nécessité de devenir un chef de guerre, s'il voulait donner corps à ses projets de conquêtes. Beatrice le servirait dans ses desseins.

Il la rejoindrait plus tard.

Sa tension monta, alors qu'il se rapprochait de la chambre de la jeune fille qu'on ne prenait plus la peine de fermer depuis que Nefer confisquait ses vêtements au coucher. Pendant quelques secondes, il posa son front contre la porte et n'entendit que la rumeur du vent qui frappait le palais. Il hésita, tant il était bouleversé. Son cœur faisait un bruit considérable, comme quand il s'apprêtait à charger l'ennemi, l'épée à la main. Il redoutait deux choses : la mort et l'amour. L'une et l'autre l'attendaient derrière cette porte, qu'il finit par pousser.

Une nappe de fumée s'écoula entre ses jambes et se répandit à l'extérieur. Il tergiversa encore mais il aimait trop braver les interdits ; il s'avança vers le lit auquel l'incandescence des flammes de l'âtre donnait vie.

La jeune fille fut soudain sous ses yeux. Rien ne l'empêchait plus de contempler à loisir ce mince cou cuivré par les reflets du feu, ces grands cils entre les délicates paupières qui s'étiraient vers les tempes, cette bouche déjà pleine et prometteuse et ces ombres que les lourdes mèches de cheveux noirs emmêlés traçaient sur le visage rayonnant dans son sommeil.

A trois reprises déjà, il l'avait regardée ainsi, lui dérobant des parcelles de peau, de seins, l'éclat blanc d'une cuisse, le creux du ventre. A présent, elle ne montrait rien de tout cela. Juste son visage. Il ne pouvait s'en lasser et il pensait : « Ce n'est qu'un rêve inaccessible. » Beatrice le lui avait fait comprendre : « Cecilia appartient à la République dont elle est l'un des joyaux, l'homme qui tenterait de la séduire serait jeté sur-le-champ aux cachots. » Elle l'avait dit haut et fort car elle le connaissait bien : il était sensible à la beauté et à l'intelligence des femmes, sensible au point de prendre des risques. Cecilia possédait ces deux atouts, et même quelque chose de plus lié à sa soif de liberté qui faisait d'elle un être d'une exceptionnelle rareté dans cette cité où presque toutes les femmes étaient soumises à l'autorité de l'Eglise et de leurs époux.

– Tu es belle, murmura-t-il.

Et il eut l'audace de lui effleurer des lèvres les cheveux, le bombé du front, puis entre les sourcils, et, plus bas, le coin de la bouche.

Le rêve prit une tournure étrange. Cecilia changea brusquement de décor, passant des rues boueuses et surpeuplées d'Istanbul à la douceur feutrée d'une pièce tendue de voiles arachnéens. Etait-elle dans ce harem décrit maintes fois par Nefer ? Elle était allongée sur une banquette couverte de coussins de soie. Un homme dont elle ne parvenait pas à voir les traits était penché sur elle, il cherchait à l'embrasser. Elle le repoussa, refoulant son rêve dans les limbes de son cerveau.

C'était si réel. La sensation de toucher... le souffle... Elle cria. Un homme, un vrai, lui tenait les mains qu'elle venait de jeter à sa face.

– Je ne vous veux pas de mal, dit-il.

– Vous ! s'exclama-t-elle en reconnaissant Joao Micos, le neveu de maître Etienne et de Gritti, l'amant de Beatrice.

Il était de ceux qu'on n'oubliait pas. Il posait ses yeux noirs et avides sur le visage de la jeune fille, courroucée mais sous le charme. Une incroyable force se dégageait de lui, brisant le rempart de la pudeur qu'elle essayait de dresser. Elle répéta mentalement ce nom qu'elle trouva très beau, lui trouvant des sonorités chantantes, des vertus magiques, le liant à des événements qui se dérouleraient dans un avenir et des pays lointains.

– Si vous me dénoncez, on me mettra en croix au Rialto.

Cecilia ferma les yeux, l'imaginant cloué, livré aux corbeaux et à la vindicte populaire. Elle vit son sang couler à travers une plaie, comme une fleur rouge, et cela lui fut insupportable.

– Je n'ai jamais dénoncé personne, murmura-t-elle.

– Je vous aime, lâcha-t-il.

Avait-elle entendu éclater le tonnerre ? Ou était-ce sa poitrine qui explosait ? Ces mots trop forts étaient mystérieux, un langage inconnu que seul son cœur comprit. Elle lui abandonna ses mains, qu'il tenait toujours, et plus le temps s'écoulait, plus elle avait envie de rester ainsi ; elle ne sentait plus le froid grimper dans ses membres engourdis et, comme le feu se mourait et que la nuit les cernait peu à peu, elle sentit son corps devenir immense, monter et croître dans tous les sens, et Joao s'élevait avec elle plus haut que les campaniles, que les montagnes, jusqu'aux étoiles. Ils étaient des géants et l'amour la gagnait, l'envahissait, la transportait, lui faisant oublier qu'elle était prisonnière de la Sérénissime.

Cet état ne dura pas. L'image de Beatrice dans les bras de Joao s'imposa soudain. Elle se souvint de la façon dont il avait fait l'amour à la belle Vénitienne dans ce lit devenu nef posée sur les vagues de la nuit. C'était plus qu'elle ne pouvait supporter.

– Lâchez-moi !

Comme il n'obéissait pas, elle se fit violente, arrachant ses mains à l'étreinte.

– Retournez auprès de votre maîtresse !

– J'y vais de ce pas, répondit-il en la prenant au dépourvu.

Elle avait cru qu'il tenterait de se justifier comme le font tous les hommes en pareille situation. Son père agissait toujours ainsi ; les serviteurs faisaient de même avec les compagnes qu'ils trompaient. Pas lui. Sans perdre de sa superbe et de son aura ténébreuse, il la salua avec élégance, une jambe en avant, le buste légèrement ployé et la main sur le cœur, puis il quitta la chambre.

Cecilia n'avait jamais juré comme un soudard. Elle cria « sale jean-foutre ! » et, si elle avait pu lui jeter un sort pour qu'il ne parvînt pas à ses fins entre les cuisses de Beatrice, elle l'aurait fait. Elle était humiliée et amoureuse à jamais.

33

Cecilia ne revit plus Joao Micos jusqu'au jour où, dans une ferveur et une excitation qu'elle ne lui connaissait pas, Beatrice interrompit la leçon que lui donnait Nefer.

– Prépare-la, je vais lui envoyer ma camériste pour l'aider à revêtir la plus belle de ses robes. Tiens, prends ceci, dit-elle en tendant à Cecilia une bague surmontée d'un gros saphir.

Cecilia hésita à la prendre. Lorsqu'elle ouvrit la main pour la recevoir dans sa paume, elle mesura combien elle était lourde. Elle n'avait jamais possédé de bagues. Celle-ci était magnifique. La pierre d'un bleu profond, aussi grosse qu'une olive de Campanie, brillait entre les pattes de deux lions d'or aux têtes rugissantes. Un bijou d'homme que l'orfèvre avait adapté au doigt d'une femme. Au sien ! Exactement à l'annulaire gauche.

– C'est un bijou qui t'est offert par le doge.

Cecilia eut soudain l'impression qu'un cercle de feu lui brûlait le doigt. Cette bague était chargée d'une force puissante et maléfique. Le doge voulait la marquer de son empreinte comme il le faisait chaque année avec la mer qu'il épousait après avoir jeté un anneau d'or dans les flots en prononçant ces mots orgueilleux : « Nous t'épousons, mer, en signe de véritable et perpétuelle domination. »

Ce maudit doge ! Elle eut la vision de cet homme terrible, assis sur son trône dans le somptueux navire *Bucentaure*, entouré de nobles dans des barques richement décorées de tapisseries, d'étoffes et de fleurs. Elle ne serait jamais l'esclave d'Andrea Gritti. Elle essaya de retirer la bague, mais Beatrice l'en empêcha.

– Es-tu devenue folle ? Refuser un cadeau du doge ! Tu veux notre perte ?

– Je refuse d'être épousée comme la mer !

– Que racontes-tu ?

– Vous savez tous ce que ce symbole signifie.

– Oui ! Il signifie que tu vas prendre ton indépendance et nous quitter. Ton temps à Venise s'achève et de grandes tâches t'attendent au-delà de la mer que le doge prend pour épouse chaque année.

Cecilia en perdit le souffle. Ce qu'elle venait d'entendre la précipitait dans un avenir d'incertitudes et de nouveaux dangers. Nefer écarquilla les yeux et secoua la tête comme pour reprendre ses esprits. Son élève libre ? Il en doutait. Quels tortueux arrangements justifiaient ces propos ? On lui avait intimé d'inculquer à Cecilia tout ce qu'il savait sur les pratiques turques, arabes et persanes, ce n'était sûrement pas pour la marier à un Vénitien. Il prit soudain conscience qu'il en était au tout début de l'enseignement coranique et que de nombreux secrets concernant le sérail n'avaient pas été dévoilés à la jeune fille.

– Elle n'est pas prête ! cria-t-il.

La réponse de Beatrice lui fit froid dans le dos.

– Les événements ont pris une tournure que nous n'avions pas prévue.

Elle parlait comme si Cecilia n'était plus dans la même pièce qu'eux.

– Venise est menacée. Le parti favorable au grand amiral du sultan Soliman a des appétits de conquêtes et de pillages. Des troupes ottomanes ont débarqué dans les Pouilles. Nous avons la certitude que la prochaine attaque sera dirigée contre Corfou. Et c'est dans l'une des îles contrôlées par cette dernière que Cecilia doit se rendre pour parfaire son éducation... et toi aussi, Nefer.

« Ce toi aussi », l'eunuque le reçut comme un coup de masse en pleine poitrine. Il recula, éberlué. A la perspective de ce voyage périlleux, il trembla de peur. Son intelligence, sa ruse n'avaient servi à rien. Il était désarmé face à l'implacable réalité imposée par Venise, il ne pouvait s'opposer aux intérêts de la Sérénissime et de la Sublime Porte. Qui se cachait derrière cette machination impliquant Cecilia et d'autres jeunes filles ? Le doge et quelques membres du Conseil, la communauté juive, les autorités religieuses et peut-être même la Sainte Inquisition formaient le camp occidental, il pouvait presque l'affirmer. Côté oriental, c'était l'obscurité. Des noms lui brûlaient la langue : Rüstem, le grand argentier de la Porte, l'ambitieux ouléma, le cheik Mustapha Efendi, l'épouse de Soliman, Gülbehar, la favorite Hürrem... mais il ne parvenait pas à deviner qui parmi ces dangereux personnages traitait avec les autorités de Venise. Cette affaire le dépassait...

Corfou, le point de non-retour. La borne qu'on ne pouvait dépasser sans perdre ses libertés, l'avant-porte du harem, de cette prison dorée où l'on traitait les vieux esclaves comme des chiens galeux, où l'on finissait l'écume à la bouche, foudroyé par un poison ou étranglé au bord d'une fontaine aux eaux cristallines dans laquelle les belles odalisques mouillaient leurs longs cheveux.

Impossible d'échapper à ce destin ! Beatrice parlait au nom du doge. Et c'est investie des pouvoirs ducaux qu'elle emmena Cecilia sur l'île San Michele.

Le doge... La puissance incarnée d'un démon. A force de penser à lui, de le confondre avec le sultan des

Turcs et toutes les créatures diaboliques que les prêtres et Flora avaient évoquées pendant sa jeunesse, Cecilia crut le voir à plusieurs reprises fendre la brume qui couvrait la lagune. La lourde barque au fond de laquelle elle était assise se déplaçait lentement, on aurait dit qu'elle avait du mal à repousser la poix grise qui épousait sa coque. Cecilia se pelotonna dans le manteau de zibeline que lui avait remis Beatrice. Cette dernière, pâle et hautaine, ne paraissait pas être affectée par l'environnement hostile, ni par les soldats et les matelots. Cecilia était la seule à savoir que le pays était hanté en ce soir d'automne. Les nuées épaisses et glacées qui glissaient de Mestre vers l'Adriatique étaient porteuses de messages de mort.

Le doge était tapi quelque part derrière cet écran fuyant. Cecilia, dont tous les sens étaient en alerte depuis qu'ils avaient quitté le canal de la Miséricorde, se mordit soudain les lèvres. La figure affreusement déformée de Gritti apparut soudain en avant de l'embarcation. Une tête énorme aux yeux globuleux, couronnées de serpents.

« Mère, pourquoi m'as-tu abandonnée ? » songea-t-elle. Elle n'avait jamais eu de pensée pour sa mère. Pourtant, elle aurait voulu qu'elle soit là et la protège de ses bras.

Elle s'agrippa au banc, puis, dans un relâchement de tous ses muscles, elle émit un léger soupir de soulagement. Ce n'était que la tête verte d'une Gorgone à la proue d'une immense galère qui mouillait à l'écart des darses de l'arsenal.

Elle pensa encore à sa mère, mais d'une autre manière, regrettant les petits gestes, les pesantes obligations familiales et religieuses, les pauvres plaisirs d'une enfance confinée au fond d'un palais humide. Pourtant, cette nostalgie fut de courte durée. En y réfléchissant, c'était une vie sans espoir qu'on lui préparait, absurde et triste, couronnée par des noces arrangées pour s'ouvrir sur un autre palais moisi. Peut-être allait-on lui offrir autre chose. Mais quoi ?

Elle évita de regarder Beatrice. La noble Vénitienne n'ignorait certainement pas quel allait être l'avenir de sa protégée, mais elle était de glace, figée dans sa morgue et son pouvoir. Cecilia n'avait rien à attendre de cette « protectrice » qui cherchait essentiellement à s'élever et à ressembler à une impératrice romaine.

Elle allait devoir se battre seule, car le monde vers lequel on la guidait était plein de dangers et d'incertitudes. Le plus proche de ces dangers se tenait à l'avant de la barque, où Antoine Gaufredi cherchait à percer les mystères de la brume qui gommait tout. Quatre spadassins attendaient ses ordres, mais il n'en avait pas à donner. L'endroit où ils se rendaient dépendait de commandements bien supérieurs au sien.

34

L'île se découvrit peu à peu. Les rideaux d'ouate grise, qui bornaient partout la vue, s'ouvrirent lentement. Les roseaux, les cannes, les maigres résineux, l'église enfin apparurent au milieu d'un petit cimetière bordé par de lugubres cyprès. Une jetée vermoulue avait été plantée dans la vase. Des esquifs et une caraque chargée de gros madriers y étaient amarrés, ils se mirent à tanguer mollement sur les vagues soulevées par le passage de la barque.

Des moines attendaient les nouveaux arrivants, figés au centre de l'allée qui menait à l'église, ils semblaient sortir des tombes. Le haut de leurs visages était dissimulé sous des capuches. Leur présence ne rassura pas pour autant Cecilia. Les hommes au service de Dieu se montraient souvent redoutables, surtout lorsqu'ils se servaient du fer et du feu pour purifier le monde au nom de la Sainte Inquisition. Dès que Beatrice mit pied à terre, ils s'inclinèrent et formèrent un carré entourant la grande dame et la jeune noble. Gaufredi et ses hommes fermèrent la marche, demeurant plus que jamais aux aguets. Seul le crissement des pas sur les cailloux de l'allée troublait le silence des lieux. L'église semblait la plus haute et la plus vaste des tombes de l'île.

Et ce fut en proie à des sentiments contradictoires que Cecilia aborda le porche envahi d'herbes folles.

Elle ne remarqua pas l'interdiction, faite par les moines, d'aller plus avant à Gaufredi et ses spadassins. L'affrontement avec le maître de Venise, la curiosité, ses devoirs de citoyenne, les appréhensions de son amour-propre, et de son ambition, les envies de rébellion, la peur de la mort lui taraudaient le ventre et l'esprit. Elle s'exalta et redouta l'instant, tout ensemble.

Gritti se tenait dans l'ombre de l'abside, il aimait l'obscurité. Il avait appris, jeune homme, à guetter ses proies dans les ténébreux palais d'Istanbul ; il avait perfectionné cet art dans la pénombre des rues de Venise quand il s'était décidé à accéder au pouvoir suprême. Des centaines d'hommes et de femmes avaient été pris dans ses invisibles filets et il s'était servi d'eux pour parvenir à ses fins. A présent, il cherchait à durer, à prolonger son état de demi-dieu, car il aimait dire à ses amis intimes qu'il appartenait à cette race de héros créée par Zeus qui à leur mort rejoignaient l'île des Bienheureux. Ces propos lui auraient valu le bûcher, mais il était le grand Andrea Gritti devant qui tous courbaient l'échine et tremblaient.

Il n'était cependant pas sûr que la demoiselle Venier Baffo en ferait de même.

Deux torches avaient été fixées au-dessus du bénitier près de l'entrée. Quand Cecilia parut sous ces feux, il vit combien elle était belle et fière. Bien plus que sa cousine Kalè à qui ses conseillers secrets avaient pourtant prédit un grand avenir. Cette fille au regard fureteur qui ne montrait pas sa crainte irait loin... si elle échappait à la première épreuve qu'il ne pouvait ni lui épargner ni contrôler.

Même ici, dans cette maison consacrée, Cecilia se sentit menacée. Elle ne désirait pas lutter contre cette impression néfaste. N'était-il pas plus sage de croire que le danger la cernait de toutes parts ? Après avoir trempé sa main dans le bénitier et esquissé un ferme signe de croix – elle croyait encore à la protection des cieux –, elle s'immobilisa sans chercher à s'éloigner du halo des torches, attendant une parole, un signe, une manifestation de celui qui désirait s'entretenir avec elle. La clarté tombant des fenêtres ogivales ne suffisait pas à éclairer la nef et les chapelles. Elle ne distinguait rien au-delà de la lumière des torches. Sans qu'elle s'en soit aperçue les moines avaient disparu. Beatrice s'était faite discrète, se retirant près d'une niche où un Sébastien au visage douloureux et au corps percé de flèches de bronze attendait la délivrance. Il y avait d'autres saints de plâtre et de bois arborant les symboles de leur foi, mais personne ne les priait, car l'église n'était pas réservée aux litanies, aux confessions, aux longs chuchotements des fidèles, à l'usure des genoux sur les dalles, aux pardons. Elle servait les intérêts de la République ; on y emmenait les ennemis qui ne devaient pas être jugés officiellement, mais qui, interrogés loin des oreilles indiscrètes, étaient proprement éliminés avant d'être lestés de pierre et jetés dans des marécages pestilentiels.

Ce silence la réduisait à l'état de victime désignée. Toute envie d'action avait été anéantie en moins de trois minutes d'attente. Elle subissait son manipulateur caché non loin d'elle – elle devinait sa présence. Cette impression grandissante la rendit pusillanime, ce qui l'alarma. Elle se fit alors violence, et s'ébranla en direction de l'autel.

« Bien, bien, pensa le doge, tu prends des initiatives, je n'en attendais pas moins de toi. » A l'instant où elle contemplait la croix en bois d'olivier élevée au-dessus du tabernacle, Cecilia vit une ombre se déplacer. Sa main fourragea dans les plis de son manteau et en sortit le poignard que lui avait remis de force Gaufredi le jour des exécutions publiques.

– Ce serait te damner jusqu'à la fin des temps si tu répandais mon sang dans la maison de Dieu, dit le doge en se montrant et en contournant le maître-autel.

– Ce serait peut-être un acte de foi, répliqua Cecilia.

Gritti émit un léger rire. Du coin de l'œil, elle suivit son déplacement. On aurait dit qu'il marchait sur du velours ou qu'il ne touchait pas le sol tant son approche était silencieuse.

– Que le Christ t'épargne de tuer car il te sera alors difficile de rayonner comme tu le fais à présent, reprit le doge.

Il avait une voix terrible, grave, caverneuse. Bientôt, il ne fut plus qu'à quelques pouces d'elle. Il se pencha, et son visage vint contre son visage. Sa barbe l'effleura lorsqu'il loua sa beauté, et elle sentit son haleine forte mêlée à l'odeur de l'extrait de musc qui émanait de son pourpoint noir tressé de chaînons ocre. Il tenait lui aussi une arme forgée en Orient, dont il fit tinter la lame sur le marbre de l'autel.

– Toi et moi avons des ennemis... puissants. Mon titre et mon pouvoir ne me mettent pas à l'abri des fers que certains espèrent planter dans mon corps.

– Je n'avais pas d'ennemi avant que Votre Seigneurie daigne s'apercevoir de mon existence.

– Tu en as désormais et ce sont eux qui te feront grandir. N'es-tu pas de celles qui ambitionnent de rivaliser avec les hommes, telle Beatrice Cornaro Contarini ?

Cecilia resta sur ses gardes. Le doge tourna autour d'elle, la flairant comme un loup affamé. Mais ce n'était qu'une fausse impression de son imagination. Elle aurait voulu voir en lui un animal, mais il n'en avait que l'instinct. Gritti demeurait avant tout un calculateur, un être froid et dangereux, doté d'une intelligence hors du commun.

– Il y a dix-sept ans, poursuivit-il de sa terrible voix qui portait jusqu'aux oreilles de Beatrice, montait sur le trône ottoman un prince du nom de Soliman. Ce sultan magnifique a depuis été désigné par son peuple comme le « Kânûni », le législateur. Ce surhomme devant qui tous se prosternent, d'une grande puissance morale, instruit et religieux zélé, est en fait soumis depuis longtemps à une esclave tartare qui lui a donné trois fils. Elle s'appelle Roxelane et, dans la langue des Osmanlis, on la nomme Hürrem, qui veut dire la Joyeuse. Elle rêve d'épouser Soliman et de chasser la première *kadine* [1], Gülbehar, épouse officielle du sultan, comme elle rêve déjà de te tuer. Voilà ton ennemie principale ; celle à qui tu dois barrer la route.

– Mon ennemie ?

La voix claire de Cecilia résonna sous la voûte comme un instrument de cristal aux vertus purificatrices. Elle raffermit ses doigts autour du manche de l'arme qu'elle n'avait pas quittée.

– Il te faudrait plus qu'un poignard pour atteindre cette femme, plus qu'une armée, dit le doge. Elle est la maîtresse du harem et, au-delà des murs infranchissables du sérail, d'Istanbul et de l'Empire turc. Elle veut régner sur le monde et écraser notre République. Pour y parvenir, elle doit se faire épouser du sultan et mettre l'un de ses fils sur le trône. Elle œuvre en ce sens, mais sa tâche est difficile. Il y a en effet Gülbehar et le fils aîné de cette dernière, Mustapha, premier héritier en titre qu'elle ne peut plus contrôler depuis qu'ils résident à Amasya et à Manisa comme le veut la tradition lorsqu'un prince atteint l'âge adulte. Gülbehar nous est acquise, mais elle n'est plus au harem et ne partage pas la couche de son époux. Nous avons besoin de nouvelles alliées au sein de ce harem et...

Andrea Gritti leva à son tour les yeux vers la croix d'olivier.

1. Epouse ayant donné un fils au sultan.

– ... Que le Seigneur nous vienne en aide, acheva le doge en soupirant.

Cecilia voulait en savoir davantage. Le doge avait cessé de l'impressionner, il lui apparaissait comme un être de chair et de sang plein d'incertitude et affaibli par l'âge. Elle chercha et parvint à accrocher le regard du puissant personnage pour mieux imposer sa volonté.

– Qu'attendez-vous exactement de moi ?

Il demeura impénétrable, fermé à toute investigation. De son visage osseux au menton lourd dissimulé à moitié par la barbe grise, de ses yeux d'agate brune, rien ne transpirait. Il possédait l'art de la dissimulation. En ces instants, il rendait des comptes à Dieu ou au diable.

– Que tu prennes des initiatives sur place, des initiatives pour le bien de la République et de la chrétienté, finit-il par répondre. Tu te rappelleras à moi le moment venu, si ce moment arrive un jour. Je regrette de ne pas mieux te connaître, je t'ai choisie par personne interposée. J'ai étudié les rapports te concernant mais, en vérité, j'en sais peu sur toi. Cette confrontation était nécessaire, elle m'a permis de comprendre que la situation que tu occupes aujourd'hui ne peut être revendiquée demain par quelqu'un d'autre. Tu es unique, Cecilia.

– Et ma cousine Kalè Kastano, est-elle aussi unique ?

– En un sens, oui... comme d'autres jeunes filles élues par notre conseil secret le sont. Chacune aura sa fonction, mais une seule, toi, parviendra au but.

– Dois-je comprendre qu'elles vont être sacrifiées ?

– C'est ton point de vue.

– N'est-il pas juste ?

– De l'endroit où il se tient, l'observateur a toujours raison.

Gritti se força à sourire pour dissiper la méfiance que ses réponses à double sens – il le savait et le constatait – faisaient naître chez son interlocutrice. Cecilia n'était pas assez aguerrie à la dialectique pour saisir toutes les subtilités de ce langage politique. De plus, son attention était en partie détournée par un nouvel élément troublant. Soudain elle comprit, et un frisson lui fit relever le poignard. Il y avait quelqu'un d'autre dans l'église. Tout proche.

Gritti souriait toujours, il ne paraissait nullement inquiet. Il fit un signe de la main et un homme apparut. Cecilia le reconnut avant même que sa longue silhouette aux attaches fines et sa noble figure durcie par les embruns et les vents ne soient dessinées par la faible luminosité des torches.

« Joao Micos », pensa-t-elle, surprise par cette apparition irréelle.

Le jeune guerrier croisa le regard du doge, ce fut bref, mais de cet échange violent naquit une tension.

– Mon futur ennemi, dit Andrea. Il ne le sait pas mais son cœur est déjà en Orient... depuis toujours en fait. Il a été élevé au lait persan et au miel de Judée. Il me plaît de savoir que Venise a aussi sa part dans cette création. Nous avons besoin d'adversaires hors pair pour exister et nous élever. Que serait notre République sans Soliman, Barberousse, Charles Quint et... Joao ?

– Vous me flattez, mon oncle.

– Non, je ne dis que la vérité. Je connais mon destin et le tien.

Son oncle ? Cecilia se sentit piégée et perdue. Ce qu'on lui avait révélé à demi-mot se confirmait. Joao et Andrea, issus d'un même sang, partageant les mêmes ambitions, les mêmes femmes assurément, la contemplaient sans complaisance, tous les deux unis devant l'autel. Ils réglèrent en quelques phrases le sort de l'adolescente. La vie de Cecilia allait basculer du côté obscur.

– La galère est parée, dit Joao.

– Tu ne reverras plus jamais Venise, dit le doge en s'adressant à Cecilia.

– Plus jamais ?

La gorge de Cecilia se noua. Le doge fit non de la tête. La main de Joao se posa sur son bras.

– Il faut me suivre à présent.

– Ne me touche pas ! s'exclama-t-elle en se dégageant brutalement.

– Joao va te conduire jusqu'à Corfou. De là, tu seras emmenée dans ta nouvelle résidence où on te préparera au grand changement. Prends soin d'elle.

– Il ne lui arrivera rien. Je le jure devant Dieu !

– Ne jure pas, dit le doge, je connais ton esprit chevaleresque. Toi aussi, tu vas quitter à jamais la République. J'aurais voulu pour toi un autre avenir, mais même le doge doit se plier aux lois et tenir compte des ressentiments de la noblesse.

– Adieu, mon oncle.

Ils s'étreignirent longuement. Andrea se sentit soudain très vieux. Il aurait voulu soutenir ce bouillant jeune homme qu'il considérait comme son fils légitime et qui aurait pu devenir le plus grand doge de tous les temps, mais Joao Micos ne pouvait être enregistré à la *Balla d'Oro* où on engageait continuellement des procédures pour écarter tous les hommes à la naissance douteuse. Il en éprouvait de la peine et de la colère. Joao ne serait jamais tiré au sort le jour de la Sainte-Barbe pour siéger au Grand Conseil. Il était juif, chrétien et musulman. Trop de sangs différents coulaient dans ses veines. Les magistrats de l'*Avogaria Camun*, lors d'une réunion récente, l'avaient déclaré indésirable dans les archives et il lui était désormais impossible de figurer sur la liste officielle de la noblesse rigoureusement mise à jour depuis 1414.

– Vous avez ma bénédiction, murmura-t-il en regardant s'éloigner le jeune couple.

Qu'allait-il advenir d'eux à présent ? Le destin les attendait sur les rives de la Corne d'Or.

35

Cecilia avait reçu le baiser de Beatrice. Il était pareil à celui de Judas. Elle en ressentait encore une impression de froid sur son front. A présent, elle était sur cette énorme galère qui mouillait à quelques encablures de l'île fantomatique. Joao ne la quittait pas d'un pouce ; il regrettait presque l'absence de Gaufredi dont la tâche était à présent terminée. Les petits nobles engagés pour la traversée ne lui cachaient pas leur animosité, il y avait de la provocation et du mépris dans les regards qu'on lui jetait. Il essaya de ne pas en prendre ombrage. Autour d'eux, on s'agitait, on procédait aux ultimes préparations avant de lever l'ancre.

Les *galeotti*, hommes libres payés par l'Arsenal, s'arrimaient aux immenses avirons, des marins se hissaient au-dessus du pont pour larguer les voiles lourdes et cireuses au fur et mesure qu'ils embarquaient, les arquebusiers et les arbalétriers se comptaient pour l'énième fois. Leurs casques luisaient dans la lueur chancelante des feux rachitiques allumés à la proue et à la poupe. Des officiers déambulaient entre tous ces hommes en lançant des regards suspicieux.

Un capitaine bourru du nom de Moldovi, à la joue brûlée lors d'une bataille navale, donna des consignes au chef navigateur et aux officiers de pont principaux, le *comito* qui avait la charge de la poupe et au *patron iurato* qui dirigeait la proue, puis il parla fermement au médecin, au scribe, au charpentier, au calfat, au chapelain, au chef canonnier. Tout lui sembla en ordre et il allait pouvoir faire distribuer les dix-huit onces de biscuits réglementaires, la pinte de vin et le bol de soupe aux haricots dès que sa galère atteindrait le large. Il fit cependant encore quatre fois le tour de son navire avant de s'adresser à Cecilia et à Joao.

– Ma mission est de vous emmener jusqu'à Corfou où le ministre de la Marine m'envoie pour renforcer la flotte. Je vous demande, mademoiselle, de ne jamais quitter la poupe. Quant à toi, Joao Micos, sache que beaucoup ici, parmi les jeunes nobles servant dans le corps des arquebusiers, ne te portent pas dans leur cœur. Tu partageras la cabine du chapelain et du scribe qui sont les plus indulgents des hommes. Fais-toi humble et tout ira pour le mieux... Tu n'as rien à craindre, dit-il en s'adressant de nouveau à Cecilia, je vais te conduire à ta cabine où t'attend ton serviteur.

– Mon serviteur?

– Le châtré.

Cecilia éprouva de l'aversion pour ce capitaine qu'elle sentait âpre au gain et cruel. Elle n'était pas sur le bon navire; elle n'avait jamais été sur le bon navire.

– Par ici, dit-il en lui désignant la découpure sombre et basse d'une porte sous le château de bois arrière enguirlandé de sculptures.

Cette porte s'ouvrait sur un minuscule couloir desservant les cabines réservées aux officiers et aux passagers de marque. Moldovi montra celle où Cecilia allait devoir s'enfermer pendant plusieurs jours. Lorsqu'elle y pénétra, elle poussa un cri de joie.

– Nefer!

– Ils m'ont emmené comme un vulgaire esclave, se lamenta l'eunuque en la recevant dans ses bras.

C'était la première fois qu'ils se manifestaient ouvertement l'affection qu'ils avaient l'un pour l'autre. Des larmes montèrent aux yeux de Nefer.

– Nous allons être vendus aux Turcs.

– Personne ne nous vendra. Le doge m'a assurée de son appui.

– On voit bien que tu ne connais pas la puissance de la Sublime Porte. Le pouvoir du doge meurt avec les vagues sur les rives du Bosphore. Je serais plus rassuré si tu bénéficiais de l'appui d'un vendeur de crème d'Askaray.

– Nous bénéficierons des appuis de tous les vendeurs de crème d'Istanbul, je te le promets.

– Qu'Allah t'entende !

Raguse et Durazzo, ports stratégiques qui dépendaient de la puissance vénitienne, avaient été abordés. On y avait embarqué des vivres frais, deux prêtres missionnaires qui se rendaient à Jérusalem et un négociant libanais en pierres précieuses qui avait un comptoir à Damas.

A chacune de ces escales, Nefer avait été tenté de s'enfuir. La présence de Cecilia l'en avait empêché. Il se sentait responsable de la jeune fille ; il la servirait et défendrait jusqu'à la mort. Joao Micos s'était lui aussi juré de donner sa vie pour Cecilia et il ne la perdait pas de vue. Il passait ses journées à l'observer sans s'approcher d'elle, cumulant les pincements au cœur chaque fois que leurs regards se croisaient. Ce fut après le départ de Durazzo que l'idée germa en lui. Il y avait peut-être un moyen d'échapper au destin imposé par Andrea Gritti et ses alliés du sérail.

Il n'y avait rien à faire sur ce bateau. Mais Cecilia n'avait pas le temps de s'ennuyer. Son imagination s'enflammait à la vue de la côte albanaise, de la succession des villages au fond de criques bordées de grands pins, des châteaux suspendus sur les éperons rocheux, des tours de guet où s'entassaient des compagnies de mercenaires sous les bannières du froid sombre descendu des montagnes dalmates.

N'y avait-il pas dans ces contrées sauvages des princesses en attente de délivrance, des chevaliers en quête d'amour et d'absolu ? Il lui arrivait de mettre le visage de Joao sur la silhouette de l'un de ces ardents cavaliers qui s'avançait sur les sentiers de ses pensées. Alors, elle cherchait le jeune homme parmi les rameurs, les matelots, dans les vergues. Au fond d'elle, à présent, une envie unique grandissait : obtenir de lui qu'il renonçât à Beatrice. Définitivement. Cela avait lentement germé au bruit répété et lent des rames de la galère, aux murmures des vents éoliens, d'abord comme un caprice de petite fille jalouse, puis comme une nécessité de chaque instant. Elle avait besoin d'être aimée sans concession. Son corps, qu'elle avait contemplé dans les bras de sa rivale, l'habitait d'un souvenir obsédant et la harcelait jusque dans ses rêves, jusqu'à l'aube, partout.

– Pourrais-tu me rendre un service ? demanda-t-elle à Nefer qui ne cessait de faire rouler les grains de son chapelet en récitant tout bas des sourates.

– Que puis-je pour toi ?

– Je voudrais que tu demandes à Joao de partager notre repas du soir.

– Cela fait huit jours que tu refuses de te rendre à la table du capitaine et des officiers, et à présent tu désires inviter cet aventurier sous ton dais ! Ce serait faire grand affront au commandant de ce navire que de lui préférer ce bellâtre protégé par le doge. Ne compte pas sur moi pour intercéder en ta faveur. Cet homme ne nous apportera que du malheur, je le sens.

Sur ces mots, l'eunuque s'éloigna de la jeune fille dépitée. Il se rendit à la poupe où pointaient deux canons au-dessus des remous du sillage. On s'éloignait de plus en plus de l'Occident. Les eaux n'étaient plus sûres. Ces chiens de Vénitiens le ramenaient en enfer. Nefer parut soudain vieux. C'était comme si le temps se précipitait, tel un torrent furieux d'Anatolie après un orage d'automne, tandis que toutes les saisons passées à Venise venaient de s'écouler. Il y avait là-bas, au bout de ce voyage étrange, sous les arabesques d'un kiosque peuplé de rossignols, un bourreau qui l'attendait en lissant sa cordelette de soie. Nefer craignait l'instant de sa mort annoncée, la morsure de la soie sur son cou.

Même diminué et blessé dans son âme, il aimait trop la vie pour la perdre si injustement. Jamais l'islam ne lui pardonnerait d'avoir servi les infidèles pendant toutes ces années. Comme pour prouver qu'il était un bon musulman et que sa foi n'avait en rien été entamée par les chrétiens, il continua avec ferveur à s'adresser à Dieu, interprétant à sa façon des versets de la quarante-sixième sourate : « A chacun son degré dans les actions commises : toi le Tout-Puissant feras solder les miennes sans la moindre injustice et au jour où je serai exposé sur le feu avec tous les infidèles, tu nous diras : Vous avez épuisé vos bonnes choses durant votre vie d'ici-bas, à loisir vous en avez joui. Eh bien ! aujourd'hui vous vous voyez rétribués par le châtiment honteux, d'avoir fait les superbes sur la terre, à contre-vérité, d'avoir vécu dans la scélératesse. »

Il demanda aussi à Allah de protéger Cecilia, mais ce n'était pas une chose qu'il aurait dû oser. Dieu n'avait pas l'intention de modifier l'implacable trajectoire de leur destin.

36

– Il faudra s'en débarrasser, dit l'homme à son interlocuteur.

– Il peut nous servir... et ce n'est pas un homme. Quel danger représente-t-il ?

– C'est un eunuque, il a la trahison dans le sang.

– Nous aviserons plus tard, nous devons nous conformer au plan du départ.

Les deux comploteurs se séparèrent au moment où la galère vira à bâbord.

– Céphalonie ! cria la vigie.

La grande île, qui avait autrefois appartenu à la ligue de Corinthe, s'était donnée au roi Pyrrhos avant de perdre ses libertés sous l'Empire romain, puis byzantin, dépendait aujourd'hui de Venise. Mais pour combien de temps ? On y récoltait encore du sel pour compléter les exportations de Crète. Mille hommes en armes, dérisoire contingent retranché dans un château mal entretenu, attendaient l'assaut de l'une des immenses flottes de Soliman croisant entre la Morée et l'Epire.

Joao se laissa glisser le long d'un filin et se rétablit sur le balustre de la poupe, troublant Nefer dans ses prières.

– Nous voilà à la porte de ta maison, dit-il.

– N'est-ce pas non plus la tienne ? On dit que ta mère

était de Salonique, dit Nefer, qui connaissait les rumeurs courant sur les origines de Joao.

– Le monde est ma maison !

– Vaste prison, à la mesure de tes ambitions.

– Je suis un homme libre.

– Personne n'est libre. Où que tu ailles, il y aura toujours un Soliman ou un Andrea Gritti pour t'enchaîner. Les puissants nous gouvernent et si, par malheur, tu deviens l'un d'eux, ta vie ne sera alors que lutte et renonciation.

– Jamais !... Est-ce ainsi que tu entretiens l'espoir chez Cecilia ? Ne crois-tu pas qu'il est temps d'envisager d'autres possibilités en ce qui la concerne ?

– Que veux-tu dire ?

– J'ai des amis à Céphalonie. J'y ai vécu tout un printemps et un été.

– Des amis ?

– Juifs.

– Me laisserais-tu entendre que tu te servirais d'eux pour sauver Cecilia ?

– Nous pouvons l'emmener en Grèce, la faire embarquer sur un navire marchand hollandais et gagner l'Espagne, le Portugal ou l'Angleterre.

– Tu es fou !

– Peut-être, mais je ne désire pas la savoir enfermée dans l'un des harems de l'empire. Réfléchis à ma proposition, Nefer. Ce sera cette nuit ou jamais ! Evidemment, nous t'emmenons.

Joao détacha une corde de la voile latine qui claquait à l'arrière de la nef en pleine manœuvre d'approche et, s'y accrochant, s'élança au-dessus du pont, sa chemise blanche gonflée par le vol. Nefer le regarda tomber au milieu des arquebusiers qui préparaient leur alignement. L'enthousiasme du jeune homme lui redonna courage. Il n'eut plus besoin des sourates. Il y avait tant de choses simples et agréables sur terre : aimer, écouter le chant des oiseaux, honorer la mémoire de ses parents, servir Cecilia qu'il considérait de plus en plus comme sa fille. Il retourna près d'elle. La convaincre de fuir ne serait pas une chose difficile.

– Quel est cet endroit ? demanda-t-elle tout en couvant du regard Joao qui se profilait sur le relief de la côte.

– L'un des comptoirs les plus avancés de la République, mais il n'a plus de véritable importance. Les marchands ont depuis longtemps tout misé sur Famagouste et Larnaca. Cette place tombera au jour et à l'heure choisis par les Turcs. Et ce ne sont pas ces beaux guerriers qui seront en mesure de les arrêter, ajouta l'eunuque en laissant son regard glisser sur le contingent assurant la défense de la galère.

Cecilia n'était pas de son avis ; elle ne connaissait rien aux choses militaires, mais elle trouvait que les rangées rutilantes des hommes cuirassés et casqués ainsi que les officiers aux torses barrés d'écharpes et aux reins ceints de la dague et de l'épée ne pouvaient être battus.

Le port se lovait entre des écroulements de rocs, au milieu desquels s'étageaient des maisons blanches. Depuis des temps immémoriaux, les différents envahisseurs y avaient dressé des digues mille fois reconstruites, pacifiant quelques acres de mer, plantées de naves et de barques. Les vagues mouraient sans fracas sur ces avancées de parpaings recouvertes de gens. A l'extrémité d'un môle, six canons de gros calibre tournaient leurs gueules vers l'horizon où sous l'écume des nuages se cachait l'ennemi ; il y avait des artilleurs pour les servir, preuve que le danger de voir surgir les Turcs n'était pas le seul fruit de l'imagination de Nefer.

– Nous ne risquons rien, dit Cecilia à la vue des bouches à feu.

– Les risques sont pour plus tard ; il y en a un que tu pourrais prendre de ton plein gré.

– De mon plein gré ?

– Si tu consens à accepter l'aide de Joao.

– C'est toi qui me parles ainsi de Joao ? Toi, Nefer, qui jusqu'ici détestais cet aventurier ?

– Je me suis trompé sur son compte.

– Serais-tu tombé sous son charme ?

– Il a des amis à Céphalonie, des gens de son peuple, ils peuvent nous faire passer en Grèce et de là-bas en Espagne.

– Je croyais que tu ne faisais pas confiance aux juifs.

– Mon esprit critique reste inchangé à leur égard, mais, en certaines circonstances exceptionnelles, il faut être crédule. Si nous ne saisissons pas cette chance, nous serons condamnés à entrer au harem et à subir le sort des esclaves. Le harem, c'est la perte de soi, le harem, c'est l'enfer.

Le harem ! Cecilia savait un peu ce qu'était cet endroit, la grande prison dorée des femmes du sultan. De hauts murs entouraient ses jardins et d'autres murs plus hauts encore, dressés là pour lutter contre les évasions et les indiscrétions, coupaient la moitié du ciel d'Istanbul.

Il y avait une chance à saisir.

– J'accepte, dit-elle.

Nefer soupira. Restait à présent à quitter cette galère sans éveiller les soupçons du terrible capitaine Moldovi.

Un hourra, claquant comme un éclat de trompette, monta des digues. La population exprimait sa joie. Venise n'avait pas oublié les sujets de Céphalonie. Elle envoyait l'un des fleurons de sa flotte : une galère de combat bourrée de soldats.

Il fallut plus d'une demi-heure à la grande embarcation pour entrer dans le port avec l'aide des pilotes. Quand elle toucha les madriers qui bordaient le quai, il y eut un bruit de galopade. Tous les habitants se précipitèrent vers elle, bousculant les escouades de soldats qui encadraient les autorités de l'île. Les appels fusèrent, au milieu des signes de mains adressés à l'équipage.

Joao fut le premier à sauter sur la terre ferme. Immédiatement entouré, il fut pressé de questions. Quand arriverait la flotte de soutien? Et les régiments? Avait-on l'assurance que l'Espagne allait déclarer la guerre à la Sublime Porte?

Le jeune homme, pas plus que le capitaine, ne put rassurer tout ce monde; ils évoquèrent de vagues préparatifs menés par l'amiral Andrea Doria et la présence d'une énorme armada ennemie à Suez sous le commandement de Hadîm Süleymân Pacha, force dont on ne connaissait pas pour l'heure les objectifs. Et ce fut la stupeur lorsque le capitaine affirma que Venise ne contrôlait plus la Méditerranée ni les routes maritimes menant à Chypre. Hommes et femmes, la face congestionnée, les mains jointes, le supplièrent de prendre leurs enfants et de les ramener en Italie. Puis des poings se levèrent. Quelqu'un avait désigné Nefer du doigt en criant : « Il y a un *tchavuch* à bord! »

Le visage de l'eunuque se décomposa. On le prenait pour un tchavuch, un messager extraordinaire du sultan! Il était perdu. Il vit la ligne de la milice se briser. La foule s'engouffra entre les piques et fonça sur le navire dont le bastingage n'était pas suffisamment haut pour l'arrêter.

Joao fut le premier à réagir. D'un bond et après une course sur le pont, il s'opposa aux forcenés, l'épée à la main. Sa lame siffla, frôla des faces. Une dague apparut dans l'angle gauche de sa vision, la main qui la brandissait n'était pas celle d'un soudard, ni celle de l'eunuque, elle appartenait à Cecilia.

– Mets-toi à l'abri! cria-t-il.

– A deux, nous ne serons pas de trop! répliqua-t-elle.

Elle ne savait toujours pas se servir d'une arme, mais, à force de l'agiter, elle parvint à taillader le front d'un calfat qui hurlait sa haine contre l'islam. L'homme partit en arrière et retomba sur le quai. A cet instant, il y eut un reflux. Puis la foule se calma. Sur le pont de la galère, les arquebusiers étaient prêts à tirer. Il aurait suffi d'un ordre du capitaine pour cribler de plombs cette foule incontrôlable, et il avait failli le donner en voyant son bien le plus précieux en danger de mort. Aucune égratignure ne devait émailler la peau de la demoiselle Baffo et entamer la valeur inestimable qu'elle représentait. Pétri d'appréhension, il la vit se pencher vers le quai, griffant la coque du bateau de sa dague dont la garde argenté brillait à la lumière du soleil.

Dans le calme revenu, elle fut comme une apparition. Tous les regards se levèrent vers elle, pris par le charme de cette jeune fille qui ne ressemblait à aucune autre. Car, crinière au vent, elle était comme déliée de tout rôle humain, n'étant tenue à rien d'autre qu'à paraître immortelle.

– Qui es-tu ? lança une femme âgée derrière laquelle se rangeait une corporation de lingères.

– Je suis la garante de votre indépendance et cet homme que vous confondez à tort avec un envoyé d'Istanbul est mon serviteur. Epargnez-le et je vous épargnerai un jour les ravages des armées qui asservissent la Grèce et les Balkans.

Elle parlait intuitivement. Ses pensées filaient sur la trame du temps ; elle ne savait pas au juste quel était son destin, mais elle avait la certitude qu'elle devait accomplir quelque chose de grand sur cette terre. Sa vie ne se réduirait pas aux mesquines chicaneries des palais de Venise, aux caresses de la soie et à l'odeur des parfums précieux venus d'Orient. Sa vie, elle la consacrerait au bien de l'humanité. Pour y parvenir, elle devait s'échapper de ce navire, se faire un nom en se battant au côté de Joao. La communauté juive les aiderait à réaliser leurs idéaux.

– De quel pays es-tu la reine ? demanda la vieille femme, visiblement impressionnée par Cecilia.

– Il appartient à Dieu de me placer un jour sur un trône et il m'est interdit de vous dévoiler les plans de la République. Demeurez confiants, rentrez chez vous à présent.

Joao était en proie à l'enchantement. Il aurait été incapable de décrire ce qu'il éprouvait en écoutant Cecilia ; sa mémoire lui envoya les images d'antiques déesses dont il avait admiré les statues en Italie et en Grèce. Cecilia était Diane, Héra, Aphrodite, et elle dominait cette île, la mer qui s'étalait comme une immense et vivante toile, le ciel qui s'assombrissait au loin sur les montagnes de l'Epire, et les hommes, tels les acteurs d'une tragédie, qui se lamentaient sur la terre tourmentée par les vents du malheur.

« Je t'aime », murmura-t-il.

Cecilia tourna son regard vers lui et il crut lire les mots même qu'il venait de prononcer sur ses lèvres gercées par l'air salin. Il aurait voulu les goûter, en ressentir la brûlante caresse.

– Nous partirons cette nuit, dit-elle.

– Oui, cette nuit.

37

Joao était inquiet. Il n'avait pas prévu ce qui s'était passé. En conséquence, le capitaine avait interdit aux passagers et à l'équipage de débarquer. Après d'âpres discussions et des accords conclus avec les autorités, des vivres et des tonnelets d'eau et de vin avaient été acheminés par les porteurs de la petite cité dont on ne connaîtrait jamais les tavernes enfumées et les jardins odorants. La nuit vint. Céphalonie s'endormit. Cecilia ferma les yeux. Nefer s'allongea en travers de la porte de la minuscule cabine. Il fallait donner le change. Faire semblant de sombrer dans le sommeil.

Joao s'adossa à la cloison qui le séparait de son amour. Il but la lumière des étoiles, s'imprégna de ces soleils lointains qui veillaient sur son avenir. Il n'avait que sa rétine pour percer les secrets de cette cryptographie en mouvement, il ne connaissait rien à l'astrologie mais il sentait peser ces forces qui du haut du firmament travaillaient pour ou contre lui. On n'arrêtait pas les astres qui fuyaient et se perdaient aux confins de l'horizon. Tout était écrit. Et tout allait se délayer dans le rose sale de l'aube. Il était temps d'agir. Il se déplaça sur le pont, léger, sûr de lui. Deux matelots assuraient la garde de la galère à la coupée. Ils devisaient tranquillement.

Ils ne le virent pas se glisser le long de la coque, puis dans l'eau, à l'opposé de l'endroit où ils se tenaient. Il nagea en direction des nombreuses nefs liées aux quais du port des marchandises. Ils ne l'entendirent pas davantage godiller lorsqu'il revint sur une barque légère, ni quand il remonta à bord.

Il n'était qu'une ombre qui ne pouvait être perçue que par d'autres ombres. Elles fondirent sur lui alors qu'il rabattait délicatement la porte menant aux cabines. Des mains l'agrippèrent, un couteau se plaqua sur sa gorge, une voix qu'il reconnut aussitôt lui intima de ne pas bouger.

– Je savais que tu pouvais nous jouer un mauvais tour, s'exclama le capitaine Moldovi. Attachez-le au mât.

Comme il essayait de se débattre malgré l'arme pointée sur son cou, ils l'assommèrent à coups de gourdin et le traînèrent sur le pont, puis ils le lièrent solidement au mât. A l'intérieur de la cabine, ils avaient tout entendu. Il y eut un bruit de cavalcade. Tous les officiers se précipitaient vers l'extérieur. Cecilia se mordit le poing, puis voulut voler au secours du jeune homme. Nefer la retint. Joao avait échoué. Tout était perdu. La liberté, l'amour...

Joao cligna des paupières. Avait-il dormi ? Quelle nuit étrange. Il lui sembla que quelqu'un était venu et avait hésité à le tuer, qu'il avait entendu le froissement d'une lame. Ce quelqu'un avait soufflé son haleine sur ses yeux avant de disparaître. Il pensa à Nefer, cette idée était stupide. Son crâne douloureux le tira de l'inconscience, mais il ne put s'étirer dans l'air frais du matin et saluer le soleil qui redessinait la côte. Il était solidement attaché au mât, sous les regards moqueurs des nobliaux de Venise, à la merci de Moldavi, seul maître à bord après Dieu.

Soudain son cœur se mit à cogner très fort dans sa poitrine. Cecilia apparut, mais des arbalétriers l'empêchèrent de le rejoindre, puis ils malmenèrent Nefer qui prenait la défense de la jeune fille. Joao tira sur ses poignets, se tordit pour se défaire des liens qui lui sciaient les chairs. Le patron des galeotti lui donna un coup de poing sur le visage.

– Tiens-toi tranquille, sale juif!

Joao se retint de lui cracher au visage. Le provoquer davantage n'aurait servi qu'à le rendre plus cruel au moment de la punition. C'était le patron des galeotti qui exécutait la sentence sur la galère et on ne connaissait pas de patron qui ne soit pas habile dans le maniement du fouet. Joao ferma les yeux. Il ne voulait pas voir le visage douloureux de Cecilia qu'on emmenait dans sa cabine.

Les ordres du capitaine relayés par les seconds animèrent l'équipage. En quelques minutes, après une distribution de vin et de pain qui requinqua les hommes, la galère se détacha du quai et ses rames se déployèrent. Les rameurs ne forceraient pas : le vent était favorable, il soufflait de la mer Tyrrhénienne vers la Sicile à la vitesse d'un cheval au galop. Libérées, les voiles se gonflèrent et les mâts craquèrent sous la poussée. Ce vent était un don de Dieu qui rassura les matelots et les soldats. On remonta les rames. Chacun montra à sa manière sa gaieté; les uns chantèrent, les autres jouèrent aux cartes; le marchand et ses commis offrirent des pâtisseries orientales et du vin cuit à la cannelle à tous. Même à l'eunuque et au juif qu'ils forcèrent à boire.

En sentant couler le breuvage dans leur gorge, Joao et Nefer ne purent empêcher la montée des souvenirs, les images d'Istanbul leur emplirent la tête. Joao se revit dans le quartier juif, bataillant contre les enfants turcs;

Nefer sentit la main sèche du sultan Sélim lui soulever le menton, la voix du terrible conquérant était encore présente, il n'avait jamais pu l'effacer : « Tu feras un bon eunuque, toi. » Ils se remémorèrent les dangers qui sommeillaient sous l'inextricable épanouissement des toits, des ruelles, des venelles, des mosquées et des palais. Le soleil ne pénétrait presque jamais au cœur des quartiers populeux ; le vent de Marmara ne parvenait pas à s'insinuer dans tous les creux d'ombres cernés par les minarets et les murailles infranchissables. Ils s'étaient échappés de la ville tentaculaire par miracle ; elle les rappelait à elle. Et malgré la distance considérable, ils étaient déjà dans son rayonnement. Joao doutait cependant de la revoir. Moldavi avait pour lui des regards meurtriers.

Il y eut une deuxième tournée de vin cuit. Personne ne fut oublié. Pas même l'aumônier du bord qui avait une réputation d'homme sobre et appartenait à l'ordre de la Sainte Inquisition. Ni les deux prêtres missionnaires qui trinquèrent entre les signes de croix. Le négociant libanais qui régalait son monde avoua qu'il était mandaté par le duc de Carinthie pour acquérir des émeraudes d'une grande valeur trouvées dans les mines du pays des Afghans.

Cette transaction allait le rendre riche. Très riche. Et en le voyant se frotter les mains et sourire à cette perspective dans sa barbe noire et drue, on comprenait mieux sa prodigalité.

38

Le cauchemar la poursuivait. Il avait été interrompu au moment de l'appareillage de la galère, mais il revint quand, bercée par un léger roulis, elle ferma à nouveau les yeux. Elle voyait le cadavre du jeune homme flotter sur la mer. Les nuits précédentes, elle avait fait des rêves merveilleux dont elle se souvenait au lever. Le dernier l'avait rendu définitivement amoureuse.

Elle soupait avec Joao dans un pavillon de bois. Autour d'eux, par une profusion d'ouvertures lancéolées, des oiseaux multicolores venaient se poser sur des arbustes en or. Leurs chants merveilleux n'avaient d'égal que ceux des anges au paradis, et, de leurs yeux vifs, ils couvaient le couple qu'ils charmaient. Eux se souriaient en se regardant, se prenaient les mains à travers la table chargée des mets les plus délicats, de carafes soufflées à Murano et remplies de vins exquis rappelant les rubis et les grenats des couronnes impériales. Ils étaient saisis tous deux d'une joie enfantine, et rien dans le paysage, qui s'étendait jusqu'aux cimes enneigées de hautes montagnes au pied baigné de lacs, ne lui rappelait l'Italie. Tout était plus doux, pacifié, pur. La guerre n'avait jamais frappé ici. L'amour seul régnait. Soudain les oiseaux s'envolèrent dans un formidable bruit d'ailes et Joao s'en alla après avoir déposé un baiser sur son front. Le silence se fit, un silence tel que rien ne semblait vivant.

A présent, le cadavre de l'aimé flottait, et elle ne désirait rien d'autre que la mort, s'enfoncer dans le silence et oublier.

Le silence...

Cecilia se réveilla en tremblant. Le cauchemar la hantait. Le silence était bien réel. Les seuls bruits qu'elle entendait étaient ceux des membrures et de la coque travaillées par les éléments. La lumière du jour lui parvenait par les fentes des planches. Aucune ouverture n'éclairait la rustique cabine meublée d'un lit de sangles, d'un pupitre et de son grand coffre personnel qui occupait l'espace. L'appréhension la gagna alors qu'elle revêtait une solide robe de velours. Pourquoi les rames ne frappaient-elles pas la mer ?

– Nefer ! appela-t-elle.

L'eunuque se tenait toujours près de l'entrée. Il n'en partait que lorsqu'il la savait prête à se montrer. Il ne répondit pas. Elle revint près du petit lit, se saisit de la dague dissimulée sous la paillasse, puis elle se concentra. La galère en mouvement, craquant à chaque vague fendue par l'étrave, semblait un tombeau. Elle n'entendait plus, au travers du plancher, les disputes, les chants, les encouragements, les ronflements et les toux des rameurs qui, sans relâche depuis le début de la traversée, la rassuraient.

– Nefer !

Elle avait haussé la voix, en vain. Il ne se manifesta pas. Alors, elle entrouvrit le battant et fut saisie d'effroi. Dans l'angle étroit de sa vision, il y avait des corps étendus. Elle dut pousser de toutes ses forces la porte pour sortir : Nefer, allongé, la coinçait. Elle s'extirpa de l'entrebâillement et se pencha aussitôt sur l'eunuque. Il ronflait, et ne portait pas de blessure apparente. Elle le secoua. Il n'eut aucune réaction. Ce fut en relevant la tête qu'elle ressentit une douleur à la poitrine.

Joao était comme mort sur le mât auquel son corps était lié. Il avait les genoux pliés. Sa tête pendait sur le côté. Elle se précipita vers lui. Il était dans le même état que l'eunuque, insensible à sa voix, à ses mains. Elle trancha les cordes qui l'emprisonnaient et l'étendit délicatement sur le pont, lui embrassant le front.

– Je te sauverai, souffla-t-elle.

Elle trouverait bien un moyen de quitter ce navire. Peut-être aurait-elle la force de le piloter et de le précipiter sur la côte ? Elle regarda la barre au pied de laquelle le navigateur recroquevillé baignait dans ses propres vomissures. Elle devait essayer. Ne s'imaginant pas dans la peau d'un timonier, elle s'avança prudemment vers la roue livrée à elle-même. Quel sort avait été jeté sur la galère ? Etait-on proche de l'île de la magicienne Circé qui par ses enchantements avait transformé le roi Picus en pivert, Scylla en monstre marin et les compagnons d'Ulysse en pourceaux ? Ou était-ce Morphée, venu du fabuleux pays des Cimmériens, le responsable de ce fléau ?

Tous les hommes étaient dans la même situation. Pêle-mêle, les rameurs renversés sur les bancs de nage attendaient d'être délivrés du charme que la magicienne ou le dieu des songes avaient envoyé sur le navire. Les arquebusiers étaient à la merci des becs des téméraires mouettes qui avaient pris possession de la partie avant de la nef et se partageaient les restes épandus de nourriture. Parvenue au centre de la galère, elle s'arrêta près de la barre folle, habitée par une peur croissante, ayant besoin de savoir ce qui s'était passé. Elle posa ses mains sur la roue et tenta de changer le cap du bateau, mais elle dut se rendre à l'évidence : l'effort demandé était trop grand. Elle lâcha la barre.

Elle était dans l'expectative, ne sachant que faire, quand quelqu'un siffla. Elle n'eut pas à chercher celui qui se manifestait. Il tomba du haut des vergues à dix pas d'elle. Il était pieds nus, coiffé d'un petit bonnet rouge. Elle mit du temps avant de le reconnaître : c'était l'un des trois commis du marchand libanais.

Il siffla à nouveau. Ses deux collègues surgirent des bancs de nage où ils étaient tapis. Ce trio avait quelque chose de menaçant.

– Qu'est-il arrivé à l'équipage ? lança-t-elle au groupe qui faisait mouvement vers elle.

– Il a été saisi d'une grande fatigue, répondit une voix dans son dos.

Elle se retourna brusquement vers celui qui venait de s'exprimer. Ce n'était autre que le négociant libanais. L'homme aux yeux brillants lissait l'extrémité de sa barbe. Elle remarqua qu'il portait un caftan vert brodé d'or alors qu'elle l'avait toujours vu avec une sorte de houppelande informe et brune. Cet accoutrement la mit en alerte.

– Vous n'êtes pas marchand !

– Bien vu, ma tourterelle. Je suis le *mouzhir agha* de Smyrne. Mon nom est Adna et je dois m'assurer de ta précieuse personne.

Elle ignorait tout du titre de mouzhir agha qui permettait à cet Adna d'être à la tête d'une compagnie de janissaires et d'agir au nom du grand vizir.

– Emparez-vous d'elle !

Les faux commis s'avancèrent sans se préoccuper de la dague qu'elle tenait fermement. Ce n'était qu'une faible jeune fille et, eux, des guerriers recrutés pour cette mission hautement sensible. Ils avaient fait campagne en Moldavie et en Perse, participé à l'assaut de forteresses, marché sous le feu croisé des couleuvrines et des arquebuses. Ils ne ralentirent pas.

Le plus rapide reçut quatre pouces d'acier dans le ventre et le deuxième téméraire goûta à la brûlure de la lame rougie par le sang de son compagnon.

– Par Allah ! cria-t-il.

La surprise fut totale. L'incrédulité se peignit sur la face de ces hommes habitués à la passivité et à la servilité des femmes. Cecilia ne réalisait pas son geste, elle avait réagi par réflexe, comme l'aurait voulu Gaufredi, se souvenant de l'assassin envoyé à Venise pour lui ôter la vie. Ces quatre-là appartenaient vraisemblablement à la même faction.

Elle sauta dans l'un des deux espaces réservés aux rameurs, foula les corps inertes de la chiourme endormie, bondit de banc en banc jusqu'à l'escalier menant à la plage avant. Elle avait l'intention de grimper sur la figure de proue et de se laisser glisser le long de la mâture sur laquelle était entortillé le foc. Parvenue à l'extrémité du navire, elle s'immobilisa.

A trois ou quatre cents brasses de l'étrave, il y avait une flottille composée de deux galions, cinq galères et une dizaine de galéasses. Les pavillons verts de l'Islam flottaient aux sommets de tous les mâts aux voiles gonflées. Ce fut comme si une porte de l'enfer s'était ouverte sur la mer. Cecilia entendait les cris de guerre et de joie des démons embarqués qui n'étaient pas enclins à tresser des couronnes de fleurs. Sur les ponts, les châteaux arrière et avant, des bouquets d'armes s'épanouissaient en dards, flèches et traits. Sous les hérissons de piques et de lances, les capitaines et leurs seconds savouraient la victoire facile. Ils encourageaient les matelots à la manœuvre, poussaient les maîtres de nage à augmenter la cadence de rame, et les tambours donnant le rythme s'emballaient, les fouets claquaient sur le dos des esclaves enchaînés, les avirons soulevaient des paquets de mer. La flottille se rapprochait à une grande vitesse, les embarcations légères prirent de l'avance sur les autres bateaux. Elles parvinrent à hauteur de la galère vénitienne livrée au gré du vent.

Un froid précédé d'une frayeur irrépressible lui fit perdre tous ses moyens lorsque d'une même voix les

Turcs entonnèrent : « *La illaha ilallaha Muhammada rasul allah...* » « Dieu est grand et Mahomet est son prophète. » Cette incantation, Cecilia la connaissait par cœur. Nefer l'avait prononcée des centaines de fois. Elle n'en avait jamais réellement mesuré la portée. En ces instants tragiques, ces mots prenaient toute leur dimension. Elle allait être entraînée en enfer.

– Dieu est très grand !

Adna venait de la saisir par les poignets ; il lui tordit celui qui tenait la dague. L'arme tomba. Cecilia ne résista pas. A quoi bon ? Des centaines de Turcs s'apprêtaient à aborder. Mais sa frayeur grandit lorsqu'elle songea à Joao et Nefer. Qu'allait-il advenir d'eux ?

La réponse ne tarda pas.

Dès que l'une des galères turques toucha la coque, le capitaine vénitien, qu'elle croyait endormi avec les siens, apparut. Moldovi avait bon pied bon œil et ne semblait pas être troublé par la présence des nefs de la Sublime Porte.

– Tout s'est déroulé à merveille, dit-il en s'adressant au mouzhir agha. La drogue versée dans ton vin cuit est efficace. J'espère que mes hommes se réveilleront avant que mon navire n'atteigne les brisants crétois.

– Dans deux heures, ils reprendront leurs esprits, répondit ce dernier. J'aurais préféré une bataille rangée mais, je le conçois, il ne fallait pas abîmer la marchandise.

Ulcérée par la trahison du capitaine et l'ironie d'Adna, Cecilia renoua avec sa colère. Elle se débattit et cria :

– Vous aurez des comptes à rendre au doge ! J'espère qu'il vous fera couper la tête sur la place Saint-Marc !

– N'aie crainte, mon enfant, dit le capitaine, je lui rendrai compte de cette mission et il me nommera chef de la garde ducale, voire amiral. Adna aura aussi sa part ; sa maîtresse, qui a encore un peu de pouvoir, le fera promouvoir à la tête d'une ville d'Anatolie où il pourra exercer ses talents de préfet. A présent, je te conseille d'être docile si tu ne veux pas connaître le bâton des servantes qui auront la charge de t'éduquer. Ton eunuque te suivra. Quant à ton soupirant... à lui le royaume des poissons.

Son soupirant ? Elle ne comprit pas immédiatement de qui il parlait. Les larmes lui vinrent aux yeux, quand elle vit des Turcs s'emparer du corps de Joao et le balancer par-dessus bord. Le « non » qu'elle voulut hurler ne passa pas ses lèvres, soudées par le désespoir. On ne lui laissa pas le temps d'exprimer sa douleur. Des mains s'emparèrent d'elle, la soulevèrent et la portèrent sur le bateau ennemi où le capitaine, réplique musulmane de Moldovi, un Algérien brûlé au cou et au bras par un feu grégeois, la prit sous sa protection avant de l'enfermer avec Nefer dans un réduit où s'amoncelaient des caisses de boulets et des paniers d'étoupe. Un matelot leur jeta deux couvertures et une livre de pain moisi. Dès que la porte se referma, elle entendit battre le tambour du maître de la chiourme et claquer les fouets. Des gémissements lui parvinrent. Elle était désormais le bien de l'Empire ottoman [1].

1. Selon d'autres sources, elle fut faite prisonnière après une bataille sur l'île de Paros.

39

Le froid s'insinua en lui. Il glissait dans un univers sans couleur. Joao reprit brutalement conscience au moment où l'eau entrait dans ses poumons. Il ouvrit les yeux, battit des jambes, sous lui il y avait les abysses vers lesquels il sombrait, entraîné par le poids de ses bottes ferrées, de son ceinturon bardé de bronze ; au-dessus, la surface luisait comme un bouclier d'argent sur lequel flottaient les coques en amande. Mû par la force du désespoir, il remonta vers les nefs qui se déplaçaient. Quand il émergea en crachant et toussant, les galères se trouvaient déjà à cinquante brasses. Entre les vagues qui le ballottaient, il aperçut la flottille turque à bâbord, et plus loin la côte grecque.

Il prononça le nom de Cecilia. La femme qu'il aimait était en danger et il ne pouvait pas la protéger. Détachant son ceinturon alourdi par les armes, il tenta de rattraper le navire. Puis il comprit que cet effort pouvait lui coûter la vie, alors qu'il devait la préserver. Long et difficile allait être le chemin qui le ramènerait auprès de l'élue de son cœur et il mesura la grandeur de cette épreuve en entendant l'ennemi clamer sa foi : « *La illaha ilallaha Muhammada rasul allah...* »

A présent, il devait regagner la côte et demander de l'aide à la communauté juive.

En dépit de ses tentatives dérisoires pour s'abstraire et tenter de résister au désespoir, Cecilia était harcelée sans répit par l'image du corps de Joao jeté à la mer. Nefer, qui avait recouvré ses esprits et appris qu'il était à bord d'un bateau de guerre turc, ne pouvait la consoler. Un nom lui martelait l'esprit : Eski Saraya, le Palais des larmes. Le harem. Une immense tombe construite au milieu d'Istanbul. Il avait été élevé dans cette enclave où la mort rôdait partout, il avait grandi comme un esclave au milieu des favorites qui se livraient une guerre sans merci. Il redeviendrait esclave dans le nouveau harem bâti à Topkapi. Cette idée aurait dû le conduire au suicide, mais il y avait sa jeune maîtresse. Son devoir était de la préserver, de la guider, de maintenir l'espoir. Il l'adorait. Elle était sa sœur, sa fille, le seul être qui lui faisait encore aimer la vie. Il sentit soudain la main de Cecilia se glisser dans la sienne. Il resta frémissant, le regard perdu dans ses pensées vers ce Topkapi qu'il ne connaissait pas mais qui devait être un émerveillement voulu par l'architecte Sinan. Nefer imaginait des pièces somptueuses, des fontaines de jade et de lapis-lazuli, des jardins grouillant d'esclaves parés aux couleurs du soleil et de la lune, des chants d'oiseaux rivalisant avec les instruments des musiciens aveugles, et surtout, derrière cette réalité tangible, les odalisques, les *iqbals* [1] et les kadines qui s'étendaient sur les tapis persans, se prélassaient sur les bancs de marbre du *hararet* [2], offraient leurs corps aux vapeurs brûlantes où aux mains rudes des *géditchis* [3], sous les yeux des eunuques présents mais invisibles se nourrissant des peurs et des plaisirs de chacune.

---

1. Favorites ayant couché avec le sultan.
2. Pièce principale du hammam.
3. Servantes noires faisant office de masseuses.

La main de Cecilia se referma encore un peu plus, elle cherchait du réconfort. Il y répondit par une pression qui réchauffa le cœur de la jeune fille.

– J'ai besoin de toi, dit-elle en posant sa tête sur la vaste et molle poitrine.

– Je ferai de toi une favorite, dit-il d'une voix si basse que Cecilia crut qu'il priait.

– Que dis-tu ?

– Que je vais forger les armes qui te permettront d'éliminer tes rivales.

Désormais nous parlerons en turc et en persan. Que Dieu nous vienne en aide !

Cecilia pensa à ce Dieu devant lequel elle allait devoir plier, la tête bourdonnante des sourates du Coran. Sa sensibilité et son intelligence en forceraient un jour les secrets, cachés sous les nuances délicates de la langue, mais, en ces instants tragiques où elle venait de perdre sa liberté et l'amour, elle se mit à haïr le monde musulman et ceux qui l'attendaient au bout de ce voyage.

Au bout de tout et au sommet de toutes choses, il y avait des hommes que Dieu et le sultan avaient choisis pour leurs compétences. Rüstem, le grand argentier de l'empire, était de ceux-là, bien qu'il lui semblât qu'à Istanbul tout le monde ne lui trouvait que des défauts. Il se croyait pourtant plein de qualités quand Soliman ou Hürrem, la favorite, le félicitaient. Après tout, il n'y avait que ces deux êtres qui comptaient, car eux seuls pouvaient élever quelqu'un jusqu'aux honneurs suprêmes. Il était bien forcé dans ce cas de ne pas trop compter avec l'opinion de la multitude des cafards qui envahissait chaque jour les bazars et les quais de la Corne d'Or, et de vivre comme bon lui semblait dans le respect du Coran et sa soumission au Seigneur des seigneurs. Les autres ministres, les cheiks, les chefs des corporations de la ville, les juifs, les Grecs, la valetaille, les esclaves et tous ceux qui avaient deux jambes, deux bras, deux yeux jaloux, deux oreilles indiscrètes et une mauvaise langue, le trouvaient cupide et cruel, mais il était sûr que tous ces hypocrites l'étaient autant que lui. Il était simplement plus adroit qu'eux. Il était né fils de bouvier, avait été lui-même bouvier avant de gravir les échelons de l'administration et de devenir le *defterdar*, le conservateur des registres, puis *bash defterdar*, trésorier en chef de l'Etat. Cela ne s'était pas fait sans verser du sang et du poison... N'était-il pas formidablement adroit ?

Adroit au point d'avoir son propre palais, en l'an 7046 depuis la création du monde, non loin de la mosquée de Mehmet II. Il se renversa sur la banquette de la pièce où il recevait les percepteurs et les *tchoukadars*, les inspecteurs chargés de la police du fisc, quelquefois d'autres « grands » tel que le *nishandji*, chancelier dont la tête ne tiendrait pas longtemps sur les épaules, ou le *hazinédar bashi*, responsable du trésor du sultan. Même le premier vizir de la coupole, le *koubbè vézirlèri*, lui rendait visite, voyant en lui le futur grand vizir de la Porte. Il les achetait tous ; il s'achèterait aussi les faveurs de la favorite. Il en avait les moyens.

Son regard de fouine courut sur les merveilleuses céramiques multicolores sous glaçures qu'il avait fait exécuter par les maîtres de Tabriz. Il se gorgea de la profusion des palmettes et des grandes feuilles lancéolées qui envahissaient les murs. Par prudence, il n'avait pas voulu des faïences d'Iznik chères à Soliman, mais il s'était approprié les statues en bronze doré d'Hercule, de Diane et d'Apollon qui appartenaient autrefois au grand vizir Ibrahim exécuté par ordre du sultan... en vérité, condamné à mort par Hürrem. Il avait pensé « autrefois ». Pourtant l'événement n'était pas si ancien. Deux ans au plus... Etrange, comme on oubliait vite. Le superbe Ibrahim avait été jeté comme un chien dans une fosse anonyme. Il n'aurait jamais de mausolée rappelant sa gloire.

« Moi, oui », se dit Rüstem en faisant cliqueter ses lourds bracelets d'or rehaussés de rubis. Ses pensées prirent aussitôt un tour plus agréable. Il était un homme heureux et raisonnable, selon ses critères ; s'il parvenait à amasser des millions d'aspres en détournant une bonne partie des taxes des fermages et des douanes, il tiendrait mieux tête à Hürrem. Cette femme l'obsédait. Elle était si puissante, si cruelle, si différente des autres femmes du harem. Elle était même parvenue – chose incroyable – à le rencontrer avec la bénédiction du sultan. Et Rüstem avait encore en tête les dernières paroles qu'elle avait lâchées du bout des lèvres sur un ton badin : « Mais que sert à un homme tel que toi de gagner le monde s'il perd son âme ? »

Elle osait parler comme un docteur de la foi ! On disait qu'elle avait une parfaite connaissance du Coran et qu'elle accomplissait la prière et acquittait la purification comme le plus zélé des musulmans. Tout cela n'était que poudre aux yeux pour aveugler Soliman et le forcer à la prendre pour épouse.

Il fit encore tinter ses bracelets, le bruit de l'or charmait ses oreilles. Il avait une bonne nouvelle pour cette future Couronne des têtes voilées qu'était Hürrem : trois des huit demoiselles vénitiennes que certains espéraient voir dans le lit du sultan n'allaient pas tarder à poser le pied sur les terres des Osmanlis. La première débarquerait demain à Salonique, la seconde dormait à Sofia, la troisième était attendue à Smyrne.

Son œil implacable se posa sur le cadavre de l'émissaire qui lui avait apporté les messages des pigeons voyageurs. L'homme avait la gorge tranchée. Il se demanda si les gorges des jeunes filles de la Sérénissime étaient blanches et tendres et regretta de ne pas être auprès d'elles pour le constater.

40

Une jeune fille avait été retrouvée morte sur la grève, non loin des faubourgs de la ville de Salonique. Son corps, vêtu d'une longue chemise blanche brodée, ne portait pas trace de blessures. Elle était blonde, fine, à peine formée, et quand on voulut s'interroger sur ses origines et le pourquoi de son décès, il fut répondu par le *soubashi* [1] dépêché sur place qu'un bateau de pèlerins chrétiens avait fait naufrage. Elle n'avait pourtant pas l'air d'une noyée. Des Grecs têtus le firent remarquer au soubashi. Aussi, usant de son pouvoir, il donna ordre à ses fonctionnaires de se servir de leurs bâtons. Les coups sur les têtes rendirent les curieux amnésiques. Tout le monde oublia cette nymphe qu'on renvoya aux poissons dans un sac lesté de pierres.

Le mont Vitocha était couvert d'un épais brouillard blanc qui léchait les tours de l'antique fort de Sardica où le corps des *piyâdes* [2] se calfeutrait à la tombée de la nuit, redoutant les Bulgares qui tendaient des guets-apens aux abords de Sofia.

1. Chef de la police de jour.
2. Soldats turcs.

Les fantassins étaient d'autant plus inquiets que le juge de l'armée des Balkans, le *kazasker* Hodja, avait élu domicile depuis deux semaines dans la tour nord. La veille on avait dû renforcer la garde. Une caravane transportant trois mille livres d'argent extrait des mines de Fojnica et de Srebrenica, deux cents esclaves serbes et quelques autres enlevés aux puissances de l'Occident, avait envahi l'étroite cour du fort. Cent *yayas* [1] et trois officiers l'escortaient, mais c'étaient de piètres soldats qui n'avaient jamais senti l'odeur de la poudre ou l'haleine ardente des feux grégeois. Une poignée de rebelles décidés les auraient fait fuir jusqu'en Egypte.

– Ils mériteraient le fouet, dit le kazasker en les observant par l'archère qui entaillait le mur épais de la tour.

– Nous pourrions faire un exemple, bafouilla le commandant du fort qui portait un turban blanc surmonté de deux plumes rouges fixées sous un cabochon rose entouré de perles.

– Oui, tu as raison, un bon exemple, répondit le juge en fixant le couvre-chef qui aurait fait envie à un haut fonctionnaire d'Istanbul. Combien d'aspres perçoit un commandant de place forte ? demanda-t-il soudain. Vingt mille aspres, si je ne m'abuse.

– C'est ce qui nous est versé par le trésorier-payeur.

– C'est peu et beaucoup à la fois lorsqu'on vit à Sofia. Et combien vaut ce *kavuk* de *shehir émini* [2] ?

– Ce n'est pas un turban de préfet ! C'est un *djaïze*...

– Un djaïze ? un cadeau réellement impérial... Peut-être nous trahis-tu au profit de l'Autriche ?... Ou de la Perse, qui sait ?

– Je l'ai acheté à un marchand juif.

– Bien, voilà qui est mieux. Mais ce n'est pas tout à fait la vérité. Nous savons d'où vient ce turban. Les

1. Soldats inexpérimentés.
2. Gouverneur.

kazaskers savent toujours tout. Tu l'as acquis à Edirne pour trente shéréfis d'or. On se demande de quel fermage tu tiens cet argent qui te permet d'avoir une garde-robe de prince et aussi des miels de Malkara, en Thrace, qui sont les plus exquis et les plus chers. Si chers et si rares que seuls les ministres et le sultan peuvent les consommer. J'ai là toute une liste de bonnes choses et de biens précieux que tu t'es accaparé avec l'argent de l'Etat, dit le kazasker Hodja en se touchant la poitrine.

Ce juge avait une tête de busard, des attitudes de busard, des méthodes de busard. Tout en lui faisait penser à cet oiseau de proie qui se complaisait sur les charniers. Le commandant sentit perler une sueur froide à son front.

Le kazasker fit les deux pas qui les séparaient, son ton changea et prit les accents de la confidence :

– Tu es cependant un bon officier, tu t'es bien comporté autrefois à la bataille de Mohacs. Oui, mon ami, tu as eu ta part de gloire dans l'invasion de la Hongrie.

Son ami ! Il venait de l'appeler son ami ! Cette soudaine affection le terrorisa. Hodja n'avait pas d'ami, ou, s'il en avait, leurs os blanchissaient dans des tombes. Son visage devint luisant de sueur.

Hodja n'en tira aucun plaisir; il avait vu tant d'hommes crever de peur. Il n'avait qu'à regarder bien en face un coupable pour lui faire baisser les yeux ou le faire tomber à genoux. On ne l'estimait pas dans l'armée, il le savait bien, mais personne ne tenait à avoir pour ennemi le kazasker Hodja qui avait fait couper plus de mille têtes.

– Ce poste à Sofia, tu tiens à le garder? poursuivit-il en contemplant la peau grêlée du visage qui ruisselait.

– Oui.

– Et cette liste, tu voudrais qu'elle soit détruite?

– Ce serait mon plus cher désir.
– Il y a peut-être un moyen d'y parvenir.
– Lequel ? Demande-moi tout ce que tu veux ! S'il le faut j'irai jusqu'à Rome pour mettre le feu au Vatican.
– Nous ne te demandons pas de te rendre si loin.
Ce « nous » inquiéta le commandant. Il cachait d'autres noms, d'autres titres.
Le kazasker obéissait à quelqu'un de plus puissant.
– Tu n'auras même pas à sortir du fort.
Le commandant ne comprenait pas. Il eut un réflexe de recul lorsque la main d'Hodja se posa dans la sienne, une main froide de revenant. Elle tenait quelque chose d'impalpable et de léger qu'il fut obligé de prendre. Une fine cordelette de soie.
– Voilà ce que tu dois faire au nom d'Allah.

Kalè tremblait de froid. La forteresse était un bloc de glace. La pièce dans laquelle on l'avait enfermée était trouée de meurtrières. Un lit à sangles couvert de deux peaux de mouton, une lampe à huile et un broc d'eau composaient le décor de cet endroit lugubre où chuchotaient les vents de la nuit. Il lui semblait être dans l'antre d'une sorcière à qui les Turcs de la garnison obéissaient.

Depuis trois semaines, elle avait appris à vivre avec la peur au ventre. Elle s'était fait enlever à Spalato alors qu'elle était en route pour rejoindre ses cousins grecs en Crète afin de redistribuer les parts d'héritage de sa famille démantelée et aux trois quarts anéantie depuis l'invasion ottomane. Plus elle réfléchissait, moins elle croyait à cette histoire d'héritage. Une poignée de bandits bosniaques avait suffi à mettre en déroute la troupe superbe des guerriers vénitiens qui l'escortait. Il n'y avait pas eu de blessés. A aucun moment les soldats n'avaient déchargé leurs arquebuses sur les assaillants.

Tout avait été arrangé. Leur coup fait, les Bosniaques avaient gagné la frontière proche et, de là, Mostar, puis

Novi Pazar où une colonne d'esclaves et de nombreux mulets chargés de blocs d'argent, encadrés par des yayas armés d'arcs et de piques, reprenaient leurs forces. On ne l'avait pas mélangée aux pauvres hères encordés qui subissaient continuellement des vexations. Elle bénéficiait d'un traitement à part, partageait le mouton bouilli et les haricots des soldats, buvait sans restriction l'eau des outres, marchait au côté du lieutenant de la troupe, et avait parfois le privilège de monter à cheval lorsque sa fatigue se faisait trop grande. A chaque étape, elle était logée chez un notable ou dans un château aux couleurs vertes de l'islam. On lui avait même donné des vêtements de rechange réquisitionnés d'office dans les maisons bourgeoises des villes traversées.

Les Turcs la respectaient. C'était un fait. Elle avait cru comprendre qu'elle était « la propriété de la Porte », distinction qui la plaçait bien au-dessus d'eux. Elle savait ce qu'était la « Porte », on le lui avait enseigné à Venise. Cette porte symbolisait celle du palais de Topkapi et la puissance souveraine du sultan. Elle était condamnée à la franchir, et à ne plus jamais retourner à l'air libre. Qui l'attendait là-bas ? Quel complice de Venise était en place et saurait la guider ? La voie qui s'ouvrait devant elle était pleine d'incertitudes, de pièges... Et elle ne serait plus auprès de la courageuse Cecilia pour les déjouer.

Kalè se couvrit les épaules avec l'une des deux peaux de mouton et posa sa tête contre la pierre saillante d'une meurtrière. Des lumières palpitaient dans la vallée. L'air humide pesait sur les maisons noircies par la fumée des cheminées. Sofia était encore à l'ouvrage. De ses rues toutes palpitantes des feux des torches, montait une odeur épouvantable. La ville était une immense tannerie qui vidait ses effluents acides dans les cours d'eau et les canaux qui la creusaient. Elle exhalait sa misère autour des églises où de nombreux mendiants grappillaient des aspres aux rares fidèles venus mendier des faveurs aux saints.

Instinctivement, elle se mit à prier...

Le commandant du fort, lui aussi, avait prié, il avait en tête un seul verset de la seizième sourate : « Peuvent-ils s'assurer, ces fauteurs de noirs stratagèmes, que Dieu ne va pas les abîmer dans la terre, les frapper d'un châtiment lorsqu'ils s'y attendent le moins ? »

A chaque pas qu'il faisait, il s'attendait à voir le sol s'ouvrir ou les pierres de taille s'écraser sur sa tête, ou à mourir sous les dards de feu d'un archange, ou... il y avait tant de façons d'être anéanti. Et pourtant, il obéissait. Le kazasker Hodja lui inspirait plus de crainte que les cieux. Il grimpait vers la jeune captive qui appartenait à la « Porte ». Tout en se déplaçant tel un somnambule, il cherchait à se souvenir de sa condition sociale, de sa profession de soldat, de ses origines paysannes, et passait sa mémoire au peigne fin pour tenter de découvrir les raisons de sa lâcheté. Difficile de faire ce genre d'examen sur soi-même, comme si on était un étranger. Il avançait, il n'était plus maître de ses gestes, Hodja le guidait à distance avec la facilité d'un marionnettiste magicien de l'école de Prague. La porte massive fut soudain devant lui. Il la regarda avec une sorte d'effarement, tentant de résister à l'injonction du kazasker.

Kalè haussa les sourcils. La porte avait légèrement craqué sous la poussée d'une force.

– Il y a quelqu'un ? demanda-t-elle.

Personne ne répondit. Elle s'avança, tendit l'oreille. Un souffle court lui parvint. Un poids lui paralysa la nuque. Il n'y avait aucun moyen de se barricader, aucune possibilité de fuir. Elle cria lorsque le battant s'ouvrit brutalement.

Le commandant lui parut chancelant et malade, habité par un mauvais génie. Elle n'eut pas le temps d'appeler au secours ; il sauta sur elle et noua la cordelette autour de son cou. Kalè ne résista pas longtemps. Sa vie fila si vite que la souffrance fut brève. Lorsqu'elle se fana aux pieds de son assassin, ce dernier la contempla avec horreur. La morte le regardait de ses grands yeux noirs pailletés d'émeraude ternie, du sang s'échappait de ses lèvres délicates et ses cheveux épars enflammaient de noir le sol. Il venait d'ôter la vie à une innocente, un joyau destiné au Seigneur des seigneurs.

« Par Allah... qu'ai-je fait ? »

Il était sûr qu'Allah allait le punir justement, que la géhenne l'attendait, digne lieu pour le criminel qu'il était devenu. Sous terre, il ne goûterait ni fraîcheur ni breuvage mais rien qu'eau bouillante, infection en récompense appropriée.

Tous les croyants connaissaient ce châtiment écrit dans la cinquante-huitième sourate. Et le ciel le frappa.

Un épouvantable bruit de tonnerre lui fracassa les oreilles, il se sentit traversé par des traits et tomba à la renverse.

– Nous sommes arrivés trop tard, dit le kazasker Hodja en repoussant les trois arquebusiers qui venaient d'abattre le commandant et en s'accroupissant au-dessus du corps de la jeune Grecque.

Elle était bien morte. Il en fut soulagé. Quand il examina le commandant, il fronça les sourcils d'un air embarrassé. L'homme respirait encore. C'était fâcheux. Logiquement, il aurait dû faire venir de toute urgence le médecin de la garnison et sauver ce chien pour ensuite le traduire devant la justice militaire.

– Abrégez ses souffrances ! intima-t-il aux soldats.

Ceux-ci hésitèrent. Comme il levait son terrible regard sur eux, ils se ruèrent sur le moribond et le lardèrent de coups de couteaux.

Hodja hocha du chef. Tout avait été exécuté à merveille. Il récupéra le turban. Ce trophée irait grossir la panoplie de tous les objets ayant appartenu à ceux qui avaient eu le malheur de croiser son chemin.

A présent, quinze jours et mille lieues le séparaient de sa prochaine victime. Il ordonna aux hommes d'enterrer les corps au fin fond d'une forêt du mont Vitocha et rassembla sa troupe pour le départ.

41

Une semaine plus tard, à plus de mille lieues de Sofia, le rais et le mouzhir agha vinrent en personne tirer Cecilia et Nefer de l'étroite prison qu'ils n'avaient pas eu le droit de quitter depuis l'abordage de la galère. Dans cet enfermement, la traversée avait été éprouvante. Cecilia avait partagé avec Nefer un seau de bois pour faire ses besoins et les maigres vivres dispensés dans une écuelle par leurs gardiens. Tous deux avait fait la chasse à la vermine, aux rats, s'épouillant, s'entraidant. On ne leur avait pas donné l'occasion de laver leur corps. La puanteur qu'ils répandaient autour d'eux provoqua du dégoût. Le rais et Adna firent la moue en les regardant tituber à l'air libre.

– Nous sommes en Turquie...

Ce furent les premières paroles de Nefer en voyant les pavillons verts flotter sur la côte. L'eunuque s'était préparé à ce retour au pays de ses angoisses. Il n'en demeura pas moins abattu, la gorge nouée, les larmes aux yeux. Cecilia regardait cette terre, si claire, si vibrante de soleil. Sous les collines, Izmir, que d'autres appelaient Smyrne, s'étalait en une coulée de maisons blanches dominées par une puissante forteresse et un monument très ancien flanqué de portiques. Il y avait peu de mosquées et beaucoup de bâtiments commerciaux. La cité drainait à elle les richesses d'Anatolie et de Syrie. Elle avait remplacé la mythique Millet et Ephèse la fabuleuse. Et cette position privilégiée sur les routes de la soie et des épices, du sel et du fer, avait fait d'elle une proie convoitée tour à tour par Kutlami-O-lu Süleyman, Andronic Ier, les Génois, les sultans d'Aydin, les chevaliers de Rhodes, Tamerlan, Cüneyt Bey, Mehmet Ier. Elle n'exposait pas ses richesses sur les dômes et les façades, elle les cachait dans de vastes bâtiments administratifs semblables à des forts de pierres grises et dans le labyrinthe du bazar de Basmahane.

– Tu dois porter ceci, dit Adna.

Méprisante, Cecilia contempla ce que le janissaire lui tendait. C'était une large étoffe bleu nuit.

– Prends-la, murmura Nefer. Elle te permettra de dissimuler ton visage.

– Suis-je si laide qu'on doive me cacher aux yeux de ton peuple ?

Cette question s'adressait directement à Adna.

– Tais-toi, supplia Nefer en voyant le rais serrer les poings et redresser sa haute stature.

Aucune indulgence ne transpirait de ce visage abîmé par la mer et les combats. Le rais était un vrai croyant, un défenseur de l'islam et des règles qui en faisaient la force. Il laissa tomber ces mots tirés du Coran :

– Les femmes doivent être dévotieuses et garder dans l'humilité ce que Dieu sauvegarde. Toi l'insoumise, tu seras corrigée et, une fois ramenée à l'obéissance, tu apprendras à aimer notre Dieu qui est tout pardon et miséricordieux. Tu vas te couvrir les cheveux et la face pour ne pas offenser nos dignités d'homme, ainsi le veut la loi.

– Jamais !

Ulcéré par ce refus, le rais eut le mauvais réflexe de vouloir se servir du sabre courbe passé dans sa ceinture de soie. Le métal froid d'un kandjar toucha sa gorge.

– Elle est la propriété de la kadine Gülbehar, susurra Adna en exerçant une légère pression avec la redoutable lame. Il me déplairait d'abréger la vie d'un vrai mahométan qui a rendu de si grands services à notre bien-aimé sultan. Traitons-la comme une chienne puisqu'elle le désire, mais il ne nous appartient pas de la rendre à Satan.

Le rais acquiesça. Nefer s'était arrêté de respirer. Il venait d'entendre prononcer le nom de Gülbehar, la première épouse de Soliman, l'ennemie jurée de la favorite Hürrem. L'une et l'autre avaient donné des fils au sultan. Elles se haïssaient, rêvant de devenir *valideh*, mais ce titre, elles ne pouvaient l'obtenir que lors de l'accession au trône de l'un de leurs fils, d'où les complots répétés au sein du sérail pour éliminer leur descendance réciproque et tout être qui pouvait mettre en danger leur glorieux avenir.

L'eunuque assimila ces nouvelles données qui sonnaient le rappel de toutes ses terreurs. La position de Cecilia sur l'échiquier politique était fragile : dépendante de Gülbehar, elle partait perdante, car Hürrem qui avait aussi pour nom Roxelane était bien plus rusée que sa rivale, et elle régnait sur le cœur du sultan. De plus, elle avait pour ami le grand argentier de l'Etat : Rüstem pacha. La partie engagée était perdue d'avance. Dans ce contexte, il leur faudrait apprendre à survivre... Et d'abord assouplir le caractère de son élève.

– Nous ne vivrons pas longtemps si tu te fais des ennemis avant de mettre pied à terre, dit-il à Cecilia alors que le rais et le mouzhir agha semblaient les abandonner à leur sort pour se consacrer au triomphe de leur arrivée à Izmir.

– Nous demeurerons à jamais esclaves si je ne me montre pas différente des autres femmes de ce pays.

– Tu as choisi la voie de la douleur, je souffrirai donc à tes côtés si on ne nous sépare pas.

Le port se rapprochait. Plus d'une centaine de nefs y mouillaient, cernées par des digues de terre renforcées de rochers et de débris arrachés à des monuments oubliés. Dans cette anse artificielle, il n'y avait pas que des bateaux turcs. Des pavillons français et génois claquaient au sommet des mâts de gros galions aux ventres ronds et de caraques bardées de canons. L'Occident n'était pas encore prêt à l'union contre les Ottomans ; il y avait trop d'intérêts en jeu pour rompre les traités commerciaux avec la Sublime Porte.

La galère légère aborda l'un des gros pontons couverts de baraquements de bois après une adroite manœuvre. Elle fut accueillie par les cris de joie des porteurs rassemblés sous le bâton de commandement de leur chef, l'*ousta*, qui distribuait les tâches. En Turquie tout était hiérarchisé, policé. Les *ghédik*, qui n'étaient autres que des privilèges transmissibles de père en fils, permettaient d'ouvrir boutique, de faire du commerce, de monter des ateliers. Et le ghédik de ces hommes trapus et costauds manifestant leur joie consistait à faire vider les cales de la flottille moyennant quelques milliers d'aspres, ces « petits blancs » qui circulaient dans tous les bazars et les marchés.

Les autres navires s'accolèrent aussi au ponton qui courait le long du front de mer sur une distance de deux mille pas. Les rais firent ouvrir les cales.

La gorge de Cecilia se serra. Des pleurs et des gémissements couvrirent les bruits de l'activité portuaire. Des troupeaux sortirent des profondeurs des galéasses et des galions.

– Des enfants !

On les poussait, les frappait, les invectivait à courir à terre où ils étaient encordés et parqués entre les entrepôts. Elle se tourna vers Nefer. L'eunuque était de pierre. Sa rétine était imprégnée d'une horreur sans nom. Sa bouche faisait un pli amer, fermée sur un cri de révolte. Et lui qui n'était plus un homme aurait voulu se battre comme un chevalier pour libérer ces enfants, donner des armes au cri qu'il contenait entre ses lèvres sans pouvoir le hurler.

– Que va-t-on faire de ces pauvres petits êtres ? demanda Cecilia.

Sa question était comme une plainte montant de l'âme. Elle toucha Nefer qui répondit :

– Des *kapi kulu*, des esclaves de la Porte. Ils ont été victimes du *devchirme* annuel. Traduis ce mot par « ramassage ». La plupart viennent des Balkans et sont chrétiens. On les enlève à leur famille, ce qui est un moyen de réduire le nombre des futurs rebelles. Ils vont servir au palais, entrer dans le corps des janissaires, devenir bureaucrates, trahir à jamais leur patrie pour la gloire du sultan.

Cecilia l'apprendrait plus tard, Soliman et ses ancêtres préféraient les esclaves aux Turcs, car ils se trouvaient plus fidèlement servis par les convertis chrétiens qui n'avaient ni foyer, ni maison, ni parents, ni amis. Tout avait été écrit, consigné, planifié dans un traité du gouvernement inspiré des « Miroirs des princes » qui enseignaient les avantages de la diversité des hommes et des femmes soumis à l'esclavage.

Une larme roula sur la joue de Nefer. S'il avait été blanc, peut-être serait-il devenu un *arzouhaldji*, rédacteur de requête, ou un haut dignitaire civil. Il aurait pu se marier, avoir des enfants et des petits-enfants élevés dans la tradition coranique et l'amour du prochain. Maintenant, réduit à rien, il était condamné à promener son corps difforme sous les regards moqueurs ; le néant bordait les limites de son existence et il doutait même de monter au paradis des croyants.

Quand, sur les ordres du mouzhir agha, des soldats se saisirent brutalement de Cecilia, il ne put la défendre. Il fut lui-même maîtrisé et on lui lia les mains derrière le dos. Emmenés de force sur le ponton, ils rejoignirent d'autres adultes que les matelots extirpaient des ventres des nefs. Il y avait là des Bosniaques, des Magyars, des Moldaves, des Russes et toutes sortes de ressortissants de peuples qui, déchirés entre les puissances turques et autrichiennes, étaient faits prisonniers lors de razzias et de prises de villes. Tous ces malheureux, assoiffés et hagards, étaient couverts de vermine et de plaies. Les coups qui pleuvaient sur leurs dos et leurs têtes ne leur arrachaient plus de cris de protestation ; les insultes n'atteignaient plus leur conscience.

Un vieil homme au pourpoint déchiré tomba à l'eau, personne n'essaya de le sauver. Epuisé, il se noya sous le regard horrifié de Cecilia. Ces maudits Turcs ricanèrent en le voyant disparaître sous la surface vaseuse, puis, comme s'ils réalisaient la perte estimée à cinquante ou soixante aspres, ils invectivèrent ceux dont les jarrets n'étaient pas sûrs, les exhortant de la pointe des cimeterres à marcher droit. L'un d'eux s'en prit à Cecilia.

– Chienne de chrétienne ! Baisse ton regard !

Une fois de plus, Adna qui ne quittait plus sa précieuse marchandise, dut menacer l'enragé.

– Elle appartient à la Porte !

La Porte, ce mot magique dans la bouche d'un janissaire prenait toute sa dimension, il les terrorisait. Au sens propre, c'était, sous le front crénelé de Bab-us Selam, la Porte du Salut, qui s'ouvrait sur la première cour du palais de Topkapi qu'on exposait les têtes coupées de ceux qui avaient offensé le sultan. En une traînée de poudre, l'information courut de lèvres en lèvres : « l'esclave vénitienne » était destinée au sérail. Une intouchable.

Il fallut des heures avant d'organiser la colonne des esclaves. Tous les mâles jeunes et vigoureux furent enchaînés deux par deux ; on lia les mains aux autres comme on l'avait fait à Nefer. Alors que le soir tombait sur Izmir, le cortège s'ébranla, les enfants en tête, les vieillards en queue, les gardes armés de piques et de torches sur les côtés. Tout au long de cette progression pénible par les rues étroites et tortueuses de la ville, la population ameutée par l'arrivage de cette viande sur pied, dont une bonne partie serait vendue dès l'aube sur le marché, exprima sa haine et se moqua à la vue des éclopés aux faces baignées de larmes. Des hordes d'enfants crachaient sur le troupeau des infidèles tandis que du haut des terrasses occupées par des grappes de femmes tombaient des déchets, des trognons et des moqueries. Des flammes s'allumaient dans les regards des hommes lorsqu'une jeune femme, qui n'avait pu cacher ses mollets ou couvrir ses épaules nues, passait sous la lumière des torches.

Cecilia eut droit à ces « soupèsements » et à ces estimations. On lui attribuait une valeur commerciale sur l'échelle des plaisirs. Elle sentait les regards, elle voyait briller les yeux, mais elle n'était pas en mesure d'en interpréter le sens. Devant elle, il y avait le mouzhir agha [1], superbe dans son costume moiré et sous son chapeau à plumes de paon, qui promenait son mépris sur la populace et plus encore sur les hommes aux dos voûtés marqués par le fouet.

On grimpait toujours. Les chaînes cliquetaient, rebondissaient sur les pavés inégaux, tintaient sur les marches qui perçaient d'étroits goulets entre les masures. Leur poids alourdissait les chevilles des prisonniers. Et c'était un spectacle suave de les voir peiner, pour la foule qui les accompagna jusqu'à l'orée de la ville.

Il faisait nuit lorsque la colonne atteignit son but. La forteresse suivait la configuration du terrain. Elle était puissamment défendue par des bouches à feu, chapeau-

1. Chef des janissaires.

tée de tours dont les sommets étaient envahis de soldats en turban qui agitaient des torches et des armes. D'épaisses portes cloutées et bardées de bronze s'ouvrirent tour à tour pour avaler les nouveaux arrivants. De vastes appentis avaient été bâtis le long des murs. Ils servirent à parquer le troupeau humain.

Cecilia s'effondra sur la paille répandue au sol. On ne l'avait pas séparée de Nefer. L'eunuque souffrait des jambes et des articulations, il avait traîné son poids sur des lieues. Il poussa un soupir de soulagement lorsqu'un gardien lui délia les mains, puis son regard s'agrandit quand il vit les chaudrons fumants et les paniers remplis de galettes de pain que des esclaves déposèrent devant les prisonniers. Une odeur de mouton bouilli montait des récipients. Les papilles de Nefer s'éveillèrent. On allait les nourrir.

– Ils veulent nous garder intacts, dit-il à Cecilia.

– Pourquoi ?

– Pour mieux nous vendre.

Cecilia se recroquevilla sur elle-même. Elle n'avait plus d'avenir ou s'il y en avait un, il paraissait si sombre qu'elle préférait mettre un terme à sa vie. Elle glissa au-delà de ses pensées et scruta un point qu'elle imaginait être proche de son âme. Où était Dieu ? D'où viendrait le salut ? Elle savait que cette introspection la menait à d'autres questions, celles qui concernaient le bien-fondé de sa foi. La foi de ses ancêtres, cette foi chrétienne que l'islam voudrait effacer.

Elle prit soudain conscience que quelqu'un l'observait. Elle leva la tête et croisa les yeux d'Adna. Le mouzhir agha conversait avec des personnages aux allures d'officiers. Sans doute était-elle l'objet de cette discussion...

Sans aucun doute.

A qui et à quoi la destinait-on ?

42

Le gros garçon soufflait. A douze ans, il ressemblait déjà à un eunuque blanc. Il était rose et rond, et, quand il courait, on l'aurait cru fait de gelée tant sa peau tremblotait sous les secousses.

En ce moment même, il courait dans l'immense palais où il était facile de se perdre, entraînant derrière lui les deux pages attachés à son illustre personne. Les deux garçonnets, vêtus de drap gris et chaussés de bottes jaunes, la tête couverte d'une coiffe brodée d'or, portaient les tresses. Ce signe rappelait à tous les habitants du palais qu'ils étaient les esclaves du Grand Seigneur pour l'éternité.

Ils pouffaient de rire en voyant trotter le prince, dont les fesses rebondies remuaient sous la robe de soie enjolivée de motifs persans. Ils ne pouvaient se faire à l'idée que cet être gonflé comme une outre, lâche et rusé serait un jour le « Grand Seigneur ».

– Sélim, attends-nous ! crièrent-ils.

Sélim fit celui qui ne les entendait pas. Il ne les attendrait pas ! Il avait déjà longuement patienté près de la salle de l'*abdest* où tous les pages et les eunuques se lavaient. Cette ablution du corps entier était obligatoire. Lui-même y consacrait du temps pour effacer tous les péchés qu'il commettait, mais il détestait cela et toutes ces prières qui l'ennuyaient. Il préférait commettre des fautes. La gourmandise en était une. La principale. Et il ne se passait pas un jour, une heure, sans qu'il ne sacrifie à ce vice, même pendant le ramadan. Ce qui lui avait valu des punitions corporelles exemplaires devant témoins. En l'occurrence ses frères, Méhémet et Bajazet, qu'il méprisait.

Ces rejetons passaient leurs journées dans la *kafes*, la cage des princes héritiers où se succédaient les précepteurs et les professeurs de la foi. Ils n'osaient jamais se rendre seuls dans la troisième et la quatrième cours. Il y avait tant de choses à découvrir dans cette ville réservée au sultan. Presque tous les murs étaient recouverts de faïences, et ces décorations laquées aux couleurs lumineuses et franches faisaient penser à d'énormes friandises sucrées plaquées sur les colonnes, les sols et les plafonds. Elles éveillaient chez Sélim des appétits féroces.

Suant et essoufflé, il traversa la troisième cour sous le regard courroucé du *kapi agha*. Le chef des eunuques blancs n'aimait pas Sélim, premier-né d'Hürrem, la favorite de Soliman. Il était tout acquis à Mustapha, le fils de Gülbehar, l'épouse officielle du sultan, et espérait logiquement le voir un jour monter sur le trône. Mais rien n'était sûr et logique dans ce monde régi par le poison et le poignard.

Il vit disparaître le gros garçon et les deux pages. Il y avait de quoi désespérer. Cent soixante-deux femmes composaient le harem du Grand Seigneur et seuls quatre enfants mâles étaient nés. C'était à rien n'y comprendre.

Sélim ralentit en passant devant l'école des pages qui retentissait des voix fluettes des élèves de troisième et quatrième année apprenant par cœur les leçons. Ce n'était pas le moment de se faire remarquer par les professeurs. Ces derniers ne se priveraient pas de le dénoncer au précepteur en chef ou au docteur de la foi. Ce maudit palais de Topkapi grouillait d'espions, de serviteurs payés pour surveiller les faits et gestes des petits princes, des pages, des fauconniers, des musiciens, des écrivains, des fontainiers, des jardiniers.

Deux élèves hurlaient. On était en train de les battre vigoureusement pour inattention ou parce qu'ils rechignaient à apprendre les règles de grammaire. Sélim serra les fesses. Elles cuisaient parfois sous la baguette de ses précepteurs.

– Tu entends les *adjémi oghlan*, dit l'un de ses compagnons d'escapade.

– Oui, je les entends. C'est bien fait pour eux !

Les adjémi oghlan étaient les futurs pages. Des pleurnicheurs qui rêvaient de devenir « grand écuyer » ou « aghas de l'étrier impérial » sans effort. Ses deux compagnons étaient déjà des *itch-oghlan* confirmés et très instruits pour leur âge, c'est-à-dire de futurs officiers du palais. Sa mère les avait choisis pour qu'ils lui tiennent compagnie, espérant qu'à leur contact ce fils ingrat, sans charisme et fainéant s'améliorerait. Elle avait fait un mauvais calcul. Loin de s'améliorer, Sélim pervertissait tous ses compagnons, même ces deux-là qui avaient trois ans de plus que lui.

– On y est ! s'exclama-t-il en se pourléchant les babines.

Le couloir qui desservait les cuisines et les réserves s'étirait devant eux. Une véritable ruche. Huit cent vingt-quatre cuisiniers et leurs aides officiaient dans les dix salles surmontées de dômes, où dans les immenses cheminées chauffaient les chaudrons et tournaient les broches. Dans le vacarme, une armée d'étripeurs éventrait des veaux et des moutons, coupait les cous des volailles, pataugeait dans le sang et les viscères fumants, poursuivait des oies affolées, des poulets évadés. Chaque jour, il semblait que le fleuve des animaux sacrifiés augmentait, dans un enchevêtrement inextricable de cages, de charrettes, de paniers, de barils, de troupeaux et de fonctionnaires de l'intendance. Les gardes de la première cour avaient du mal à canaliser ces arrivages qui embouteillaient la Porte du Salut et l'entrée principale des cuisines. Chaque année, quatorze mille veaux, vingt-trois mille moutons, trente mille poulets, des milliers de tombereaux de légumes et de fruits, des montagnes de farine étaient engloutis dans cette machine à découper, broyer, bouillir, frire, rôtir et assaisonner.

Sélim adorait cet endroit. Dans la première salle où il se glissa, une vapeur huileuse collait aux visages et aux torses des officiants armés de couteaux et de cuillères. Des choses succulentes cuisaient dans de vastes récipients de cuivre ; il s'en échappait une odeur d'oignons et d'épices, des pointes d'ail et de coriandre.

Ses yeux allèrent vers les foyers, à la source de sa gourmandise. Il devinait les cloques dans les sauces brunies, ainsi que du bronze en ébullition, avec d'onctueux morceaux de viande, de moelleuses aubergines, de fondantes courgettes, ce qui suffisait à faire crier son ventre.

Mais ce n'était pas de ces mets-là qu'il voulait le remplir. Il chercha des complices parmi les apprentis et les petits chefs spécialisés. Il n'y en avait aucun en ce lieu. Il passa dans la seconde salle, puis dans la troisième. Là, les billes marron de ses yeux se mirent à rouler, à briller, à dévorer ce qu'elles découvraient sur les tables.

Il s'immobilisa. Il était face à des plateaux d'argent. Une haie de pâtes d'amande, une muraille sucrée avait été montée par des doigts experts pour le tenter. C'était une variété de loukoums qui attendaient de fondre sur les langues. Sélim salivait tant que des filets de bave coulaient sur son double menton. Il n'entendait plus le brouhaha. Des couleurs délicates de fleurs rosissaient, bleuissaient, jaunissaient ces *badem esmezi*, des raisins de Corinthe couronnaient ces pièges à mouches, des éclats de fruits confits criblaient ces échafaudages savants qui cachaient d'autres plateaux à sa vue. Sélim fit le tour de l'immense table pour découvrir les *muhalebe* dans leur bol de porcelaine. Ce fut plus fort que lui, il plongea son doigt dans l'une de ces pâtisseries à base de lait, l'œil déjà rivé sur les carrés de riz au lait, les rouleaux de crème fraîche, les gâteaux dégoulinant de miel, les coings cuits arrosés de miel.

Des friandises par centaines, paralysées dans leur gangue de sucre, maculées de sirop, couvertes de filets figés de caramel semblables à des échappées de lave, avaient été préparées pour les femmes du harem et les privilégiés du sérail ; la moitié allait être engloutie par ces goinfres d'eunuques.

La jalousie monta comme une traînée d'acide dans ses veines, s'accrochant un instant à ses pupilles qui s'étrécirent, donnant à son regard quelque chose de reptilien alors qu'il suçait son doigt. Ce sentiment le fit se jeter sur les coings pareils à de petites briques luisantes empilées les unes sur les autres.

– Profitez-en ! dit-il aux pages.

Les garçons hésitèrent. Il les fustigea du regard. Il était le prince, le fils aîné d'Hürrem, un gage d'avenir et d'ascension sociale. Ils l'imitèrent. En moins d'une minute, sous les yeux des apprentis soumis, ils détruisirent deux pyramides et un bloc de douceurs.

– Qui vous a permis de toucher à ces *ekmek kadaif kaymakli* ? tonna une voix.

Sélim se redressa brutalement. La crainte coupa son plaisir ; il avala d'un seul coup la pâte de coing qu'il mastiquait.

– Je croyais t'avoir dit de ne plus rôder dans mes cuisines ! poursuivit l'homme.

C'était le chef absolu des lieux, le *ashdji bashi*, un Grec qui répondait sur sa vie de la pureté des mets sortant de ses fours et de ses chaudrons. Il avait un poitrail large, un souffle de forge qui faisait frémir ses narines dilatées, et ses yeux, abîmés par les vapeurs d'épices et l'âcreté des fumées, larmoyaient continuellement. Ils étaient à présent porteurs de menaces, mises aussitôt à exécution. La grosse louche qu'il tenait à la main se détendit comme le levier d'une catapulte, elle frappa l'un des pages à la tête avant de cogner le nez du second.

– Il ne m'est pas autorisé de te punir, dit-il à Sélim. Mais d'autres sont habilités à le faire. Ta mère saura choisir celui qui fera rougir ta peau de bébé.

Sélim eut un haut-le-cœur. Pas sa mère ! Il aurait donné sa cassette pleine de shéréfis d'or et d'écus au lion de Hollande pour que le ashdji se taise. Mais déjà le bruit de sa faute se répandait dans les cuisines, la seconde et la troisième cour. Il courait vers les oreilles des eunuques blancs, passait dans celles des noirs confinés dans le harem. La peur enflammant son imagination, Sélim eut la vision de la géditchi s'adressant à sa mère. Il haïssait cette géditchi syrienne à la peau fripée et bistre. Elle servait et protégeait sa mère depuis dix-sept ans, employant tous les stratagèmes pour éliminer les rivales qui auraient pu plaire à Soliman. Il arrivait quelquefois qu'une odalisque vomît un sang noir. Alors on murmurait le nom de la géditchi de la favorite : Yasmina. Sous ce prénom qui sentait le printemps se cachait l'un des êtres les plus maléfiques du palais.

43

Yasmina, tout de noir vêtue, passa comme une ombre dans la pièce où chantaient les rossignols pour le plaisir de sa maîtresse, l'iqbal Hürrem. Aussitôt les oiseaux se turent. Ils possédaient ce sens qui prévient du danger. Leurs petits yeux vifs ne quittèrent plus la Syrienne. Elle était pareille à une longue fleur sombre et fanée exhalant des odeurs d'apothicaire. Elle se pencha vers la favorite dont les longs cheveux foncés aux reflets roux retombaient de part et d'autre d'un pupitre.

– Inutile de retenir ton souffle, Yasmina, j'ai su que tu entrais dès que les rossignols ont cessé de chanter.

La géditchi, qui portait aussi le titre de *kiaya* la mettant à la tête de toutes les servantes, fit la moue et pensa à des graines empoisonnées répandues dans la cage d'or. Un bon blé trempé dans de l'extrait d'euphorbe verruqueuse pour clore à jamais les becs de ces sales volatiles chéris par les faibles.

– Inutile aussi d'avoir de mauvaises pensées; ces oiseaux sont un cadeau du Roi des rois; ils vivront autant que Dieu le permettra.

Yasmina se mordit les lèvres. Sa maîtresse était diabolique. Elle devinait tout, perçait tous les secrets... et les cœurs aussi. Le cœur de Soliman saignait pour cette belle Tartare qui était entrée un jour au « palais des larmes », dans l'ancien harem au centre d'Istanbul où se morfondaient les veuves, les femmes répudiées, les flétries, les malades, celles qui ne devaient plus paraître aux yeux du seigneur sous peine d'être étouffées entre deux matelas ou jetées dans le Bosphore.

Elle avait fait son chemin, Hürrem « la joyeuse », aidée, il est vrai, au tout début par la « Couronne des têtes voilées » qui n'était autre que la mère du sultan. Cette puissante sultane avait pesé de tout son poids pour que Soliman la choisisse un soir. Et ce choix s'était fait au détriment de l'épouse légitime, Gülbehar. Depuis, la guerre faisait des ravages au sein du sérail.

– Quelles sont les nouvelles ? demanda Hürrem en plantant soudain son regard vert dans les insondables yeux noirs de la servante. Celle-ci recula.

– Il nous en vient d'Amasya et de Smyrne..., balbutia Yasmina, et de Salonique et Sofia.

Fermant les yeux, Hürrem s'évada du sérail. Sa pensée fila vers Amasya où se terraient ses ennemis : Gülbehar et son fils, Mustapha. Elle n'avait pas les moyens de les faire assassiner. Pas encore. La première épouse avait organisé sa défense dans la forteresse antique dressée au-dessus du fleuve vert et de la petite ville aux maisons de bois baptisée la Bagdad de Roum. Un grand titre pour une minuscule bourgade de vingt mille habitants. Mustapha et sa mère étaient à la tête d'un bien piètre fief survolé par des vautours. Manisa dépendait aussi de leur influence, mais cette dernière ville était moins sûre.

– Gülbehar attend son heure ; elle est persuadée que Mustapha montera sur le trône, susurra Yasmina.

– Jamais !

– Elle complote. Elle a l'appui de Venise. Tu connais son plan : détourner le Grand Seigneur de ton cœur afin de mettre fin à ton pouvoir sur la Porte.

Elle fait acheter de très belles esclaves avec l'espoir qu'elles deviennent un jour iqbals.

– Je n'ai pas le pouvoir d'empêcher cela... Je n'ai aucun pouvoir sur la politique extérieure.

– Ce n'est pas ce qui se dit au bazar. On sait que Rüstem t'est acquis et qu'il agit en ton nom.

– Et si cela était vrai, je ne partagerais jamais ce pouvoir avec une autre.

– Ces concurrentes doivent arriver sous peu au palais. L'une d'elles, la Vénitienne choisie par le doge, est déjà à Smyrne. Deux autres sont en enfer comme tu le voulais. Il sera plus difficile de barrer la route à celle de Smyrne ; le mouzhir agha Adna l'accompagne. Tu connais la valeur de ce janissaire.

– La route est longue entre Smyrne et Istanbul. Et il n'est question que d'une esclave sans visage. Qui remarquera une tombe anonyme sur le chemin qui mène à la Porte ? Le mouzhir agha Adna la creusera lui-même avec ses mains. Rüstem m'a assuré qu'aucune prétendante à l'hymen avec le Grand Seigneur ne parviendrait jusqu'ici.

– Rüstem est un homme de parole, mais il n'est que le troisième personnage de l'Etat et sa cupidité l'aveugle.

– Dis-moi, Yasmina, serais-tu jalouse ? Qui d'autre aujourd'hui que le grand argentier Rüstem pourrait m'aider à abattre mes ennemis à l'extérieur de ces murs ?

– Personne, maîtresse... Une chose encore.

– Quoi donc ?

– Sélim a été surpris en train de chaparder des friandises aux cuisines du palais.

– Nous lui apprendrons à se nourrir correctement, gronda Hürrem. A présent, masse-moi sans ménagement.

Les mains s'abattirent sur ses épaules, cherchèrent les muscles, réveillèrent les fluides vitaux des nerfs, martyrisèrent ses os. Le masseur était un colosse qui excellait dans la lutte et aimait briser les os des serviteurs qui déplaisaient à son maître. Il concentrait sa force prodigieuse au bout de ses doigts huileux.

Joao eut l'impression que l'homme allait le traverser de part en part et il se retint de gémir. Il ne voulait pas perdre la face devant le *vali* Murtadâ avec qui il partageait l'honneur d'un massage dans le hammam de l'ancien palais des croisés catalans d'Athènes.

Le vali, titre qui conférait à son possesseur des pouvoirs exceptionnels dans la province d'Athènes, était allongé sur la table de marbre voisine. Il avait l'air d'un petit animal rachitique sur l'étal d'un boucher. Un autre colosse d'ébène travaillait sa peau fripée. Dormait-il ? Impossible de le savoir. Une lumière tombait au-dessus des tables, glauque et mourante dans les vapeurs du hararet. On n'entendait que les claquements de mains et les souffles rauques des deux hercules.

Pourtant, au-dehors, la multitude innombrable des hommes et des femmes s'agitait, battait les flancs du palais. Le monde grondait. Sur les marches des royaumes et des empires, les piétinements des armées en marche faisaient trembler la terre, le choc des armes et le tonnerre des canons réveillaient des appétits féroces. Joao avait conscience de tout cela et il tremblait à l'idée de savoir Cecilia exposée à cette violence. Il n'avait survécu que pour la retrouver et l'aimer.

Il la retrouverait parce que la chance était de son côté depuis qu'il avait atteint la côte grecque, dans un état d'épuisement extrême. Il n'en revenait encore pas d'être sous la protection du puissant gouverneur Murtadâ. Il le devait à la communauté juive dont l'influence s'étendait jusque dans la salle du Divan où se décidait l'avenir du monde. Le vali d'Athènes menait un grand train de vie, entretenait cinq épouses et vingt-trois concubines, nourrissait plus de cents esclaves et possédait plus de chevaux encore, il avait fait des emprunts énormes auprès des banquiers juifs, des Cohen de Patras, des Jabès d'Alexandrie et des Levy d'Andrinople.

Comme par enchantement, et parce que ses créanciers lui avaient demandé d'aider ce jeune homme, la moitié des sommes dues avait été effacée. Le vali se demandait pourquoi les juifs accordaient tant de valeur à leur coreligionnaire qui, certes, était bien éduqué et ne manquait pas de charisme, mais qui était bien trop jeune pour peser sur l'échiquier de l'empire. Pour bénéficier de tels appuis, ce Jean Miguez devait appartenir à une riche famille. Il aurait été surpris d'apprendre que les avoirs de son invité dépassaient ceux d'un ministre de la Porte.

– Mon cher Jean Miguez...

La voix du vali était grêle et faible mais elle le surprit. Joao n'était pas habitué à entendre son nouveau nom, Jean Miguez, qui lui avait été imposé par le rabbin de Patras après qu'on l'eut recueilli, reconnu et soigné.

– Je suis ton obligé, continua le vali. Cette ville m'appartient et tout ce qu'elle contient, êtres et choses, de l'Acropole à l'Aréopage, du Pnyx au Céramique, est à ta disposition. Je ne peux pas moins t'offrir car les tiens ont fait ce que je suis : le nouveau maître du prytanée.

Joao appréciait la culture grecque du gouverneur qui, à sa façon, tentait de ressembler à Zeus Olympien. L'ancien prytanée d'Athènes était le lieu où l'on entretenait aux frais de l'Etat les citoyens qu'on voulait récompenser. Mais il ne voulait pas être entretenu et vivre dans l'oisiveté.

– Cette offre me flatte, vali Murtadâ, mais je préférerais gagner moi-même mon droit aux plaisirs et aux douceurs de la vie. Ton pouvoir me laisse croire que tu peux nommer des hommes à des postes de choix et je suis l'un de ceux qui aspirent à servir la Porte.

– Toi, servir la Porte ?

– La Porte s'ouvre parfois aux ambitieux.

– Mais il arrive qu'elle se referme sur leurs cadavres.

– C'est le risque que je veux courir.

Le vali sourit. Il aimait les téméraires. Il fit signe aux masseurs de quitter la pièce et se redressa sur un coude pour tourner son visage de belette à la fine moustache vers Joao.

– Je peux te donner une charge d'*ihtisab aghasi*.

– Sans t'offenser, je ne me sens pas l'âme d'un intendant des marchés. Je suis un homme d'action et commander une compagnie de yayas serait plus dans ma nature.

– Que dirais-tu d'être capitaine d'une galère légère ?

– Je dirais que c'est inespéré.

– Eh bien, te voilà nommé rais en remplacement d'un homme mort du choléra à Alexandrie.

Joao ferma les yeux. La Porte s'ouvrait et il allait faire en sorte qu'elle ne se referme pas sur son cadavre et sur celui de Cecilia.

44

Sélim rentrait la tête dans les épaules. Ses deux complices fixaient un point entre leurs pieds. Ils étaient tous les trois confrontés à Hürrem et au regard de deux monstres : le kizlar aghasi Abas, le chef des eunuques noirs et premier personnage du harem, et le *sehzadehler aghasi*, l'eunuque des enfants du sultan. A eux deux, ils pesaient sept cents livres, ils étaient d'une laideur et d'une cruauté sans pareilles. Mais rien ne transparaissait sur leurs traits noyés dans la graisse. Ils étaient aux ordres de la favorite qu'ils craignaient et admiraient. Hürrem était étendue sur un sofa, le corps pris dans un caftan de velours mauve piqué de motifs rappelant des fleurs de nénuphar et orné de boutons d'argent. Des fards cachaient les fines rides autour de ses yeux et de ses lèvres. Un lourd diamant enchâssé dans une double couronne de perles brillait sur son front. Tout était mis en œuvre par les servantes pour que le printemps ne quittât jamais son visage, mais l'art du maquillage et les décoctions de plantes ne suffisaient plus à figer cette saison sur ses traits. A trente-sept ans, elle demeurait néanmoins la favorite. L'unique favorite et éternelle *gozdé* [1]. Elle seule connaissait les désirs de Soliman, elle

1. Littéralement : celle qui a tapé dans l'œil du sultan.

seule lui tenait tête. Qui s'en serait douté en la rencontrant pour la première fois ? Elle était si petite et fluette. Elle grappillait des grains de raisin tandis qu'une esclave circassienne lui massait les pieds, continuant le travail de Yasmina.

– On a des obligations lorsqu'on est à l'*enderun*, lâcha-t-elle soudain en caressant la joue de son fils.

Sélim se renfrogna. Il devrait encore subir l'enderun pendant deux ans, jusqu'à ce que, reconnu dans ses fonctions mâles, en état de procréer et de se battre, il quitte le sérail de Topkapi pour prendre ses fonctions de gouverneur de la ville de Konya. Il pensa à son demi-frère, Mustapha, qui avait désormais ses propres terres à Manisa et à Amasya. Et il l'envia.

– Tu es l'aîné de mes princes ! Tu as des responsabilités envers tes frères et des devoirs envers moi !

– Je sais, mère.

– Tu sais et tu ne te conformes pas aux règles les plus élémentaires édictées pour ta sauvegarde. N'oublie pas qu'un jour tu seras le lieutenant d'Allah sur la terre, le Seigneur des seigneurs, le Possesseur du cou des hommes, roi des Croyants et des Infidèles, empereur de l'Orient et de l'Occident, Refuge de tous les peuples du monde, ombre du Tout-Puissant dispensant la paix sur terre. En as-tu conscience ?

Tous ces titres bourdonnaient aux oreilles du gros garçon. Il faillit prononcer le nom de Mustapha, héritier en titre légitime à qui devaient tout naturellement échoir les superlatifs du pouvoir suprême. Mais c'était faire injure à sa mère que d'évoquer l'existence du fils de sa rivale. Il aurait voulu lui avouer que la perspective d'être à la tête de l'empire le fatiguait. Il ne voulait pas suivre l'exemple de son père. Mener des guerres à bien, nommer des vizirs, tenir tête aux mollahs, édicter des lois, contenter plus de cent femmes, déjouer les complots, couvrir d'or les janissaires tout en les pliant à sa volonté, galoper d'un bout à l'autre de la Turquie lui semblaient des tâches insurmontables.

– J'ai l'impression de parler dans le vide, dit Hürrem. Qu'ai-je devant moi, Abas, peux-tu me le dire ?

Le corps de l'eunuque noir fut parcouru de frémissements. Les anneaux graisseux de son ventre roulèrent sous le drap de la chemise damassée, sa poitrine de nourrice se souleva. Les nombreux colliers aux médaillons le protégeant du mauvais œil cliquetèrent. Une vague passa sur sa face, troublant le marbre noir et luisant de ses traits sculptés pour inspirer la peur. Cette question aurait dû être adressée au sehzadehler aghasi, responsable des enfants au sein du harem. Pas à lui qui avait en charge les femmes.

– L'une des clefs de ton avenir et de ta sécurité. Je te rappelle que tu as d'autres fils, répondit-il prudemment.

Hürrem fut surprise ; elle ne pensait jamais à Méhémet et Bajazet. Ils étaient trop jeunes, l'un était atteint d'une difformité, l'autre avait des attitudes de fille. Elle misait tout sur Sélim. Mais elle ne voulait pas d'une clef en sucre, d'un loukoum plus enclin à arracher les ailes des mouches et des papillons qu'il capturait qu'à apprendre à tirer à l'arc et à monter à cheval. Elle jaugea ce mauvais fils adoré chez qui la jalousie montait. Il aurait crevé la panse du kizlar aghasi. Le chef des eunuques noirs n'aurait pas dû rappeler l'existence de Bajazet et Méhémet à sa mère. Ses deux frères n'étaient que des chiots obéissants qu'il faudrait bien étrangler un jour. Il promit tout bas une corde à Abas, puis fut envahi d'une effroyable panique lorsque sa mère dit :

– Emmenez-les chez le *houkiar hhodgiahsy* !

L'houkiar hhodgiahsy était un vieillard sec à longue barbe blanche. Précepteur impérial, il commandait tous les maîtres du palais et enseignait la littérature et les sciences à Soliman en personne. Le sultan était avide de culture et respectait l'immense savoir de l'houkiar hhodgiahsy. En conséquence, ce dernier avait une grande liberté d'action. Dans tout le sérail et l'empire, il n'y avait pas dix hommes ayant son crédit. Sa pension était de trois cent mille aspres par an. De plus, il bénéficiait d'un budget conséquent octroyé par le grand argentier Rüstem. Cette manne lui permettait d'acheter tous les livres édités par l'Occident et les instruments nécessaires à la poursuite de ses recherches scientifiques. Ses bureaux, dirigés par des juifs, se trouvaient près de la mosquée du sultan Bayazid où étaient concentrées la plupart des librairies. Conscients de son influence bénéfique sur leur corporation, les *sahhaf*, libraires de père en fils, lui faisaient une cour effrénée. Au sérail, il avait une salle réservée, proche de la pièce de circoncision des princes, où il entassait les manuscrits, les traités d'astronomie, les appareils de mesure, les échantillons géologiques et les horloges, objets qu'il chérissait particulièrement. Une armée d'hommes libres et d'esclaves récoltait des informations sur tous les sujets susceptibles de faire progresser ses expériences et ses recherches littéraires, et il pouvait se targuer de faire travailler une bonne partie des huit cents poètes et écrivains de la ville et tous les savants juifs et grecs établis à l'ombre du palais.

Ce jour-là, il étudiait le mécanisme d'une horloge, fasciné par les phénomènes d'oscillation. Sa longue barbe caressait un parchemin sur lequel il avait reproduit des roues et des pignons dentés. Se redressant, il corrigea son dessin, en quelques traits rapides de plume, et aligna des chiffres et des fractions.

Abas, le kizlar aghasi du harem, le dérangea au moment où il aboutissait à un résultat dans ses calculs. Il en fut fâché.

– Que me veux-tu ?

– Je suis envoyé par l'iqbal Hürrem.

– Ah !

Ce « ah » précéda une levée de toutes ses défenses. Son premier regard fut pour le poignard passé à la ceinture de l'eunuque. C'était un poignard d'apparat serti de rubis et d'améthystes. Il devait être cependant assez long pour saigner un homme.

– Je n'en veux pas à ta gorge, houkiar, dit Abas en souriant. Ce n'est pas un acte qu'on exécute en plein jour.

– Loin de moi cette pensée, répliqua le précepteur.

Le nom d'Hürrem sonnait le tocsin sous son crâne chauve surmonté d'un petit turban blanc, le classant parmi les sages. Les oulémas portaient le même chef. Mais l'houkiar n'était ni sage, ni saint. Il aimait l'argent et les plaisirs de la chair. Abas n'ignorait rien de ces travers, Hürrem non plus.

– Que me veut ta maîtresse ?

– Elle désire un juste châtiment pour le premier de ses fils et ses pages de compagnie. Ils ont été surpris dans les cuisines extérieures.

Sur ces mots, Abas déplaça son énorme masse. Les trois garçons apparurent. Ils étaient pâles, tremblants. Sélim promena son regard hagard sur les étagères bourrées de manuscrits et de livres, sur les tables couvertes d'horloges et d'instruments de mesure astiqués. Il cherchait le bâton. Il ne le vit pas. Le chef des précepteurs le dévisagea sans complaisance.

Sélim évita cet examen en s'absorbant dans la contemplation des cartes du ciel suspendues au-dessus d'un pupitre. Sur l'une d'elles, le soleil dardait ses rayons en direction des planètes aux trajectoires matérialisées par des cercles. Se réfugier dans ce feu ardent, sous cette surface agitée par les flots d'une éternelle tempête, habité par les invisibles légions d'Allah, était son vœu le plus cher. Mais comment aurait-il pu s'élever dans les cieux et atteindre l'astre alors qu'il n'osait pas grimper aux arbres avec ses frères ? Le vieillard se rapprocha de lui et lui souffla son haleine aillée.

– Salue dans le soleil le père et le gouverneur des mondes, car ta vie comme la mienne est suspendue à ses rayons fécondants. Mais quelle est la place de ta vie dans l'univers ? Quelle place occupe-t-elle sur cette terre ? Quelle est sa valeur intrinsèque au point de vue général ? Peux-tu me le dire ?

Sélim sentit ses jambes se dérober. La voix métallique du houkiar hhodgiahsy le terrifiait, et plus encore sa face desséchée et osseuse de cadavre. De plus, il n'entendait rien aux propos alambiqués que l'homme lui adressait.

– Réponds-moi !

– Je ne sais pas.

– Tu es le fils du lieutenant d'Allah sur terre et tu ne sais pas ! Ton père est le soleil de ce monde et tu ne sais pas ! Tu es fait pour briller, Sélim, et quelle image donnes-tu de toi... Celle d'un être animé de bas instincts. De quels rayons réchaufferas-tu les cœurs de tes sujets s'il t'advient de monter sur le trône ? Ton père se bat en ce moment même sur les marches de l'empire et essaie de reprendre Corfou aux Vénitiens et, toi, tu t'introduis comme un voleur dans ses cuisines. Ce n'est pas la première fois que tu pèches par gourmandise. Nous connaissons tous ton amour pour les douceurs qui font du bien aux papilles et il suffit de te regarder pour conclure que cet amour est sans limites... Il y a cependant des limites à tout. Voyons où se situent les tiennes.

45

Les yeux révulsés, Sélim serrait les lèvres. Ne pas ouvrir la bouche. Ne plus l'ouvrir. De toute sa volonté, il cadenassait le bas de son visage. Un violent coup de bâton sur la plante des pieds le fit crier.

– Avale ! intima le précepteur.

Un outil de fer s'introduisit dans sa bouche qu'il venait d'entrouvrir. L'esclave libyen qui le maniait prenait un véritable plaisir à martyriser le petit prince. Il s'en servit comme d'un levier tandis qu'un compère bourrait la cavité buccale de miel. Sélim avala, et crut que son ventre allait éclater. Quand on l'avait séparé des pages et conduit dans un kiosque de la quatrième cour, il n'avait pas deviné qu'on le punirait de cette façon.

Pendant près d'un quart d'heure, face à la ville parée des couleurs des différents peuples, l'houkiar lui avait parlé de la marche du temps, de cette impossibilité d'en régler les rouages, de l'anarchie qui en résultait. L'houkiar aimait l'ordre et la perfection ; et la capitale qu'il contemplait en était tout le contraire. Elle s'étalait entre Sirkèdji, Samatya et Eyoub comme une grosse femme impotente, drainant dans ses rues non pavées la plus disparate et indisciplinée des populations. Certes, Soliman et l'architecte Sinan avaient fait des prodiges pour l'assainir et la parer de monuments magnifiques, mais les travaux d'une vie ne suffiraient pas à en faire une cité idéale, reflet du paradis sur terre. Plusieurs générations de brillants sultans seraient nécessaires pour aboutir à ce résultat.

On ne pouvait pas compter sur Sélim. Il ressemblait trop à cette Istanbul dont il avait épousé les formes et les excès. Mais peut-être était-il temps de le corriger en le sevrant par le dégoût.

Le dégoût, Sélim ne l'avait jamais éprouvé, et lorsque, le quart d'heure écoulé, cinq serviteurs apparurent entre les haies du jardin, il fut saisi de ravissement et d'incompréhension. Calés sur les ventres, des plateaux chargés de desserts de toutes sortes lui firent ouvrir grands les yeux. Le premier contenait des sorbets aux tons pastel chapeautés de feuilles de menthe et de granulés de sucre aux couleurs vives ; le second offrait une variété de pâtes d'amande en forme d'animaux ; le troisième croulait sous une montagne de gâteaux secs dans lesquels étaient enchâssés des fruits confits pareils à des pierres précieuses ; le quatrième mariait les semoules et les riz baignant dans des coulis onctueux fleurant la cannelle ; sur le dernier, vingt pots différents débordaient de miels récoltés aux quatre coins de l'empire.

Il y en avait pour dix gourmands. Sélim montra son ébahissement lorsque le précepteur impérial dit :

– Voilà de quoi contenter tes appétits.

– C'est tout pour moi ?

– Tout.

Il avait les yeux plus gros que le ventre d'un éléphant. Dès que les serviteurs s'inclinèrent et déposèrent leurs trophées fondants à ses pieds, il se jeta sur les sorbets, se saisit de la cuillère d'or posée sur un carré de soie et se mit à pelleter dans les cônes et les boules qui commençaient à se déliter sous l'action de la chaleur. Il avala à une vitesse folle, sans prendre le temps d'apprécier le goût de fraise ou de citron, de mûre ou de melon de toutes ces bouchées qui lui refroidissaient aussitôt la gorge et l'estomac.

Jamais il n'avait été autorisé à se goinfrer autant et, de temps à autre, tout de même un peu inquiet, il levait la tête vers l'houkiar. Mais ce dernier avait l'attitude de ceux qui compatissent au bonheur des princes. Il l'encouragea même à brûler les étapes en lui montrant les riz et les semoules.

– Ce sont des surprises, elles ont été spécialement préparées pour toi.

– Des surprises ?

– Ce ne sont pas des muhalebe ordinaires.

Sélim ne voulut pas en entendre davantage. Il désira découvrir lui-même ce qui se cachait sous le mot surprise et s'attaqua à l'un des bols de porcelaine chinoise qu'un serviteur zélé venait de mettre sous son nez.

Sous la première épaisseur de riz, une couche de miel à la violette avait été étalée. Sous la seconde, de la confiture de fraises était semblable à une veine de rubis. Sous la troisième, des graines de pavot prises dans une gangue de sucre candi craquèrent sous ses dents. Avide, il se remplit le gosier, et, des goûts subtils mélangés, il ne resta rien. Le premier des muhalebe ne fut qu'une sensation éphémère au fond de son palais, où, de nouveau, allait disparaître le contenu d'un second bol présenté par l'houkiar en personne.

Sélim avait les yeux qui lui sortaient de la tête. Chaque mulahebe était différent. Sous le riz, toutes les combinaisons de confitures, de fruits confits, de crèmes au lait, de miel, se mariaient en un langage que n'auraient pas pu décrypter les plus fins gourmets de l'empire. Pourtant il y eut un moment où la goinfrerie céda le pas au dégoût.

Ce fut ainsi qu'il se retrouva la tête coincée entre les bras puissants de l'eunuque des enfants impériaux tandis que l'esclave libyen agrandissait sa bouche avec des outils de forgeron. Il roula un regard fou vers l'énorme récipient dans lequel trois livres d'un miel aussi liquide que de l'huile d'olive lui étaient destinées. Il venait d'avaler un quart de pinte de cette affreuse substance sirupeuse. Il demanda pitié.

L'houkiar fit enfin preuve de compassion et frappa dans ses mains. Aussitôt, un *saka*, l'un de ces esclaves de rien qui portaient l'eau dans le sérail, se présenta.

– Donne-lui à boire, dit le précepteur.

L'eunuque tenait toujours fermement Sélim tout barbouillé de miel. Le prince désirait cette eau, mais il la recracha aussitôt. C'était du vinaigre. Alors la nausée le prit, il se mit à vomir. Quand, hoquetant, en larmes, la gorge brûlée par les rejets acides, il se redressa, libéré par l'eunuque, un esclave libyen versa un seau d'eau sur sa tête.

– Tu n'es pas digne de porter la couronne, dit l'houkiar. J'informerai ton père de ce qui s'est passé. A présent rends-toi chez le *hammambdgi bashi*, je t'y enverrai l'habilleur, et lorsque tu auras retrouvé l'aspect dû à ton rang, tu te présenteras de nouveau à ta mère.

Sélim sortit en titubant. L'eunuque le suivit. On s'écarta devant eux. Quelque chose pesait sur le palais, cela sourdait des murs et atteignit même l'esprit de Sélim. Il s'étonna du manque d'intensité des bruits et de la vie qui agitaient les milliers de préposés du sérail. Ceux qu'il croisait avaient la tête basse et le regard fuyant, attitude qui trahissait la crainte. Il le vit à la pâleur des serviteurs assis sur des tapis à l'intérieur du hammam. Eux, d'habitude si joyeux, qui frottaient les pages dans les étuves et rasaient leurs têtes, avaient des mines de pleureuses ayant versé toutes leurs larmes.

Le hammambdgi bashi, maître du bain, n'était pas au mieux. Il reçut Sélim sans les formalités d'usage et les mots élogieux qui flattaient habituellement l'orgueil des princes. Il ouvrit le chemin qui menait au bassin central où chantait une fontaine de marbre veiné de bleu et désigna le dellaklar qui devait déshabiller Sélim.

Des pensées tentaient de se frayer un chemin à travers l'écran des sensations angoissantes qui occupaient Sélim. Que se passait-il ici ? Pourquoi avaient-ils tous des mines de condamnés ? Mais il ne leur accorda pas trop d'attention et elles allaient retomber dans l'ombre quand, sur la surface de l'eau du bassin semblable à une peau satinée frissonnant sous le jet de la fontaine, il vit les têtes blanches des deux pages qui avaient fauté à ses côtés.

Sélim fut terrifié. Ses entrailles se nouèrent et une envie désespérée de prendre la fuite le submergea. Mais, enraciné sur place, il se remit à vomir. Le sourire de l'eunuque sehzadehler aghasi, découvrant ses gencives rouges, faisait comme une plaie dans la noirceur de sa face. Ses yeux jaunes ne souriaient pas. Ils étaient froids comme sa voix flûtée :

– Nettoyez-le !

Le maître des bains hocha la tête. Sur ce signe, le dellaklar s'empressa d'ôter la robe moirée du petit prince tandis que deux autres s'apprêtèrent à le décrasser avec des savons d'Alep et des écorces de bouleau. Quand ce fut fini et qu'on l'eut habillé, le maître des bains et l'*odah bashi*, responsable de la propreté du linge, vérifièrent que Sélim pouvait se présenter aux appartements de sa mère.

Il était magnifique. Dans sa robe ourlée de frange grise, coupée dans un drap vieux rose rehaussé de broderies fleuries, il ressemblait à une boîte à bonbons peinte par un artiste persan. On posa un turban gris perle sur sa tête. Puis les portes du hammam se rouvrirent sur un garçon à nouveau insouciant. Deux nuages de parfum au jasmin avaient suffi à chasser les images de ses petits compagnons noyés dans le bassin. Il était l'aîné de la grande Hürrem et il portait le nom de son grand-père qui avait conquis la moitié de l'Occident. Le sort des pages ne comptait pas, ne comptait plus. Il venait de prendre conscience qu'il deviendrait peut-être un jour sultan.

Alors il aurait la peau de l'eunuque Abas et du précepteur impérial... et du maître des bains... et de tous ceux devant lesquels il avait été humilié. Il retourna au harem pour subir l'enderun. Et cela aussi lui parut anormal.

Vivre dans la compagnie presque exclusive de femmes et d'eunuques était une réalité dont il ne pouvait plus s'accommoder. La frontière qui séparait le harem du reste du sérail lui parut une monstruosité. Comme ceux qui en avaient la garde.

Abas l'attendait. Le chef des eunuques noirs dégageait une odeur de bois de santal et d'essence de géranium. Sélim en fut écœuré. Quelqu'un cria « Helvet ! » et il sursauta. Le terrible cri était lancé chaque fois que les femmes pouvaient être mises en présence d'hommes normaux qui devaient les éviter sous peine d'être décapités sur-le-champ.

– Des charpentiers réparent le toit de la salle de lessive des odalisques, dit le kizlar aghasi. Ta mère est dans le jardin.

Sélim se rendit dans les merveilleux jardins où les femmes se reposaient parmi les orangers et les massifs de roses et il retrouva sa mère, flanquée de son ombre maléfique, la géditchi Yasmina.

– Voilà ton prince préféré, dit-elle à Hürrem qui lisait un traité de poésie, art dans lequel elle commençait à exceller.

Elle releva la tête prisonnière d'un voile brodé de perles bleutées et plongea son regard dans celui de son fils.

– As-tu retenu la leçon ?

– Oui, mère.

Elle continua à l'observer et Yasmina aussi, avec plus d'intensité. La Syrienne cherchait la faille. Sélim comprenait l'importance de conserver son calme. Non seulement parce qu'un esprit troublé par l'anxiété n'est pas d'un grand secours, mais surtout parce qu'il savait que tous ses sentiments, toutes ses pensées seraient mis à nu par ces deux femmes.

– Oublions donc cette histoire de cuisines, dit Hürrem. Yasmina, tu peux faire venir les nouveaux élus.

La géditchi s'en fut, telle une fleur vénéneuse le long d'une allée de rosiers, chercher ces élus. Sélim se demandait de quoi était faite cette surprise qu'il pressentait mauvaise lorsqu'il vit avec étonnement deux pages derrière les voiles noirs de la Syrienne. Son visage s'illumina. Sa mère l'avait pardonné au point de lui offrir deux compagnons en remplacement de ces deux imbéciles à présent gonflés d'eau. Il en aurait presque remercié Yasmina dont les yeux devenus vagues exprimaient un regret.

– Karim et Farid te serviront désormais, mais ne compte pas les détourner de leurs fonctions... ils ont été éduqués pour ne pas subir les influences perverses du sérail. Ils nous viennent de Sofia et nous ont été envoyés par le très honorable juge des armées, le kazasker Hodja. Qu'Allah le bénisse, lui et sa famille, dit Hürrem.

Etrange envoi, pensa le prince. Le kazasker Hodja avait une réputation terrifiante. Pourquoi ne pas se servir des pages de Topkapi ? Plus de trois cents garçonnets et adolescents étaient éduqués dans le sérail, et leur destinée était d'être vouée corps et âme au sultan et à ses fils.

– Tu peux disposer, dit Hürrem en reprenant sa lecture.

Sélim, dans un élan de soumission et d'affection, ne manqua pas de déposer un baiser sur son front, mais elle demeura volontairement insensible. Elle était décidée à en faire un homme avant l'heure. Il en fut contrit. Pendant très peu de temps. Il avait hâte d'éprouver la fidélité de ses nouveaux souffre-douleur.

– Suivez-moi ! cria-t-il.

Ils obtempérèrent. Il les emmena loin des femmes, se rappelant qu'il y avait des charpentiers à l'œuvre dans la pièce des lessives. Peut-être y avait-il quelque chose à grappiller de ces hommes venus de l'extérieur. Sélim était avide de connaître, tout ce qui concernait la ville le fascinait.

– Nous allons interroger l'*ousta* de ces *kalfas* du bois. Qu'en pensez-vous ?

Les deux pages ne répondirent pas. Ils n'avaient peut-être jamais vu d'ousta dans leur pays d'origine et ignoraient tout des fonctions d'un maître de corporation dirigeant un chantier.

– Voulez-vous qu'on effraye les kalfas, ce ne sont que des ouvriers tremblants. On criera « Helvet ! » pour les faire fuir comme des lapins, leur demanda-t-il en souriant.

Ils n'osaient pas dire oui ou refuser ; ils ne lui rendirent même pas son sourire. Sa mère le lui avait bien signifié : ces garçons bulgares convertis à l'islam avaient reçu une éducation spéciale. Ils avaient été formés pour résister aux tentations. Peut-être sortaient-ils d'un *zaviyé*, l'un de ces couvents où les pauvres se donnaient à Dieu ?

– Je n'ai que faire de deux imams ! Comptez-vous être mes *hatib* [1] ?

Apparemment, les deux pages ne comprenaient rien, ils ne devaient pas avoir toute leur raison. Leurs visages reflétaient l'incrédulité et la bêtise. Sélim crut soudain comprendre : ils ne parlaient pas la langue des Osman-

1. Favoris.

lis. Il essaya le perse, l'arabe... Rien ! Aucune étincelle dans leurs regards. Ils paraissaient paniqués par les propos du prince, qui s'excitait en vain. Soudain, ils émirent des sortes de borborygmes, des bruits de gorge. Alors Sélim comprit : ils étaient muets. On leur avait coupé la langue.

Pire, il s'aperçut qu'ils n'entendaient rien. Et il eut mal à l'idée de savoir leurs tympans crevés par des tiges rougies au feu. Il ne s'apitoya pas davantage. Il avait fini de vivre dans les illusions de l'enfance. On voulait durcir son cœur et le pousser vers l'indifférence suprême au malheur d'autrui. Ainsi, il pourrait un jour devenir sultan, comme le désirait sa mère.

Il contempla les deux êtres incomplets offerts par le kazasker Hodja et fit le vœu de ne jamais élever au rang de ministre le terrible juge des armées du Nord.

46

La silhouette maigre du kazasker Hodja apparut entre les deux oriflammes vertes de l'Islam sur lesquelles des calligraphies noires disaient : « Dieu est entendant, connaissant », « Dieu est tout indulgence et miséricordieux ». Un vent du Ponant agitait ces symboles de la puissance divine et les vêtements bleu nuit du juge des armées qui tenait entre ses mains le Coran. Hodja pensa à Allah. La veille, il avait fait le vœu de se rendre à La Mecque. Le *hadjdj* le laverait de tous les péchés. Les siens et ceux des malheureux qui rendaient l'âme par sa volonté. L'endroit se prêtait aux grands idéaux. L'ancienne capitale Brousse était à une heure de cheval, et l'ombre du conquérant Osman, fondateur de l'Empire ottoman, planait sur le paysage rendu à la sérénité depuis plus d'un siècle et demi.

Très tôt, il était sorti de la tente de feutre sous laquelle ses aides, les *askers* secrétaires et juristes dormaient encore. Il avait descendu la colline occupée par l'armée de réserve du bey Muhammad dont le fer de lance était composé de cinq *odjak* [1] de janissaires, détachements représentant en tout cent quatre-vingt-quatre

1. Régiments.

hommes renforçant un corps de *sipahis* [1] et deux régiments de yayas.

L'aube se levait lorsqu'il parvint au bord de la rivière. Il trouva un apaisement dans l'extraordinaire immobilité de tout ce qui l'entourait, cette paix du jour avant le lever du soleil et des hommes. Puis, comme un coucou se mettait à chanter, ajoutant un charme qu'il n'était pas en mesure d'apprécier, il se décida à revenir sur ses pas. Il devait être le premier à la tâche, le premier partout, le premier qui verrait Dieu seul à seul. Dans la démesure de son orgueil, il se prenait pour le justicier du Tout-Puissant.

Les oriflammes claquaient. Les noms de Dieu étaient portés par les vents. Le kazasker posa son regard sur les soldats rassemblés autour du bey à la cuirasse rutilante. Dans quelques jours, rejoignant la Moldavie, ils changeraient l'eau en sang par les massacres, et les eaux vives des montagnes deviendraient amères de tous les cadavres jetés dans leurs lits. Il ferma un instant les yeux pour mieux se gorger des visions que lui inspiraient ses guerriers : des incendies voilaient le soleil lors des batailles où les hommes, environnés de feu, n'aspiraient qu'à fuir où à mourir. Il vit tout cela, mais ce n'était pas de ces sensations-là qu'il était autorisé à se nourrir. On lui avait ouvert des chemins qui conduisaient à d'autres formes de violence. Il était même très bien payé pour les arpenter.

Et il allait faire acte de violence au nom d'Allah, du sultan et des armées. Il leva le regard vers la potence dressée au milieu des vignes. Sous l'équerre de bois, un homme torse nu qui avait subi la bastonnade était à cheval, les mains liées derrière le dos. Le bourreau attaché à la personne du kazasker lui avait passé la corde autour

1. Cavaliers.

du cou, une bonne corde huilée aux torons parfaitement tordus sur eux-mêmes par les mains expertes des artisans de Véfa à Istanbul. Elle avait servi à trois reprises sans casser, et n'était pas usée. L'eût-elle été qu'elle aurait été immédiatement remplacée. Tout un lot de ces instruments nécessaires à l'exécution des sentences était conservé dans un coffre après avoir été immergé dans une solution de savon à cinq pour cent, puis dans du goudron étendu par de l'essence de térébenthine.

Pas un bruit n'émanait de la troupe qui n'éprouvait aucune pitié pour le condamné : il avait volé une partie de la solde des sipahis, lui-même appartenant à ce corps de cavaliers. On l'avait retrouvé dans les faubourgs de Brousse déguisé en paysan, alors qu'il s'apprêtait à gagner la ville côtière du nord du pays, Akçakoca, afin de s'embarquer pour Odessa.

Le juge Hodja avait décidé de le faire voyager autrement, vers une destination où les flammes rongeaient éternellement tout être et toute chose. Il leva le Coran duquel il se réclamait. Aussitôt le bourreau frappa la croupe du cheval. Hodja eut une petite pointe au cœur, comme s'il avait ressenti lui-même la douleur pétrifiante de la corde cassant les vertèbres cervicales. Il se forgea une expression qu'il voulait indifférente et supérieure, mais ses traits figés et durs se crispèrent d'une autre manière.

Le condamné tournait à présent sur lui-même, vrillant et dévrillant la corde. Tous les condamnés tournaient selon le caprice des vents, et ce mouvement avait quelque chose d'attirant. Les soldats eurent du mal à détacher leurs regards de ce spectacle angoissant.

Tous étaient à la merci du kazasker Hodja, de la corde et de la hache. Le juge des armées du Nord n'était pas réputé pour sa clémence. La juste proportion des peines lui était inconnue.

L'asker à son côté griffonna des notes destinées au rapport que parapheraient le bey, le juge et les assesseurs. Il entendit le murmure d'Hodja : « Toi tu le sais, Allah, mais qui d'autre peut dire ce que nous savons ? Les hommes deviennent plus bêtes que les bêtes. Ils deviennent plus chiens que les chiens. Et tu m'as donné la vie pour l'ôter à ces impies. J'irai jusqu'au bout de ma tâche, et c'est dans le rayonnement de ta gloire que je te servirai. »

L'asker fit semblant de ne pas entendre ; il pensa que son kazasker était devenu fou. Puis il se reprit, jugulant ses pensées. Même emprisonnées dans son crâne, elles lui parurent dangereuses tant il soupçonnait le juge Hodja de pouvoir les lire.

– Nous voilà en accord avec notre conscience et le règlement militaire, dit Hodja à l'intention du bey Muhammad, dont la cuirasse reflétait les rayons du soleil naissant.

Elle était trop lisse, cette cuirasse. Elle n'avait jamais subi l'averse des flèches, la charge d'une lance, l'estoc d'une épée. Le bey appartenait à cette race de nouveaux généraux qui préparaient la guerre dans l'eau tiède de leur hammam et s'y rendaient avec leur garde-robe, leurs parfumeurs et leurs cuisiniers. « L'empire est gangrené par la vermine dorée qui n'a soin que de recevoir des présents et de faire des profits sur le dos du peuple », se dit Hodja en faisant bonne figure à cet Anatolien, mais son regard demeurait planté, comme les deux dents d'une fourche, dans les yeux du bey, arrimé jusqu'à l'âme qu'il aurait voulu chasser de ce monde.

– Comptes-tu faire route avec nous jusqu'à Izmit, demanda le bey, mal à l'aise, et remonter vers les Balkans ?

– J'en viens et une autre mission m'a été confiée. Je dois porter le fer de la justice dans le sud du pays, là où les mécréants sèment le désordre et corrompent l'humanité.

– Dois-je comprendre que toi, le responsable de la Roumélie, tu es tenu de te tenir loin des armées du

Nord par un *tezkèrè* [1] du grand vizir qui t'autorise à rendre la justice sur le territoire du kazasker d'Anatolie ?

– La Porte m'a octroyé des pouvoirs exceptionnels, si c'est ce que tu veux savoir, mais ne m'en demande pas plus. Ta tête pourrait orner l'un des piliers de marbre blanc de la première cour du palais. Je ne te crois pas digne de cet honneur. Va combattre les infidèles et choisis une mort digne sur un champ de bataille, alors je saurai que je me suis trompé sur ton compte.

Le bey ne put que déglutir. D'un mouvement rageur, il commanda à ses officiers de lever le camp. Il lui tardait de mettre mille versets entre lui et ce démon.

Le démon Hodja n'en prit pas ombrage. Il était déjà ailleurs. Sur les traces d'une jeune Vénitienne qu'il assimilait au mal absolu.

Il y eut une vente aux esclaves devant la forteresse avant le départ de Cecilia. On emmena une vingtaine de femmes et de jeunes filles qui avaient été lavées. Le mouzhir agha Adna vint chercher la jeune Vénitienne.

– Tu vas assister à une vente, lui dit-il.

– Quelle vente ?

– La ville de Smyrne a réclamé son quota d'hommes et de femmes pour remplacer les esclaves morts et malades. Nous n'aurons qu'une poignée de femmes à leur proposer. Cet arrivage est destiné à la capitale.

– Et pourquoi devrais-je assister à cet affreux spectacle ?

– Pour que tu prennes conscience de ce qui va t'arriver si tu ne portes pas le voile, répondit le chef des janissaires en lui présentant à nouveau l'étoffe bleue.

Nefer pria tout bas pour qu'elle acceptât. Elle devait comprendre qu'elle n'était plus en Occident et que sa vie ne tenait qu'à un fil, que son statut ne dépassait pas

1. Arrêté.

celui du mouton qu'on propose à cinq aspres l'ocque [1] sur les marchés. Il vit le dédain qu'elle affichait et se dit que des jours difficiles seraient à venir.

– Inutile de me présenter ce chiffon, répondit-elle en prenant elle-même le chemin de la sortie.

Le mouzhir agha jeta un regard mauvais vers l'eunuque, comme s'il le tenait responsable de la mauvaise éducation de la jeune fille, puis il emboîta le pas de cette dernière.

Avec difficulté, Cecilia tentait de ne rien montrer de ses sentiments, de sa peine, de sa révolte, de ses envies de voler au secours des malheureuses qu'on avait rassemblées au centre d'un cercle d'acheteurs et d'acheteuses, car il n'était pas interdit aux femmes d'acquérir des esclaves. Elles se révélaient souvent plus dures que les hommes en affaires et savaient mettre en valeur les défauts de la marchandise pour faire baisser les prix.

Cecilia avait été placée derrière les yayas qui assuraient la surveillance. Adna se tenait près d'elle.

– Tu as des choses à apprendre, lui souffla-t-il à l'oreille. Vois ce qui peut t'arriver si tu déplais à ta nouvelle maîtresse.

– Je doute que tes connaissances m'apportent quoi que ce soit.

Adna ravala son envie de lui donner le bâton. Elle était taboue, elle avait été choisie par Gülbehar et le parti opposé à la favorite Hürrem et au grand argentier Rüstem. Il devait subir sa morgue, sa fierté et ses insultes sans broncher. Il lui expliqua cependant ce qu'était une vente ; et elle apprit avec dégoût et intérêt que l'Etat prélevait une taxe de quatre ducats d'or par tête vendue et que les Circassiens étaient les mieux appréciés du marché, suivis par les Polonais, les Abazas du Caucase et les Russes. Les Anglais, les Italiens, les

1. L'ocque égale 1,280 kg.

Français, les Portugais et les Espagnols avaient une valeur moindre. Ils étaient jugés mous et indisciplinés. L'arrivage qu'elle avait sous les yeux était un bon compromis et Adna lui assura que les trois vierges du lot se vendraient plus de cent ducats.

Lorsque les Turcs commencèrent à tester les pauvres femmes qui baissaient pudiquement la tête et pleuraient silencieusement, Cecilia eut mal. Mal dans tout son corps, mal jusqu'à l'âme. Les acheteurs se mirent à cracher aux visages des premières qu'on leur présenta, afin de vérifier qu'elles ne portaient pas de maquillage. Ils épargnèrent leur salive sur les plus âgées qui furent rapidement enlevées pour une poignée de ducats. Mais ils s'attardèrent longtemps sur les trois vierges, examinant les dents, les yeux, les oreilles, promenant leurs mains sur les poitrines et leurs doigts dans les parties intimes. Elles devinrent propriété d'une Kayserienne réputée pour placer des jeunes filles dans les harems. L'affaire fut conclue à trois cent huit ducats. Leur blondeur et le lait de leur peau avaient fait monter les enchères. Le mouzhir agha Adna ne s'était pas trompé. Il ajouta :

– Rien n'est jamais acquis. Si l'une de ces vierges ronfle, l'acheteuse pourra toujours la rendre contre remboursement du prix payé. Elle a vingt-quatre heures pour se rétracter. A elle de guetter la nuit.

Le cynisme du janissaire était effrayant. Mais était-ce vraiment du cynisme ? Il semblait expliquer des choses d'une banalité assommante. Ce fut soudain évident pour Cecilia. Il parlait de l'esclavage comme d'une nécessité économique.

– Nous ne pouvons plus nous passer de leurs bras. Ils forment un cinquième de la population de l'empire. Je suis moi-même l'un d'eux.

– Esclave ?

Elle était stupéfaite. Ce superbe guerrier devant qui tous s'inclinaient ne pouvait être enchaîné à un maître.

– Tous les janissaires sont des kapi kulu, les « esclaves de la Porte ». J'ai été ramassé, c'est ainsi qu'on dit, à l'âge de huit ans et emmené avec d'autres à Istanbul pour être circoncis avant d'être envoyé à l'école du palais. Je me souviens encore de la chanson que chantent les parents chrétiens en voyant leurs enfants ramassés :

Maudit sois-tu, empereur, trois fois maudit,
Pour le mal que tu fais et le mal que tu fis !
Tu captures et enchaînes le vieux et l'archiprêtre
Pour avoir les enfants en tant que janissaires.
Leurs parents sont en larmes, leurs frères et sœurs aussi,
Et je pleure jusqu'à avoir mal ;
Je pleurerai tant que je vivrai
Car l'an dernier c'était mon fils et cette année c'est mon frère.

Je ne m'en plains pas. Crois-moi, il n'y a pas de honte à être esclave. Et c'est quelquefois le plus sûr moyen de gravir les échelons sociaux... à condition de faire quelques petits sacrifices comme accepter de porter le voile.

Elle assimila tout ce qu'il venait de lui dévoiler et le considéra d'un œil différent. Il avait de la sensibilité et ne méritait pas d'être méprisé. Elle douta pourtant du bonheur des esclaves quand les acquéreurs s'emparèrent de leurs biens. On poussa les femmes comme du bétail. Une vieille fut battue et des bâtons s'élevèrent quand, dans le déchirement de la séparation, une mère et une fille s'étreignirent en résistant aux mains de leurs nouveaux maîtres.

Bien plus tard, Cecilia apprendrait que ce statut, hors de Topkapi et des palais des grands dignitaires, n'était pas aussi terrible. Les esclaves du pays des Ottomans étaient bien mieux traités que la plupart des serviteurs en Occident.

47

La route d'Amasya était l'une des plus fréquentées de l'empire. Elle traversait d'est en ouest l'Anatolie, drainait dans ses ornières les caravanes de Samarkand et les convois venus du Liban et de Perse. Des files de chariots et de mulets s'étiraient sur des distances considérables, mêlant leurs charges de sel, de plomb, d'or et de diamants aux moutons, aux chèvres, aux chevaux et aux esclaves.

Tout ce monde trottait, piétinait, soulevait des nuages de poussière que les vents poussaient sur les hauteurs désolées d'un paysage traversé de gorges et de torrents. Depuis plus de cinq heures, la troupe du mouzhir agha Adna s'était mélangée à un gigantesque convoi de céréales en route pour les moulins d'Istanbul. Les captifs enchaînés souffraient malgré les nombreuses haltes et les distributions d'eau et de pain. Et, du ciel lavé de tout nuage, apparaissaient des signes qui ne trompaient pas : les vautours et les corbeaux volaient de plus en plus bas, le cadavre d'un homme était exposé à leurs becs à la croisée d'un chemin. Il portait les marques des fers à ses chevilles.

Cecilia soutenait Nefer. L'eunuque n'avait pas été préparé à une si dure épreuve. Il avait passé toute sa vie sur des coussins, dans des pièces confinées, souvent loin de la lumière du soleil qui lui blessait à présent les yeux. Il peinait et toussait. Son beau costume bouffant et coloré, maintenant raidi par la saleté, s'effilochait et perdait ses brillants de pacotille. Il eut plusieurs fois la tentation de se laisser tomber sous les roues d'un chariot chargé de blé, mais la main ferme de Cecilia était là pour lui rappeler qu'il n'appartient pas à un homme de disposer de sa propre vie. Pourtant, vint le moment où ses genoux flanchèrent, où ses pieds martyrisés dans leurs bottines crevées refusèrent d'avancer.

– Je ne peux aller plus loin.

– Je vais demander au mouzhir agha qu'on t'autorise à monter à bord de l'un de ces chariots, dit-elle en montrant les lourds véhicules tirés par des bœufs.

– Qu'Allah m'épargne de devoir quelque chose à cet homme maudit !

– Ne le juge pas mal. Lui aussi porte la marque de l'esclavage dans ses yeux et son cœur.

– Il te trancherait la gorge si on lui en donnait l'ordre ! Laisse-moi... mon temps est fini.

– Le mien ne l'est pas et j'ai besoin de toi. Toi seul peux m'éviter d'avoir la gorge tranchée, dit-elle avec vivacité.

Elle venait d'avoir une prémonition : Nefer devait vivre pour qu'elle ne soit pas assassinée dans les heures qui allaient suivre. Elle marcha vers le mouzhir à cheval. Adna avait revêtu un plastron de cuir clouté et il portait un turban à aigrettes noires rehaussé d'éclats d'ambre, qui le distinguait des autres cavaliers. Il toisa la jeune fille du haut de sa monture. Rien dans l'attitude de la jeune Vénitienne ne l'avait jusqu'à présent disposé à se montrer condescendant.

– J'ai une faveur à te demander, lui dit-elle sans se départir de sa fierté naturelle.

– Une faveur ?... Tu es fatiguée ?

– Il ne s'agit pas de moi, mais de Nefer.

Adna lança un regard sans indulgence en direction de l'eunuque. Il le savait à bout de forces, et n'avait aucune intention de s'embarrasser d'un tel fardeau. Cette moitié d'homme ne valait rien, il ne devait sa survie qu'à la présence de la précieuse captive dont les beaux yeux noirs ne se détournèrent pas lorsqu'il reporta son attention sur elle.

– Ton serviteur ne parviendra jamais à Amasya, dit-il.

– Il le faut pourtant.

– Et qu'y puis-je ?

– Tu as le pouvoir de réquisitionner des chariots pour tous ces pauvres gens que tu conduis vers des maîtres cruels.

– Quoi ! Tu voudrais que je fasse monter ces esclaves à bord des chariots ?

– Oui !

– Ha, ha, ha ! A la rigueur, je pourrais accepter cette requête d'un *kadi*, mais venant de toi, cela n'a pas plus de portée que le bourdonnement d'une mouche à mes oreilles.

– Certes, je n'ai pas le pouvoir d'un juge, répondit-elle en se rappelant le vocabulaire de la langue des Osmanlis que Nefer s'était acharné à lui faire entrer dans le crâne. Mais j'ai quelque chose à t'offrir en échange de ce service.

– Que peux-tu m'offrir que je ne possède ?

– Ce que tu me demandes depuis mon arrivée en Turquie... de porter le *bashlik*.

Adna en resta bouche bée. Elle acceptait de porter le voile ! Il vit volter son cheval, galopa jusqu'aux animaux de bât de la compagnie et en revint avec le bashlik bleu nuit au poing. Le voile, comme un étendard ravi à l'ennemi, flottait au-dessus des têtes des fantassins et des captifs. Il frôla le turban de Nefer qui vit filer ce diable de janissaire vers sa protégée.

Adna était transformé. Il ne triomphait pas. Il paraissait tout simplement heureux. Il descendit de cheval et présenta le bashlik à Cecilia. Pour la première fois, parce que son sourire était sincère, son regard dénué de tout calcul et de supériorité, il parut son âge. Il n'avait pas trente-cinq ans et il cachait cette relative jeunesse derrière sa barbe d'ouléma et son titre de mouzhir agha.

– Tiens, lui dit-il en inclinant légèrement la tête comme il l'aurait fait devant une iqbal.

Cecilia prit le voile. L'appréhension pointa quelque part entre sa gorge et sa poitrine. Accepter, c'était s'éloigner un peu plus de ses racines, perdre son identité, faire le pas définitif. Il lui parut lourd entre ses doigts. Il était pareil à du plomb bleui et liquide, tissé en une trame serrée légèrement brillante. Elle couvrit d'abord ses épaules, puis fit des tentatives pour cacher le bas de son visage. Le voile glissait.

– Je vais t'aider, dit Adna.

Il posa ses mains sur le bashlik et Cecilia vit combien elles tremblaient. Il frôla ses joues et ferma les yeux le temps d'un souffle, afin de calmer un cœur qu'il ne contrôlait plus. Il la désirait... il la désirait depuis qu'il l'avait vue se battre sur le pont de la galère.

Cecilia sentit le trouble du mouzhir agha. Elle avait déjà éprouvé ce type d'expérience à des degrés différents : à Venise, dans sa fuite vers le ghetto quand la brute la poursuivait et dans le palais de Beatrice sous le souffle de Joao.

– J'appartiens à la Porte, murmura-t-elle.

– Je sais, répondit-il en contenant la violence que cette possession officielle faisait naître en lui.

Il réussit enfin à masquer le nez, les joues et les lèvres de la jeune fille, révélant le mystère d'un regard pour lequel – il n'en douta plus – beaucoup d'hommes allaient donner leur vie. Dans une confusion des sens et de l'esprit, il dit :

– Tu n'appartiens pas véritablement à la Porte, mais à la kadine Gülbehar.

– Cela fait-il une différence ? Cela t'autorise-t-il des... sentiments envers moi ?

– Non...

Ce « non » était un grincement, une négation qu'il avait arrachée à ses tripes. Il se remit en selle et héla les sous-officiers. Ses ordres fusèrent. Il usa de ses bottes contre les récalcitrants. On ne comprenait pas très bien ce qu'il demandait ; c'était inattendu, contraire à la coutume ; on lui amena le responsable du convoi de blé, un fonctionnaire d'Ankara un peu borné qui refusait de prendre des impurs sur ses véhicules. Dix coups de bâton sur les épaules et le dos lui rappelèrent son niveau hiérarchique, très inférieur à celui du mouzhir agha. Il y eut des hommes pour dire tout bas que l'esclave vénitienne l'avait ensorcelé. Mais personne n'osa élever la voix. Le flamboyant mouzhir agha Adna avait une main sur la garde de son sabre et, de l'autre, il brandissait un javelot avec lequel on le savait capable de percer une pastèque à trente pas de distance.

Les enchaînés ne trouvèrent pas de mots pour exprimer leur reconnaissance à Cecilia. Certains adressèrent une prière silencieuse à Dieu, y associant l'image de cette jeune vierge dont ils ignoraient le nom. Un homme vint s'agenouiller devant elle. Il lui baisa le bas de la robe avant d'être brutalement jeté sur les sacs de blé. D'autres qui tendaient leurs mains vers elle furent insultés et maltraités. Cecilia lança alors des mots durs en turc aux soudards qui usaient des hampes de leurs lances pour tasser le bétail humain. Ces imprécations dans leur langue les surprirent tant qu'ils cessèrent leurs violences. Alors la jeune fille retourna auprès de Nefer qui avait pris place sur un lit de céréales et dit :

– Si Dieu m'en donne encore la force, je changerai le monde.

Et il ne sut pas si elle s'adressait au Père des chrétiens ou au Tout-Puissant de l'islam.

Cecilia portait le voile et la croix comme Hürrem et Gülbehar les avaient portés avant elle. Elle était de leur trempe. Elle tirerait sa force du saint Graal et de la charia.

Oui, elle allait changer le monde. Nefer en éprouva de l'admiration et de la crainte. Il se dit qu'il ne vivrait pas assez vieux pour assister au combat de sa protégée et des larmes roulèrent sur ses joues. Quand Cecilia lui délaça ses bottines, il ne fit rien pour l'arrêter. Avec un coin de son voile, elle essuya le sang qui coulait de ses pieds. Il ferma les yeux... longtemps, très longtemps auparavant sa mère l'avait soigné de la même manière.

Il rêva qu'il était un homme.

« Je ne suis pas un homme de violence », se dit le kazasker Hodja. Il regarda le récipient de fer, vida au sol ce qu'il contenait encore de liquide, puis contempla les deux hommes dont les doigts étreignaient les manches des kandjars passés à leur ceinture. Ils avaient bu le lait de pavot et de rodo et le suc de l'« herbe à l'urine rouge ». Allah les protégeait.

« Le paradis vous est acquis, accomplissez sa volonté », leur dit-il en désignant un chemin.

Les hommes s'inclinèrent, puis filèrent vers le fond de la vallée. Hodja retourna au campement. Il lui tardait de prier et d'écrire à Rüstem. Plus rien n'existait que la réussite de sa mission, cette soif inextinguible de succès et de son ascension sur les deux voies étroites qui menaient aux portes de Topkapi et du ciel.

Il voulait servir le sultan et Dieu. Ce seul but soulevait tout son être, emportait son existence de juge des armées habitué à la rudesse des camps, à la solitude. A cinquante ans, il n'avait jamais épousé de femme. Il avait oublié la chaleur des étreintes, la douceur des peaux, l'humidité des baisers de celles qu'il considérait comme des engeances du démon.

Le sacrifice prochain de la jeune vierge le conforta dans sa foi.

La voix du muezzin avait retenti au-dessus du village, avait fait relevé la tête des enfants qui s'ébattaient dans les eaux paresseuses du fleuve vert, courbé le dos des hommes, baissé les yeux des femmes dans les alcôves sombres des cuisines. Et les paysans élevés dans la tradition coranique n'étaient pas les seuls à écouter cette voix fascinante, les chrétiens enchaînés sous les murs de la minuscule mosquée la subissaient également.

En l'entendant, Nefer se plia au rite de la prière et se tourna vers La Mecque. Lui seul en sentait les vertus, éprouvait la magie de cette voix. Cecilia ne pouvait s'abandonner comme lui à l'irrésistible puissance du verbe ni remplir son âme d'images apaisantes envoyées du ciel.

Il y avait tous ces râles autour d'elle, ces visages hâves, ce désespoir. Les prisonniers souffraient. Elle aurait voulu les soulager comme elle l'avait fait pour Nefer, mais le mouzhir agha lui avait interdit de s'approcher d'eux.

Le janissaire vint la chercher après la prière.

– Le chef du village va te recevoir chez lui. C'est un homme riche et raffiné qui vit de l'élevage et de la vente des chevaux. Il est le premier des *ihtiyarlar* de la région. Ne lui manque surtout pas de respect.

– Je consens à me rendre chez cet homme si Nefer vient avec moi.

Adna leva les yeux au ciel, puis acquiesça. Il n'y avait aucune raison pour que l'eunuque n'accompagne pas la Vénitienne. Son état l'autorisait à être en compagnie des femmes.

48

– Qu'est-ce qu'un *ihtiyarlar*? demanda tout bas Cecilia en aidant Nefer à marcher.

– C'est un maître, un sage qui assiste les religieux et les laïcs. Il est généralement choisi parmi les plus riches et les plus âgés de la communauté. On lui donne alors le titre de *kethüda*, le lieutenant. Il te respectera... On a dû lui rapporter que tu étais destinée à un grand harem.

Cecilia approuva la justesse des propos de Nefer. Elle ne se sentait pas véritablement en danger, mais elle éprouvait une sensation de chaleur, une amorce de malaise qui ne parvenait pas à se dissiper depuis la mi-journée, quand elle avait désiré de toutes ses forces que Nefer survive.

Adna en était un peu responsable. Il lui avait rendu son poignard. Sans explication. Avait-il des raisons de croire que ses hommes pouvaient se rebeller? Entrait-on dans une contrée peu sûre? Amasya, la ville-résidence de Gülbehar, était à deux journées de cheval. Tous les points de contrôle sur les ponts et à l'entrée des bourgs étaient renforcés, mais les troupes qui filtraient l'arrivée des caravanes n'étaient pas toutes favorables à la kadine abandonnée qui régnait à Amasya. Partout il y avait des agents de la favorite Hürrem, des espions de Rüstem pacha, des traîtres à la solde de kadis ambitieux jouant sur tous les tableaux. Partout il y avait des couteaux et des opportunistes pour s'en servir.

Ils remontèrent une rue pouilleuse. Des Turcs indolents se tenaient sur le pas des portes des échoppes et des maisons et dévisageaient sans comprendre cette femme voilée, l'eunuque et le superbe janissaire flanqué de huit piquiers, comme s'il était inconcevable pour eux d'être aussi proches de tels personnages.

Nefer retrouva des sensations perdues : la viande pourrissant aux crocs des étals des bouchers, le mastic des lentisques de Chio répandant un parfum anisé. Ses vêtements s'imprégnèrent de l'odeur de friture des *beurek* et de la senteur des pois secs réduits en purée, qui le liaient plus sûrement à l'empire que les chaînes forgées dans les ateliers de Galata.

Il est vrai qu'il ignorait ce que signifiait réellement la liberté, mais il sentait qu'elle devait différer de son long séjour à Venise. Il n'avait même plus d'argent pour se l'acheter. Possédait-il quoi que ce fût ? Au temps de sa splendeur dans le Palais des larmes, il n'avait pu se payer le luxe de la liberté. Il avait fui l'une des prisons dorées d'Istanbul pour une cage d'argent à Venise. Parce qu'il n'était pas un homme, il ne pouvait répondre à tous les appels de la vie du vaste monde, mais il pouvait encore en expliquer le sens à Cecilia. Ses yeux se plissèrent. On arrivait devant la maison de l'ihtiyarlar. Elle reflétait la puissance du personnage qui devait être fort riche. Au moins, on allait pouvoir se rassasier et s'allonger sur des tapis. Elle tenait plus du *konak* que des masures en briques et en torchis qui poussaient comme des champignons sur la pente qu'ils venaient de gravir.

– C'est un konak, dit-il sans cacher sa surprise.

Cecilia s'étonna de découvrir en pareil endroit une grande maison bourgeoise en pierres blanches. Deux corps de bâtiment entourés d'un mur d'enceinte la constituaient. Ils étaient reliés entre eux par un ouvrage de bois aux fenêtres grillagées. Ce couloir suspendu était le lien entre le monde des hommes et celui des femmes, entre le *selamlik*[1] et le harem. Des voix se manifestèrent, mais il fut impossible de savoir à qui elles appartenaient. Ceux qui commentaient l'arrivée du mouzhir agha et de ses prisonniers se tenaient sur les balcons fermés par des persiennes ajourées.

La porte d'entrée du konak, comme celle de l'enceinte, était grande ouverte, preuve que le maître des lieux ne craignait guère les voleurs. Un magnifique banc de pierre en marbre blanc soutenu par deux dauphins était placé sous le large porche. Seuls les puissants se servaient d'un tel banc pour monter à cheval ou en descendre. Et le puissant était là, avec ses frères, ses fils et ses neveux derrière lui.

L'ihtiyarlar avait au moins quatre-vingts ans. Sa face était ravinée, tavelée de taches brunes, à moitié dissimulée sous une épaisse barbe jaunie qui descendait très bas sur sa poitrine. Très grand, il se tenait droit dans un long dolman de satin beige aux boutons d'ivoire et scrutait Cecilia de ses yeux vifs.

– Sois la bienvenue dans ma maison, dit-il en la saluant d'une inclinaison de tête, la main à plat sur la poitrine.

Tous les hommes l'imitèrent. Le regard de la captive était celui d'une reine. Le voile ne suffisait pas à cacher la beauté du visage et tous se seraient damnés pour un seul baiser de cette odalisque.

– La Porte fait toujours les meilleurs choix, dit l'ihtiyarlar avec quelque chose d'égrillard dans le ton.

– C'est pour cela que je t'ai choisi en son nom, pour que tu loges cette vierge réservée au Seigneur du cou des hommes, répondit Adna en toisant tous les mâles qui n'avaient d'yeux que pour Cecilia.

---

1. Habitation principale des hommes.

Le message était clair. Ils sentirent soudain peser sur eux la justice expéditive du sultan. Cecilia devint alors comme un danger pour leur vie et ils n'eurent plus envie de sentir son souffle sur leur visage, d'étreindre ses hanches et de caresser sa poitrine menue. Plus envie du tout !

– Je vais la conduire dans mon harem et ordonner que les plus beaux vêtements de mes femmes soient à sa disposition, dit le vieux sage.

– Tu l'y conduiras aussi, dit Adna en désignant Nefer.

– Lui !

– Un eunuque peut-il t'offenser ?

L'ihtiyarlar regarda Nefer avec un sourire d'ironie.

– Non... qu'il me suive aussi. Je dois te demander de m'attendre, ajouta-t-il à l'intention d'Adna, qui prit des dispositions et posta deux gardes dans la première cour.

Ils avaient laissé derrière eux les cuisines, les chambres des esclaves et des domestiques, la salle de réception au premier étage avec ses tapis précieux et son divan couvert de coussins, pour franchir l'espace qui séparait le sélamlik du harem. Leurs pas résonnèrent sur le plancher du couloir suspendu au-dessus d'un jardin. Un homme encore plus âgé que l'ihtiyarlar les attendait à l'extrémité de cette passerelle éclairée par des lampes à huile posées sur des trépieds de bronze. Il avait la responsabilité de la clef des appartements des femmes et ne s'en séparait que pour la remettre à son maître.

Il la lui tendit. Elle était toute ciselée. Preuve de son privilège d'homme et de chef, le nom de l'ihtiyarlar était gravé sur l'anneau. Cecilia contempla l'objet qui ouvrait la porte d'un monde que lui avait décrit des dizaines de fois Nefer. Elle s'arrêta de respirer lorsque le pêne repoussa les mécanismes huilés.

La porte s'ouvrit sur une grosse femme au visage couperosé.

– Shulé, ma première épouse, dit l'hôte.

A ce moment, dans un bruit d'étoffes froissées, de respirations haletantes, d'autres épouses et des servantes apparurent, retenant une marmaille de garçonnets et de fillettes dans les plis de leurs chemises de taffetas ou de coton brodé. L'odeur écœurante de leurs parfums sembla absorber brusquement tout l'air du couloir. Leurs yeux démesurément agrandis par le khôl se posèrent avec intensité sur la jeune fille, ils clignotèrent en découvrant l'eunuque.

Nefer les impressionna. Elles le trouvèrent repoussant, d'une laideur effrayante. Shulé, par une mimique de dégoût, fit comprendre à son époux que ce monstre devait rester sur le seuil du harem et partager la natte du responsable de la clef, mais l'ihtiyarlar ne tenait jamais compte de l'opinion de ses femmes. Il estimait qu'elles devaient lui obéir en toutes circonstances, lui donner du plaisir et des enfants mâles. Cela lui coûtait assez cher en cadeaux de toutes sortes.

Il pénétra dans le harem avec Cecilia et Nefer et se dirigea vers la plus grande des chambres.

– Je ne veux pas qu'ils dorment ici, dit la première épouse en barrant soudain l'accès à la pièce.

Elle avait l'air d'un gigantesque temple de chair aux colonnes plantées dans des babouches noires. Sa figure, qui tremblait aux secousses de sa mâchoire s'ouvrant et se refermant sur les mots, n'exprimait que la haine.

– Ils ont le mauvais œil, ajouta-t-elle.

– C'est moi qui décide dans cette maison ! dit le maître du konak. Ecarte-toi, femme !

L'imposante mère du premier enfant mâle avait des droits sur son territoire, mais elle lut dans le regard cruel de son vieil époux que son devoir était d'obéir sans délai. Elle quitta sa position et se replia derrière les esclaves de sa suite, accourus à un signe du maître. Il leur donna des ordres, puis demanda aux autres épouses de l'écouter. Elles étaient trois, soumises. La plus âgée ne devait pas avoir trente-cinq ans, la plus jeune allait sur ses dix-sept ans et avait déjà porté une fille dans son ventre. Elles n'émirent aucune protestation quand leur mari exigea qu'elles présentent leurs plus beaux vêtements à « l'invitée ».

La plus jeune, qui s'appelait Khâzine, « Trésor » en turc, eut même droit à une caresse. Le geste était sans équivoque. Elle venait d'être choisie pour la nuit à venir. Entre elle et Cecilia, l'attirance fut immédiate.

Dès que l'ihtiyarlar quitta le harem, elle la prit par la main et la conduisit dans sa propre chambre toute couverte de tapis. Des armoires peintes de motifs floraux contenaient des matelas et des couvertures en poil de chèvre. Un brasero trônait sur des pieds d'airain en forme de serpents. Trois grands coffres, qu'elle ouvrit pour le plaisir des yeux de la Vénitienne, protégeaient ses vêtements. Dans le premier des chemises et des caleçons de toutes les couleurs y étaient empilés. Khâzine prit l'une de ces chemises légères et la déploya devant le corps de Cecilia.

– Tu es plus grande que moi, dit-elle.

– Je ne pourrai jamais porter cela, dit Cecilia en cherchant ses mots dans la langue des Osmanlis.

La chemise rouge, rayée de bandes safran, était transparente.

– Pourquoi pas, puisqu'on la cache aux regards, dit la jeune épouse en ouvrant le second coffre, plein de *férédjés*.

Ces férédjés, vêtements féminins de dessus que d'autres appelaient caftans, avaient dû coûter une fortune au maître. Nefer, qui était sensible au luxe, ne put s'empêcher de les toucher au fur et à mesure que Khâzine les sortaient pour les étaler sur les tapis. Ils avaient été coupés dans des draps d'Angleterre, de Hollande et de France. Ecarlate, vert olive, vieil or, bleu émeraude, ils multipliaient les broderies et les motifs si bien qu'on ne se lassait pas d'en suivre les détails du bout des doigts. Ces vêtements magnifiques avaient été conçus pour des déesses emprisonnées.

La tristesse se peignit sur les traits de Cecilia.

– Ils ne te plaisent pas?

– Je n'ai jamais rien vu d'aussi beau, répondit-elle en se forçant à sourire.

– Là où tu vas, ils seront encore plus beaux, dit Khâzine en soupirant.

Cecilia sentit la rébellion monter en elle. Elle avait son poignard caché sous les plis de sa robe de velours déchirée. Elle pouvait s'en servir pour se tailler un chemin jusqu'aux écuries où elle s'emparerait d'un cheval. Et si Khâzine le désirait, elle l'emmènerait avec elle.

La montée de sa violence fut de courte durée. Un cri de bébé la ramena à la raison. Il venait d'un berceau posé près du divan. Comme il était dans le coin le plus sombre, elle ne l'avait pas remarqué en entrant dans la chambre. Il était fait d'une simple caisse de bois aux bords arrondis.

Le bébé se mit à pleurer. Une femme de forte corpulence aux cheveux longs et frisés apparut au moment où, attirée par l'enfant, Cecilia se penchait au-dessus du berceau. Elle bouscula la jeune fille en poussant une sorte de rugissement.

– Ne la touche pas!

– Je lui en donne le droit, intima Khâzine en prenant le bébé dans ses bras pour le remettre à Cecilia. Tiens, prends-la, elle s'appelle Shirâne.

– Un grand malheur s'abattra sur ta fille, dit la femme qui, forte de ses droits de nourrice des enfants, mit son bras entre l'enfant et la poitrine de Cecilia.

Ce geste provoqua l'irritation de Nefer. L'eunuque repoussa la *ninè*. Du temps où il exerçait sa charge au Palais des larmes, il avait toujours eu des rapports conflictuels avec les nourrices.

– Retourne sur ta natte ! dit-il en retrouvant la voix et l'intonation qui impressionnaient tant les femmes du harem.

– C'est peut-être toi qui vas la nourrir avec ton lait ? ironisa la ninè.

– Quel âge a ta fille ? demanda-t-il à Khâzine.

– Cinq mois.

– Je crois qu'il est temps de l'accoutumer au lait animal.

Cecilia était nue dans le bassin de marbre où chantait une fontaine. Deux Arméniennes lui frottaient le dos et la poitrine, lissant sa peau savonnée de leurs doigts adroits. Rougissante, gênée, elle ne parvenait pas à accepter le naturel de ce rituel réservé aux favorites et aux épouses des riches demeures ottomanes. Pire, elle ne pouvait pas soutenir le regard admiratif de Khâzine. Cette dernière, allongée sur une table recouverte de faïences bleu et vert, offrait son corps aux soins d'une autre servante qui versait une huile parfumée dans le creux de ses reins.

Cecilia découvrait des sensations qu'elle jugeait coupables. Pareils aux friselis d'une eau caressée par la brise, des frémissements parcouraient ses membres, sa poitrine, se perdaient sous le duvet naissant qui ombrait légèrement le bas de son ventre. Les Arméniennes, qui sentaient son trouble, ne voulaient surtout pas mettre fin à cette sujétion. Elles précisaient leurs gestes et, de tapotements en titillations, en faisaient des câlins qui raccourcissaient le souffle de la belle captive.

– Tu iras très loin, dit Khâzine qui voyait de quelle chair était faite la jeune fille s'éveillant à la sensualité.

– Que veux-tu dire par là ?

– Que le seigneur qui te choisira fera de toi une kadine très riche et enviée.

– Comme toi ?

– Oh moi, je ne suis que la quatrième épouse d'un marchand de chevaux.

– Comment peux-tu accepter d'être la quatrième ?

– Le Coran autorise quatre femmes à un homme, à condition qu'il puisse les entretenir. Et je préfère être la dernière épouse de cette maison que la première odalisque d'un palais d'Istanbul.

– Moi, je ne serai jamais la première épouse d'une liste. Je ne partagerai jamais l'amour d'un homme avec d'autres femmes.

– Il faut savoir partager sans aimer. Tu apprendras à étouffer tes sentiments et à prendre du plaisir.

Sur ces mots, elle laissa retomber sa tête entre ses bras, tandis que la servante osait une caresse plus précise, oignant d'huile les nymphes qui demandaient à s'ouvrir.

Cecilia contempla la jeune épouse qu'on préparait pour la nuit. Elle ne pouvait se faire à l'idée que ce corps à peine sorti de l'adolescence, déjà meurtri par une grossesse, allait être offert à ce tyrannique vieillard qui vendait des chevaux. Elle ne désirait plus être la complice de ce système qui rabaissait les femmes aux rangs des animaux domestiques. Elle repoussa les Arméniennes qui cherchaient à attirer ses faveurs et des baisers. Mieux valait la mort !

49

La mort glissait sur le fleuve vert. Les deux envoyés du kazasker Hodja laissaient filer leur esquif au gré du courant. Ils percevaient avec une acuité extraordinaire les mouvements des petits animaux sur les rives. Les constellations leur apparaissaient comme des chapelets flamboyants que leurs regards, agrandis par les drogues, prenaient pour les joyaux d'Allah. Ils savaient exactement où ils se rendaient. Le kazasker avait des espions partout. Ils abordèrent près du village, précisément à l'endroit où s'élevait une ancienne chapelle byzantine ruinée par les guerres des premiers conquérants seldjoukides. Aussitôt leur guide, un berger qu'on aurait pu prendre pour un enfant tant il était petit de taille, apparut entre les murs écroulés.

– C'est la nuit du destin, dit-il aux deux arrivants.

Il n'attendit pas de réponse. Il n'y avait rien à ajouter. Ces mots venaient de la bouche même du juge Hodja. Il montra un chemin qui s'enfonçait entre deux haies de mûriers sauvages. Les deux hommes le suivirent. Ils auraient pu fermer les yeux, écouter battre son cœur, sentir l'odeur âcre qui se dégageait de lui, sans perdre sa trace. Ils étaient pareils à des prédateurs de la nuit, se rapprochant d'une proie qui ne pouvait leur échapper.

Le village et sa mosquée, opalescents sous les rayons d'une demi-lune qui venait de se lever au-dessus de la montagne, appartenaient à un monde qu'ils ne reconnurent pas. Tous leurs sens, leur esprit étaient tendus vers le but à atteindre. On leur avait promis mille récompenses. Ils avaient la certitude d'agir pour le bien. Cet acte, et bien d'autres qu'ils avaient accomplis auparavant, leur faciliterait l'accès au paradis. Le sang qu'ils répandaient les purifiait. Ils étaient des « Justes » armés par le kazasker Hodja pour la plus grande gloire de Dieu.

Tout dormait dans la petite agglomération. Quelque part, un chien aboya, un chat miaula, un enfant pleura. Des bruits rassurants. Le berger avança jusqu'à la mosquée. Là, pris d'une crainte subite, il attendit que le silence reprenne possession des masures et des jardins. Il avait touché deux piastres d'or pour conduire ces inquiétants serviteurs du kazasker. Il lui aurait fallu un an pour économiser une telle somme, lui qui vivait de l'échange de lait de chèvres et de peaux de bête.

La proximité de la maison de Dieu pesa sur sa conscience, mais le poids de l'or, presque insignifiant dans la poche cousue sur sa chemise, pesa plus encore, et il reprit le chemin menant au konak du chef du village.

Le konak était vivant. Cecilia en captait les grincements, les respirations. Au-dessus d'elle, la charpente craquait. A trois pas du matelas sur lequel elle était allongée, la première épouse ronflait. Shulé libérait son souffle de forge. Elle avait parlé dans son sommeil, des imprécations avaient franchi ses lèvres avant d'être balayées par des grondements de gorge.

Cecilia ne dormait pas. La nuit s'était refermée sur elle. Des formes nimbées par l'imperceptible lumière qui passait à travers les jalousies, elle ne distinguait que celle de Nefer enroulé dans sa couverture et l'arrondi du corps de Shulé sur le divan.

Un bruit différent des autres attira son attention. Il fut bref et métallique. Quelqu'un venait d'actionner la serrure du harem. Ce ne pouvait être que le maître en quête de plaisir avec la jeune Khâzine. Mue par une force incontrôlée et des envies non avouées, elle quitta son matelas et sortit de la chambre.

La pièce principale du harem était occupée par les servantes allongées sur leurs nattes. Elles étaient des silhouettes sombres, des tas immobiles, à peine humains. Cecilia entendit la mélodie joyeuse de la fontaine du hararet tout proche, puis le glissement des pas.

Elle vit l'ihtiyarlar se déplacer. Fantôme vêtu d'une longue chemise blanche qui cachait la maigreur de son corps, il s'approcha d'elle. Son regard étonnamment brillant se posa sur elle, glissa du visage à la poitrine. Sa main suivit ses yeux. Du bout de ses doigts osseux, il se permit de toucher la joue, le menton et la rondeur d'un sein de la jeune fille avant de sentir le contact froid du kandjar sur son cou.

– As-tu hâte d'en finir avec la vie ? demanda Cecilia.

Il comprit qu'elle n'hésiterait pas à se servir de l'arme soudainement apparue. Il eut un mouvement de recul. Tout désir disparut de son regard un instant troublé par la peur.

– Un jour, tu subiras l'homme et je prie le Seigneur que cela se fasse dans la douleur, dit-il en s'éloignant.

Cecilia contempla l'horrible vieillard qui s'introduisait chez Khâzine. Elle tremblait, proche du malaise. Son aversion pour le maître du konak était telle qu'elle se fit violence pour ne pas se rendre dans la chambre de la quatrième épouse et planter son poignard dans le dos de cet homme.

Les piquiers du mouzhir agha baignaient dans leur sang. Ils n'avaient pas vu venir les ombres. Les lames tranchantes avaient coupé leurs gorges aussi facilement que celles des moutons à la fin du ramadan.

Le berger regarda les corps étendus. Ils appartenaient à des soldats de l'armée du sultan. C'était un crime... voulu par le juge des armées. Il se sentit soudain terriblement en danger, pris entre la cruauté du kazasker et la vengeance du janissaire Adna. Sa mission était terminée. Il regarda autour de lui. Là où, quelques instants auparavant, se tenaient les deux assassins, il n'y avait plus qu'un frémissement de feuilles agitées par un courant d'air. Fuir... rejoindre les escarpements des montagnes et disparaître pendant quelque temps avec ses chèvres, voilà ce qu'il lui restait à faire. Il retrouva ses jambes de coureur des cimes et fut plus rapide qu'une panthère des neiges. En moins de temps qu'il n'en faut pour réciter la première sourate, il grimpa jusqu'à la lisière d'une forêt et disparut.

Cecilia n'avait pas bougé. Un halètement bref suivi d'un cri léger lui était parvenu de la chambre de Khâzine. La quatrième épouse avait été prise si brièvement qu'elle se demandait en quoi consistait l'acte amoureux perpétré par le vieillard. Elle se souvenait des étreintes de Beatrice et de Joao, des histoires interdites lues dans la bibliothèque de son père. A l'évidence l'ihtiyarlar ne connaissait pas les caresses condamnées par l'Eglise.

Ce qu'il avait cependant fait entre les cuisses de sa jeune épouse devait le tourmenter, car à peine sorti de la chambre, sans remarquer la présence de Cecilia, il se rendit à la fontaine de l'hararet, enleva sa chemise, lava ses parties intimes et tomba le front contre le sol en se repentant :

Au nom de Dieu, le Tout miséricorde, le Miséricordieux
Louange à Dieu, Seigneur des univers
Le tout miséricorde, le Miséricordieux

Le roi du Jour de l'allégeance.
C'est Toi que j'adore, Toi de qui le secours implore.
Guide-moi sur la voie de la rectitude
La voie de ceux que Tu as gratifiés, non pas celle des réprouvés, non plus que de ceux qui s'égarent.

La voie de la rectitude, les deux envoyés du kazasker Hodja ne connaissaient qu'elle. Allah avait endormi la confiance des mécréants qui habitaient ce konak. Aucune porte n'était verrouillée ; on ne connaissait pas le vol à la campagne, et personne ne se serait risqué à pénétrer dans la maison d'un chef. Tous les konak se ressemblaient, les maîtres logeaient à l'étage et les serviteurs au rez-de-chaussée. Ils passèrent devant les cuisines, le réservoir, les chambres, se firent légers sur les marches de l'escalier de bois, invisibles en coupant à travers les appartements familiaux où dormait le clan.

Quand le gardien des clefs les vit arriver par le couloir suspendu qui reliait le selamlik au harem, ils se mirent à courir, pointant leurs couteaux. Le gardien qui attendait l'ihtiyarlar, touché au cœur et au ventre, resta plaqué sur la porte qu'il n'avait jamais eu le droit de franchir. Sa tête heurta l'huis. Il n'eut pas le temps de ressentir la douleur et mourut sans pouvoir défendre son maître.

L'ihtiyarlar avait purifié son cœur et son corps. Il était rassasié, las. Oublieux du désir qu'il avait éprouvé pour Cecilia et de celui qui lui avait fait perdre sa semence dans le ventre de Khâzine, il resta un moment à écouter le chant de la fontaine. L'eau s'écoulait comme les heures de la vie. Une tristesse s'empara de lui. Peut-être avait-il trop vécu ?

Que faisait l'ihtiyarlar dans le hararet ? Cecilia demeurait à l'écoute. Puis, il y eut ce choc sourd contre la porte du harem. Quelque chose d'anormal venait de se produire. Elle avait pris l'habitude de reconnaître les bruits dans le palais de son père. Elle avait passé quinze ans de sa vie à guetter l'arrivée de la duègne qu'elle craignait, de sa mère dont elle espérait la tendresse, des servantes à la cuisse légère. Mais celui qu'elle avait entendu n'était ni dur, ni tendre, ni léger. Il était la mort. Elle en avait la certitude.

Elle rompit enfin son immobilité et, regagnant la chambre de la première épouse, elle réveilla Nefer.

– Nous sommes en danger, murmura-t-elle.

– En danger ?

Nefer se redressa brutalement et vit qu'elle tenait le poignard. Pâlissant, il retrouva des réflexes anciens. Des dangers, il en avait frôlé dans le Palais des larmes. Des eunuques étranglés étaient morts à ses côtés pour n'avoir pas su plaire au Grand Seigneur ; des femmes avaient tenté de l'empoisonner. Il lorgna vers Shulé. La grosse épouse vrombissait, faisant trembler sa carcasse. Il rampa vers le brasero monté sur un trépied de bronze et s'empara du tisonnier. Puis il tendit la main à Cecilia.

– Viens !

Ils ne purent franchir le seuil de la chambre. L'ihtiyarlar était dans la salle de réception des femmes sur laquelle donnaient toutes les pièces du harem. Il marchait à petits pas comme le font tous les vieillards qui n'ont plus le parfait usage de leurs jambes.

Le maître se sentait las. Bientôt il n'arriverait plus à honorer ses femmes. Il ne montait plus son cheval favori depuis longtemps. Peu à peu les ans gommaient les plaisirs de la vie. Tout lui échappait et il n'en éprouvait même plus de dépit.

Les envoyés du kazasker Hodja surgirent soudain devant lui, brandissant leurs couteaux rougis du sang des victimes. Ils le frappèrent à la vitesse du cobra qui se détend pour planter ses crocs. Rien ne semblait pouvoir les arrêter, ni le nom de Dieu inscrit dans l'ultime pensée du mourant qui s'effondrait, ni les cris des esclaves qui s'étaient réveillées.

Pourtant, une bête féroce et hurlante surgie de l'une des pièces se jeta sur eux.

Nefer n'avait écouté que son amour pour Cecilia et avait bondi sur les deux démons. Son tisonnier rencontra le ventre de l'un des assassins. Les vêtements, la peau, les muscles ne résistèrent pas à cette flèche poussée par les trois cent cinquante livres de la masse de l'eunuque.

– Fuis ! hurla-t-il à Cecilia.

Il tenta de se débarrasser de l'homme qu'il venait de trouer de part en part, mais ce dernier, mû par une force diabolique, s'accrocha à lui et commença à le taillader. Un autre lame s'enfonça dans son dos, le complice du blessé le frappait par-derrière.

Cecilia hésita. Nefer avait besoin d'aide. Quelqu'un la poussa, la prit par la main et l'entraîna.

– C'est toi qu'ils viennent chercher, pars ! Il faut sortir d'ici !

C'était Khâzine. Elle avait sa fille sous son bras, Cecilia se laissa emporter tandis que les autres épouses, hurlantes, se précipitaient sur le corps de leur époux.

Le couloir sombre s'étendait devant Cecilia et Khâzine, mais, lorsqu'elles virent surgir d'autres hommes armés, elles surent qu'elles étaient perdues. Cecilia avait déjà fait face au danger sur la galère vénitienne, elle saurait encore se servir de son poignard. Devançant la jeune mère effrayée, elle marcha vers les nouveaux venus.

– Range ton arme ! cria une voix qu'elle reconnut aussitôt.

Adna ! Le mouzhir agha était à la tête d'une dizaine de yayas. Soudain, le janissaire bondit, une lame passa entre les deux femmes. Le sicaire d'Hodja s'apprêtait à frapper Cecilia. Le sabre d'Adna se ficha entre ses yeux, mais il n'en fut pas pour autant abattu. La drogue le poussait encore à accomplir l'acte saint pour lequel il avait été choisi. Tuer l'impure...

Des piques en vinrent à bout. On tuait ainsi les loups et les sangliers solitaires. Adna le repoussa du pied alors qu'il demeurait à genoux, perdant la vie par toutes les plaies de sa poitrine et de son ventre. Puis il pénétra dans le harem où se lamentaient les femmes et les servantes. Il vit l'eunuque renversé sur le second assassin. Lui aussi s'éloignait de la vie ; il avait été touché à tant d'endroits que ses vêtements paraissaient teints de pourpre.

Nefer sentait qu'il partait, qu'il ne verrait jamais plus l'aube se lever sur ce monde, ni les yeux noirs de Cecilia s'ouvrir au matin radieux. Elle était là, sa fille aimée, penchée sur lui, sa petite Vénitienne qu'il quittait bien trop tôt. La main de la jeune fille serra la sienne. Une larme se détacha des cils de Cecilia, tomba sur son front, le brûla, lui déjà si froid. Il emporta cette goutte de vie dans un au-delà où il redeviendrait un homme.

Cecilia serra les dents. Ceux qui avaient commandité ce crime seraient punis ; elle le jura en trempant ses doigts dans le sang de ce mort qu'elle n'avait pas assez aimé. Puis elle adressa un terrible regard vengeur à Adna.

– Qui veut ma mort ?

– Nombreux sont ceux qui veulent ta mort, répondit le janissaire, mais il est des noms qu'on ne peut prononcer sans encourir soi-même la mort. Dans deux jours, tu seras à l'abri... Provisoirement.

Khâzine, qui pénétrait de nouveau dans ce harem dont les jours étaient comptés, vit les deux épouses éplorées qui allaient être reléguées et la première, Shulé, que la mort de l'ihtiyarlar propulsait au statut de mère du nouveau chef de la communauté, son fils âgé de trente ans. Et elle comprit que sa vie allait devenir un enfer car personne ne voudrait plus d'elle à présent.

Tendant son bébé à bout de bras, elle s'agenouilla devant le mouzhir agha.

– Emmène-moi avec toi !

– Je n'en ai pas le pouvoir, répondit Adna.

– Et qui a le pouvoir ? demanda Cecilia.

– Celle chez qui tu vas apprendre à devenir une odalisque : Gülbehar.

– Je te sauverai, dit Cecilia en prenant la jeune maman et l'enfant contre elle... je te sauverai.

50

Gülbehar, que lui restait-il de ce nom qui signifiait « Rose de printemps » ? Elle se regarda dans le miroir, il lui renvoya l'image d'une fleur fanée. Certes encore belle, mais d'une beauté automnale. De fines rides aux coins des yeux en amande, d'autres aux commissures des lèvres, les traits relâchés de son visage, l'empâtement du menton, tous ces petits riens de l'usure annonçaient son déclin.

Elle refusa de laisser glisser son regard sur son corps qui s'était arrondi, sur sa poitrine affaissée, sur ses jambes devenues trop lourdes. Quatre ans auparavant, elle avait pris conscience qu'elle n'éveillait plus le désir de Soliman. Et elle avait dû laisser sa place à Hürrem, sa jeune et ambitieuse rivale.

– Je suis toujours la première kadine ! cria-t-elle.

Si fort que la kiaya des servantes accourut.

– Maîtresse !... tu as mal ?

Gülbehar se tourna vers la vieille kiaya qui venait de lui donner du « maîtresse », comme au temps de sa gloire dans le Palais des larmes, et retrouva sa bonne humeur.

– Rassure-toi, Zora, je ne suis pas près de mourir.

La kiaya n'en était pas aussi sûre. Elle s'approcha de la kadine et lui toucha le front. Elle seule pouvait se permettre un tel geste. Elle devait ce privilège à vingt-cinq ans de loyaux services et d'un indéfectible attachement à celle qui l'avait élevée au rang de kiaya, tutrice des servantes et des esclaves attachée à une épouse impériale. Si Gülbehar était rappelée à Dieu, elle, Zora, serait jetée à la rue. Cette perspective lui glaçait les os. On ne voudrait même pas d'elle comme mendiante dans les rues d'Amysia et encore moins dans celles d'Istanbul où un couteau était prêt pour elle.

– Tu n'as pas de fièvre, dit-elle en soupirant.

– J'ai pourtant le corps en feu, répondit Gülbehar.

– Tu pourrais...

– Non ! Mille fois non ! J'appartiens au sultan.

Zora se tut. Elle avait maintes fois essayé, au risque de sa vie, de lui faire prendre un amant. Ici, dans cette forteresse perdue, on était loin du harem de Topkapi. Il n'y avait plus d'eunuques pour surveiller les femmes et, privilège de son abandon, il arrivait à la kadine de recevoir des messagers et le mouzhir agha Adna dans les appartements aménagés dans l'aile ouest de cet édifice militaire.

Gülbehar était ulcérée. Trahir Soliman... c'était impensable. Pourtant... Les tentations évoquées par Zora la déprimaient. Il lui arrivait parfois de s'exaspérer du désir d'un homme. Au fond, au plus profond d'elle-même, elle était tentée de violer sa parole de femme fidèle ; seule la crainte de perdre à jamais la bataille contre Hürrem la retenait encore.

Gülbehar resta songeuse. Et, comme elle se disait que jamais plus elle ne connaîtrait le plaisir entre les bras de l'homme qu'elle aimait, n'étant plus tenue par le respect que lui inspiraient le Coran et l'Etat, elle eut une pensée très forte pour celle, cette inconnue, qui parviendrait à ravir à Hürrem le cœur du sultan.

– Fais-toi belle, dit Zora.

La kiaya avait ouvert un coffret plaqué d'ivoire et de feuilles d'argent. Dans un scintillement d'or et de pierres précieuses, les bijoux de la kadine captèrent le feu de son regard. Zora ne se lassait jamais de les contempler; il lui arrivait parfois de parer ses poignets, son cou et ses doigts de ces merveilles exécutées par les plus grands orfèvres d'Inde et d'Italie, ou par les artistes choisis parmi les meilleurs d'Istanbul. Le contenu de ce coffre aurait pu servir à lever une armée.

La kiaya en retira une paire de boucles d'oreilles, faites de deux émeraudes aussi grosses que des petites figues. Ces pierres avaient été arrachées au cœur des roches de Kandahar, taillées à Islamabad, retravaillées à Alexandrie. Des hommes s'étaient entre-tués pour les posséder, des femmes s'étaient soumises à toutes les bassesses pour pouvoir les porter.

Elles n'éveillèrent que de l'amertume dans le cœur de Gülbehar. Soliman les lui avait offertes après leur première nuit, en échange de sa virginité et du titre d'iqbal. C'était il y a longtemps, mais c'était hier. Aujourd'hui, Hürrem était en possession d'un trésor bien plus considérable. On disait qu'il ne se passait pas une semaine sans que cette chienne, qui se targuait d'être tartare mais en vérité n'était qu'une misérable polonaise de Lvov, fille d'un prêtre orthodoxe, ne reçût des cadeaux magnifiques envoyés par le Seigneur du cou des hommes qui faisait la guerre aux confins de l'empire.

Elle écarta la main de la kiaya qui lui présentait les boucles. Zora revint à la charge avec un collier de perles blanches et noires qui avait appartenu à une princesse perse.

– A quoi bon, Zora?

– Pour nous plaire, à nous, les servantes... Et à ton fils qui va revenir bientôt de son inspection.

Au mot fils, le regard de la sultane s'illumina. Mustapha était bien le seul devant lequel elle voulait paraître en impératrice. Il était son unique raison de vivre, celui qui la laverait de toutes les hontes infligées par Hürrem.

Il était sa force, son épée, le premier enfant mâle de Soliman, l'héritier par lequel elle deviendrait la « Couronne des têtes voilées ». Ce titre ferait d'elle la plus puissante des femmes de la Porte. Alors, elle se vengerait, elle assisterait à la mort lente d'Hürrem.

Une servante vint l'avertir de l'arrivée d'un messager. Le cœur de Gülbehar tressaillit. Zora la revêtit d'un voile, répandit du parfum, rangea les coussins du sofa et se posta à sa droite, comme l'aurait fait un grand vizir dans la salle du trône.

Le messager entra. Il portait le casque conique des cavaliers, la cotte de mailles et le pantalon bouffant bleu et marron. C'était un sipahi. Il s'inclina en faisant le *temennah*, portant la main droite au cœur, aux lèvres et au front et évitant de la regarder.

– Délivre-moi ton message, dit la kadine.

Une sacoche de cuir pendait sur sa hanche. Il en sortit un tube en bois qu'il remit à Gülbehar. L'étui contenait un parchemin roulé et scellé au nom du Seigneur des seigneurs. Elle n'attendait pas grand-chose de ce message, elle n'attendait plus rien de son époux. Elle déroula la missive et lut :

« Moi qui suis le Sultan des sultans, le Souverain des souverains, le Distributeur des couronnes aux monarques du globe, l'Ombre de Dieu sur terre, le Sultan et Padichah de la mer Blanche, de la mer Noire, de Roumélie, d'Anatolie, de Karamanie, de Roum, de Dulkadir, de Diyarbekir, du Kurdistan, de l'Azerbaïdjan, de la Perse, de Damas, d'Alep, du Caire, de La Mecque, de Médine, de Jérusalem, de toute l'Arabie, du Yémen et des autres pays que mes nobles ancêtres – Dieu fasse resplendir leur tombe ! – ont conquis et que mon auguste Majesté a également conquis de mon épée flamboyante, le sultan Soliman Khan, fils du sultan Sélim, fils du sultan Bayazid, t'ordonne de cesser toute activité visant à nuire aux intérêts de la Porte.

J'apprends – Dieu bénisse les amis de l'Islam qui m'ouvrent les yeux – que tu entretiens une correspondance avec le doge de Venise et que tu cherches à faire entrer des jeunes chrétiennes sur nos terres pour je ne sais quel complot. Quand j'aurai achevé d'asservir la Moldavie que trois batailles ont mise à genoux, tu me verras sous les murs de la citadelle d'Amasya. Puisse Dieu préserver mon fils Mustapha de tes menées souterraines et m'éviter d'appliquer la charia à ton égard. Celui qui est le Maître du cou des hommes te salue. »

Gülbehar se retint. Partagée entre la colère et la tristesse, elle roula la missive, la remit dans son tube, se leva et se dirigea vers le brasero. Zora, dont la curiosité était éveillée, éprouva du dépit en voyant sa maîtresse poser le tube sur les charbons ardents.

– Décidément, je ne recevrai jamais de poèmes, dit Gülbehar en affichant le plus ironique des sourires. Tu peux disposer, ajouta-t-elle pour l'homme qui contemplait la mosaïque jaune du sol, il n'y aura pas de réponse.

Le sipahi recula en répétant la temennah. On entendit cliqueter sa cotte de mailles et ses bottes ferrées, puis pétiller le bois sec du tube dans le brasero. La kiaya ne parvenait pas à détacher ses yeux de la fumée qui s'envolait avec les secrets du message. Qu'avait bien pu écrire le sultan pour que la première kadine soit dans cet état ?

– A-t-on préparé la chambre de la jeune esclave dont on m'a signalé l'approche ? demanda Gülbehar.

– Tout est prêt.

– Je veux que tu fasses d'elle une odalisque d'exception.

– Donne-la-moi pour esclave et je l'élèverai au rang d'iqbal.

– Elle est à toi !

Zora plissa les yeux pour cacher son immense satisfaction. Durcir le cœur et le corps de cette jeune chrétienne n'était qu'une question de dressage. Et la kiaya aimait ça, dresser les filles. Elle ne pensait plus à la missive.

Gülbehar, oui... Soliman ne lui enverrait jamais de poème. Elle alla s'enfermer dans son cabinet de travail pour pleurer en silence.

La géditchi Yasmina détestait la poésie qui amollissait l'esprit. Elle ne comprenait pas pourquoi les Turcs, élevés dans la tradition nomade et guerrière, trouvaient du plaisir à faire chanter les mots. Elle, Syrienne de souche, descendant d'une lignée qui avait combattu les croisés, préférait écouter le son clair des épées des janissaires à l'entraînement, le choc sourd du yatagan abattu par le bourreau, les pleurs des esclaves subissant le fouet, le canon saluant l'arrivée d'une galère amirale.

Elle devait cependant faire semblant d'apprécier le chant poétique, surtout quand il avait été composé par Soliman et lu par Hürrem. Cette dernière avait exigé que toutes les servantes de sa suite, les odalisques qu'elle avait choisies pour confidentes, les visiteuses de l'extérieur et le chef des eunuques noirs, le kizlar aghasi Abas, fussent présents pour partager son bonheur.

Yasmina n'eut qu'un regard pour le personnage qu'elle craignait le plus dans cette petite cour parfumée et poudrée : Abas. L'eunuque occupait six poufs. Il paraissait dormir. La Syrienne connaissait bien le kizlar. Il était à l'affût, ne perdant rien de ce qui se disait, des souffles mêmes de toutes ces femmes dont il aurait voulu contrôler les pensées les plus secrètes, les rêves. Elle vit luire ses pupilles derrière ses cils. Il l'observait. Yasmina n'aimait pas être l'objet d'une telle attention. Pour échapper à cet examen, elle fit semblant de s'intéresser aux propos poétiques de sa maîtresse.

Hürrem resplendissait. Dans son caftan ivoire piqué de pierres roses qui dessinaient des ibis, elle ressemblait aux femmes peintes sur les précieuses miniatures d'Ispahan. Un énorme diamant fermait le col de ce vêtement qui avait demandé des semaines de travail aux tailleurs spécialisés dans les *hil'at* [1]. Elle avait un teint de pêche. Un savant maquillage trompait l'œil le plus expert, même celui d'Abas et de Yasmina. Elle avait trente-sept ans et en paraissait vingt. De sa voix, qu'elle pouvait moduler à l'infini, elle lisait avec passion les écrits du Maître de la Porte :

Le vert de mon jardin, mon sucre, mon trésor,
Mon amour qui ne se soucie de rien au monde,
Toi, mon maître d'Egypte, mon Joseph, mon tout,
La souveraine du royaume de mon cœur,
Mon Stamboul, Karaman, mon Empire romain,
Mes Badakhchan, Kipack, Bagdad et Khorassan,
O mon amour aux noirs cheveux, avec les arcs
De tes sourcils, tes yeux langoureux et perfides,
Si je meurs tu me tues, implacable infidèle.

Il y eut des soupirs de pâmoison quand elle acheva sa lecture. Les odalisques, qui n'avaient jamais connu l'amour si ce n'était celui qu'elles se dispensaient dans le hammam ou au dortoir, envièrent la favorite. Auraient-elles la chance d'éprouver le temps d'une nuit l'étreinte du Grand Seigneur?... Et les mots tendres précédant le baiser?... Et la force qui les rendrait femmes et mères?

Rien n'était moins sûr.

Hürrem ne le permettrait pas. Yasmina et Abas étaient ses créatures. Il se passait des choses étranges au harem; on y mourait de curieuses maladies et on y dis-

1. Les vêtements d'apparat.

paraissait tout aussi bizarrement. La favorite n'était pas – comme le disait le poème composé par le Grand Seigneur – le sucre, ou le trésor, qui ne se soucie de rien au monde. Elle dirigeait le monde.

Une lassitude étudiée modifia soudain l'expression parfaite de son visage d'impératrice. Hürrem ne voulait plus voir ces vierges et ces esclaves qui lui étaient acquises corps et âme, soumises jusqu'à l'écœurement. Elle avait vaincu Ibrahim Pacha ; elle ne ferait qu'une bouchée de Gülbehar.

A présent, elle n'avait plus d'ennemi à sa taille.

Yasmina connaissait parfaitement les désirs de la kadine. Elle frappa dans ses mains pour chasser les jeunes filles énamourées. Toutes reprirent leurs chaussures en bois de rose et vinrent s'incliner devant Hürrem avant de s'égailler dans le labyrinthe qu'était le harem. Abas fut le dernier à s'ébranler.

– Abas ?

La voix d'Hürrem l'arrêta.

– Trouve Mihrimah et amène-la ici.

Abas afficha sa surprise. Sa bouche s'arrondit découvrant ses dents qu'il limait en pointe afin de paraître plus cruel quand il souriait aux femmes punies.

– Oui, tu as bien entendu, mon cher Abas. Trouve ma fille et ramène-la par les oreilles s'il le faut.

Hürrem désirait voir sa fille. C'était un événement. Yasmina était tout aussi surprise que l'eunuque en chef. Mihrimah avait si peu de place dans le cœur de la favorite ; c'était comme si elle n'avait jamais été dans le ventre de cette mère qui préférait ses fils, les clefs de son destin.

Mihrimah était un petit animal sauvage et capricieux. Elle s'était élevée seule, usant les géditchis à son service, rendant folles ses préceptrices, l'une d'elles avait même été retrouvée pendue dans la réserve des vivres du harem. A treize ans, elle avait déjà connu tous les plaisirs qu'on peut se donner entre femmes et il ne fallait pas moins de deux eunuques pour protéger une virginité qu'elle avait juré de perdre un jour de grande colère pendant le ramadan. Elle ne craignait personne, pas même son père, le Seigneur des seigneurs qui possédait tous les cous des hommes.

Quand Abas la ramena au bout d'une demi-heure, Hürrem, son écritoire sur les genoux, répondait à son cher époux. D'une main légère, elle traçait les caractères persans de sa plume trempée dans l'encre noire de Chine. Elle ne releva pas la tête à l'arrivée bruyante de sa fille.

L'eunuque était en sueur. L'adolescente s'agitait au bout de sa grosse main refermée sur son bras voilé d'organza.

– Mère, dis-lui de me lâcher, il me fait mal !

– Je lui ai donné ce droit, répondit Hürrem en continuant à s'appliquer.

– Je vois... Et toi, pourquoi me regardes-tu ainsi ? dit Mihrimah en s'adressant à la Syrienne qui se tenait près de la cage aux rossignols.

Yasmina, le visage pincé, contenait sa fureur. Crever les yeux de cette petite peste, puis la percer d'aiguilles, était son plus cher désir, mais on ne punissait pas la fille de Soliman comme on punissait ses fils.

– As-tu terminé de broder le mouchoir comme je te l'avais demandé ?

La voix douce de sa mère la désorienta. Mihrimah contempla avec suspicion Hürrem qui ne se départait pas de son calme et continuait à écrire.

– Non.

– Tu aurais dû... Tu peux la lâcher, Abas. Laissez-moi seule avec elle.

Beaucoup de temps s'était écoulé depuis le départ de Yasmina et d'Abas. Mihrimah observait sa mère du coin de l'œil. Hürrem était tout à ses pensées. A deux reprises, elle avait recommencé cette lettre; elle l'achèverait sans l'aide du préposé impérial aux écritures.

– Y a-t-il urgence à finir cette broderie? demanda enfin la jeune fille avec prudence.

Hürrem redressa la tête. Elle trouvait dommage de quitter ainsi des mots qu'elle aimait, mais il lui fallait abandonner ce plaisir pour une occupation digne d'être pleinement goûtée : l'avenir de son incontrôlable fille.

– Viens près de moi, ma biche.

Si sa mère l'appelait « ma biche », cela signifiait « danger », « épreuve », « piège ». Mihrimah s'avança vers elle en se préparant à la riposte. Parvenue au niveau de l'épaule maternelle – Hürrem, comme les secrétaires et les comptables, écrivait à genoux – elle se mit à lire la lettre destinée à son père :

« La nouvelle de ta victoire est arrivée. Quand je l'ai entendue, Dieu sait, mon padichah, mon sultan, que j'étais morte, elle m'a rendu la vie. Un millier de milliers de mercis au Tout-Puissant. Tout l'univers a émergé des ténèbres, le monde entier est inondé par la lumière de la miséricorde divine. J'espère que tu feras la guerre, écraseras l'ennemi jusqu'à terre, prendras des royaumes et conquerras les sept pays.

Quand tes nobles lettres sont lues, elles font pleurer et gémir ton serviteur et fils Mir Mehmed et ton esclave et fille Mihrimah, parce que tu leur manques. Leurs larmes me rendent folle. C'est comme si nous étions en deuil. Mon sultan, ton fils Mir Mehmed et ta fille Mihrimah, et Sélim Khan et Abdullah t'envoient mille saluts et frottent leur visage dans la poussière de tes pieds. »

Mihrimah fit une drôle de figure. Comment sa mère pouvait-elle écrire de si gros mensonges? Aucun de ses fils ne pleurait, sauf peut-être cet idiot difforme d'Abdullah que, par compassion, on ne nommait pas Bajazet.

– Comment pourrais-je pleurer puisque tu ne me lis jamais les lettres de mon père ?

– Il faut parfois inventer des larmes pour adoucir l'existence.

– Je n'ai pas pleuré depuis longtemps !

– Il faut apprendre, mon oiseau. As-tu toujours envie de perdre ta virginité ?

Mihrimah en resta interloquée. Cette histoire de virginité était l'arme avec laquelle elle provoquait les institutions du harem et terrorisait les eunuques qui avaient confisqué tous les objets de forme phallique qui circulaient dans son entourage.

– Je ne crois pas être prête, balbutia-t-elle.

– Ce n'est qu'une question de mouchoir brodé.

– Qu'est-ce que ce mouchoir a à voir avec ma virginité ?

– Nous allons l'offrir à ton futur époux, le grand argentier Rüstem pacha.

– Mère !

– Tu n'es plus une enfant depuis deux mois. Tu es une *houri* à présent. Une fille qui a ses premiers sangs est en âge de se marier.

– Pas avec ce gros porc ! Mère, je te supplie de revenir sur ta décision.

– Mesure tes propos et ne prononce plus jamais le nom de cet animal honni d'Allah en ma présence. Rüstem est un homme admirable et considérablement riche.

– C'est un vieux !

– Il n'a que quarante ans et une seule épouse... Eh bien, voilà que tu pleures à présent. J'en suis ravie, tu apprends vite, ma fille.

Mihrimah pleurait. Ses défenses avaient cédé et toutes les larmes accumulées depuis des années se déversaient sur son visage de biche brune aux grands yeux de velours.

Hürrem désirait ce mariage, il se ferait. Elle devait s'attacher définitivement Rüstem. En faire son gendre procédait d'un plan élaboré depuis longtemps. Mihrimah était une juste récompense. Après avoir fait éliminer toutes les vierges envoyées par Venise, Rüstem méritait de déflorer la plus convoitée de toutes celles de l'empire.

51

Les énormes battants renforcés de bronze grincèrent. Douze hommes étaient nécessaires pour les manœuvrer. La lugubre forteresse s'élevait au-dessus de cette porte titanesque, constituée de blocs mal taillés qui s'encastraient les uns dans les autres jusqu'au sommet des tours d'où on devait probablement déjà sentir le vent froid d'Anatolie.

Cecilia leva la tête vers les hauteurs parées de canons et d'étendards, et tressaillit. Deux pendus accrochés à des poutres étaient la proie des corbeaux. Les croassements des oiseaux se disputant les restes pourrissants étaient affreux à entendre.

– Des voleurs, commenta Adna.

Dès qu'elle entra dans la forteresse d'Amasya, le froid la saisit. Ce lieu était une tombe, l'humidité s'y concentrait en grosses gouttes tombant des voûtes, en flaques sur des sols noircis de moisissure, en salpêtre dans les recoins sombres. En l'espace de quelques minutes, des centaines de pensées et d'images sinistres envahirent la jeune fille, lui faisant apparaître sa mort comme la seule issue possible. Ainsi, elle rejoindrait Joao et Nefer.

Des soldats se relayaient aux postes de guet, aux intersections des couloirs. Ces fantômes aux uniformes ternes l'apercevaient à peine. Au passage du janissaire, ils se raidissaient dans un vieux réflexe militaire ; mais leur âge avancé, leurs visages de grands-pères démentaient aussitôt leur attitude martiale. Cecilia éprouva de la pitié à la vue de ces hommes à barbe blanche.

Cette Gülbehar vers qui le mouzhir agha la conduisait devait être à l'image de ces gardiens de cimetière. Elle imagina l'épouse impériale en très vieille femme, la plus vieille sultane du monde. Autour d'elle, c'était un constat, la mort attendait de faucher ces ancêtres en armes. Elle devait être chauve et les bagues trop lourdes glissaient sur ses doigts amaigris et cassant comme du verre.

En parvenant devant une nouvelle porte aux ferrures noires qui s'entrecroisaient sur des coulures de rouille, Cecilia était persuadée qu'elle allait être mise en présence d'une terrifiante sorcière. Un judas marqué de trois lunes de cuivre verdi la conforta dans cette idée. Un géant blond était en faction, il avait lui aussi passé la cinquantaine, mais sa belle prestance, son regard bleu et dur et sa large épée en travers du ventre faisaient illusion.

– Heureux de te revoir vivant, Adna, dit-il en souriant amicalement au mouzhir.

– Moi aussi, Orkas.

Ils se donnèrent l'accolade. Seuls des janissaires échangeaient de telles marques d'affection. Et, à leurs mains serrées sur les épaules, Cecilia vit combien leur amitié était sincère.

– As-tu reçu mon message ? demanda le blond janissaire.

– Non, je n'ai reçu aucun message depuis mon départ d'Izmir.

– Cela ne m'étonne pas... Je t'avertissais de la présence du kazasker Hodja dans notre province.

Le visage d'Adna se décolora. Hodja... La mort en marche, le fléau de l'armée de Roumélie et le bras armé du grand argentier Rüstem pacha. Voilà qui expliquait beaucoup de choses. Il remercia Dieu d'avoir pu garder Cecilia saine et sauve jusqu'à cette porte. Désormais sa captive ne risquait plus rien, elle allait passer sous la protection de la première kadine, mère de Mustapha Khan, le fils aîné de Soliman. Plus rien ne pourrait l'atteindre.

– Le prince Mustapha sait-il pour le juge ? demanda Adna.

– Le prince est parti à la tête des troupes valides chasser les brigands qui sévissent dans les montagnes. Il sera de retour avant les premières neiges.

– Alors, nous devrons faire face à Hodja seuls.

– Que ce buveur de sang vienne sous nos murs ! Nous le recevrons à coups de canons !

– Mon épée suffira, répondit Adna en frappant la porte du poing.

Presque aussitôt un œil se montra au judas. Des verrous claquèrent. Une très vieille servante à la peau bistrée et craquelée apparut. Elle avait l'air terrible. Le regard suspicieux et scrutateur qu'elle adressa à Cecilia impressionna cette dernière. Il y avait de la méchanceté dans cette fenêtre charbonneuse ouverte sur une âme tourmentée.

– Voilà donc la merveille vénitienne ? dit-elle en tournant la tête vers Adna.

– Nous prierons Dieu pour qu'elle nous éclaire longtemps de sa beauté, répondit le mouzhir agha. Le kazasker Hodja de Roumélie est sur ses traces.

– Je sais, souffla la vieille femme.

Elle se tourna vers Cecilia et ajouta :

– Je suis la kiaya Zora. Tant que tu demeureras dans mon ombre, rien ne pourra t'atteindre.

Cecilia n'en douta pas. Une puissance émanait de ce visage creusé par les ans, quelque chose qui allait bien au-delà de la volonté et de l'opiniâtreté. Elle se força à rester impassible lorsque les doigts crochus aux ongles longs et noirs de la kiaya défirent le voile qui masquait le bas de son visage. Le bashlik tomba et les traits délicats et fiers de Cecilia furent examinés par Zora.

– Tu es réellement... exceptionnellement belle, mais l'orgueil t'habite. Et il ne sied pas à une future odalisque de se prendre pour une impératrice. Nous t'apprendrons à te montrer humble.

Cecilia ne riposta pas. Il était encore trop tôt, et elle ne savait pas quelle était la position de la kiaya dans cette forteresse, ni quelles étaient ses fonctions auprès de la première kadine.

– La maîtresse d'Amasya, de Manisa et des terres qui courent de Balikesir aux eaux fécondes du Beysehir Gölü, t'attend. Que ton front touche le tapis où ses pieds se posent et nous aurons de l'indulgence.

Cecilia toisa la kiaya et il était étrange de voir comme ses splendides et noires prunelles savaient brûler de haine et de mépris. Adna en avait déjà subi le feu, mais pas Zora. La kiaya pensa aussitôt au bâton réservé aux servantes récalcitrantes, et son visage revêche s'éclaira d'un mince sourire à l'idée d'assouplir les côtes de cette perle de l'Adriatique.

Entraînant l'agha et la captive derrière elle, elle partit d'un pas claudiquant dans le couloir étroit qui menait à une salle vivement éclairée. Cecilia ne put s'empêcher de pousser un cri de surprise et d'émerveillement. Des piliers de marbre soutenaient des arcades finement sculptées de signes à la gloire de l'islam. Au centre de ce décor féerique illuminé par une profusion de flambeaux pendus à des chaînettes d'argent, une femme la contemplait du haut d'un sofa auquel on accédait par cinq marches recouvertes de faïences vert d'eau et jaune. Tout émanait de cette femme, dont les cheveux aux reflets de cuivre auréolaient un visage de madone.

Cecilia n'était pas préparée à une telle rencontre. De quel monde, à quelle race appartenait cette reine qui, comme une apparition du ciel, caressait de son regard vert son visage, avec une douceur si irréelle ? Des pierres précieuses, vivantes sous les flammes des flambeaux, ornaient le casaquin mauve qui recouvrait son torse et rehaussaient par leur éclat son aspect magique. Ses jambes laiteuses se devinaient sous le pantalon bouffant transparent aux lisérés piqués de rubis, ses pieds étaient chaussés de *pashmaks* en peau de daim recouverts de pétales d'or. Jamais Cecilia n'avait vu semblables bottines.

Jamais le mouzhir agha Adna n'avait eu l'occasion de contempler la kadine dans ses habits de lumière. Et il pensa aux fabuleux récits qui couraient sur les harems, à toutes les élues du sultan, aux odalisques promues dans le lit impérial. Elle exerçait sur lui un puissant attrait, sans doute en raison de l'obstacle que son statut opposait à ses désirs.

Rien de ce qu'il éprouvait n'échappa à Zora, qui se dit qu'il était temps de mettre ce guerrier dans le lit de sa maîtresse. Mais, pour l'heure, des enjeux plus importants la préoccupaient. Elle devait faire de cette captive la première femme de l'empire... si elle plaisait à Gülbehar.

Cette dernière cachait son trouble sous le hiératisme de son attitude. La jeune fille devant elle possédait toutes les qualités physiques des célèbres odalisques dont les ombres hantaient encore les mémoires des habitantes des harems. Il émanait une incroyable force de cette petite Vénitienne qui aurait dû être brisée par le périlleux voyage qu'elle venait d'accomplir.

– Agenouille-toi ! ordonna Zora en faisant peser sa main sur l'épaule de Cecilia.

Celle-ci échappa à la contrainte en faisant un pas de côté. Zora voulut l'attraper par les cheveux.

– Laisse-la, dit Gülbehar. Ne vois-tu pas qu'elle n'est pas faite pour poser son front sur les tapis ?

– C'est une esclave !

– Je ne suis pas une esclave ! s'écria Cecilia.

– Qui t'a appris à parler la langue des Osmanlis ? demanda la kadine, étonnée par le savoir de Cecilia.

– Un ami très cher qui a sacrifié sa vie pour moi.

Gülbehar joua l'étonnée. Elle savait pourtant tout du passé de la jeune captive, et elle avait appris la mort de Nefer bien avant l'arrivée de la troupe d'Adna dans les gorges d'Amasya.

– Il s'appelait Nefer, ajouta tristement Cecilia.

– Ah oui... Je connais un peu ton histoire. Il s'agit de l'eunuque qui s'était autrefois enfui du Palais des larmes, si je ne m'abuse ? demanda la kadine.

– Un eunuque ne peut être un ami, intervint la kiaya qui avait toujours détesté cette caste.

– Assez !

Un sifflement de serpent en colère lui aurait fait le même effet. Zora regarda sa maîtresse avec une sorte d'incompréhension. Les traits parfaits de Gülbehar avaient été malmenés par un rictus. Le maquillage blanchissant la peau se fendillait d'une ridule juste au-dessus du coin gauche des lèvres ourlées de rouge cerise. Deux plis sévères cassaient l'harmonie du front entre les deux sourcils épilés et redessinés d'un trait satiné et noir.

Cecilia sentit soudain toute la puissance de la kadine déchue. Sous les fards, il y avait de la violence, sous les artifices, se cachait un redoutable animal prêt à mordre. Cette femme se battrait avec quiconque remettrait en cause son autorité.

– Telle que tu me vois, reprit Gülbehar en adoucissant de nouveau son regard, je n'ai pas été en mesure de retenir mon époux, Soliman, et il n'y a plus ni joie ni douceur en moi. Ma vie est devenue douleur et dégoût depuis que la Polonaise m'a remplacée dans son cœur, et mon amour pour lui est comme l'eau la plus amère qu'il faut boire quand même pour ne pas mourir. Car je dois rester en vie ! Dieu, dans son infinie miséricorde, Dieu qui est toute justice a voulu que je sois la mère de Mustapha, le premier-né mâle du sultan. Un jour, quand mon fils montera sur le trône, je serai la « Couronne des têtes voilées », mais pour y parvenir, encore faut-il que le Seigneur des seigneurs ne soit plus envoûté par la Polonaise. Tu es là, Cecilia Venier Baffo, pour m'aider à chasser cette aventurière qu'on nomme Hürrem. Et je vois briller en toi assez de lumière pour ternir toutes celles du harem de Topkapi. Ton nom sera désormais Nurbanu...

Gülbehar accrocha son regard à celui de la captive. De ce duel silencieux, elle sortit battue. Exactement comme lors de celui qu'elle avait livré à sa rivale Hürrem. Tout en baissant les yeux, elle remercia Dieu d'avoir protégé cette petite Vénitienne qui se révélait si forte et si pleine d'avenir. Elle ne fut pas surprise d'entendre soudain la voix de cette combattante :

– Tu m'attribues des pouvoirs que je n'ai pas, dit courageusement Cecilia. Et si par miracle je devenais cette lumière, ne crains-tu pas de demeurer à jamais dans la nuit ?

– C'est un risque que je prends. Mais nous n'en sommes pas là ! Nous allons devoir t'éduquer et te protéger. Ta tête coupée vaut bien plus que les vingt mille piastres d'or offertes pour la capture d'un prince du Saint Empire romain germanique ; elle ouvre, paraît-il, les portes du paradis. Un démon est à tes trousses et nous ne connaissons qu'un moyen pour en venir à bout. Zora t'enseignera ce secret. Obéis-lui en toute chose, elle est désormais ta gardienne et ton initiatrice. Tu peux disposer, nous nous verrons après la prière.

– Suis-moi, dit Zora.

Cecilia eut un regard pour Adna. Il y avait un appel au secours dans le jais de ces yeux-là, mais le mouzhir agha, face à la kadine, n'avait qu'un seul pouvoir, celui de laisser battre vite et fort son cœur.

52

Trois esclaves briquaient l'escalier en colimaçon qui menait au sommet de la tour des Douze Vents. Elles s'appliquaient et brossaient avec vigueur la crasse immémoriale qui faisait des enlevures sur les marches usées.

Cecilia peinait à la tâche. De ses deux compagnes d'infortune, punies comme elle par Zora, elle ne voyait que les mollets rougis par les flagellations. Ses genoux meurtris ne supportaient plus le poids de son corps, mais elle ne pouvait les décoller de la pierre dure et froide. Le risque était grand, car d'un instant à l'autre, la kiaya pouvait apparaître et fondre sur elle comme une furie. Zora vivait tout en haut de cette tour, à proximité des appartements de la kadine Gülbehar. On disait qu'elle s'entretenait avec les démons qui volaient d'un bout à l'autre de l'empire turc, qu'elle avait un don d'ubiquité, un sixième sens. De fait, rien n'échappait à sa vigilance, même lorsque dix épaisseurs de murs et cinq portes cadenassées la séparaient des trente-neuf esclaves dont elle avait la responsabilité. Cecilia, qui se souvenait de Flora, trouvait que la géditchi en chef était pire que la duègne.

Zora matait son monde à l'aide d'une sorte de fouet à trois fines lanières qui rappelait l'instrument des flagellants italiens se frappant le corps pour expier leurs fautes. Elle s'en servait avec précision, touchant les parties sensibles que l'épaisseur des chemises ou des pantalons légers ne suffisait pas à protéger. Elle ne semblait pas y prendre plaisir, car son visage de cuir craquelé demeurait toujours fermé, et pas un sourire n'en déridait les traits que des dizaines d'années d'enfermement avaient asséchés. Elle punissait sans discernement véritable et il n'était pas bon de se trouver près d'une coupable, car on subissait alors le même châtiment.

L'une des deux esclaves qui précédaient Cecilia se releva, les mains sur les reins, et se plaignit dans sa langue maternelle. C'était une Moldave d'une trentaine d'années qui n'avait pas su s'élever dans la hiérarchie du ministère des servitudes. Elle invoqua la Vierge avant de se tourner vers Cecilia :

– Nos malheurs se multiplient depuis que tu es parmi nous.

Ces mots n'avaient pas été prononcés avec agressivité, ils traduisaient une grande lassitude. Cecilia lut la détresse dans le regard de la Moldave dont les cheveux filasse étaient tordus en une tresse jaune et terne. Sa compagne, originaire de la Baltique, approchait la cinquantaine. A son tour, elle se redressa pour reprendre son souffle. Des trois, elle était la plus consciencieuse et la plus soumise. Sa passivité remontait si loin qu'elle ne se souvenait plus du jour où elle avait été vendue à une pourvoyeuse de harem. Sans charme, dotée d'un visage qu'on oubliait aussitôt, elle n'avait jamais été choisie par les différents maîtres qu'elle avait servis humblement, et vierge elle était et demeurerait dans la suite de la kadine déchue. L'affaissement de ses traits et de son corps était le reflet de sa totale soumission à la Sublime Porte et de sa perte d'identité. Comme l'esclave moldave, elle avait été punie par la faute de Cecilia qui avait refusé de récurer les écuelles des lévriers du prince Mustapha.

Elle s'était trouvée par hasard dans la ligne de mire de Zora lorsque cette dernière avait fustigé la Vénitienne. Elle essuya ses mains maculées de savon d'Alep. Un jus brunâtre coulait encore des jointures de ses doigts lorsqu'elle repoussa maladroitement les mèches grises retombant sur son front.

– Pourquoi t'a-t-on nommée Nurbanu, si on veut faire de toi une souillon? demanda-t-elle d'une voix faible.

– Je l'ignore, répondit Cecilia qui, au seizième jour de sa captivité dans la forteresse du fleuve Vert, ne se faisait pas à ce nom qui signifiait « princesse de lumière ».

– Moi je sais, dit la Moldave. C'est à cause de ses yeux! Ils brillent comme des diamants noirs. Ce sont eux qui nous valent toutes ces vexations. La géditchi voudrait bien avoir les mêmes et séduire le janissaire Adna.

– Tais-toi... si elle t'entendait, elle te ferait enfermer dans le cachot des récalcitrantes.

Ce cachot n'était pas le produit de l'imagination des femmes de la forteresse. Il existait bien. Il avait été creusé dans le rocher sur lequel s'élevaient les puissants et imprenables remparts. La lumière du jour n'y pénétrait pas, et seuls les rats téméraires s'y enfonçaient pour ronger les cartilages des prisonnières que Zora faisaient enchaîner à une borne de bronze qui datait de l'Empire byzantin.

– Elle pourrait bien y pourrir un jour cette sorcière.

– Tais-toi! Tu vas nous attirer malheur.

La vieille esclave montra soudain sa peur. C'était l'un des rares sentiments qu'elle n'avait pu étouffer durant l'interminable enfermement. Son regard larmoyant de fièvre se porta vers les hauteurs enténébrées. Quelque part, Zora était à l'écoute. Rien ne lui échappait. Et la Moldave avait parlé fort.

Elles entendirent soudain des claquements sur les pierres, caractéristiques du bruit que faisaient les chaussures en bois de rose quand on dévalait un escalier. Puis il y eut cette odeur de moisi, de plantes et de poudres qui précédait toujours l'habitante de la tour des Douze Vents. Zora parut soudain au-dessus des trois femmes figées de stupeur. Son bashlik de soie noire semblait animé d'une vie propre, il voletait au-dessus de ses épaules maigres tandis que son bras armé du fouet aux trois lanières tournait devant sa poitrine recouverte d'un tablier de cuir pareil à ceux que revêtaient les forgerons.

– Voilà donc comment travaillent les esclaves ! Je vais vous apprendre à vous servir de vos langues autrement que pour vous raconter des histoires. Vous allez lécher le savon répandu sur ces pierres !

Du pied, elle repoussa les pains de savon, renversa le seau d'eau de l'esclave nordique tandis que dans un sifflement les lanières touchaient le cou de la pauvre femme. Elle allait répéter son geste sur les deux autres quand elle cria de douleur.

Cecilia s'était redressée ; elle tenait toujours le morceau de savon avec lequel elle venait de frapper la géditchi entre les deux yeux. Il était dur comme un caillou et son arête avait imprimé un trait rougeâtre sur la peau de Zora. Hébétée, cette dernière mit du temps avant de rassembler ses esprits et de canaliser sa colère.

– Tu as osé... Tu as osé me frapper...

Elle leva son fouet afin de cingler le visage de la jeune captive, mais la main de Cecilia bloqua son poignet. Jamais, même dans le regard de la terrible Hürrem qu'elle avait affrontée un jour dans le Palais des larmes, elle n'avait ressenti cette impression d'être poignardée par des yeux. Sa mort était inscrite dans les noirs miroirs qui lui renvoyaient son effroi.

Elle n'eut pas assez de force pour résister à la pression exercée par la main de Cecilia, et, peu à peu, ses doigts s'ouvrirent et elle lâcha le fouet. Alors la jeune captive la libéra.

Terrorisées, les deux autres esclaves la virent soudain dévaler les marches et l'entendirent hurler sa vengeance au bas de la tour. Désormais, il n'y avait plus rien à espérer de bon. Zora irait réclamer leurs têtes à Gülbehar. La noyade était le sort réservé à celles qui se rebellaient contre l'autorité établie. On les enfermerait dans un sac lesté de pierres et on les jetterait dans le fleuve.

– Pour quoi as-tu fait cela ? se lamenta la Moldave.

– Pour notre dignité !

Dignité ? Que signifiait ce mot ? L'avaient-elles entendu prononcer une seule fois depuis qu'elles servaient à genoux les maîtres de la Sublime Porte ? Il ne réveilla aucun écho dans leur esprit apeuré. La jeune Vénitienne était folle, il n'y avait pas d'autre explication.

Que faire ? Elles se regardèrent. Puis, mues par le même repentir, elles reprirent leurs brosses, leurs savons et se mirent à frotter énergiquement les marches.

Peu de temps après, accompagnée de deux gardes, la kiaya revint. Les deux esclaves, sous les yeux dégoûtés de Cecilia, posèrent leurs visages dans la mousse et demandèrent pardon. Zora les ignora et désigna Cecilia aux deux hommes. Ils la saisirent par les aisselles et l'entraînèrent hors de la tour. Quand ils s'enfoncèrent sous terre, Cecilia sut qu'ils l'emmenaient dans le cachot des récalcitrantes.

Depuis combien d'heures, combien de jours et de nuits était-elle enfermée dans ce trou humide ? Cecilia aurait pu calculer approximativement le temps qu'elle passait enchaînée à la borne de bronze, car on lui apportait régulièrement une galette rance et une cruche d'eau. On renouvelait aussi l'huile d'une lampe posée dans une niche creusée dans la roche. Mais à quoi bon mesurer le temps lorsque la vie n'avait plus aucun sens ? Il lui restait ses souvenirs. Elle posait sa tête sur la borne où des personnages de bronze aux contours flous portaient des couronnes de fleurs, et une musique naissait à l'appel des doux souvenirs que son imagination embellissait. Il y avait Joao, Kalè, les églises de Venise, les marchés flottants, le palais illuminé des Contarini, les fastes du doge, les chants des bateleurs et l'amour toujours renouvelé dans son cœur meurtri.

Ces mélodies et ces images lui occupaient l'esprit au point qu'elle en oubliait parfois la nature terrifiante de sa nouvelle existence. Elle oubliait son odeur et celle des excréments qui parsemaient la circonférence du cercle qu'elle pouvait tracer avec sa chaîne lorsque, poussée par ses besoins, elle s'accroupissait comme une bête dans son antre.

C'était sur cette limite que trottaient les rats. Ils attendaient qu'elle s'assoupît. L'un d'eux avait déjà essayé de lui croquer un bout d'oreille. Elle s'était réveillée en sursaut alors qu'il agitait ses petites pattes griffues sur sa joue. Le cri qu'elle avait arraché de sa gorge lui faisait encore mal. Depuis, elle guettait les horribles rongeurs dans leur ronde et s'entourait le visage d'une double épaisseur de voile dès qu'elle sentait poindre la fatigue.

Des bruits lointains parvenaient quelquefois jusque dans ce cachot. Ce qui franchissait ces murs obscurs et ces épaisseurs de blocs n'était sans doute que cavalcades de chevaux et exercices de tir, mais toute la forteresse en était ébranlée. Le choc sourd d'une détonation suffisait à lui communiquer quelques espoirs. Le mouzhir agha Adna n'allait pas l'abandonner dans ce trou puant. Malheureusement ces échos étaient rares.

Du temps passa ainsi. Assez pour qu'elle donnât des noms aux rats les plus remarquables et pour que le geôlier, un Anatolien d'un âge considérable, se prît d'affection pour cette pensionnaire peu ordinaire. Il ne lui adressait pas la parole mais il lui apportait chaque jour davantage de nourriture, des fruits et même des gâteaux secs que son épouse préparait spécialement pour la kadine.

Un jour, il ouvrit la bouche :

– Je vais t'enlever la chaîne, ton temps de prison se termine. Tu me manqueras, mais je préfère te savoir à la lumière car tu es faite pour la lumière, Nurbanu.

Au moment où il retirait le bracelet de fer qui lui martyrisait le poignet, elle vit entrer Adna. Le janissaire se précipita pour la relever et la soutenir. Il tremblait de tout son corps, contenant une fureur et une joie immenses.

– Je ne savais pas que la géditchi t'avait condamnée au cachot ! Dès que je l'ai appris... j'ai demandé audience à la kadine... et obtenu ta libération.

A la façon dont il parlait, on devinait que cela avait été une épreuve extraordinaire.

– Merci, murmura Cecilia qui sentait battre le cœur du janissaire qui la ramenait à l'air libre.

– Ne te réjouis pas, dit Adna. La mort rôde autour de la forteresse et peut-être vais-je regretter de t'avoir sortie de ce trou. Le juge des armées Hodja campe à moins d'une journée de cheval d'Amasya. Et il a juré sur le Coran d'offrir tes yeux à Hürrem.

A l'évocation du kazasker Hodja devant qui tous tremblaient, Cecilia fut prise de panique, sentiment qu'elle éprouvait au cours d'un cauchemar, une sorte d'horreur indescriptible causée par la fatigue et les nuits blanches. Elle s'évanouit.

Adna la porta jusqu'aux appartements de Gülbehar, jusqu'au lit de la première épouse de Soliman.

Il en connaissait le chemin. Il avait dû l'emprunter vingt-quatre heures plus tôt pour plaider la cause de la jeune captive qu'il aimait.

53

Gülbehar était au bain. Des vapeurs nimbaient son corps aux rondeurs accusées. Cecilia la découvrit dans toute la mollesse de ses chairs libérées. La kadine avait des seins lourds veinés de bleu. Son ventre retombait en deux plis sur le haut des cuisses qui trempaient dans l'eau fumante. Sans ses vêtements précieux, ses colliers et ses bracelets, sans les fards artistiquement appliqués sur ses traits légèrement empâtés, elle redevenait une femme ordinaire. Elle n'aurait même pas été présentée comme une esclave de premier choix sur les estrades des ventes aux enchères du vieux bazar d'Istanbul.

– Otez-lui ses vêtements et jetez-les au feu, dit Gülbehar aux servantes à demi nues qui somnolaient dans la chaleur du hammam.

Deux d'entre elles se désenlacèrent et émergèrent des vapeurs. Elles sourirent à Cecilia à qui elles paraissaient irréelles. Perlées de gouttes d'eau, les cheveux dénoués retombant très bas sur leurs hanches comme des algues sur des rochers cuivrés et lisses, elles défirent ses habits. Plus légères que des ailes de papillon, leurs mains enlevèrent le voile, firent sauter les boutons de corne de la chemise, repoussèrent le pantalon de coton le long des cuisses, ôtèrent les mules de cuir. Leur parfum d'œillet et de violette fut plus fort que l'odeur animale du corps nu de Cecilia.

– Viens avec moi, Nurbanu, dit Gülbehar qui avait assisté à cet effeuillement en enviant ce qu'il dévoilait.

Cecilia descendit dans le bassin hexagonal au centre duquel un triton de marbre crachait l'eau réchauffée dans les chaudières. La température élevée la fit frissonner. Elle se figea, telle une vierge effarouchée, sous les regards de toutes ses femmes qui se prélassaient sans pudeur sur les margelles et les bancs lustrés par les caresses de leur peau. Elle garda les bras croisés sur sa poitrine jusqu'à ce que Gülbehar, la prenant par les poignets, la force à s'asseoir. Aussitôt des esclaves nubiennes, qui n'étaient pas encore des houris, entreprirent de nettoyer celle qu'on appelait désormais Nurbanu.

– Laisse-toi faire, dit la kadine. De tous les plaisirs du harem, c'est l'un des plus grands.

Les yeux de la première épouse pétillaient, elle paraissait heureuse, insouciante, très loin des préoccupations qui l'accaparaient lors de leurs précédentes rencontres, qui s'étaient toujours déroulées en présence de Zora.

– Tu es très forte, poursuivit Gülbehar. D'autres à ta place auraient mis fin à leurs jours. Tu ne t'es même pas plainte.

– Cela aurait-il changé quelque chose à mon sort?

– Peut-être... mais pas dans le sens que tu crois, répondit Gülbehar, énigmatique. Je peux cependant t'avouer que tu as changé le mien.

Cecilia sentit soudain la main de la kadine sur son épaule. Ce geste n'avait rien de déplacé, il se voulait amical. Cecilia était en confiance. Il y avait de la simplicité et de la chaleur chez cette femme qu'on avait forcée à devenir odalisque, iqbal, kadine, sultane, première dame de la Sublime Porte, Hautesse impériale, mère du premier fils de Soliman. Elle s'attendait à des révélations mais Gülbehar n'en dit pas plus. Des esclaves venaient de les rejoindre. Elles étaient munies de savons parfumés à la rose et au tilleul, d'éponges et d'écorces de bouleau. Cet essaim pépiant et riant s'occupa du corps de Nurbanu.

Dans leur esprit, et parce que ce nom avait été choisi par la toute-puissante kadine, elles ne pouvaient l'appeler autrement. Nurbanu fut chuchoté, loué, chanté, mis en rime tandis que sous leurs doigts experts la peau de Cecilia se purifiait.

– Zora t'a infligé une rude épreuve, j'en conviens, mais c'était une nécessité. Nous devons t'endurcir et te préparer à des épreuves plus grandes encore.

– J'ai eu ma part de grandes épreuves durant les deux années qui viennent de s'écouler. Mon père, Nefer, le doge et à présent ce kazasker m'ont éprouvée plus que de raison... Et je...

Soudain, elle se mit à pleurer. Un trop-plein d'émotions l'habitait et elle avait eu la vision de Joao jeté à la mer. L'épreuve la plus dure. On avait tué l'homme qu'elle aimait. Que pouvait-il lui arriver de pire? Elle pleurait sur un bonheur qu'elle n'avait jamais véritablement connu. Elle pleurait sur sa jeunesse, sur le malvivre de Nefer, sur la trahison de son père et l'hypocrisie du doge; elle pleurait sur ce qu'elle ne serait jamais : une femme libre. Et ce n'était pas l'affection inattendue de Gülbehar qui allait la réconcilier avec la vie.

– Tout va s'arranger... Nurbanu, regarde-moi... Ta lumière éclairera un jour la Corne d'Or.

– Ma lumière... mais que pourrait-elle éclairer dans ce pays de ténèbres! Je ne suis pas une lumière, je ne suis que l'instrument de ta vengeance.

– Que d'arrogance encore!

La voix avait claqué. Les têtes se baissèrent, toute joie disparut. Zora était là. Recroquevillée sous son voile, elle promenait la terreur dans le hammam. Aucune femme ne voulait croiser son regard suspicieux. Celui de Cecilia s'asséchа d'un coup pour retrouver l'éclat de la haine. Les servantes qui la frottaient sentirent qu'elle se raidissait, que ses muscles se tendaient comme ceux d'un lutteur prêt à se jeter sur son adversaire. Elles supplièrent en silence la jeune fille de ne pas élever la voix tout en se faisant à l'idée qu'elles allaient être punies avec elle.

La Parque musulmane les ignora totalement. Ces esclaves n'avaient pas plus de consistance que les volutes de vapeur qui les habillaient. Gülbehar et Nurbanu, l'une parce qu'elle était la première kadine, l'autre par son rayonnement, en effaçaient l'existence.

– Le cachot ne t'a pas assouplie, dit-elle... Je m'en doutais. Tu n'auras donc rien appris de plus sur toi-même.

– J'ai beaucoup appris des rats, répondit Cecilia. Ils te ressemblent.

Les servantes suspendirent leurs gestes et se firent petites, courbant l'échine, cachant au mieux leur visage. L'une d'elles laissa échapper son savon et étouffa un sanglot. Seule Gülbehar était à son aise. Cet affrontement instructif la ravissait. Nurbanu était de la trempe d'Hürrem et il lui tardait de les mettre en présence l'une de l'autre. Elle observa la kiaya qui se brisait les dents sur cet acier vénitien et se dit qu'elle vieillissait.

– Tu me flattes, susurra Zora. Ce sont des animaux d'une grande intelligence ; ils ont le sens de l'organisation, le respect de la hiérarchie. Ils savent se fondre dans la boue des égouts et n'en sortent que pour mieux terrasser leur proie. Je les ai longuement observés dans ma tour et j'en ai tiré des leçons. Maître Etienne Levy a été le premier à me parler du peuple des rats. Les juifs, il est vrai, en ont adopté les comportements depuis leur captivité en Egypte... et rien dès lors n'a su les détruire.

Cecilia demeura interloquée. Zora et maître Etienne Levy se connaissaient? Cela dépassait son entendement. Etienne était la bonté même; Zora incarnait le mal. En quelques instants, elle revécut le temps passé avec le médecin juif au milieu des siens dans le ghetto, elle revit ce sage dispensant des soins aux enfants, réconfortant les vieillards, soucieux du respect des lois républicaines, œuvrant pour le bien, essentiellement. Et cette sorcière en parlait comme d'un complice. Il y avait même de l'admiration dans les mauvaises étincelles de ses prunelles. Elle le confirma par des propos qui assommèrent la jeune fille.

– Il est le meilleur d'entre nous. A l'école de Top-Hané où je me rendais deux fois par semaine, il était considéré comme le plus grand des médecins d'Istanbul. Il n'avait pourtant que vingt-cinq ans. Toute la science de Galien, d'Hippocrate et d'Avicenne coulait de sa bouche lorsqu'il expliquait aux novices venus des quatre coins de l'empire comment combattre les fièvres, réduire les fractures et traiter des maladies dont les uns et les autres n'avaient jamais entendu parler. Moi, j'étais ignorante de ces choses du sang et des nerfs. J'avais été envoyée d'office, sur ordre de la Couronne des têtes voilées confirmé par le nishandji, chef de la chancellerie, pour être initiée à l'art des contrepoisons car j'étais à l'époque la première géditchi soignante du Palais des larmes. Maître Etienne Levy m'a tout appris. Depuis, nous n'avons pas cessé de correspondre et d'échanger nos recettes. De son enseignement et du mien dépendront ta longévité au cœur de Topkapi. Suis-moi.

– Si c'est pour ramper à tes pieds, je préfère retourner au cachot! s'exclama Cecilia.

– Tu ne ramperas plus aux pieds de quiconque dans ce château, pas même devant ceux de mon fils, le khan, dit Gülbehar. Considère-toi comme la géditchi de ma garde-robe.

Zora ne sourcilla pas en entendant ces propos, tout avait été convenu avant la libération de la jeune fille. Cet avancement ne la soustrayait pas cependant à son autorité et elle se réserverait le droit de la punir au moindre écart de conduite.

– J'en suis honorée, répondit Cecilia en constatant que les deux femmes s'accordaient sans ambiguïté sur sa nomination. Puis-je te demander une faveur?

– Je t'écoute.

– J'ai promis à une jeune femme de l'aider. Elle était la quatrième épouse de l'ihtiyarlar qui a été assassiné dans la maison où je me trouvais. Elle s'appelle Khâzine. Je voudrais l'avoir à mon service.

– Tu veux une esclave?

– Oui, répondit sans hésiter Cecilia.

Cette affirmation étonna les deux femmes. Elles ne détectèrent pas son émotion. Elle avait répondu très vite, voulant paraître dure, à leur image.

– Accordé, dit Gülbehar. Nous achèterons cette femme à sa famille.

– Elle a une fille, ajouta Cecilia.

– Ce sera cent piastres de plus... à retenir sur ta future pension.

– J'honorerai cette dette, répondit Cecilia en s'inclinant.

Puis elle se tourna vers Zora :

– A présent, je vais suivre ton enseignement.

La tour des Douze Vents se perdait dans les brumes froides de décembre. Ses pierres portaient les marques des assauts qu'elle avait subis au temps des guerres contre l'Empire byzantin. Parfois l'un de ces blocs, travaillé par les pluies, les vents et les soubresauts de la terre, se déchaussait et chutait dans le précipice où blanchissaient les os des guerriers d'antan. Dans les trous ainsi libérés, nichaient des corneilles et des corbeaux qui se livraient de perpétuels combats pour la possession des cadavres exposés sur des gibets.

Leurs cris affreux cessèrent par enchantement lorsque Zora actionna les fermetures de la porte de fer à l'aide de trois grosses clefs. La porte séparait deux mondes, elle avait été réalisée pour résister aux effets de la rouille et des sorts.

Dès que Cecilia pénétra dans la grande pièce circulaire, mille odeurs l'assaillirent, lui rappelant celles du laboratoire de maître Levy et des cuisines du palais de son père. Elle ferma un instant les yeux pour prolonger son émotion. Des senteurs de thym et de fenouil lui chatouillèrent d'abord les narines, mais d'autres, plus subtiles, se frayèrent un chemin jusqu'à son esprit. Des fragrances poivrées, sucrées, alcoolisées et des relents acides lui signifièrent qu'en ce lieu pouvaient s'élaborer des médicaments miracles et des poisons mortels.

Zora, qui la précédait, sembla se transformer. Elle ne claudiquait plus. Son dos se redressa et elle fit quelque chose qui parut inouï aux yeux de Cecilia : elle retira son voile noir, dénoua ses cheveux qu'elle n'avait pas épars et sales comme tout le monde le pensait, mais épais et d'un brun aux reflets bleutés. Quand elle tourna son visage vers la jeune fille, elle avait rajeuni de trente ans.

– Première leçon, Nurbanu, dit-elle d'une voix claire qui ne s'éraillait plus dans les graves et ne se cassait plus sur les notes aiguës, ne jamais se fier aux apparences.

– Mais comment est-ce possible ?

– Il y a là de quoi lutter contre les marques du temps, grimer les visages, tromper la mort... Maître Levy en sait plus à ce sujet.

– Parle-moi d'Etienne... Sait-il que je suis ici ?

– Oui. Il est lui-même à Istanbul où il prépare ta venue.

Etienne à Istanbul... La tête de Cecilia se mit à tourner. Ses jambes ne la soutenaient plus. Son séjour au cachot l'avait épuisée, cette révélation acheva le travail de sape commencé plusieurs jours auparavant. Elle se retrouva dans les bras de Zora qui la porta jusqu'à une petite banquette.

Un liquide au goût très fort lui brûla le gosier et lui fit recouvrer ses esprits, ses yeux papillotèrent. Penchée au-dessus d'elle, Zora tenait une fiole et demeurait attentive. Elle sourit quand elle vit briller le regard de Nurbanu.

– Que m'as-tu fait boire ? demanda cette dernière qui sentait une force l'envahir et son esprit s'aiguiser.

– Une composition qui va faire de toi un être à part et te libérer de toutes tes peurs. Tu vas apprendre plus vite ; tu n'oublieras rien de ce que je te dévoilerai ; tu amélioreras mes secrets ; tu comprendras sans effort le langage des plantes, des fleurs et des racines, dit-elle en montrant le capharnaüm d'où elle tirait sa puissance.

Sur des tables de marbre émaillées d'euclase, qui luisaient comme des étoiles sur un ciel blanc, couturées de cicatrices et constellées de taches, des lettres et des chiffres griffonnés à la hâte sur des parchemins donnaient les proportions de savantes mixtures. L'hébreu côtoyait les arabesques osmanlies, le perse et le latin.

– Je vais lier mon âme à la tienne par un secret mortel, dit Zora en prenant une pomme dans un panier rempli de fruits aux couleurs merveilleuses.

Elle lui prit la main, et y déposa la pomme.

– C'est avec la compote de ce fruit que j'ai envoyé le second fils d'Hürrem en enfer, le jour de ses trois ans. Avec un peu de chance, j'aurais pu éliminer aussi l'aîné...

Cecilia lâcha le fruit qui tomba sur le plancher avec un son mat, et elle tressaillit.

– Il est sain, dit Zora en se baissant pour le ramasser. Mais ce n'est pas avec une pomme que j'ai l'intention d'en finir avec le kazasker Hodja. Que dirais-tu d'une noix ou d'une amande ? On dit que le juge est friand de ces fruits difficiles à corrompre.

Cecilia était toujours sous le choc, sans voix. Le monstre lui souriait ; et il y avait comme de la candeur dans ce sourire. Zora, qui n'attendait pas de réponse, prit une poignée d'amandes et de noix dans le fond du panier, sous les oranges, les citrons et un melon blanc strié de vert, et les disposa sur l'une des tables de marbre où un alambic relié à un tuyau de plomb attendait d'être chauffé. Puis elle ouvrit le battant de l'une des cinq armoires qui épousaient la courbure de la tour et en retira des boîtes qu'elle ouvrit une à une.

– Poudre de fritillaire, extrêmement dangereuse à administrer aux malades, dit-elle en montrant le contenu du premier récipient à Cecilia dont l'horreur agrandissait le regard.

Zora en prit une pincée qu'elle laissa tomber dans l'alambic. Puis elle puisa d'autres poudres tout en révélant leurs propriétés. Après avoir dosé les quantités de tous ces poisons, elle enfila des gants et ouvrit une petite corbeille en osier. Une odeur forte et désagréable se dégagea des étranges feuilles ramifiées qu'elle contenait.

– Elles sont fraîches, dit Zora. Des sabines ; tu dois connaître les buissons sur lesquels elles poussent, car il y en a beaucoup dans ton pays. Je vais les réduire en bouillie et en tirer un extrait qui, mélangé aux autres poudres, fera le plus grand bien au juge Hodja. Si je te donnais ces feuilles à manger, tu aurais d'abord le hoquet, puis des vomissements de bile, des coliques, tu perdrais du sang par les voies du bas avant d'être terrassée par une fièvre qui te rendrait complètement insensible aux événements extérieurs et à ta propre douleur. Puis, la mort en moins de deux jours. Nous ferons macérer ces amandes et ces noix et nous irons les vendre au juge.

Nous... Elle avait dit nous. De toutes ses forces Cecilia refusait d'être la complice de ce crime annoncé, mais elle était sous l'emprise de la volonté de Zora qui liait leur destin.

54

Pour le kazasker Hodja, toutes les aubes étaient des moments funèbres. En ce mois de décembre surtout où on pendait les coupables à des branches dénudées. Ces morts qu'il essaimait en chemin, depuis le mois de septembre, ne pesaient jamais plus de quelques heures sur sa conscience. Mais il lui fallait cependant en supporter le poids à chaque lever, quand engourdi et transi par le froid il ne parvenait pas à se durcir. Et en ce début d'hiver, ils paraissaient plus lourds sur les fourches qui les portaient.

Hodja quitta la tente de feutre qu'il partageait avec son secrétaire et deux esclaves fidèles. Enveloppé dans une pelisse et la tête protégée par un turban épais, il déambula parmi les tentes de la petite troupe qu'il conduisait d'exécution en exécution. Tout était silencieux en cette heure où le jour et la nuit se partageaient les brumes du fleuve Vert. Au bout de la terre remuée par le piétinement des chevaux et des hommes, il y avait les chênes dépouillés et leurs trophées visibles entre les écharpes de brouillard. A la vue des sept pendus, son cœur se serra et la peur s'engouffra dans son âme avec des sifflements, comme le vent d'Anatolie ou des Carpates dans les gorges désolées.

« Ils n'ont que ce qu'ils méritent », pensa-t-il avec la force que lui garantissait le droit.

« C'est la volonté d'Allah ! » « C'est sa Volonté et je suis sa Justice. »

Ces affirmations raffermirent ses convictions ; il reprit confiance et regarda bien en face les cadavres dont les têtes avaient gonflé. Ces mécréants allaient pourrir sur place et lui, le juge des armées, réclamerait l'argent des cordes de la justice au gouverneur qui n'était autre que le khan Mustapha, premier fils du sultan Soliman. Il réclamerait aussi l'esclave car il n'avait aucun moyen de l'atteindre là où elle se trouvait, dans cette imprenable forteresse habitée par la kadine Gülbehar.

Hodja respira l'air humide à pleins poumons. Il réussirait parce qu'il avait la foi. Il lui arrivait parfois, au cours de circonstances exceptionnelles, que des forces que l'esprit avait peine à concevoir lui deviennent soudain perceptibles grâce à des événements qui les éclairaient, comme un morceau de cristal fait converger les rayons du soleil et les rend visibles à tous. La destruction des ennemis de l'islam était l'un de ces événements. Là, sous ces pendus, il pouvait observer le mal qui déchirait la terre depuis le jour de sa création. Des bandits, des infidèles, des parjures s'élevaient contre tous les principes de charité, d'humanité et d'amour véhiculés par les principes sacrés du Coran. Des hommes et des femmes, des femmes surtout, détruisaient le futur asile des déshérités, des humbles, condamnant des millions d'âmes à l'horreur de l'enfer. Tous ces gens devaient être rayés de la surface du globe. Par lui.

« Par moi ! Je suis le kazasker de Dieu ! »

Quand il concevait ainsi sa mission, les limites disparaissaient et tout devenait possible. Avec le temps, la purification qu'il menait au fil de l'épée le conduirait à la droite d'Allah. Il se désincarnerait dans la lumière du Tout-Puissant et deviendrait lui-même lumière pour éclairer les vrais croyants.

Il tuerait de ses propres mains cette envoyée de Satan, cette Vénitienne qui lui échappait depuis une lunaison. Il atteignit presque l'extase et demeura immobile des heures durant dans la froidure du matin jusqu'à ce que l'un de ses hommes vienne le tirer de ses visions célestes.

– Nous avons surpris deux femmes qui rôdaient près du campement.

– Deux femmes ?

– Oui, une vieille et sa nièce. Ce sont des paysannes. Elles se rendaient au *bedesten* d'Amasya pour échanger leur récolte.

– Et tu viens m'importuner pour me dire que deux misérables créatures ont mis le camp en émoi !

– Pardonne-moi, grand kazasker, mais la vieille a dit qu'elle était sous la protection de la kadine Gülbehar lorsque nous nous sommes approchés d'elle.

Dieu soit loué. Le destin souriait au juge Hodja. Il lui fallait asservir cette vieille femme par de l'or ou des menaces, elle était peut-être l'instrument de sa réussite.

– Tu seras récompensé, dit-il au soldat qui avait blêmi.

Il partit d'un pas rapide tout en récitant la *basmala* [1] comme le fait tout bon musulman avant d'entreprendre une tâche. Il avait le cœur léger et l'humeur agréable. Cependant il se composa un visage sévère en parvenant devant sa tente où les deux femmes avaient été amenées.

Les yayas se tenaient à distance des deux paysannes. Il n'y avait rien à gagner à leur contact. La vieille avait le mauvais œil ; la jeune portait une méchante cicatrice au visage et ses beaux yeux ne suffisaient pas à compenser la répulsion qu'elle leur inspirait.

Le juge Hodja n'eut pas autant de préjugés. Bancales, contrefaites, porteuses de la peste, maudites, elles

1. Louange à Dieu.

auraient toujours trouvé grâce à ses yeux. Il devait en faire ses complices. Si elles n'avaient pas menti. Il sonda la plus vieille du regard et ne s'intéressa guère à la plus jeune, enlaidie par une cicatrice qui partait du front, descendait sur le nez et se perdait sous le voile cachant le reste de cette marque infâme. Ces deux pauvres paysannes n'étaient pas dangereuses.

Cecilia se sentait mal. Certes, elle était méconnaissable, habillée comme une pouilleuse de la campagne, et elle dégageait une forte odeur d'ail et d'oignon. Mais elle avait senti la lame froide d'un couteau quand le kazasker l'avait effleurée de ses yeux cruels et fanatiques. « Il faut que tu voies ton ennemi en face », lui avait dit Zora qui avait retrouvé sa vieillesse et ses jambes tordues. L'ennemi était là, grand et imposant dans sa pelisse. Il parla d'une voix posée et supérieure qui semblait sortir de la bouche d'un évêque.

– L'un de mes hommes m'a appris que tu étais sous la protection de la kadine... A te voir, cela m'étonnerait.

– Je lui porte chaque semaine des herbes pour éclaircir son teint et des racines pour soigner ses rhumatismes, grand Seigneur... et cela depuis qu'on l'a chassée du palais de notre vénéré maître, Soliman. Que Dieu préserve notre sultan.

– Et qu'avez-vous dans vos sacs ?

– Des noix et des amandes que nous allons vendre ou échanger au marché d'Amasya.

– Je vous en donne dix piastres, dit Hodja.

– Mais... seigneur... c'est cent fois trop, répondit d'une voix tremblante Zora dont le visage exprimait une totale incompréhension.

– Vous en aurez dix autres si vous venez me revoir dans deux jours.

– Ce ne sont que des noix ordinaires..., continua-t-elle en lui montrant deux fruits aux écorces boursouflées.

– Je suis sûr qu'elles sont à mon goût, dit le juge en les prenant pour les briser entre ses paumes.

Quand il croqua les chairs un peu amères, des pigeons s'envolèrent. Les vibrations de leurs ailes étaient aussi rapides que les battements du cœur de Cecilia. Autour de la jeune fille, le monde s'était refermé. Elle ne distinguait plus les formes fantomatiques des soldats ; le kazasker occupait tout l'espace de ses sens. Il était à un pas d'elle. Elle se fondait dans cet homme aux muscles secs, aux nerfs avivés par une foi mystique, aux veines charriant à présent les poisons de Zora.

– Laissez-moi ces sacs, dit Hodja en lançant une bourse qui contenait plus de dix piastres et revenez sans faute après-demain.

Il ne fut pas surpris de voir la vieille attraper la bourse au vol. Ni de la voir détaler soutenue par la défigurée. Il n'avait déjà plus toute sa lucidité. Il retourna sous la tente pour dicter un message à son secrétaire. La missive était destinée au shéhir émini de la ville de Balikesir qui vivait dans un sombre palais fortifié, entouré d'hommes de sciences et de sorciers. Ce shéhir avait autrefois servi sous ses ordres et s'était enrichi au détriment des condamnés. Il lui demandait de lui dépêcher sans délai le meilleur de ses apothicaires, quelqu'un qui n'aurait pas scrupule à élaborer un parfum mortel.

Le hoquet le prit quand le messager emporta le pli scellé. Ses jambes se mirent à flageoler, et il dut s'appuyer sur l'épaule du secrétaire agenouillé. Quelque chose n'allait pas. Il ne reconnaissait plus le fonctionnaire qui le servait depuis plus de dix ans. Il sortit de la tente sans pouvoir arrêter ce hoquet qui lui soulevait le cœur. Tout lui paraissait enveloppé d'une brume lumineuse. Les arbres avaient l'aspect de herses déchirant le ciel bas et les yayas ressemblaient à des statues grotesques. Titubant, il alla s'asseoir sur une selle. Le secrétaire, inquiet, l'avait suivi.

– Tu ne te sens pas bien ?
– Si, si, mentit-il... j'ai un peu soif.
Aussitôt le zélé serviteur s'empressa de le satisfaire. Il revint avec une outre. Hodja téta longuement au goulot de corne, s'essuya la bouche, eut à nouveau le hoquet, but encore jusqu'à ce que ses yeux larmoient. Il n'avait pas conscience qu'une bête lui dévorait le ventre. L'eau gargouilla dans son estomac, remonta en un jet qu'il recracha aux pieds du secrétaire à présent affolé.
– Aide-moi, dit Hodja.
Le juge s'accrocha au bras de son secrétaire avec une expression hébétée. L'homme, paniqué, sentait les doigts crochus à travers ses vêtements de laine. Il ramena le kazasker sous la tente tandis qu'officiers et soldats s'agglutinaient autour d'eux.
– Retrouvez ces deux femmes ! hurla Hodja.

Zora courait sur le sentier de chèvre qui serpentait au-dessus des gorges du fleuve Vert, elle n'était plus une vieille femme amollie par des années de harem, mais une robuste bergère rompue aux exercices physiques et aux dangers de la montagne. Cecilia aussi se sentait légère depuis qu'elle avait mangé cette pâte poivrée avec la kiaya. Elle ne ressentait ni fatigue ni essoufflement. Elle avait le pied sûr, l'œil acéré, l'ouïe sensible aux moindres bruits. Et, quand l'écho d'un galop monta jusqu'à elle, elle vit, tout au fond des gorges, des cavaliers qui forçaient l'allure sur la route d'Amasya à Afyon.
– Ils nous cherchent, dit Zora. Le juge Hodja doit être sur le chemin qui mène au tribunal de Dieu.
Les cavaliers ne virent pas les femmes qui grimpaient, ils pensaient au tribunal du kazasker et pour eux, à présent, ramener ces femmes était une question de vie ou de mort.

Hodja vomissait du sang. Il se vidait aussi par les tripes, répandant sur sa couche un sang plus noir encore. Une odeur de putréfaction s'élevait de la flaque dans laquelle pataugeaient le secrétaire et deux lieutenants, impuissants. Le kazasker se tordait et crachait du poison, comme s'il dégorgeait toutes les horreurs perpétrées durant son mandat. Il ne voyait plus ses hommes, mais distinguait nettement les légions de Satan sous un ciel de feu. Ces armées commandaient aux météores, aux dragons, à des êtres abominables munis de pinces, de crocs et d'épines. Il reconnut ceux qu'il avait condamnés, ceux qu'il avait fait supplicier, pendre, décapiter, noyer, dévorer par les chiens de guerre. Tous marchaient vers lui.

Le secrétaire et les deux officiers reculèrent de plusieurs pas lorsqu'il se mit à hurler :

– N'avons-nous pas anéanti les premiers pour les faire suivre des derniers ? Ainsi ferons-nous des pécheurs. Malheur en ce jour à qui dément ! Ne vous avons-nous pas créés d'un humble liquide que nous plaçâmes en un lieu approprié pour une mesure de temps déterminée par nous mesurée ? Merveille d'en avoir le pouvoir ! Malheur en ce jour à qui dément ! N'avons-nous pas fait de la terre un rassemblement pour les morts et pour les vivants ? Et nous y avons jeté ancrage gigantesque ; et nous vous en faisons boire de l'eau douce... Malheur en ce jour à qui dément !

Les trois témoins étaient horrifiés. Le juge parlait comme s'il était Dieu en personne, citant des sourates du Coran. Mais ils avaient conscience qu'un démon habitait Hodja. Peut-être était-il un démon lui-même. Ils reculèrent encore lorsque, dans son délire, il tendit un doigt vers eux :

– Mangez et jouissez pour peu de temps : vous êtes des pécheurs ! Malheur en ce jour à qui dément !

Ils virent une menace dans les yeux fous du juge et se crurent condamnés. Hodja ne revenait jamais sur ses décisions. Dès qu'il retrouverait la raison, il les ferait arrêter et les accuserait de complicité avec les deux criminelles.

Il n'y avait plus de temps à perdre. Sans même se concerter, ils s'approchèrent de ce monstre. Hodja les vit se détacher des cohortes démoniaques qui peuplaient son cerveau en ébullition. Trois mêmes affreuses apparitions, bossues, à la chair à peine contenue sous des écailles, les côtes pointées comme autant de défenses de phacochère sous des peaux reptiliennes.

Le premier, le secrétaire appliqua un coussin sur la face baveuse et saignante du dément. Ses deux complices se jetèrent sur le corps et le maintinrent sur le lit. Hodja se débattit, s'arqua, tressauta; l'air lui manqua. Il avala son propre sang. De toutes parts, des griffes se saisirent de son âme. La douleur était plus forte dans l'autre monde.

Zora s'arrêta soudain. Les paupières closes, elle était à l'écoute. Ce qu'elle entendait n'était pas perceptible par un humain ordinaire. Une âme hurlait. Elle fut prise d'angoisse. Hodja s'en allait dans la tourmente. Etait-il sur terre une âme qui recelât plus de péchés capitaux, plus de crimes, plus d'horreurs?

Elle pensa à la sienne... Lui restait-il assez de temps pour se racheter?

Elle se tourna vers Nurbanu. Désormais, elle allait se consacrer à préserver cette Lumière.

55

Fouler le sol d'une île déserte, c'est encore se sentir rattaché au reste du monde, mais au cœur de la forteresse d'Amasya, Nurbanu et Khâzine oubliaient les remparts gigantesques autour d'elles et croyaient vivre non dans une île, mais sur quelque lointaine étoile. Les montagnes enneigées, la ville recouverte de noires fumées étaient des abstractions avec lesquelles elles n'avaient aucun contact.

Gülbehar avait fait verser cent trente piastres au fils aîné de l'ihtiyarlar pour acquérir Khâzine. Mais, quand elle arriva début janvier, elle n'était plus qu'une ombre. Rien ne semblait pouvoir la ramener à la vie. Quelques semaines après l'assassinat de son vieil époux, elle avait retrouvé sa fille noyée dans le bassin du hammam. Ce crime marquait l'accession au pouvoir de la première épouse, Shulé, mère du premier fils mâle.

Khâzine en avait perdu la raison. Hagarde et muette, elle avait été présentée à Gülbehar par une Cecilia qu'elle ne reconnaissait pas. Alors, Zora s'en était occupée. Pendant seize jours, elle l'avait gardée dans la tour des Douze Vents, durant lesquels, avec l'aide de Nurbanu, elle avait revivifié ce corps en perdition. Elle avait usé de tout son savoir. Des anciens grimoires sauvés lors de la destruction de la bibliothèque d'Antioche, elle avait exhumé des élixirs. Des secrets délivrés par Etienne Levy et les docteurs en kabbale, elle avait tiré des incantations propices aux esprits bienveillants. Elle s'était faite magicienne. Des résonances firent vibrer la tour et, au plus fort d'une tempête de neige, la garnison de la forteresse crut que Zora avait invoqué des forces incontrôlables.

A l'aube du dix-septième jour, le calme était revenu, Khâzine avait souri et reconnu Cecilia. A présent, elle se reconstruisait lentement auprès de son amie et de la géditchi qui veillait sur leur destin commun. Elle apprenait à broder sur des mouchoirs et des voiles que Gülbehar offrait aux pauvres de la province.

En ce jour de la « Fête des sucreries », le *shekèr bayrami*, qui marquait la fin du ramadan, toutes les femmes de la suite de la kadine s'étaient réunies pour écouter les musiciens qu'on avait fait venir d'Istanbul. Elles formaient un parterre de fleurs rares : Circassiennes à la peau laiteuse, Berbères au teint épicé, sculpturales Ethiopiennes et fragiles Hindoues. Leurs chevelures se mêlaient, rousses, noires comme l'ébène, blondes ou acajou. A leurs cous resplendissaient de lourds colliers de pierres et de perles ; l'or et l'argent cliquetaient à leurs poignets et à leurs chevilles. Elles avaient passé la « Nuit du doute », qui marque le début du mois de *Sheval* et l'apparition du croissant de lune, dans d'humbles vêtements grossièrement taillés ; maintenant, habillées de soie, chaussées de *terlik* [1] sertis de péridots et d'andalousites, elles étaient pétales de roses, de lys, de violettes, de pensées, de giroflées. Elles attendaient que le jeune khan Mustapha, qui n'avait pas encore choisi son iqbal parmi toutes ces belles, revienne.

Il avait fini par anéantir les bandes de brigands qui pillaient les marches de sa province et il allait arriver

---

1. Babouches précieuses.

d'un moment à l'autre, auréolé de gloire. Il y avait de l'excitation dans l'air.

Les cordes pincées par les musiciens dissimulés derrière un paravent chinois faisaient briller les yeux des femmes, les mélodies rythmées par les tambours leur évoquaient des histoires d'amours.

Cecilia tenait la main de Khâzine. Cette dernière n'avait jamais connu l'amour. Son vieux mari l'avait déflorée, engrossée, traitée comme les juments dont il flattait la croupe avant de les monter.

– On dit que le prince est très beau, murmura-t-elle.

– C'est ce qu'on raconte, répondit Cecilia qui avait le cœur ailleurs, dans les eaux profondes où Joao avait disparu.

– On dit aussi qu'il n'a jamais pris femme.

– La kadine veille. Hürrem lui a déjà ravi son mari. Elle choisira celle que son fils désignera comme iqbal. Et cette élue ne devra pas lui porter ombrage. Si elle se révélait comme une rivale, elle aurait affaire à Zora.

Khâzine regarda Nurbanu avec étonnement.

– Tu parles d'elle comme si elle était dangereuse.

– Elle peut l'être... Elle peut l'être.

Cecilia demeura songeuse. Depuis la mort du kazasker Hodja, Zora n'était plus la même. Elle ne s'était plus montrée désagréable avec les servantes, ne se servait plus de son fouet à trois lanières, et on l'avait même vue prier à l'appel du muezzin. Depuis ce changement incompréhensible, la joie était revenue peu à peu, et, de l'austère forteresse, montaient souvent les chants des femmes.

Gülbehar demanda le silence. Son pressentiment ne la trompait pas, on entendit mugir le son long et grave d'une trompe. Elle se redressa, quitta le sofa et se précipita vers l'étroite fenêtre masquée de jalousies. Tout en bas, sur la route qui contournait la vieille ville impériale, une colonne de cavaliers, arborant les étendards du prophète et les oriflammes du khan, s'approchait de la forteresse.

– C'est lui ! s'écria la kadine.

Son fils adoré était de retour. Mustapha, sur son cheval harnaché d'or, le casque façonné par les maîtres des fonderies de Galata et l'épée forgée dans le plus pur des aciers, revenait en triomphateur.

On comprenait l'émoi des femmes du harem. Mustapha était grand, bien bâti, son visage viril au fin collier de barbe châtaine était adouci par un regard vert très clair. Sa bouche, comme celle de Soliman, pouvait se montrer impérieuse ou s'étirer pour le plus tendre des sourires.

Ce sourire, le khan le destina à sa mère. Couvert de poussière, il déposa son épée au pied de la kadine et reçut son baiser sur le front. Puis il la serra dans ses bras. Très fort. Lors d'une traque dans les montagnes, il avait senti passer le souffle de la mort : la pointe d'une flèche s'était brisée sur son fabuleux casque à aigrettes.

Gülbehar eut l'impression d'être étreinte par Soliman ou... Une peur se glissa en elle. Mustapha ne devait jamais savoir qu'elle avait eu la faiblesse d'écouter Zora et de recevoir le mouzhir agha Adna dans sa couche.

– Tu es sain et sauf, mon fils.

– Et toi, tu es plus belle qu'au jour de mon départ.

– Etends-toi... Oui, près de moi... Ecoute les luths. Ne sont-ils pas plus agréables que le bruit des batailles ? Vois toutes ces femmes, ne trouvent-elles pas grâce à tes yeux ? J'ai prié pour toi, Mustapha. J'ai prié pour que tu ne tombes pas dans un piège tendu par nos ennemis.

– Mes ennemis sont tous sous terre.

– Pas tous, Mustapha... Pas tous.

Mustapha se tut. Il ne croyait pas au complot fomenté par Hürrem, Rüstem pacha ou quelque fanatique armé par le roi des Perses. Il s'était toujours montré naïf à ce sujet, considérant que, étant l'aîné de Soliman, nul ne pouvait attenter à sa vie.

Sans que Zora en donnât l'ordre, de jeunes houris vinrent alors lui retirer ses bottes et la casaque de cuir cloutée de croissants de lune. Une fille des Montagnes Bleues du centre de l'Inde, reconnaissable aux tatouages en sanscrit sur le dos de ses mains, lui présenta une aiguière et un bassin d'argent, puis fit couler une eau pure sur ses pieds. Deux Anglaises capturées par les Barbaresques s'agenouillèrent pour lui offrir des pâtisseries au miel tandis qu'une juive espagnole lui versait un thé parfumé dans un gobelet de porcelaine ayant appartenu à un prince mandchou.

Tout en grignotant les kadayifs et les rahat-loukoums, il raconta son périple, les pluies glacées, les forêts inextricables, les bergers sauvages qu'aucun général depuis Alexandre le Grand n'avait pu pacifier. Il parla d'une embuscade qui avait coûté la vie à dix de ses valeureux guerriers. Son verbe expressif, les images qu'il décrivait, le réalisme du combat, tout ce qu'il évoquait avec passion touchait le cœur des femmes. Ces esclaves apprêtées comme des princesses lui lançaient des dards bien plus précis que ceux des brigands. Leurs yeux de braise allongés de khôl fixaient tantôt ses lèvres, tantôt son regard empreint de souvenirs. Certaines auraient voulu lui percer le cœur d'un trait d'amour. Mais la kadine, tel un bouclier d'airain, savait y parer.

Il n'en voyait aucune. Sa mère suffisait à son bonheur. Les belles qui lui tendaient des douceurs qu'elles avaient malaxées et pétries de leurs doigts délicats laissaient un peu de leur beauté et de leur parfum, mais n'avaient pas assez de charme pour qu'il pût s'émouvoir.

Il était tout à son récit quand deux jeunes femmes s'inclinèrent devant lui. L'une tenait une coupe remplie de pétales de roses confits, l'autre portait un calice contenant de l'hydromel fait d'un mélange de sirop de miel et de houblon.

Il ne les avait jamais vues. Elles étaient uniques... Uniques. Ce mot s'imposa à son esprit et lui fit oublier ses chevauchées et ses poursuites. Comme il s'était tu, Gülbehar dit :

– Nurbanu et Khâzine viennent d'entrer à mon service.

Elles étaient différentes des autres. Nurbanu avait une attitude surprenante. Elle ne cherchait pas à fuir son regard. Elle semblait agir non pas à la manière d'une servante qui recherche les faveurs, mais comme quelqu'un qui en accorde. En présence d'un ouléma, elle aurait été punie. Les docteurs de la foi ne transigeaient pas avec les obligations de soumission que devaient respecter les femmes. Des siècles auparavant, ils leur avaient imposé le voile, ce qui ne les empêchait pas de proclamer : « Dehors les femmes portent toujours le voile. Quoi d'étonnant ? Les bandits des grands chemins se cachent le visage quand ils cherchent leur proie. »

Cette Nurbanu ne cherchait pas une proie, pas plus qu'elle en était une. C'était un être à part. Il le comprit quand sa mère dit :

– Nurbanu est la géditchi de ma garde-robe et la suppléante de Zora. Nous la destinons au service de ton père.

Aucun regret ne marqua les traits de Mustapha. Il n'aurait pas voulu de cette jeune fille qui, par sa froideur, sa beauté et l'intelligence de son visage, pouvait se révéler à long terme comme une terrible adversaire. Il la compara à Hürrem. L'une et l'autre se combattraient et il préférait alors être loin d'Istanbul, théâtre des empoignades féroces que se livraient les favorites dans le silence des grands harems.

D'autres yeux, plus doux, plus conformes à l'esprit de l'islam, et cependant assez téméraires – ils tardaient à s'abaisser – l'attiraient. Ils appartenaient à Khâzine. Elle devait être une descendante des peuples du désert, car elle ressemblait aux Arabes qu'il avait rencontrés lors de son voyage à La Mecque, à ces filles futées et curieuses de tout qui rêvaient face aux mirages des étendues de sable. Gülbehar qui l'observait eut ces mots troublants :

– Khâzine est veuve depuis peu. Elle brode à la perfection et connaît le langage des fleurs.

Voilà pourquoi il trouvait cette esclave différente des autres. Elle avait déjà connu l'homme, son *kouss* avait été percé. Cette expérience lui donnait un avantage... une jeune veuve... et elle connaissait le langage des fleurs.

Un jour, en présence de son père, Soliman, Mustapha avait entendu des poètes débattre sur les questions d'amour et les codes inventés par les amants. Il en avait retenu l'essentiel.

– Si je tiens une jonquille, demanda-t-il à Khâzine, qu'est-ce que cela signifie ?

Khâzine devint toute rouge. Il ne lui était pas permis de prononcer les mots du cœur en période de deuil, surtout en présence de la kadine. Cette dernière éprouva de la compassion pour la jeune veuve ; elle appréciait sa présence, la savait dévouée, reconnaissante, attentive à tous ses désirs. Elle ne serait jamais une rivale. Ce fut pour toutes ses raisons qu'elle l'autorisa à s'exprimer, signifiant aux femmes de sa suite que son choix était fait et que la jeune veuve serait la première à initier Mustapha aux plaisirs :

– Tu peux répondre, dit-elle d'une voix douce et maternelle.

Khâzine regarda Gülbehar sans comprendre.

– Mais oui, insista la kadine.

Khâzine vit aussi le sourire encourageant de Cecilia. Alors elle baissa la tête et souffla :

– Cela veut dire : peux-tu m'aimer ?

Ce souffle, ces mots légers se posèrent sur le cœur du khan. Mustapha voulait en entendre davantage.

– Et diviser en deux un bouton de rose ?

C'en était trop... Il y avait des limites qu'on ne pouvait franchir sans se mettre en péril. Elle n'était qu'une esclave ; il était prince de sang. Elle avait moins de valeur que les gouttes de diamant qu'il portait aux oreilles. Il lui demandait l'impossible.

– Tu ne sais pas ? reprit-il.

Oh si, elle savait ! Elle avala sa salive, maîtrisa au mieux son émotion et lâcha cette phrase qui fit frémir toutes les houris et les odalisques de la pièce :

– Irais-tu jusqu'à mourir pour moi ?

– Si j'avais une violette, murmura-t-il, je lui couperais la tête.

C'était une déclaration publique. Il n'agissait pas selon les règles coutumières et prenait de court sa propre mère car ce qu'il venait de dire signifiait : « Je soumettrais sans un murmure mon cou au lacet. » Gülbehar contempla son guerrier de fils. Il était bien le digne rejeton de Soliman, prêt à fondre par amour. Si elle ne reprenait pas en main la situation, son garçon allait offrir une pistache à la rougissante jeune femme, faisant allusion à la rime : *ikimize bir yastik* – « ayons tous deux le même oreiller » – ou détacher un fil de soie du coussin pour le lui offrir : *seni seviyorum pek*, « je t'aime à la folie ».

– Zora et les servantes mongoles vont préparer ton bain, dit-elle à Mustapha. Quant à toi, ajouta-t-elle pour Khâzine, souviens-toi que tu n'as jamais été gozdé et qu'on ne se fait pas aimer d'un prince sans sacrifier au rituel des favorites.

Non, elle n'avait jamais été gozdé, c'est-à-dire « dans l'œil » de celui qui désire, et elle ne connaissait absolument rien du rituel des favorites des harems de la capitale. Gülbehar se chargea de cette leçon particulière à laquelle assista Nurbanu.

Khâzine avait été baignée, manucurée, peignée. Les jambes écartées, allongée sur une table recouverte d'un matelas, entièrement nue, elle attendait que Gülbehar officiât. Debout et près d'elle, Cecilia était attentive. Chaque geste de la kadine était un enseignement. Elle la vit malaxer une pâte obtenue après l'écrasement de racines mélangées à de la chaux, puis l'étaler sur les poils du pubis de la jeune fille.

Gülbehar était adroite. Munie d'une coquille de moule, elle rasa le triangle rose et délicat, puis le parfuma de musc. L'opération terminée, elle ouvrit le couvercle d'une pexide d'ivoire sculptée de déesses asiatiques qui s'étreignaient pour un baiser et saupoudra les seins menus d'une sorte de talc brun.

– C'est du haschisch, expliqua-t-elle. Cela retarde le plaisir de l'homme qui le respire et augmente en conséquence le nôtre.

Khâzine put enfin se lever pour revêtir un *gömlek* [1] transparent filigrané d'or et un gilet entièrement piqué de minuscules rubis aux nuances différentes qui évoquaient des flammes ardentes. Elle glissa ses pieds dans des babouches étoilées de diamants, et reçut de la main même de la kadine une feuille d'aloès qu'elle garda sous la langue pour parfumer son haleine.

Elle était parée et, à l'heure où le prince devait se retirer dans sa chambre après avoir été salué par toutes les esclaves, elle se trouva sur son chemin en compagnie des plus belles. Quand Mustapha les vit agenouillées pour l'hommage du coucher, il prit son mouchoir et le déposa sur l'épaule de Khâzine pour la plus grande satisfaction de Gülbehar.

La tradition avait été respectée. Peu importait à présent la façon dont les deux tourtereaux prendraient leur plaisir.

---

1. Blouse précieuse.

Cecilia se recroquevilla sur son matelas. Les deux couvertures, le feu ronflant dans la cheminée conique, ne suffisaient pas à repousser le froid. Encore moins le froid du cœur. Elle se sentait glacée. Son corps était une tombe. Les êtres qu'elle aimait y avaient leur place, mais on n'étreignait pas des morts.

« Joao, Nefer... », murmura-t-elle.

D'autres murmures lui parvinrent. Ils sortaient des lèvres de celles qui s'étreignaient réellement. Non loin de Cecilia, plusieurs matelas accolés bruissaient des gémissements et des mots d'amour lâchés par les servantes. Tous les sens de ces femmes essayaient de capter et de reproduire ce que leur imagination exacerbée faisait naître. Elles pensaient à Khâzine, vivaient à travers la jeune femme et essayaient de connaître par procuration l'extase du couple. Et, sous leurs doigts et leurs langues, dans l'écartèlement impudique des cuisses, naissaient des plaisirs qui se mêlaient à ceux des amants.

A un moment de la nuit, Cecilia sentit poindre ce frisson qui précédait la lente montée du désir. Elle serra son poing entre les jambes; elle ferma les yeux. Une nuit, elle connaîtrait ce déchirement qu'elle appréhendait. Il y avait quelque part un homme qui lui était destiné...

56

Les pigeons s'élevèrent dans l'air humide montant de la Corne d'Or, virèrent autour des minarets de Tcharshamba et filèrent vers les coupoles du Grand Bazar. Ils avaient l'air d'être portés par les épaisses fumées qui s'élevaient de toute la ville. Istanbul engloutissait des forêts entières, les brûlait, asphyxiait les habitants des *èv* [1], des konaks et des sérails dont la plupart des toits n'excédaient pas douze *ziras* [2] de haut. Tout était noir et gris sous les ailes des pigeons. Les couleurs des bâtisses, définies par la loi, se confondaient chaque hiver; le jaune des maisons juives et le rouge des masures turques, salis de suie, ne se démarquaient plus du gris réservé aux habitations grecques et arméniennes et du noir des demeures des membres de la cour.

Le nuage âcre qu'aucun vent ne chassait vers le Bosphore s'étendait de jour en jour. Il collait aux voiles flasques des mahonnes, des allèges, des naves et des caïques, taraudait les poumons des *péramèdjis* [3], des *kayikdjis* [4], des *sandaldjis* [5] et de tous les bateliers tra-

1. Bâtisses ordinaires.
2. Neuf mètres.
3. Bateliers privés.
4. Matelots de caïques.
5. Bateliers de l'Etat.

vaillant sur les débarcadères de Bahtchè Kapi à Yémish. Il tuait parfois les esclaves moscovites et tatars enchaînés au fond des bassins de l'arsenal de Galata. Dans ce lieu appelé Kassim Pacha, trente-cinq mille hommes souffraient sous le fouet des chefs d'équipe et le mépris des ingénieurs mercenaires. Ici, tomber malade signifiait la mort. Dans cette immense prison au sol recouvert d'énormes blocs de marbre qui empêchaient toute tentative de fuite en creusant des tunnels, on étranglait les faibles, on coupait les têtes des révoltés, on prenait du plaisir avec les plus jeunes. Aucun de ces condamnés ne releva la tête pour voir passer les oiseaux qui cherchaient à échapper à la nuée.

Les pigeons continuèrent leur folle virée et prirent de l'altitude. Sous leurs ventres lissés par le vent d'une course sans but, Topkapi résonnait du bruit des armes remuées lors des parades quotidiennes des janissaires. Le palais avait été en fête durant sept jours et sept nuits. Sur ses murs crénelés et ses tours dominant les mosquées et les bedestens, des feux de joie avaient été allumés, et les canons aux gueules bourrées de poudre noire avaient salué les victoires du sultan. Maintenant, seule l'armée manifestait sa présence au son des tambours et des marches d'entraînement. Ces échos guerriers rassuraient la population, tout autant que les têtes coupées des ennemis exposées à l'entrée de Topkapi. Le Grand Seigneur était de retour et avec lui l'or des pillages et la chair des esclaves.

Soliman se leva du lit et posa un regard admiratif sur la kadine, allongée sur le matelas. Pendant sept jours et sept nuits, échappant aux fastes de la cour et aux courbettes mille fois répétées des fonctionnaires élevés par lui à des postes prestigieux, il avait retrouvé sa simplicité auprès d'Hürrem. Il l'avait aimée ; il s'était laissé aimer sans concession, provoquant une fois de plus la colère rentrée des professeurs de la foi qui lui reprochaient l'exclusivité de son amour.

Même si tant de femmes attendaient d'être choisies dans les longs dortoirs gardés par les eunuques, il n'avait que faire de leur beauté. De même, il ne pratiquait plus le *nobet geçesi*, le « tour de nuit » obligatoire une fois par semaine avec les kadines, depuis que Gülbehar avait été reléguée dans la lointaine province gouvernée par leur fils Mustapha. Il était tout entier à Hürrem.

Hürrem, alanguie, était comblée. Elle n'en demeurait pas moins attentive. Sous le lourd rideau de ses cils, elle observait la lente évolution de Soliman dont les épaules s'étaient voûtées. Il n'avait plus la prestance d'antan et ne cherchait plus à se tenir droit en sa présence. C'était un homme fatigué par le pouvoir et la guerre, fatigué d'être le Commandeur des croyants et le Seigneur des seigneurs. Il ne l'avait pas entraînée très loin dans le plaisir et s'était contenté de la prendre longuement, sans lui parler comme il le faisait d'habitude. Il s'était répandu sans répondre à ses cris de jouissance, sans s'arquer quand elle lui griffait les reins.

Cette campagne moldave l'avait usé et rendu vulnérable. S'approchant de la fenêtre aux vitres enchâssées dans un damier d'argent, il observa le vol des pigeons. Il n'y vit rien de bon. Ils lui apparurent comme autant de mouches noires cherchant un cadavre. Tout le monde le croyait invincible. Il n'avait cependant combattu que des paysans en armes et des reliquats de l'armée autrichienne. Jamais, contrairement aux prévisions de ses généraux, il ne prendrait Vienne et ne marcherait sur Rome pour planter l'étendard de l'islam sur la basilique Saint-Pierre.

Un profond soupir lui fit fermer les yeux : il avait fait exécuter le seul homme qui aurait pu mener à bien les conquêtes à ses côtés, son seul ami, le grand vizir Ibrahim Pacha dont le sang répandu dans la troisième cour devait servir d'avertissement à ceux qui ambitionnaient le pouvoir absolu.

Pourquoi ? Pourquoi devait-il supprimer les êtres qui lui étaient chers ? Il connaissait la réponse : pour satisfaire l'orgueil de sa favorite. Il se tourna vers elle, si menue, si inachevée dans son corps d'éternelle adolescente, si fragile en apparence.

Oh, il savait bien de quoi elle était faite : de l'acier le plus dur, mille fois trempé et forgé, du diamant le plus pur, taillé pour couper au plus profond des cœurs. Tout en elle n'était que calcul, ruse, cruauté. Et pourtant c'était cette femme-là qu'il adorait car elle lui renvoyait sa propre image. Il se soumettait de bonne grâce à ce double, à chaque rencontre, à chaque baiser échangé, oubliant le Coran et les lois de la charia.

Elle lui avait suggéré, puis supplié de tuer Ibrahim ; il s'était empressé de la satisfaire. Elle allait à nouveau lui demander quelque chose, il le pressentait.

– Ton esprit n'est pas en paix, remarqua-t-elle en s'étirant comme une chatte.

Dans le mouvement qu'elle fit, il vit sa chair ouverte d'où s'écoulait sa semence. Tout l'avenir de l'empire s'était joué, se jouait, se jouerait entre les jambes des femmes. Celle-ci lui avait donné cinq héritiers, quatre garçons et une fille. L'un d'eux déjà avait succombé au poison... qu'allait-il advenir des autres ? Et de Mustapha, qu'il avait eu avec Gülbehar ? Et si tous venaient à mourir ? Son devoir n'était-il pas, comme le proclamaient les docteurs de la foi, de procréer toujours plus ? Il aurait dû saillir toutes les odalisques, choisir quatre kadines, multiplier les héritiers. Se multiplier à l'infini pour assurer la stabilité de l'empire. Mais il ne pouvait se résoudre à tromper – oui, il pensait comme un chrétien – l'élue de son cœur.

– Le temps des conquêtes vers l'ouest s'achève. Nous ne serons jamais assez forts pour prendre Vienne, dit-il en revenant s'étendre sur la couche.

– Rien ne peut résister au grand Soliman, murmura Hürrem en caressant sa tête posée sur ses cuisses.

– Il appartiendra à mes descendants d'achever cette tâche commencée il y a cinq cents ans, observa-t-il.

– De quelle descendance parles-tu, mon Seigneur ?

Il se tut. Il n'y avait qu'une réponse possible : Mustapha ; le fils de Gülbehar était le premier de cette lignée qu'il évoquait.

– Il y a des sangs corrompus et des fils qui ne peuvent engendrer que des faibles, dit-elle d'une voix un peu émue.

Elle avait les mains douces. Elle possédait un don. Sous ses doigts, l'esprit de Soliman s'apaisait ; il était à la merci de cette petite femme dont les longs cheveux noirs dénoués faisaient comme un voile autour du fin visage penché sur lui. Il voyait briller ses yeux ; il s'y perdait avec volupté.

– Le meilleur de mes fils montera sur le trône, souffla-t-il.

Les menus ouvrages du temps inscrits en fines rides sur le front d'Hürrem disparurent. Dans le creux de ses mains qui glissaient le long du ventre de Soliman, se lova la tige de chair qu'elle fit s'épanouir en une fleur rouge.

– Il y a une femme, dit-elle, qui pourrait te donner les mêmes plaisirs.

Soliman se tendit. Il n'aimait pas qu'elle évoquât les odalisques.

Elle le serra très fort pour faire monter le sang et le plaisir dans les entrelacs inextricables des veinules. La chaleur passa dans ses paumes.

– On dit que c'est une Vénitienne à qui Gülbehar a donné le nom de Nurbanu.

– On dit ? articula-t-il.

Même le nom de Gülbehar ne provoqua pas le retrait de son sang. Au contraire, il durcit encore plus. D'un lent mouvement appuyé, dans le cercle de l'index et du pouce, Hürrem le tenait à sa merci. Elle poursuivit sur le même ton :

– J'aimerais avoir cette esclave à mon service.
– Nous la rachèterons.
– Et si Gülbehar refuse de la vendre ?
– Nous la lui confisquerons par la loi.

Hürrem avait gagné et elle lui donna ce qu'il attendait. L'enjambant, elle fit pénétrer le membre. A présent, il pouvait perdre de nouveau sa semence, elle allait mimer le plaisir.

Six mois s'écoulèrent. Gülbehar avait refusé de se séparer de la « princesse de Lumière », rejetant l'offre exceptionnelle de mille piastres pour l'achat de la jeune fille. Soliman en était ulcéré. Chaque jour, il subissait la pression d'Hürrem qui lui reprochait sa faiblesse. Mais le temps des tergiversations était fini. Il avait pris sa décision, donné des ordres, convoqué le grand vizir et le chancelier de l'Etat. Aujourd'hui, le firman ordonnant la confiscation de l'esclave Nurbanu allait être remis à un officier.

Soliman quitta ses appartements peuplés de pages, après avoir renvoyé le maître de la garde-robe à ses caftans, et suivit les couloirs qui menaient au *kubbealti*, cette salle du Divan où se jouait l'avenir de l'empire. Devant lui, les serviteurs tombaient à genoux, bénissaient l'ombre qu'il projetait sur leur nuque, tremblait au passage du *bostandji* [1] qui l'accompagnait. Le bostandji, qui était sourd et muet, portait une lourde épée, propre à décapiter les têtes, qui pendait sur son ventre, et avait une cordelette de soie cachée dans les plis de sa ceinture écarlate. Sur un signe du sultan, il exécutait sur-le-champ ceux qui déplaisaient au Seigneur des seigneurs, Maître du cou des hommes, Envoyé de Dieu sur terre.

Soliman se dirigea vers la tour de guet de la deuxième cour, dans laquelle avait été aménagée une petite pièce

1. Bourreau.

d'où il pouvait suivre les séances du Conseil des ministres sans être vu.

L'audience, il y en avait quatre par semaine, commençait après la prière du matin. Une longue queue s'étirait à travers les jardins de la deuxième cour. La chaleur accablait déjà les requérants qui avaient perdu leur langue. On ne parlait pas dans l'enceinte de Topkapi. Et ceux qui s'étaient querellés pour une paire de babouches volée attendaient sagement d'être reçus par les hauts fonctionnaires, au coude à coude avec les messagers étrangers, les chefs des corporations, les riches caravaniers, les derviches spoliés par un gouverneur, les médecins en quête d'une autorisation d'exercer, des oulémas, des calfats, des bijoutiers, des ambassadeurs qu'aucun ordre de préséance ne hiérarchisait. Ils avaient l'air de ce qu'ils étaient : un troupeau soumis à la justice de la Sublime Porte.

Quelques-uns cependant, expressément convoqués par le chancelier, le nishandji Djelâlzâde Mustapha Kodja, cousin du kazasker Hodja, furent autorisés à pénétrer dans la salle du Divan.

Joseph Nazi faisait partie de ces privilégiés. Mais il ne se considérait pas comme tel. Il avait vu les têtes qui pourrissaient de part et d'autre de la première porte du palais et certaines appartenaient à de bien plus grands personnages que lui. Il tenait trop à la sienne.

Il fut surpris de la petitesse du kubbealti. Une banquette basse courait le long des murs recouverts de tapis persans, et accueillait les plus illustres membres de l'Etat. Le grand vizir assisté des trois vizirs de la coupole, le juge des armées d'Anatolie et celui de Roumélie nouvellement nommé, les ministres, le chancelier et le chef des secrétaires, ainsi que quatre kâtib chargés des actes afférant au trésor écoutaient les doléances d'un marchand de grains qui n'avait pas été payé en temps et en heure par les fonctionnaires.

Avec les bijoux que portaient les dirigeants de l'Etat, Joseph aurait pu lever une armée, construire une flotte et ravir les Amériques aux Espagnols et aux Portugais. Leurs turbans alourdis de pierreries étaient pareils à de grosses citrouilles de soie et de satin sur lesquelles brillaient des voies lactées. Certains ne parvenaient pas à refermer leurs doigts couverts de bagues énormes. Les colliers qui pendaient à leurs cous auraient pu se révéler des armes redoutables entre les mains d'un guerrier qui s'en serait servi comme de fléaux.

Rüstem, le grand argentier, était à lui seul un trésor ambulant, il croulait sous les pierreries. L'or semblait naître de la texture de ses vêtements cramoisis et couler en deux gangues qui recouvraient ses pieds, car, sur le cuir de ses bottines aux bouts recourbés, des plaques du précieux métal avaient été cousues. Au seul mouvement brusque qu'il fit du bras droit, on entendit cliqueter et dégringoler les mailles, les maillons et les cercles des vingt bracelets aux pendentifs tous taillés dans de rares saphirs.

Tous les regards se rivèrent sur la main boudinée au doigt accusateur bagué d'un cabochon aussi gros qu'un œuf de pigeon.

– Peut-être n'as-tu pas livré la quantité voulue ?

– Mon blé a été pesé deux fois aux échelles d'Oun Kapani. Et tu sais bien qu'il est impossible de tricher au « pesage de la farine » et que les *asès bashi* [1] veillent sur toutes les opérations.

– On peut toujours acheter les officiers de police, gronda Rüstem.

C'était une accusation grave, qui mettait directement en cause le *soubashi* qui commandait la police. Mais personne n'osa contredire le grand argentier qui venait d'être officiellement marié avec la fille de Soliman, Mihrimah.

1. Officiers de police.

La discussion se poursuivit. Joseph en perdit le fil. Il venait de croiser le regard de son nouveau maître : le grand amiral aux nombreux exploits, le kapudan pacha Khayreddîn Barberousse. Il avait pris Tunis, battu à Preveza la flotte conjointe de Venise, du pape et de l'Espagne sous les ordres d'Andrea Doria et réorganisé l'Arsenal qui pouvait désormais construire jusqu'à cent quarante gros navires par an.

Avant la séance du conseil, Barberousse lui avait dit de rester neutre et de ne rien faire qui pût attirer l'attention sur lui. Surtout ne pas lever les yeux vers « la fenêtre périlleuse ».

« Surtout ne pas lever les yeux... Surtout ne pas lever les yeux... Surtout ne pas lever... » Les yeux de Joseph Nazi, irrésistiblement, dévièrent. Alors que chacun s'efforçait de ne pas augmenter son angle de vision, il agrandit le sien de quarante-cinq degrés, et découvrit avec un frisson la fenêtre grillagée masquée par un rideau de taffetas noir. Cette « fenêtre périlleuse » n'était autre que celle derrière laquelle se postait Soliman pour suivre les débats du conseil. On ne savait jamais si le sultan était présent ou non, car le voile de taffetas derrière le treillis de bois empêchait de l'apercevoir. Pourtant, Joseph Nazi sut que le Maître du cou des hommes était là, il sentit sa force, sa puissance le pénétrer et il en perdit le souffle.

Soliman était attentif à ce qui se passait dans la salle du Divan quand il vit l'impudent jeune homme lever le regard vers lui. Immédiatement, il sut que ce dernier appartenait à la race des conquérants et immédiatement il l'aima. Soudain, la perspective de conquérir Vienne de son vivant ne lui parut plus improbable, ce jeune homme lui redonnait des forces. Il se demanda ce qu'il faisait parmi les officiers, et le découvrit lorsque le kapudan pacha Khayreddîn Barberousse parla. Le jeune impudent s'appelait Joseph Nazi ; il venait de s'emparer de deux naves huissières chargées d'épices au large du détroit de Gilbratar et avait coulé trois galères papales près des côtes maltaises. Et c'était ce héros qui devait ramener Nurbanu, l'esclave favorite de Gülbehar. Joseph Nazi se demandait pourquoi il avait été choisi pour cette mission sans gloire. Il ignorait tout des accords secrets passés entre le grand argentier et le kapudan pacha, et des périls encourus. Là où le kazasker Hodja avait échoué, il devait réussir.

Le chancelier Kodja lui remit le *tughra*, document impérial qui lui donnait tous les pouvoirs, l'acte officiel avait été préparé bien avant la séance. Dans un style très étudié et conforme à la législation, il faisait de Joseph Nazi, alias Joao Micos, le commandant d'une troupe de mille fantassins et de deux cents cavaliers.

57

Le mouzhir agha Adna et le capitaine des gardes Orkas eurent un regard suppliant pour le jeune khan. Mais Mustapha ignora les deux janissaires qui servaient fidèlement sa mère. Non, il ne ferait pas donner du canon contre une troupe envoyée par son père. Ce serait un sacrilège et une première dans la longue histoire des Osmanlis. Sûrement l'amorce de la décadence de l'empire.

Le fils vénérait le père, respectait le commandeur des croyants. Le khan se soumettait au sultan. Il n'était pas question d'anéantir une troupe qui ne se montrait pas belliqueuse. En contrebas, plus de mille hommes, rassemblés sous les bannières d'Istanbul et d'Allah, attendaient en bon ordre que les portes de bronze de la forteresse s'ouvrent.

Mustapha savait pourquoi ces soldats étaient ici en si grand nombre. Non pour le faire plier à la volonté du Seigneur des seigneurs, mais pour montrer à sa mère qu'il était inutile de résister à Hürrem. Il y avait de quoi sourire et de quoi désespérer à la vue de cette petite armée dépêchée de la capitale pour réclamer une esclave à qui on faisait porter la responsabilité de la mort du kazasker Hodja. Car tel était le motif officiel de la dernière mise en demeure envoyée par la Sublime Porte.

Mustapha cherchait à comprendre. Où voulait en venir la kadine Hürrem ? Par quel enchantement tenait-elle son père qui refusait tout rapport avec les autres femmes du harem et acceptait les conseils d'une favorite qui gouvernait à la place du grand vizir ? Que pesait Nurbanu dans cette guerre qui opposait Hürrem à Gülbehar ?

Mustapha tourna son regard en direction de la tour des Douze Vents. Gülbehar, Nurbanu, Zora, Khâzine et quelques femmes s'y montraient. Leurs voiles libérés par le vent flottaient dans l'azur du ciel. Elles se tenaient droites entre les créneaux. Il y avait du défi dans leur attitude.

– Les femmes nous montrent l'exemple, dit Adna.

– Mais le Coran nous dit de ne jamais suivre cet exemple, répondit Mustapha. Je vais recevoir le commandant que nous envoie la Sublime Porte.

Cecilia ne voulait pas montrer la peur que lui inspirait le régiment de yayas et les deux compagnies de sipahis. Ils étaient là pour elle, l'ennemie de l'Etat, piques levées vers la forteresse, arquebuses pointées sur les gardes d'Amasya. On les avait annoncés trois jours plus tôt lorsqu'ils avaient franchi la frontière de la province en conquérants. Qui aurait osé se mettre en travers de la route d'une troupe protégée par un tughra impérial ?

Le commandant qui les menait était habillé de noir. Noir aussi était son casque, surmonté d'une aigrette pourpre. A sa gauche, un sipahi avait planté un étendard vert à trois croissants et, à sa droite, un kadi du médressé d'Aya Sofya tenait entre ses mains le tughra roulé aux rubans rouges.

Les doigts de Cecilia se crispèrent. Les portes de bronze tournaient sur leurs gonds, la herse éraillait le silence. Le cheval du cavalier noir s'ébroua et trotta, suivi par ceux du sipahi et du kadi. Les trois hommes ne retinrent pas leurs montures en pénétrant dans la forteresse.

L'étroite cour était pleine de gardes. Joseph Nazi les évalua d'un coup d'œil, aucun n'était prêt à se battre et à mourir. Il sentait immédiatement ces choses-là. La plupart d'entre eux avaient passé la quarantaine et arboraient des armes d'un autre âge. Les trois hommes mirent pied à terre quand le khan, suivi d'une escouade de janissaires, apparut au bas du petit escalier qui menait au chemin de ronde.

– Je suis porteur d'un tughra du grand vizir, grand khan.

Mustapha sonda brièvement l'homme qui lui présentait l'acte rédigé par le chancelier et le jugea digne de respect. Il aurait aimé l'avoir pour capitaine. Déroulant le parchemin, il en lut le contenu. Le texte était très clair.

– Cette mission aurait dû être confiée à un mouzhir agha des janissaires, constata Mustapha en découvrant le nom et le titre du commandant.

– La Sublime Porte dans son discernement m'a nommé, estimant que je suis un homme neutre et sans parti pris.

– L'es-tu ?

– Autant que peut l'être un officier sous les ordres du kapudan pacha Barberousse, autant que peut l'être le vent pris dans les voiles d'un navire. Je ne connais pas cette Nurbanu qu'il m'incombe de ramener à Topkapi, pas plus que je ne sers Rüstem pacha qui semble avoir un intérêt dans cette affaire. Crois-moi, *shazade*, j'agis et j'obéis pour le bien de l'Etat.

Joseph Nazi avait l'art et la manière, car le nommer shazade, c'était le reconnaître comme héritier du trône. Mustapha ne prit pas cela pour une flatterie, mais comme une marque d'allégeance. Les deux hommes s'évaluaient et accordaient leur personnalité quand les femmes conduites par Gülbehar provoquèrent une panique générale. La kadine avait brisé le tabou en forçant les portes du harem. Pire, elle ne portait pas le voile qui dissimulait habituellement le bas de son visage.

Les soldats baissèrent la tête, tournèrent le dos, se renforcèrent dans les redans et les écuries. Voir la kadine dans toute sa beauté, c'était se condamner à une mort certaine. Un kadi d'Istanbul était présent. Ce dernier fit comme les autres : il ferma les yeux.

– Mère ! s'écria Mustapha.

Gülbehar n'eut pas le temps de répondre à son fils. Nurbanu poussa un cri et s'écroula.

Cecilia avait reconnu Joao. Sous le choc, elle perdit conscience et sombra. Dans sa chute, son voile se défit, et Joao la reconnut à son tour. Ce fut comme s'il recevait une décharge de plombs en pleine poitrine, il chancela, pâlit, battit des paupières et empoigna la garde de son épée.

Mustapha comprit alors que quelque chose se passait dans la tête du commandant... ou dans son cœur. Ces deux-là se connaissaient. Cela paraissait impossible, mais ils se connaissaient. Il ne fut pas le seul à remarquer le trouble du jeune homme, Zora aussi en eut conscience.

Il y avait un homme plus blanc que l'envoyé d'Istanbul : le mouzhir agha Adna. Le janissaire était éberlué. Ce commandant à quatre pas de lui ressemblait comme deux gouttes d'eau à ce juif qu'on avait jeté à la mer un an plus tôt. L'image de l'aventurier embarqué sur la galère vénitienne s'était imposée brutalement à lui, alors qu'il cherchait à se rappeler où il avait vu cet officier de marine. C'était un revenant, une abominable apparition, un démon.

Joseph Nazi n'avait pas remarqué le mouzhir agha. Adna, comme beaucoup d'autres, avait été effacé de sa mémoire lorsqu'il avait coulé dans les abysses. Il contenait son émotion. Ses lèvres tremblaient. Il aurait voulu se précipiter vers Cecilia qui recevait les soins d'une vieille servante.

– Tu connais cette houri ? demanda tout bas Mustapha.

– La kadine est dévoilée, répondit Joao d'une voix cassée, pour faire croire au shazade que son émotion était due à cette grave entorse aux coutumes.

– Ce n'est pas le visage de ma mère qui te trouble. Ne me mens pas.

– J'ai rencontré cette jeune fille à Venise.

– Mais qui es-tu ?

Joao ne répondit pas. Revenu de sa surprise, le kadi, représentant la loi islamique, prit l'initiative :

– Ces femmes doivent retourner immédiatement au harem.

– Nous n'avons pas d'ordre à recevoir d'un simple juge, dit Gülbehar dont les yeux flamboyaient. Serais-tu le *cheik ül-islam* que moi et mes suivantes n'obtempérerions pas.

– Sacrilège ! s'écria le kadi.

Le cheik ül-islam était la plus haute autorité religieuse de l'empire. Sa position au sein de la Sublime Porte lui conférait un pouvoir immense. Le sultan le consultait pour les questions de droit islamique, lors de ses mariages, pour tous les actes fondamentaux touchant à la nature de l'Etat. Bien que n'étant pas au sens propre le chef d'une administration hiérarchisée comme pouvait l'être le pape des chrétiens, le cheik ül-islam d'Istanbul était vénéré par les dizaines de milliers de kadis, d'oulémas, de *müderris* [1], d'imams, d'*hafiz* [2], de hatib et de muezzins qui constituaient l'armée spirituelle et temporelle de l'empire, qui recrutait ses membres dans les seize mille mosquées et les six mille six cents couvents de la capitale.

Et cette femme, née du ventre d'une chrétienne, vendue au prix d'une génisse, convertie par obligation, faite

---

1. Directeurs d'une *medressa* (école coranique).
2. Chargé de la récitation du Coran.

de chairs corrompues, porteuse du péché originel, insultait l'homme qu'Allah portait dans son cœur.

– Mère, au nom de Dieu, je te conjure de regagner tes appartements avec tes suivantes et de nous remettre Nurbanu.

– Il ne sera pas dit que nous t'enlevons cette esclave sans compensation, dit le kadi en décrochant une sacoche du flanc de son cheval. Voilà mille *altouns* [1] pour compenser cette perte.

Mille altouns représentaient deux mille cinq cents piastres d'or que le kadi déposa aux pieds de la kadine. Mais la kadine repoussa cette fortune avec mépris :

– L'or de Rüstem et d'Hürrem est corrompu. Il ne peut servir à acheter la pureté d'une Nurbanu.

– Que cet or serve à m'acheter ! clama une voix.

Tous les regards se tournèrent vers celle qui venait d'élever la voix. Le kadi contempla la vieille bancale qui s'avançait vers eux, il ne put brandir la menace de la charia pour refouler cette insolente car elle le terrorisa au premier regard. Zora soutenait Nurbanu, d'une pâleur de mort.

Elle ne parvenait pas à réaliser que Joao était vivant. Il lui fallait extraire du fond de son désarroi l'image d'un homme inconscient et sans force que les Turcs jetaient à l'eau. Il était pourtant bien réel, superbe dans ses habits de guerre, de cuir noir maillé de fer, ceinturé et armé. Témoin d'une apparition miraculeuse, il la contemplait avec adoration sans se soucier de la présence du khan.

– Pardonne-moi, continua Zora en s'adressant à la kadine, mais je pars avec Nurbanu.

– Zora... ma pauvre Zora, c'est le chemin de la mort que tu choisis, dit Gülbehar. On se souvient de toi à Istanbul.

1. Pièces d'or.

– Et on me craint. Je suis l'ombre qui doit cacher la lumière. Quand je disparaîtrai, Nurbanu régnera sur le monde. Laisse-moi partir et accomplir notre destin.

– Que la volonté d'Allah soit ! Prends cet or, il vous sera utile à Topkapi.

58

L'Occident surgit inopinément de l'horizon dès qu'ils eurent contourné la Tchamlidja, colline qui dominait le bourg d'Usküdar. Sur cette terre soudain révélée aux regards, se dressaient des dômes d'or, des flèches, des palais fortifiés, un moutonnement de maisons colorées. Istanbul la reine du monde étalait sa puissance sous les rayons ardents du soleil. Sur les trois langues de mer que formaient le Bosphore, la Corne d'Or et la mer de Marmara, des milliers de nefs se croisaient et malgré la distance on entendait battre les rames et les tambours des nombreuses galères.

Le mouzhir agha Adna demeura insensible devant ce paysage et ces bruits. Il étrécissait sa vision à deux êtres, n'était attentif qu'aux paroles qu'ils échangeaient. Nurbanu et Joseph Nazi étaient à quelques pas de lui. Il ne les quittait plus depuis que le khan, sur sa demande, l'avait chargé d'escorter en son nom et au nom de la kadine, la précieuse esclave jusqu'aux portes du sérail.

Il n'avait pas révélé l'identité du commandant. Quelle identité ? D'où sortait cet aventurier ? Etait-il l'une des créatures de la kadine Hürrem et du grand argentier Rüstem ? Ce qui aurait expliqué sa présence sur la galère vénitienne. Etait-il un espion de la Sérénissime ? Agissait-il pour le compte d'une communauté étrangère, des derviches bektashis qui recrutaient des éléments fauteurs de troubles ou des *mélamis* [1] qui menaient de secrètes activités contraires aux intérêts de la Sublime Porte ?

A quatre reprises, il l'avait affronté verbalement. Chaque fois la nuit, devant la tente de Nurbanu que l'un et l'autre voulaient garder. Mais à aucun moment ce Joseph Nazi ne l'avait reconnu.

Joao et Cecilia contemplaient la capitale avec angoisse. Au premier plan, Topkapi s'allongeait dans la torpeur. Sur les cimes de ses remparts, des éclats métalliques inquiétants renvoyaient à l'entour les rayons du soleil. Le palais des sultans retenait dans ses flancs des milliers de vies et de terribles secrets ; des trésors y étaient entassés, des reliques vénérées ; les plus belles femmes du monde s'y morfondaient.

Cecilia et Joao brûlaient intérieurement, ils auraient voulu se toucher du bout des doigts, juste du bout. Mais le kadi veillait, Zora les espionnait et Adna apparaissait chaque fois qu'ils se rapprochaient.

– Je te le demande une dernière fois, dit tout bas Joao. Veux-tu t'enfuir avec moi ?

– A quoi bon s'enfuir ? Où aller ? Ils nous rattraperont toujours.

– Ma galère est ancrée à Top-Hané et mon équipage repose à l'arsenal. Deux heures me suffiront pour le rassembler...

– Son destin est là-bas...

Ils n'avaient pas vu arriver Zora. La géditchi se glissa entre leurs deux montures, flatta les bêtes qui frémirent. Joao la regarda et sut qu'elle disait vrai. Elle était pareille à la pythie de Delphes dont les oracles devaient s'accomplir.

– Le tien aussi, ajouta Zora.

---

1. Rebelles.

– Le mien ?

– De la Corne d'Or, tu tireras ta gloire.

Zora avait l'air absente. Les mots venaient d'un ailleurs, d'un don hérité de ses aïeux, d'une terre de légende parcourue, piétinée par des générations de femmes qui prédisaient l'avenir et exorcisaient le passé. Ils étaient simples, mais ses visions matérielles avaient la complexité des grandes toiles exécutées par les peintres de l'Occident, et Joao y apparaissait comme un prince portant l'épée d'or des kapudan pachas au milieu de batailles.

Joao n'envisageait pas d'avenir sans Cecilia. Cette vieille folle délirait. Il souhaitait simplement que la flèche qui le transpercerait eût déjà été forgée. A la première occasion, il s'exposerait à l'abordage d'un navire ennemi. Son regard parcourut le chemin qui le séparait du désespoir.

Sa troupe mettrait des heures pour franchir les deux lieues qui la séparaient des embarcadères de Saladjak. Toute l'Asie affluait sur la grande route qui aboutissait à la rive orientale. Des milliers de chevaux, de chameaux, d'animaux et de véhicules de toutes sortes convergeaient vers le Bosphore. Les quinze mille transporteurs et passeurs ne suffisaient pas à résorber cette masse de voyageurs et de ravitaillement qui s'accumulait sur des surfaces considérables. Des échauffourées naissaient çà et là quand les bakchichs devenaient trop élevés et on voyait se battre les bateliers, les *na'ibs* chargés de l'ordre, les agents des douanes et les caravaniers.

Joao voulait rapidement en finir. Flanqué du kadi, il rassembla une escouade de sipahis et ordonna la descente vers Usküdar. Le mouzhir agha Adna le suivit avec ses hommes. Quand ils parvinrent à l'embarcadère, l'incident se produisit.

Adna poussa un cri de guerre et lança son cheval sur celui de Joao ; il renversa un couple de paysans qui cherchait à grimper sur l'une des nombreuses embarcations, donna un coup de botte à un batelier, menaça pendant un instant le kadi qui usait de la loi pour réquisitionner une mahonne. Cette charge furieuse provoqua une pagaille immédiate sur la jetée de planches. Un bouvier ne put maîtriser ses bœufs, qui piétinèrent une vieille femme avant de se jeter à l'eau et de couler une barque à fond plat sur laquelle des pèlerins revenant de La Mecque récitaient des louanges à Dieu.

Il n'y eut personne pour s'opposer au janissaire qui avait dégainé son sabre court. Pas un cavalier n'eut le réflexe de lancer son javelot, ni même un anathème. La surprise était totale et l'attaque foudroyante.

La monture de Joao se cabra au moment où le mouzhir abattait son sabre. Ce mouvement dû à la frayeur sauva le jeune commandant. La lame s'enfonça dans le cou du cheval. Cecilia vit s'effondrer l'animal. Elle cria, eut un geste vain pour arrêter Adna. Le mouzhir, furieux de voir s'échapper Joao qui avait réussi à sauter et à grimper sur des ballots, l'ignora. Il désirait la mort de cet homme qui, croyait-il, servait Hürrem et Rüstem et lui enlevait Nurbanu. Ce maudit l'attendait, juché sur un monticule de marchandises, et l'épée qu'il tira lentement du fourreau décrivit un arc de cercle et capta le feu du soleil. L'arme à l'acier bleuté lui avait été offerte par maître Etienne Levy dès leurs retrouvailles à Oun Kapani, où les juifs d'Istanbul traitaient leurs affaires. Deux étoiles de Salomon contenant des lettres hébraïques décoraient et protégeaient l'âme de cet objet consacré par les rabbins de Prague.

– La jalousie t'aveugle, dit Joao en attendant Adna.

– J'aurais dû te trancher la gorge avant de te jeter à l'eau, gronda le janissaire.

Le regard de Joao s'agrandit. Une fenêtre s'ouvrit dans son esprit et il se revit sur le pont de la galère avant de sombrer dans l'inconscience. Le mouzhir et le marchand syrien ne faisaient qu'un, c'était donc lui, le traître, celui qui avait vendu Cecilia à Gülbehar.

Il ne put endiguer la haine qui le submergea. En quelques instants, il fut à l'unisson avec Adna. Leurs yeux flamboyèrent lorsque leurs fers se heurtèrent. Les coups qu'ils se donnaient retentissaient comme les marteaux d'un forgeron sur une enclume. Ils ne cherchaient pas à feinter ou à construire leurs attaques. Ils frappaient sauvagement, paraient avec hargne, se repoussaient des genoux. A un moment, ils s'étreignirent, tombèrent et roulèrent jusqu'aux pieds du kadi qui brandissait le Coran.

– Au nom de Dieu ! Le Tout miséricorde, le Miséricordieux, je vous conjure de cesser de vous battre, tonna le juge.

Les deux hommes ne l'entendirent pas. Trop de sang pulsé par leurs cœurs tempétueux aveuglait leurs sens. Leurs lames se heurtèrent, se séparèrent, mais ne se rencontrèrent plus. Le bashlik de Cecilia se glissa entre eux, les figeant dans les attitudes des guerriers peints sur les livres persans.

– Avez-vous perdu la raison ? dit la jeune fille dont le visage apparaissait en plein jour.

La lumière surgit, se répandit en une onde magique sur eux et les hommes massés sur la jetée. Cecilia fut au centre d'une adoration collective. La colère faisait d'elle une déesse et magnifiait sa beauté. Le kadi même, sous le charme, ne se retrancha pas derrière la charia.

Joao et Adna la virent s'avancer et tendre les mains. Ils déposèrent leurs épées, se saisirent chacun d'une main. Ce bref contact les brûla. La belle captive les fit se joindre.

– Etes-vous si différents l'un de l'autre ? demanda-t-elle d'une voix douce et émue. Pourquoi cherchez-vous à vous détruire ? Serai-je devenue un enjeu de mort ? Je connais vos sentiments à mon égard ; je sais, vous sacrifieriez vos vies pour la misérable esclave que je suis devenue. Vous n'êtes pas des ennemis ; vous ne le serez jamais parce que je vous aime chacun à ma façon et que, désormais, vous apprendrez à vous connaître à travers les souvenirs que vous garderez de moi. Vivants et alliés, vous saurez mieux me protéger. Je sais ce que vous pensez. Vous vous dites : « Là où elle va, nous ne pourrons jamais la défendre, ni la revoir. » Topkapi vous apparaît comme ma tombe, mais il existe de nombreux moyens d'échapper à ce sérail où d'y pénétrer. Zora et Nefer m'ont appris beaucoup de choses sur ce monde clos. Grandissez et vous vous rapprocherez de moi. Oui... devenez grands. Que vos noms soient associés à la Sublime Porte. Faites en sorte que la multitude s'incline à votre passage. Alors vous saurez percer les secrets de Topkapi.

Topkapi avait disparu à leur vue. Les mahonnes réquisitionnées par le kadi les avaient déposés à Emineunü qu'on appelait l'échelle de l'Asie Mineure. Là parvenaient tous les produits frais de l'empire que des milliers de paysans, de la rivière des Eaux douces à la forêt de Belgrade et aux rives du Bosphore, apportaient.

Le bashlik couvrait à nouveau les cheveux et le bas du visage de Cecilia. Un instant, minée par l'angoisse et oppressée par le grouillement des êtres et des bêtes, la jeune fille resta étourdie, sous le soleil brûlant de la prière de l'après-midi, l'*ikindi* partagé par les riches et les pauvres sur le lieu même de leur travail ou de leur déplacement. Tous les musulmans étaient tournés vers La Mecque et priaient dans la poussière roussâtre qui ne retombait jamais. Les hommes restés debout étaient juifs, génois, français, grecs et arméniens. Ils ne se souciaient pas des Turcs en prière et continuaient à compter sequins, piastres et ducats, à parapher des documents, à échanger des lettres dans les échoppes qui pullulaient le long des quais.

Au milieu d'un groupe de juifs reconnaissables à leurs chapeaux et turbans jaunes, se tenait un homme de belle prestance. Sa longue barbe poivre et sel s'étalait sur son pourpoint mauve chaîné de gros fils d'argent. On ne pouvait que le remarquer. Dès qu'elle l'aperçut, Cecilia eut un élan vers lui.

Maître Levy lui adressa un sourire et fit un signe de tête qui semblait dire : « Je suis à tes côtés, tu peux compter sur moi », lorsque Joao la retint par le bras en lui soufflant à l'oreille que « lui parler, ce serait le perdre ».

Cecilia se maîtrisa. Joao la relâcha et remonta à cheval. Elle n'était pas autorisée à chevaucher dans la capitale. Elle était une femme doublée d'une esclave. Autant dire moins qu'un chien. Et il y avait partout des agents déguisés du *salma bash tchoukadar* parmi la foule qui se redressait après la prière. Ces délateurs surveillaient les lieux publics et faisaient chaque soir leur rapport au tchoukadar que les habitants maudissaient.

Une voie s'ouvrit au milieu de tous ces gens encombrés de paquets, pliés sous des charges considérables, le kadi précédé de deux sipahis et du porte-étendard n'avait pas eu besoin d'élever la voix. On s'enfonça dans l'une des rues tortueuses et puantes qui menaient au centre du quartier des fonctionnaires de Sirkèdji.

Zora se colla à Nurbanu. Elle avait préparé sa jeune élève à ce moment de vérité. Elle savait ce qu'elle avait à faire. La peur l'avait quittée depuis longtemps ; une puissante drogue qu'elle avait absorbée sur la mahonne coulait dans ses veines. Il était temps de racheter les fautes du passé.

59

Les yeux levés vers le dôme de Sainte-Sophie, Cecilia chercha une croix, un emblème qui lui aurait redonné des forces, mais il n'y avait que des croissants sur les édifices qu'elle voyait. L'islam était présent partout dans cette ville sillonnée de soldats et de derviches. Plus puissant que jamais maintenant qu'on approchait de Topkapi. Tous ces hommes en turbans et ces femmes voilées, elle les voyait confusément. Etait-ce possible ? Abandonnée des chrétiens, prisonnière des Turcs, enfermée à jamais d'une heure à l'autre, bientôt sans appui, sans les bras armés de Joao et d'Adna. Elle ne croyait plus à l'influence de ses amis. Elle doutait du pouvoir de Zora. La vieille géditchi semblait avoir perdu les forces qui l'habitaient et, depuis la traversée du Bosphore, elle n'avait plus ouvert la bouche. Elle marchait devant Cecilia sans chercher à lutter contre le poids des ans, toute voûtée et boitillant. Elle n'était d'ailleurs pas la seule à se ployer au fur et à mesure de l'ascension vers le palais. Les dos se courbaient les uns après les autres près de l'enceinte fortifiée, le bruit des conversations diminuait. Il se tarit dès le franchissement de Bab-i Humayoun. La Porte impériale avalait et recrachait des flots de personnes silencieuses. Cent cinquante *kapid-*

jis [1] commandés par six *kapidji-bashis* [2] la gardaient. Tous ceux qui entraient dans le sérail passaient au crible de leurs regards entraînés à repérer les fauteurs de troubles et les agitateurs. Ils dévisagèrent les deux femmes encadrées par les sipahis. On n'entendait que le pas des chevaux, le vol des pigeons et les roucoulements des tourterelles.

La petite troupe de Joao dépassa les files des visiteurs que les officiers munis de bâton contrôlaient. La première cour bordée d'arbres et de massifs de fleurs s'étirait jusqu'à la porte Orta Kapi qui permettait d'accéder à la deuxième cour aux chemins pavés de marbre. Cette cour où chantaient des fontaines était pleine de l'odeur des cuisines. Dans un coin de cet espace surveillé par de fiers janissaires magnifiquement vêtus et armés, la salle du Divan, surmontée de deux bulbes, jouxtait le bureau de la chancellerie. C'est vers ce dernier que Joseph Nazi, commandant de galère, et son kadi se dirigèrent. Ils en ressortirent accompagnés du chancelier, le nishandji Kodja et du gouverneur du sérail, le *bostandji-bashi.* Ce dernier commandait les deux mille cinq cents « jardiniers » qui assuraient la sécurité du palais.

Cecilia et Zora furent l'objet d'un examen poussé. Cependant, on ne les palpa pas. Le nishandji acquiesça. La Vénitienne méritait sa réputation ; il se serait damné pour son regard.

– C'est donc toi qui as causé la perte du kazasker Hodja, dit-il d'une voix obséquieuse. Il était mon cousin et je te remercie de l'avoir envoyé devant le tribunal d'Allah. C'était un méchant homme. Il aurait fini par tous nous pendre. A présent, tu vas entrer au harem du Grand Seigneur et plus aucun décret ne pourra t'en faire sortir sauf si notre vénérée kadine en décide autrement. Elle t'attend de l'autre côté de ce mur. Le bos-

1. Gardes impériaux.
2. Officiers de la Porte.

tandji bashi va te conduire jusqu'à l'entrée de la troisième cour.

Cecilia sentit son cœur se briser. Elle adressa un dernier regard à Joao et Adna, désespérés, et leur tourna brusquement le dos pour cacher sa détresse.

– Ce n'est pas le moment de pleurer, dit Zora qui jouait à nouveau son rôle de gardienne depuis qu'elles avaient franchi la Porte impériale. Montre-toi forte. Hürrem a toujours été séduite par celles qui lui tenaient tête.

Un être immense et énorme se tenait près de la porte du harem. Devant lui, le chef de la sécurité, le bostandji-bashi, ressemblait à un nain.

– Je suis le *kapi agha*, dit-il à Cecilia. Le lien entre le monde des hommes et celui des femmes. Enlevez vos voiles.

Sa voix était fluette. Cecilia se souvint des leçons de Nefer. Le kapi agha était le chef des eunuques blancs de la Porte, mais son pouvoir s'arrêtait où commençait celui du kizlar aghasi. Elles firent glisser leurs voiles. Le kapi eut un haussement des sourcils en reconnaissant Zora, mais il ne fit aucun commentaire.

Quand la minuscule porte enchâssée dans l'un des deux lourds battants qui séparaient les appartements des femmes du monde extérieur se rabattit, Cecilia et Zora se retrouvèrent nez à nez avec une autre abomination de la nature : le kizlar aghasi Abas, chef des eunuques noirs du harem, détenteur de l'avenir des odalisques.

Il était bien plus imposant que Nefer. Il n'y avait aucune humanité dans ses yeux pas plus gros que des têtes d'épingles, qui brillaient, calculaient, évaluaient. Ils eurent une lueur de meurtre en reconnaissant Zora.

– Tu es donc revenue, dit-il.

– Je suis la géditchi de Nurbanu, répondit Zora.

– Alors, elle est déjà corrompue, dit l'eunuque en sondant Nurbanu.

Il parut surpris de ne rien découvrir. Habituellement, il mettait à nu les pensées les plus secrètes des esclaves. Il se heurtait à quelque chose de pur et de dur qu'il retrouvait parfois chez Hürrem. Cette captive appartenait à la classe des futures iqbals ; si elle parvenait à survivre au sein du harem, il saurait l'exploiter à son profit. Soudain sa grosse patte s'abattit sur le ventre de Cecilia, qui n'eut pas le temps de réagir. Il lui enleva le poignard qu'elle cachait sous sa chemise, le soupesa avant de le mettre à sa propre ceinture. A aucun moment, il ne s'était départi de son calme.

– Je vais vous conduire auprès de la « joyeuse », dit-il en s'ébranlant.

Sa grosse masse fit trembler les dalles de marbre blanc de la courette bordée de sombres réduits, devant lesquels de vieux eunuques amollis agitaient des chasse-mouches. Les insectes, dérangés par ces douces flagellations, bourdonnaient autour de ces masses suantes qui s'étonnèrent en frissonnant à la vue de Zora la maudite.

Des *djariyès* [1] et des odalisques curieuses s'approchèrent dès que le trio pénétra dans une vaste salle aux faïences multicolores. Elles portaient toutes des vêtements et des bijoux d'un prix considérable. Des pierres précieuses brillaient sous les transparences roses, bleutées ou jaunes de leurs chemises tissées dans les ateliers de la lointaine Chine. Des guirlandes de perles, des ruissellements d'étoiles, des cascades pailletées d'or coulaient le long de leurs chevelures parfumées. Elles pépièrent, s'étonnèrent, jugèrent les nouvelles venues, se lancèrent dans des commentaires sur la beauté de la plus jeune, seule digne d'intérêt, rivale possible. Les plus âgées frémirent en balbutiant le nom de Zora. Ce

1. Courtisanes.

retour était un événement considérable et la promesse de nouveaux affrontements. Fallait-il qu'elle fût folle pour se présenter devant Hürrem, son ennemie mortelle ?

Des spéculations furent sur toutes les bouches de celles qui avaient connu l'époque où les kadines se livraient une guerre sans merci dans le Palais des larmes. On ne donna pas cher de la peau de l'ex-géditchi de Gülbehar, ni de celle de la jeune captive qui avait causé la mort du kazasker Hodja. L'excitation provoqua des mouvements incontrôlables ; il se passait enfin quelque chose d'extraordinaire dans ce harem.

Les femmes emboîtèrent le pas à l'eunuque et aux deux esclaves, et elles étaient plus de deux cents quand Abas pénétra dans le hammam. Plusieurs houris se faisaient masser. Les odeurs fortes des huiles et des essences mêlées à l'air chaud soulevèrent le cœur de Cecilia. Dans la pénombre, des filles impudiques se livraient à des attouchements sous les regards insensibles des eunuques. Il y avait de la langueur dans les corps offerts aux caresses des mains, aux souffles des lèvres, aux enlacements et aux griffures.

Abas s'approcha d'une table où une noire colossale triturait sans ménagement les épaules d'une adolescente. Déférent, il attendit que la jeune fille relevât la tête avant de parler.

– Celles que tu attends sont là.

On lui avait décrit la favorite ; on lui avait dit qu'elle avait gardé l'aspect de sa jeunesse en dépit de cinq grossesses. Cecilia fut cependant surprise par l'apparence d'Hürrem, sa poitrine à peine formée, ses fesses de jeune garçon. La kadine aux yeux de chat avait réellement l'air immature et naïve. C'était ce qui faisait sa force.

Son visage s'éclaira d'un beau sourire. Et le peu de rides qu'elle avait aux commissures des lèvres et autour des yeux, en se plissant la rendirent touchante et plus attirante.

« Cette femme ne peut être le monstre que tous m'ont dépeint », se dit Cecilia.

– Tu mérites bien ton nom, Nurbanu, dit Hürrem. Approche-toi... n'aie pas peur.

Cecilia fit les trois pas qui la séparait de la kadine. Elle se laissa toucher les cheveux et la peau. Hürrem sentit les battements précipités du cœur de la Vénitienne sous ses doigts, mais cette émotion ne transparaissait pas sur le visage qu'elle examinait. Comme c'était étrange ! Il n'y avait aucune ruse dans cet ovale parfait ; le regard franc ne déviait pas ; il était plein d'une force qui inspirait le respect.

– Est-il possible que ce soit toi qui aies empoisonné le juge des armées Hodja ? Oh ! je sais, rien n'est prouvé et rien ne le sera jamais. Les révélations des espions pèsent peu face aux dénégations de la kadine Gülbehar.

– Je suis seule responsable de cet acte juste ! dit Zora.

– Zora..., susurra Hürrem en faisant mine de découvrir la vieille géditchi. Zora... J'ai tant haï ton nom. Que de fois j'ai demandé à Dieu d'être prompt à te juger comme il est dit dans la quatorzième sourate. Tu es là devant moi et le feu de l'enfer ne ronge pas ta face. Et tu te targues d'actes justes, toi qui as tué Abdullah, mon fils adoré.

– Je suis venue t'offrir ma vie. Elle devrait contenter ta soif de vengeance. Epargne Nurbanu, c'est tout ce que je te demande en échange.

– Je suis la première *hasseki*[1] de ce palais ; je prends ce qu'il me plaît, je n'échange rien ; cependant je veux bien te croire : Nurbanu n'a sûrement pas distillé le poison qui a terrassé notre fidèle Hodja. Ta vie m'appartient ; elle va s'écouler très vite après la prière de *yatsi*. Abas, as-tu entendu ?

1. Favorite.

– J'ai tout entendu.

– Tu sais ce qu'il te reste à faire ?

– Je sais depuis toujours pour Zora, mais j'ignore tout du sort réservé à la Vénitienne.

– Nurbanu ?... Mais nous lui réservons le plus doux des sorts : elle servira ma kiaya Yasmina et aura la charge de la pièce des soies.

A cet instant, on vit se déplacer une ombre, mais seul l'œil exercé d'Abas sut qu'elle appartenait à la féroce Yasmina. La kiaya noire avait assisté à toute la scène sans se manifester. Elle disparut par la porte étroite qui menait au *camekan*, vestiaire où les femmes se dévêtaient.

Il était dangereux de servir la kiaya noire, cependant on envia cette Nurbanu qui avait su séduire Hürrem. Les odalisques lui firent les yeux doux. Lorsqu'on partageait les plaisirs du bain avec la favorite de Soliman et qu'on voulait devenir iqbal, il fallait y mettre du sien, arrondir les angles, flatter la nouvelle. Les plus hardies entourèrent Nurbanu et la dévêtirent tandis qu'Abas emmenait Zora.

– Mon temps sur cette terre est fini, dit cette dernière à Cecilia. D'autres souffrances m'attendent, mais j'ai le cœur léger : je n'aurai vécu que pour que brille ta lumière.

Cecilia voulut étreindre la géditchi, mais les mains qui la déshabillaient la retinrent. Soudain une Circassienne l'embrassa. Elle se raidit. Elle sentit un doigt s'insinuer dans son sillon et entrer en elle.

Elle repoussa les femmes aux peaux mouillées et s'enfuit à travers le hammam pour se réfugier dans le vestiaire et pleurer enfin.

C'est alors que quelqu'un s'approcha d'elle. Une main noire baguée d'ambre lui releva le menton. Yasmina se tenait devant elle.

– Je t'attendais depuis longtemps, dit la Syrienne. Tout était écrit. Je suis la quatrième et la dernière. Avec moi, ton enseignement s'achèvera... je suis aussi une disciple de maître Levy. Ne me pose pas de question. Je n'ai pas l'intention d'être tendre avec toi ! Cette nuit, tu vas comprendre ce qu'est Topkapi. Prends ces habits, ils sont à ta taille, et suis-moi.

L'appel lancé par le muezzin du balcon du minaret avait été entendu par la kiaya Yasmina. Elle avait déroulé le *sejjadè* [1], dirigeant le mihrab vers La Mecque. A genoux sur ce tapis, elle prononçait les prières consacrées. C'était l'heure de yatsi. La nuit était complète. Une lampe à huile la séparait de Cecilia qui l'écoutait et luttait contre la hantise que lui inspiraient ces lieux. Cette femme sans âge qui parlait à Dieu ne lui avait plus adressé la parole depuis qu'elle l'avait conduite dans cette étroite chambre meublée d'une seule armoire.

Des servantes étaient venues faire leur rapport, d'autres avaient été appelées pour des tâches précises. La kiaya se servait d'une clochette, et selon la façon dont elle agitait l'instrument, telle ou telle esclave se mettait à sa disposition ; il y avait une vingtaine de houris à son service. Elles vivaient et dormaient dans un dortoir attenant à la chambre.

La prière s'acheva. Yasmina roula le tapis de prière et le rangea dans l'armoire.

– On nous attend dans le jardin, dit-elle en lui remettant un vêtement ample et brun, tel qu'en portaient les hommes du peuple, et un bashlik noir.

Dès qu'elles quittèrent l'annexe des appartements de la kadine Hürrem, deux eunuques leur emboîtèrent le pas. Le harem était silencieux, il l'était presque toujours lorsque Soliman quittait le palais. On le savait à la chasse à Tchataldja, non loin de la capitale, chez les Giray Khan, descendants de Gengis Khan, dont il avait

1. Tapis.

reconnu des droits au trône si la dynastie ottomane venait à s'éteindre. Mais ce silence-là était différent. Il fallait bien se rendre à l'évidence : il y avait des centaines d'esclaves dormant dans les travées, s'entassant dans les dortoirs, occupant les moindres espaces qui n'étaient pas réservés au protocole, aux plaisirs et à la famille impériale, et pas une ne ronflait, ne toussait, ne rêvait à haute voix, ne criait son plaisir sous les caresses. Toutes étaient à l'écoute. Leurs souffles retenus n'étaient pas perceptibles aux oreilles exercées des eunuques qui essayaient de se faire légers dans leurs babouches.

Une odeur de rose et de jasmin flottait dans le jardin qu'ils atteignirent après bien des détours dans le sérail. Deux murs d'enceinte le bordaient. Dans les angles, derrière des files d'orangers et de citronniers, des torches tenues par des eunuques nimbaient d'une lumière cuivrée un volumineux objet posé sur le sol.

– Ils sont réservés à celles qui commettent des crimes, dit Hürrem en apparaissant dans la lumière, flanquée du kizlar aghasi Abas qui surveillait ses eunuques.

Cecilia eut un mouvement de recul, elle contempla avec horreur le cercueil de plomb qu'on était en train de refermer ; elle y avait vu le visage impassible de Zora. Les eunuques ajustèrent le couvercle et le sertirent à coups de maillet de bois. L'opération achevée, ils le chargèrent sur leurs épaules et franchirent l'unique poterne du harem qui donnait sur l'extérieur. Le chef des eunuques blancs en détenait la clef. Il les attendait de l'autre côté du mur. Ce fut lui, et non pas Abas, qui conduisit la macabre procession à travers le flanc de la colline jusqu'à un embarcadère de bois.

Cecilia avait envie de vomir, envie de déchirer le visage de la kadine dissimulé sous le bashlik, envie de lui arracher le cœur. On installa le cercueil à l'avant d'une longue barque. Hürrem lui montra le banc sur lequel elle devait s'asseoir à son côté et Yasmina dut la pousser en avant pour qu'elle obtempère.

En peu de temps, la nef atteignit la mer de Marmara. Puis les rames se relevèrent. Abas et ses eunuques poussèrent le cercueil qui ne fit pas plus de bruit que le clapotis des vagues sur la coque en touchant la surface de l'eau.

Il n'y eut plus rien que les eaux noires aux crêtes argentées et les eunuques qui pensaient : « Jetez dans la géhenne tout pécheur obstiné qui s'acharne, fait obstacle au bien, agresse autrui, propage le doute. Celui qui met avec Dieu un autre dieu, jetez-le au plus fort du tourment. »

Ils avaient jeté Zora comme bien d'autres. La kadine qu'ils servaient leur ôta le doute.

– Dieu est satisfait, vous avez bien agi.

Puis elle demanda tout bas à Cecilia :

– Essaieras-tu de me tuer, toi aussi ?

– Oui.

– Tu me plais, Nurbanu. Nous ferons de toi une sultane des ténèbres.

Cecilia garda le silence. Elle n'appartiendrait jamais aux ténèbres. Elle était Nurbanu. Elle était la Princesse de lumière. Une étoile fit son apparition au-dessus des toits de Topkapi. C'était un signe du destin. La petite Vénitienne devenue l'esclave de la Porte eut alors la certitude qu'elle règnerait sur Istanbul.

Cet ouvrage a été réalisé par

FIRMIN DIDOT
GROUPE CPI
Mesnil-sur-l'Estrée

pour le compte des Éditions Anne Carrière
104, bd Saint-Germain 75006 Paris
en avril 2002

Imprimé en France
Dépôt légal : mai 2002
N° d'édition : 233 – N° d'impression : 58998